원 점

주 현 정 장 편 소 설

0_1

동아

원점 01

초판 1쇄 인쇄일 | 2023년 02월 09일
초판 1쇄 발행일 | 2023년 02월 21일

지은이 | 주현정
펴낸이 | 조승진
펴낸곳 | (주)동아미디어

출판등록 | 제2020-000107호
주소 | 경기도 파주시 광인사길 9-6
전화 | (031)8071-5201
팩스 | (031)8071-5204
E-mail | bear6370@hanmail.net

정가 | 11,800원

ISBN 979-11-6302-630-3 (04810)
      979-11-6302-629-7 (set)

주현정 장편소설

0₁

원점

Origin point

동아

목　　차

1	007
2	039
3	105
4	173
5	250
6	306

나쁘다는 것을 알면서도 나는 따라갔다.

1

오후 6시를 넘겼지만 아직 밖은 훤했다.

묘하게 어수선한 고3 교실 안에 하진이 있었다. 밥을 먹고 나면 노곤해지는 느낌이 싫었던 하진은 오늘도 저녁 식사를 건너뛰었다. 야자는 선택이기는 했지만 정말 공부를 놓은 애들이거나 특별한 사정이 있지 않으면 다들 하는 분위기였다. 하진은 괜히 튀고 싶지 않아서 9시까지 꼬박꼬박 학교에 있다 집에 갔다.

지금도 상황은 마찬가지였다. 오늘 목표로 한 분량을 끝내기 위해 무섭게 집중하고 있는데. 하하, 웃음소리 너머 교실 뒤쪽에서 커다란 목소리가 들렸다.

"아, 씨발 좀 닥쳐 봐."

문득 찬물을 끼얹은 듯 교실이 조용해졌다. 경박한 욕설에 절로 미간이 찌푸려졌다. 제게 시선이 집중된다는 것을 알면서도 하진은 굳이 옆을 돌아보지는 않았다. 그저 책만 들여다보고 있는 하진의 시야에 남색 교복 바지와 조금 닳은 실내화 앞코가 보였다. 이내 꽤 경쾌한 어조의 낮은 목소리가 들린다.

"나와."

"……."

앞뒤 잘라먹고 하는 말에 하진은 옅게 한숨을 쉬었다. 오늘은 어쩐지 버티고 싶은 마음이 들었다. 그냥 메시지로 조용히 연락해도 되는데 왜 이렇게 요란한 걸까? 제게 시선 한 줌도 주지 않는 희끄무레한 얼굴을 바라보던 남자의 입가가 비틀렸다. 사실 그는 인내심이 없는 편이었다.

"귓구멍 막혔어?"

퍽, 책상 다리를 차는 둔탁한 소리와 함께 샤프심이 뚝 부러졌다. 물론 그에겐 장난일 테고, 나름대로 힘 조절을 해서 살살 쳤다지만 충분히 위협적인 몸짓이다.

하진은 그제야 고개를 들어 눈앞의 남자를 올려보았다. 워낙 큰 탓에 고개를 빠듯하게 들어야 눈이 마주친다. 비뚤게 웃고 있는 반질반질한 낯짝을 보자니 확 짜증이 났다.

하진은 대놓고 한숨을 푹 내쉬고 천천히 자리에서 일어났다. 그제야 만족한 듯 그가 돌아섰다. 호기심과 걱정이 얄팍하게 섞인 여자애들의 눈빛 너머 드문드문 이쪽을 흥미롭게 바라보는 남자애들의 시선이 꽂혔다. 교실 뒷문으로 걸어가다 갑자기 휙 고개를 돌린 남자가 또 욕을 했다.

"씹, 뭘 봐."

시선이 꽂힌 남자애 하나가 황급히 시선을 피했다. 그럴 리는 없지만, 만약 여기서 그가 하진에게 뜬금없이 쌍욕을 퍼붓거나 더 무례한 일을 벌여도 그들은 입을 다물 것이다. 하진을 싫어해서가 아니라, 뒷일이 두려우니까.

이 학교에서 정한석의 존재는 그랬다. 양아치, 깡패, 문제아…… 그를 표현하는 단어들은 뭐 하나 좋은 게 없었다.

교실을 빠져나와 계단을 오르는 발걸음이 급해 보였다. 하진은 한 발짝 뒤에서 그를 따랐다. 성큼성큼 걷는 한석의 걸음이 멈춘 곳은 3층 불 꺼진 작은 휴게실 앞에서였다. 체육관 옆, 강당 뒤편 등 한석과 만나는 후미진 공간들은 매번 바뀌었는데 여긴 두 번째 와 본다.

작년 겨울 공사를 끝낸 새 휴게실은 학생들이 끊임없이 드나들지만, 이제는 쓰지 않는 공간이 된 이 작은 휴게실은 잠긴 채 방치되어 있다. 여름 방학 때 리모델링해서 특별 교실로 활용한다는 말이 있긴 한데 실현 가능성은 미지수다.

'저건 또 언제 알아 둔 거지.'

비밀번호로 잠긴 문을 자연스럽게 열고 들어가는 한석의 머릿속을 알 수가 없다.

불을 켜지 않은 안은 충분히 어둑했다. 구석진 자리의 동그란 테이블에 먼저 자리를 잡고 앉은 한석의 얼굴에 그제야 미미한 웃음기가 돌았다. 굳이 더 어두컴컴한 데를 고집하는 게 의도가 너무 뻔했다.

"책은?"

"아아."

손에 뭐 하나 들려 있지 않은 것을 확인했으면서도 일부러 묻자 한석이 어깨를 으쓱했다. 그 작은 몸짓 하나에도 어쩔 수 없는 불량함이 묻어 있었다. 하진은 또다시 나오는 한숨을 숨기지 않으며 맞은편 의자를 빼고 앉았다.

"공부하자면서 책을 안 갖고 오면 어쩌자는 거야."

"응, 갖고 오면 되지."

뻔뻔하게 답한 한석의 얼굴에 미소가 짙어졌다. 하진은 말없이 눈앞의 남자를 바라보았다. 분명 저와 같은 교복을 입었는데도 학생 같지가 않은 건 왜일까? 단정치 못한 행색 때문일까 특유의 형형한 분위기 때문일까.

하진은 가끔 그가 인문계에 진학한 것 자체가 기적이라는 생각을 했다.

사실 한석을 예외로 놓고서라도, 제가 다니는 학교는 주변 다른 학교에 비하면 좀 '이런' 애들이 많긴 했다. 특목고에 진학하지 않고 인문계로 빠진 것을 아빠는 두고두고 뭐라 했는데, 돌이켜 보면 아주 틀린 말도 아니었다.

넥타이는 어디에 버렸는지 보이지도 않고, 걷어붙인 소매 사이 핏줄이 툭툭 불거진 팔뚝은 자잘한 생채기가 많다. 큰 키와 다부진 체격. 얼굴만큼은 누가 봐도 인정할 만큼 시원하니 잘생졌지만 전체적으로 묘하게 껄렁거림이 묻어난다.

들쭉날쭉한 그 모든 것들이 제멋대로 합쳐지면 정한석이 된다.

아마 한석이 넥타이를 차고 춘추복 와이셔츠 단추를 목 끝까지 잠그고 있어도 단정하다는 인상은 주지 못할 것이다. 날티나는 외모를 떠나서, 고작 열아홉 주제에 닳고 닳은 느낌이 드는 그는 애초에 동급생들 사이에서 이질적이었다.

저를 바라보는 하진을 한석 역시 흥미롭다는 듯 조목조목 뜯어보는데.

"책 안 가지고 오면 안 해."

하진의 말에 한석이 눈을 살짝 찡그렸다. 깐깐하긴, 덧붙이며 혀를 찼다.

"30분 남았는데 뭔 공부야."

"그럼 가 볼게."

"씹…… 기다려."

기어이 욕지거리를 뱉은 한석이 자리에서 벌떡 일어났다. 신경질적으로 머리를 쓸어 넘기며 휴게실을 나가는 뒷모습이 커다랬다. 정한석과 공부라니. 말도 안 된다는 것을 저도 알지만 어쩔 수 없었다. 그럴 리는 없지만 아주 만일 지나가던 선생님께라도 들켰을 때 뭔가 핑곗거리가 필요했다.

금세 돌아온 한석의 손에는 책과 우유가 들려 있었다. 앉은 채 저를 바라보는 하진을 보며 악당같이 씩 웃은 그가 문을 잠갔다. 둔탁한 소리와 함께 하진은 외부와 고립되었다.

"마셔."

툭, 성의 없는 손길로 초코 우유를 테이블 위에 올려놓은 한석이 턱짓을 했다. 매점까지 다녀오기에는 턱없이 부족한 시간이었는데. 하진은 조용히 눈만 깜박였다.

'누구 거 뺏어 왔나.'

나름대로 합리적인 의심이었다. 하긴, 지금도 휴게실 앞은 혹시 모를 일을 대비해 소위 그의 심복 겸 추종자들이 어슬렁거리고 있을 거였다.

폭행 사건에 휘말린 한석이 강제 전학 온 것은 두 달 전 봄으로, 학교에서 좀 껄렁거린다 싶던 애들은 알아서 한석의 밑으로 기었다.

아마 전학 오고 바로 다음 날, 앞에서 되지도 않게 센 척을 하던 김영현이 무자비한 주먹질에 나가떨어진 것을 본 탓이 클 거였다. 육중한 거구를 주먹 한 방에 때려눕힌 그는 재미있는 것을 찾았다는 듯 웃고 있었다고 한다.

하진은 그 장면을 직접 보진 않았지만, 눈가에 푸르스름한 멍이 들고 퉁퉁 부은 얼굴로 며칠 후 학교에 나타난 김영현의 모습은 보았다. 그 일로 한동안 학교가 시끄러웠지만 어쨌든 한석은 별일 없이 잘 학교를 다니고 있었다.

"마시라고. 밥 또 안 먹었을 거 아냐?"

기껏 갖고 온 책에는 시선도 주지 않은 채 그가 태연하게 권유했다.

"……."

"뭐, 까 줘?"

크게 생각은 없었으나, 덧붙인 말에 하진은 잠자코 우유 팩을 깠다. 달콤한 초콜릿 맛이 목구멍을 타고 부드럽게 넘어갔다.

우유를 마시면서도 하진은 느릿하게 저를 훑는 시선을 고스란히 느꼈다. 살짝 내리깐 눈, 조금씩 오물대는 입술, 조그만 턱을 타고 내려오는 가냘픈 목선, 그리고 빠듯하게 부푼 상체의 곡선까지. 하진은 남자의 시선이 유독 오래 머무는 지점을 알고 있었으나 모른 척 천천히 남은 우유를 다 마셨다.

아무것도 하지 않는데, 그저 바라만 볼 뿐인데도 뻐근한 압박감이 드는 것은 왜일까. 본능처럼 하진은 위험을 알았다. 문제라면 알면서도 딱히 도망갈 생각이 없다는 것뿐.

"야."

우유 팩을 내려놓는 하진을 그가 불렀다.

"왜."

"너는 공부만 하는데 왜 이렇게 이쁘냐?"

이건 또 무슨 소리야? 앞뒤가 안 맞는 말에 순간 말문이 막히는데 한석이 퍽 진지한 투로 말을 이었다.

"넌 화장 같은 것도 안 하잖아. 최이서는 찍어 바르고 고치고 별짓 다 해도 안 되더만."

최이서라. 훌쩍 큰 키에 인형 같은 몸매의 옆 반 여자애의 얼굴이 저절로 그려졌다. 삼촌이 유명 연예 기획사에서 한 자리 맡고 있다는 최이서는 부모님의 반대로 예고 대신 인문계에 진학했다고 했다.

본인이 하도 떠들고 다녀서 내내 말 한마디 나눠 본 적도 없는데 알고 있다. 그녀가 정한석에게 가지고 있는 지대한 관심도.

"봐. 입술도 뭐 안 발랐는데 존나⋯⋯."

뭐라 더 말할 것 같던 한석의 입이 다물렸다. 대신 그는 눈을 가늘게 뜨며 예의 그 나른한 시선을 보냈다. 하진은 퉁명스럽게 대꾸했다.

"내가 뭐 발랐는지 안 발랐는지 네가 어떻게 알아."

"왜 몰라, 할 때마다 립스틱 맛이 안 나는데."

"⋯⋯."

나 그런 거 예민하거든. 덧붙인 한석이 갑자기 자리에서 일어났다. 제 옆으로 의자를 바짝 붙여 오는 남자를 보며 하진이 중얼거렸다.

"⋯⋯이도현은, 최이서가 더 예쁘다던데?"

"뭐?"

은근하게 몸을 붙여 오던 그의 몸짓이 뚝 멎었다. 못 들을 걸 들었다는 듯 어이없다는 낯이었다.

"걔가 너한테 그래?"

"갑자기 걔가 나한테 그런 말을 왜 해. 그냥 지나가다 들었어."

엊그젠가, 화장실 앞에서 저를 괜히 노려보고 가는 최이서의 뒤꽁무니를 따라가며 이도현이 스치듯 했던 말이 갑자기 생각난 거였다. 하진의 말에 한석의 얼굴이 더 심각해졌다.

"미친 새끼네. 맨날 좆같은 지 얼굴만 거울로 쳐보니까 눈이 어떻게 됐나."

"……."

"눈이 어디 발가락에 달린 놈 말 신경 쓰지 마."

"신경 안 써."

"그래야지."

피식 웃은 그가 하진의 어깨를 한쪽 팔로 천천히 끌어안았다. 더운 숨결이 가까워지자 괜히 숨이 찼다. 끈적하게 달라붙는 시선을 모른 척, 테이블 끄트머리만 응시하던 하진이 중얼거렸다.

"손은 왜 그래?"

"……아."

결 좋은 긴 머리카락을 손끝으로 지분대던 한석이 피식 웃었다.

"어제, 집에서 간만에 지랄 나서."

"……맞은 거야?"

"맞긴. 내가 맞을 인간으로 보이냐?"

하진의 말에 한석이 킥킥댔다. 왼쪽 손등의 무언가로 찍힌 듯한 상처는 분명 오래되지 않아 보였다. 깊게 패 꽤 아파 보이는데도 밴드 하나 붙이고 있지 않다.

"소주병 들고 난리 치기에 그냥 깨 버렸어."

"……."

오늘 먹은 점심 메뉴를 말하듯 편안한 어조다. 구태여 덧붙이지 않아도 누구와 그 사달이 났는지를 알 수 있었다. 한석의 아버지는 알코올 중독에다 도박에 미쳐 있다고 했다. 어머니는 안 계시고, 아버지와 둘이 사는 한석은 그래도 늘 당당했다.

한석이 저렇게 된 것은 아마 가정 환경 영향이 크겠지. 도박은 쉽게 끊을 수 있는 게 아니니 한석은 아버지와 연을 끊지 않는 이상 저런 상황에 계속해서 노출될 것이다. 어찌 보면 참 암담하다.

정한석의 미래는 어떨까?

순간 거기까지 생각했던 하진은 이내 빠르게 생각을 거뒀다. 뭐, 거기까지는 제 알 바 아니었다.

어느새 제 볼을 뭉근하게 어루만지는 손길이 느껴졌다. 뜨끈하고, 거칠거칠하다. 정한석을 이루는 모든 것에서 부드러움이라고는 찾아볼 수 없다. 코앞의 남자의 얼굴을 물끄러미 응시하던 하진은 자연스레 다가오는 입술을 슬쩍 피했다. 순간 한석의 눈빛에 시커먼 무언가가 스쳐 지나간 것도 같았다.

"오늘따라 존나 애태우네."

픽 웃은 한석이 숨을 한 번 크게 들이마셨다. 두툼한 흉곽이 부풀었다 꺼지는 양을 하진은 안 보는 척 다 바라보았다. 맞는 말이었다. 평소보다 어쩐지 더 몸이 달아 보이는 남자를 조금 휘둘러 보고 싶었으니까.

"근데 난 그런 거 싫어해. 알지?"

어느새 웃음기가 지워진 얼굴이 저를 빤히 바라보고 있었다. 한석을 무섭게 생각하는 건 아니지만, 그렇다고 아예 무섭지 않은 것도 아니다. 한석의 손의 상처를 다시 힐끗거린 하진이 새침하게 말을 던졌다.

"예민하다며."

"뭐?"

"오늘 입술에 뭐 발랐으니까 안 해."

입술을 멍하니 보고 있던 한석이 소리 내어 웃었다. 아, 씨발.

"이게 이제 애교도 부릴 줄 아네."

"무슨……."

애교라니. 말도 안 되는 소리에 하진이 미간을 조금 찌푸렸다. 가늘어진 눈매를 응시하던 한석이 혀로 입술을 한 번 축였다.

"좋아, 오늘은 네가 먼저 해."

"……뭘."

"모른 척하지 말고. 목에 팔 감고, 해 보라고."

한 자 한 자 힘주어 말하는 목소리가 짓눌려 있었다. 더 끌면 안 되겠구나, 본능적으로 느낀 하진은 한석이 시키는 대로 천천히 그의 목에 제 팔을 둘렀다. 사실 시간이 얼마 없기도 했고. 야자를 안 하는 한석과는 다르게 저는 다시 교실로 돌아가 봐야 하니까.

느린 행동이 답답했던 걸까? 하진의 어깨를 감싸 안은 남자의 손에 지그시 힘이 들어갔다. 얇은 교복 천을 타고 전해지는 악력이 상당하다. 동급생을 후려치고 소주병을 깬 손으로 저를 꽉 끌어안는다.

기분이 말할 수 없이…… 이상하다.

"……."

입술을 겹치기 직전, 뚫어지게 저를 바라보는 새까만 눈동자를 코앞에 두고 하진은 조금 망설였다.

정한석의 얄팍한 인내심은 결국 폭발했다. 사납게 달려든 남자가 하진에게 밀려들었다. 그와 한없이 대조되는 희고 약한 몸 위로.

낡은 의자가 뒤로 밀리며 나는 소리가 선연했다. 목덜미를 두르고 있는 팔은 단단하고 정신없이 얽어 오는 혀는 뜨겁다. 두툼하고 척척한 혀가 입 안을 엉망으로 범했다. 나쁜 짓을 하는 아이처럼 심장이 제멋대로 뛰었다. 아…… 하긴, 나쁜 짓 맞지.

한두 번 한 짓도 아닌데 할 때마다 처음처럼 아득한 기분이 드는 건 왜일까. 눈앞이 캄캄해지는 와중에도 하진은 조소하며 그녀만의 '작은' 일탈을 즐겼다. 이제는 저도 나름대로 혀를 마주 얽기도 한다.

그러면 한석은 더 날뛰었다.

키스에 열중한 남자의 커다란 손이 하진을 계속해서 만졌다. 그래 봤자 와이셔츠 위 가녀린 팔을 못 참겠다는 듯 쉼 없이 쓸고 이따금 꽉 잡는 것뿐이지만…….

하진은 요즘은 가끔 불안했다. 키스만, 이 정도만이 딱 좋은데. 혹시나 정한석이 그 이상의 것을 제게 요구해 올까 봐. 지금은 팔을 꽉 잡고 있는 저 손이 혹시라도 다른 곳을 움켜쥘까 봐.

잠깐 스쳐 지나갔던 상념은 딴생각할 틈을 주지 않는 제멋대로인 입맞춤에 잠식되었다. 하진의 어깨를 끌어안고 있던 다른 손이 차츰 마른 등을 타고 내려갈 무렵.

무섭게 달궈지는 공기에 찬물을 끼얹듯 예비 종이 울렸다. 하진은 무의식적으로 홱 입술을 뗐다.

곧바로 남자에게서 불만스럽다는 숨이 터져 나왔다. 여전히 하진을 끌어안은 채 한석이 낮게 욕설을 뱉었다. 으음, 흥이 깨졌다는 듯 목구멍에서 내는 소리가 짐승의 그르렁 소리 같다. 몸을 비틀어도 바위 같은 손이 저를 옭아매고 있어 꼼짝할 수가 없었다. 하진은 한숨을 쉬었다.

"놔."

"……."

마뜩잖다는 듯 눈썹을 들썩인 한석이 갑자기 하진의 입술 언저리를 혀로 길게 핥아 올렸다. 그냥 손으로 닦아도 되는데, 늘 저런 식으로 키스의 잔상을 삼킨다.

오소소 소름이 돋는 느낌에 하진은 조금 몸을 떨었다. 괜히 다리가 후들대는 느낌에 힘을 꽉 주고 몸을 일으키는데 한석은 잡지 않았다.

하진은 말없이 등을 돌리고 빠른 걸음으로 문으로 향했다. 잠긴 문고리를 잡아 돌리기 직전 뒤에서 여유로운 목소리가 들렸다.

"아무것도 안 발랐으면서 거짓말은."

"……."

탁, 하진은 그의 말이 끝나기도 전에 문을 열고 밖으로 나왔다. 긴 복도를 지나 계단 쪽으로 빠르게 걸어가는데, 밑에서 노닥이고 있던 남자애들과 마주쳤다. 별다른 말은 없었지만, 다 알고 있다는 듯 저를 한 번 위아래로 훑는 눈빛이 불량했다.

사실 정한석이 아니면 3년 내내 엮일 일 없던 부류였다. 순간

극도의 불쾌함이 치솟았지만 뭐라 할 말은 없었다. 하진은 다시 제가 있을 곳으로 돌아갔다.

교실 안, 저를 힐금대는 시선 너머 보다 만 책을 다시 펴는데 집중이 될 리 없었다. 하등 제게 도움이 될 리 없는 감각들만 어지럽게 떠다녔다. 저를 끌어안던 거친 손, 맞닿던 뜨거운 숨결과 행위 끝 아쉽다는 듯 저를 훑던 뭉근한 시선.

정한석은 나와 도대체 뭘 하고 싶은 걸까?
⋯⋯나는 뭘 즐기고 있는 걸까.

* * *

돌이켜 보면 처음 시작은 상당히 뜬금없었다.

소문의 정한석과 복도에서 직접 맞닥뜨리게 된 것은 3월 말쯤이었다. 시기를 기억하는 이유는 그때쯤이 엄마 생일이었기 때문에.

옆 반 전학 온 잘생겼는데 깡패고 문제아인 남자에 대해 많은 것을 들었지만 직접 얼굴을 본 것은 그때가 처음이었다. 오자마자 사고를 친 탓인지 원래도 무단으로 결석을 많이 해서인지는 모르겠지만, 어쨌든 하진이 그를 본 건 전학 후 꽤 시간이 지난 후였다.

"⋯⋯."

눈이 마주친 순간 알았다.

한석의 옆에서 재잘대는 최이서나, 요즘은 그를 아주 수족같이 따라다니는 이도현 같은 애들이 없었어도, 누가 설명해 주지 않아도 단번에 알았다. 아, 쟤구나.

공부, 공부, 공부. 매번 같은 일상에 이질적으로 들려왔던 대상이라 조금은 흥미로웠던 걸까? 지나치는 와중 저도 모르게 그를 조금 오래 쳐다보았던 것도 같다.

순간적으로 받은 첫인상은 생각보다 더 키가 크고, 어깨가 딱 벌어졌으며 전체적으로 날렵하다 못해 날카로운 느낌이었다. 싸움을 잘한다고 해서 몸이 클 거라 은연중 상상했었는데 의외로 둔한 느낌이 전혀 없었다. 시원시원 뻗은 팔다리가 길다는 느낌만 있을 뿐. 체격이 좋다기보다는 골격 자체가 큰 편인 것 같았다.

후에 생각해 보면 집밥 한 번 제대로 먹고 다닌 적 없을 한석이 비대할 리가 없었다.

그렇게 지나쳤으면 아무 일도 없었을 것이다. 찰나 서로에게 가졌던 무언가에는 아직 이름이 없었다. 그러니 그저 무시했으면 될 일이었다.

전교 1등을 한 번도 놓쳐 본 적 없는, 선생님들이 온 믿음과 애정을 쏟는 대상인 하진과 전학이 결정된 후부터 골머리를 썩이게 한 한석은 애초에 갈 길이 달랐으니까. 하지만.

"야."

저를 불러 세우는 목소리에 하진은 순간 멈칫했다. 나한테 한 말이 맞나?

얼떨떨하게 몸을 돌려 마주한 시야에 역시 걸음을 멈추고 저를 보는 얼굴이 담겼다. 지독한 무표정인데 눈빛은 직선적이다. 기가 세다는 게 이런 걸까? 저도 딱히 심약한 편은 아니라고 생각하는데 빤히 저를 내려다보는 형형한 눈빛을 받고 있자니 괜히 꼴깍 침이 넘어갔다.

아주 잠깐, 순간적으로 세상이 멈췄다.

비약일 수도 있지만 하진은 그렇게 느꼈다. 사실 표면적으로 틀린 말도 아니었다. 복도를 지나가던 모든 이들의 시선이 둘에게 집중되었으니까. 시끄럽고 왁자지껄하던 소음은 어느새 완전히 사라졌다. 왜, 억눌린 목소리가 목구멍에서 터져 나오려던 찰나.

"너 존나 이쁘다."

"……."

생각지도 못한 말에 말문이 턱 막혔다. 어떤 의도로 갑자기 이런 말을 하는 건지 짐작조차 가지 않았다. 무의식적으로 슬쩍 찌푸려지는 하얀 미간을 바라보던 한석의 입꼬리가 조용히 올라갔다.

"이름 뭐야?"

순간 하진은 고민했다. 그냥 무시하고 갈까? 여전히 제 얼굴에 시선을 고정한 채 미미하게 웃는 낯을 바라보는데 뭔가 잘못되었다는 생각이 들었다. 그런 하진이 답답했는지 한석이 재차 물었다.

"너 이름 뭐냐고."

"……박하진."

"와아."

"…….."

"이름도 예쁘네."

과장된 감탄사 뒤에 여유로운 목소리가 들려왔다. 몇 반? 이어지는 물음에 하진은 시선을 피하며 대답했다.

"3반."

"아, 옆 반이네."

다시 마주 본 얼굴에는 완연한 웃음기가 배어 있었다. 뭐라 설명할 수 없는 불안함이 마음속에서 스멀스멀 피어났다. 교실로 돌아와 자리에 앉은 후에도, 수업을 듣는 와중에도 정한석의 얼굴이 눈앞에서 지워지지 않았다.

놀란 가슴을 가라앉힐 새도 없이 한석은 수업이 끝나자마자 바로 하진을 찾아왔다. 쉬는 시간, 하진의 옆에서 핸드폰을 하던 짝 재현은 나와, 라는 짧은 말에 허둥지둥 자리를 피했다.

하진은 불규칙하게 뛰는 심장 박동을 모른 척 그대로 책에만 시선을 고정했다. 아예 하진 쪽으로 의자를 돌려 대놓고 그녀를 보는 남자의 시선이 느껴지는데도.

둘을 호기심 어린 눈초리로 보고 있던 다른 애들은 한석의 뭘 보냐는 말에 알아서 고개를 돌리고 원래 하던 일을 하는 척했다. 체감상 한 5분은 그러고 있었던 것 같다.

"박하진."

"……."

툭 뱉는 이름에 하진은 고장 난 기계처럼 삐걱대며 옆으로 고개를 돌렸다.

"너, 사람 무시 잘하네."

"……."

한 손을 턱에 괸 채 저를 보는 눈을 보자 숨이 턱 막혔다. 빈정대는 말투지만 딱히 기분이 나빠 보이지는 않았다. 하진은 이번에는 시선을 피하지 않았다. 유독 크고 까만 눈동자를 가만히 바라보던 한석이 픽 웃었다.

"네가 전교 1등 한 번도 놓친 적 없다면서?"

"……그런데?"

"쉬는 시간에도 점심시간에도 공부만 한다며. 재밌어? 공부?"

재밌겠냐? 하진은 다시 입을 꾹 다물었다. 이건 무슨 종류의 시비인 건지. 하진이 답하지 않고 하얀 얼굴을 찡그리자 한석의 얼굴에 웃음기가 짙어졌다.

"야. 너."

순간 한석이 목소리를 조금 낮췄다. 괜히 긴장이 된 하진이 지그시 입 안 살을 깨무는데.

"남자 사귀어 본 적 있어?"

솔직히 별것도 아닌 말인데, 한석의 입에서 나오니 이상하게 상당히 부정한 것처럼 들렸다. 하진은 거세게 고개를 저었다. 하진의 반응에 한석이 눈을 조금 크게 떴다.

"진짜로?"

"어."

"아······."

말꼬리를 길게 늘이는 게 어쩐지 불안했다. 그나저나 왜 안 가고 여기서 실없는 질문이나 하는 거지. 긴 다리와 큰 체구는 앉아 있는 것조차 상당히 불편해 보이게 만들었다. 하진의 속마음을 아는지 모르는지 정한석이 나른하게 중얼거렸다.

"어떡하지. 더 마음에 드는데."

"······."

그 혼잣말이 하진에게는 다 들린다는 게 문제였다. 이제 슬슬 수업 종도 칠 텐데, 하진이 괜히 앞문을 기웃대는데 한석이 다시 물었다.

"넌 나 어때?"

"······뭐가?"

"나 어떠냐고."

얜 진짜 뭘까? 당당하게 묻는 낯에 어이가 없었다. 하진은 툭 쏘아붙였다.

"아무 생각 없는데."

"······."

처음으로 한석의 입이 다물렸다. 그러나 그는 이내 하하 소리 내어 웃었다. 기어코 다른 애들이 이쪽을 힐금댈 만하게 크게. 뭐가 웃기지? 하진이 눈썹을 씰룩이는데 갑자기 한석이 제 쪽으로 팔을 뻗었다. 화들짝 놀란 하진이 몸을 뒤로 물리자 한석이 쯧, 혀를 찼다.

"오버는, 누가 잡아먹기라도 한대?"

눈앞에 디밀어진 핸드폰을 보며 하진은 천천히 눈을 깜빡였다.

"번호 눌러."

"……."

"빨리."

채근하는 목소리가 나직했다. 의외로 하진의 고민은 길지 않았다. 희고 가느다란 손가락이 번호를 누르는 것을 한석은 빤히 바라보다, 굳이 확인 전화까지 걸어 보고 나서야 자리에서 일어났다.

* * *

그날을 기점으로 하진의 세상은 묘하게 비틀어졌다.

정한석은 하루에 한두 번은 꼭 하진의 교실을 찾았다. 처음에는 소스라치게 놀라며 일어나던 재현은 어느 순간부터는 아예 쉬는 시간에 자리에 붙어 있지 않았다.

그렇다고 한석이 딱히 뭔가를 하는 건 아니었다. 옆에서 공부하는 하진을 지켜보고, 시답잖은 말을 붙이고. 점심시간에도 계속 옆에 앉아 있다 갔을 뿐이다. 야자를 하지 않는 그는 저녁 식사도 거르고 교실에 붙어 있는 하진에게 그렇게까지 해서 1등을 해야겠냐는 농도 걸었다.

"선생님께 얘기해 줄까?"

오죽하면 하진과 친한 편이던 연우가 걱정스럽게 물을 정도였다. 그러나 하진은 고개를 저으며 말했다. 괜찮아.

혹시나 하는 뒤탈이 두려워서 한 말은 아니었다. 그러니까…… 처음에는 당황스러웠지만, 정말로 괜찮았다.

어쨌든 한석은 제가 예쁘다고 했고, 저를 안 좋게 대우할 생각은 없는 듯했다. 입이 걸긴 했어도 제게는 딱히 욕을 하지도 않았고 말이다. 물론 말투는 껄렁거렸고 몸짓에 배어 있는 불량함에 흠칫흠칫 놀라기는 했지만.

수업 시간에 대놓고 자고, 오히려 선생님들도 그걸 반긴다는 그가 쉬는 시간만 되면 매일같이 저를 찾아오는 건 이상하게 기분이 나쁘지 않았다.

오히려 그렇게 제멋대로인 애가 저를 보러 매일 온다는 것에 뭐랄까, 묘하게 들뜨기까지 했다. 최이서가 뒷문에서 이쪽을 흘끔 보고 지나가는 것을 몇 번 보고서는 그 마음이 더 커졌다. 하진은 주목받는 것을 싫어하는 타입은 아니었다.

저러다 제풀에 지치겠지, 어쩌면 그렇게도 속으로 생각했던 것 같다.

전 학교에서는 수업 일수가 간당간당했다는 한석이 그렇게 매일같이 하진을 찾아온 지 2주가 되던 때였다.

-체육관 옆의 창고로 와.

점심시간, 갑자기 걸어온 전화에서 한석은 제 할 말만을 하고 뚝 끊었다. 하진의 대답도 듣지 않고 말이다.

입술을 벙긋대던 하진의 머릿속이 복잡해졌다.

갑자기 왜? 순간 스쳐 지나간 것은 뭐 고백 그런 건가 하는 순진한 생각이었지만 하진은 곧바로 부정했다. 한석과 그런 달콤한 단어는 안 어울렸다. 그럼 뭐지. 자리에 앉아서 열심히 고민하는데 메시지가 도착했다.

[나 기다리는 거 존나 싫어해]

"……."

뭔가 위험하다는 느낌은 호기심을 이기지 못했다. 하진은 천천히 자리에서 일어났다.

봄이 완전히 내려앉은 학교는 가는 곳마다 예쁜 꽃향기가 났다. 그 따스하고 향기로운 길을 지나쳐 하진은 한석이 말한 낡은 창고로 향했다. 창고 앞에 비뚜름하게 서 있던 훌쩍 큰 남자가 하진을 보고 웃었다.

"진짜 왔네."

"……네가 오라며."

"응, 그렇지."

정한석은 혼자였다. 그러고 보니 이렇게 서서 마주한 것은 처음이었다. 저 멀리 운동장에서 축구를 하는 남자애들은 이쪽에는 관심도 없는 듯했다. 막상 외진 곳에 둘만 있게 되니 좀 긴장이 되었다. 하진은 아무렇지 않은 척 물었다.

"왜 불렀어?"

"음."

하진의 말에 한석이 퍽 의뭉스럽게 말을 늘였다. 자연스럽게 하진의 어깨를 감싼 그가 반쯤 열린 창고 안으로 그녀를 집어넣었다. 기민하고도 망설임 없는 동작이었다.

아⋯⋯! 짧은 탄성과 함께 얼떨결에 안으로 끌려 들어간 하진 뒤로 곧바로 커다란 몸이 들어왔다. 문고리의 동그란 버튼을 한석이 꾹 누르자 달칵, 소리와 함께 문이 잠겼다.

창고 안은 낮인지 밤인지 구분 안 갈 정도로 시꺼멓게 어두웠다. 바로 옆 널찍한 체육관과는 다르게 작은 공간은 꽉꽉 들어찬 여러 비품들로 케케묵은 냄새가 났다.

"뭐 하는 거야."

하진은 홱 몸을 돌려 문을 등지고 선 한석을 바라보았다. 말없이 저를 응시하는 얼굴을 보자니 덜컥 겁이 났다. 교실 안에서 한석이 두렵지 않았던 이유는 어쨌든 보는 눈이 많았기 때문이었다. 하지만 지금은 아니었다. 이 안에서 그가 무슨 일을 할지 짐작이 가지 않아 두려웠다.

"나갈래."

빠르게 마음을 정한 하진은 곧바로 한석을 밀치고 나가려고 했다. 하지만 한석이 빨랐다.

"⋯⋯!"

도망치려는 하진을 그는 그대로 제 품 안으로 끌어당겼다. 제 허리를 두른 단단한 팔에 하진은 굳어 버렸다. 한석은 고작 한 팔만으로 하진을 안고 있는데도 벗어날 수가 없었다. 무시무시한 악력 때문인지 너무 놀라서인지 알 수 없었다. 이내 귓가에 나직한 목소리가 감겼다.

"어딜 가."

"……."

와이셔츠 가슴팍에 얼굴을 묻은 채 하진은 조금 떨었다. 한석의 품은 넓고 따뜻했지만 감상에 빠질 여유는 없었다. 느릿한 숨을 한 번 내쉰 그의 손이 교복을 단정히 차려입은 하진의 등을 적당한 힘으로 천천히 쓸었다. 등줄기를 타고 소름이 돋았다.

"기껏 불러 놨더니 간다고 하네."

"……무슨 짓이야, 이게."

하진은 가까스로 정신을 차리고 힘주어 한석의 품에서 벗어났다. 다행히도 한석은 순순히 그녀를 놓아주었다. 그래도 한석 앞에서는 제가 그를 두려워한다는 인상을 주기 싫었던 하진은 최대한 태연하게 쏘아붙였다.

"왜 맘대로 안고 그러는데?"

"안다니. 가려고 하니까 막은 거지."

능글맞게 대꾸한 한석이 결백하다는 듯 어깨를 으쓱했다. 먼지 풀풀 날리는 시커먼 공간 안에 그새 적응되었는지 흐릿하던 한석의 이목구비가 정확히 들어왔다. 얼굴에 묘하게 웃음기가 배어 있었다.

"그러니까 왜 불렀냐고. 할 말 없으면 가도 되잖아."

"음. 좀 부탁할 게 있어서?"

"……부탁?"

"엄밀히 따지자면 부탁은 아니고. 서로 좋자고 하는 건데."

무슨 소리야? 하진이 눈을 약간 찡그렸다. 숨길 수 없는 불안과 의문으로 중첩된 예쁜 눈망울을 바라보던 한석이 혀로 입술을 조금 죽였다.

"넌 원래 그렇게 사람 쳐다봐?"

"무슨 말이야."

"아니, 존나……."

자체적으로 뒷말을 생략한 한석이 싱긋 웃었다. 평소 그는 필터링을 거치지 않고 말을 뱉는 데다 잘 웃지 않는 편이었으나 눈앞의 경계심 가득한 대상을 꼬드기기 위해서는 어쩔 수 없는 선택의 연속이었다.

"그러니까, 나 공부 좀 가르쳐 주라고."

"뭐?"

이번에는 정말 어이없는 소리가 터져 나왔다. 갑자기 공부라니? 예상했던 반응이란 듯 한석이 곧바로 말을 이었다.

"대학 한번 가 볼까 싶어서. 내가 공부를 안 해서 그렇지 머리가 안 좋은 건 아니거든."

"……."

"뭐. 사실 안 가도 상관없긴 한데. 학생이 공부를 해야 하는 건 맞잖아."

아니, 그러니까 그게 네 입에서 나올 말이냐고. 그것도 수능을 반년 조금 넘게 남겨 놓은 이 상황에서 말이다. 무엇보다 그게 진짜라면 굳이 이런 곳까지 불러서 감금해 놓고 말할 이유도 없지 않나. 하진은 미심쩍음을 숨기지 않고 다시 물었다.

"진심으로 하는 말이야?"

"그럼."

한석이 과장된 어조로 답했다. 잠시 침묵하던 하진이 입술을 달싹였다.

"······공부를 뭐, 어떻게 가르쳐 주라고. 나 시간 없어."

"알아. 너 문자고 전화고 다 씹잖아."

"······."

하진의 입이 또다시 다물렸다. 나름의 이유는 있었다. 이번에 처음으로 학교에서 전화가 걸려 온 거였지, 한석이 연락을 해 온 것은 다 늦은 밤이었다. 집에 가면 핸드폰은 쳐다도 안 보는 하진이 받을 리가 없었다.

문자라고 해 봤자 왜 전화 안 받아, 이런 정도여서 아침에 확인하고도 딱히 답할 가치를 느끼지 못했고.

"그냥 이렇게, 점심시간도 되고 야자 전에도 되고. 잠깐씩 만나서 봐줘. 모르는 거 물어볼게."

"알아서 해. 그럼 난 그냥 교실에 있으면 되는 거지?"

"아니."

"······."

"난 시끄러운 거 존나 싫어해서. 공부는 조용히 해야지. 빈 교실이야 널렸잖아."

한석이 오면 교실이 찬물을 끼얹은 것처럼 고요해지는 것을 모르는 걸까? 황당하게 저를 바라보는 하진을 보며 그가 채근했다. 할 거지?

"······알았어."

하진은 결국 고개를 끄덕였다. 한석이 진짜 공부한다고 해도 얼마나 오래갈지 모를 일이었고, 더 솔직해지자면 그냥 빨리 이 상황을 벗어나고 싶은 마음이 컸다.

애써 태연함을 유지하는 척했지만 하진의 심장은 계속해서 쿵쿵 뛰고 있었다. 이성과 이런 식으로 접촉한 적은 지금껏 인생에서 단 한 번도 없었다. 좋고 싫음을 떠나서, 많이 놀랐다.

"약속한 거야."

"응."

순순히 대답하는 하진을 보던 한석의 입가가 슬쩍 비뚤어졌다.

"됐네, 그럼. 넌 공부 가르쳐 주고…… 난 재밌는 거 알려 줄게, 대신."

"재밌는 거?"

"아까 말했잖아. 오가는 게 있어야지. 받기만 하는 건 내 성미에 안 맞아서."

"됐어."

하진은 재빨리 고개를 저었다. 재밌는 거, 그 말이 한석의 입에서 나오자마자 학생 신분으로 하면 안 되는 모든 비행들이 하진이 아는 얄팍한 상식선에서 머릿속을 스쳐 지나간 탓이었다.

"내가 뭘 알려 줄 줄 알고 됐대?"

"아니, 됐다고. 공부는 알려 줄 테니까…… 좀 나와 봐. 나가게. 답답해."

공부는 뒷전이고 역시 이쪽이 진심이었나? 아주 잠깐 조금 안도했던 마음이 다시 불안해졌다. 되지도 않을 기 싸움을 하며 저를 바라보는 하얀 낯을 응시하던 한석의 눈이 가늘어졌다.

"아니, 걱정 마. 뭐 이상한 거 안 시켜."

"……."

"그냥, 너 공부밖에 모르잖아. 가끔은 재밌는 것도 좀 해야지…… 너랑 어울리는 거 있어."

나랑 어울리는 거? 하진의 동공이 흔들렸다. 느릿하게 말을 잇던 한석이 한 발짝 성큼 더 앞으로 다가왔다. 안 그래도 가까웠던 거리는 숨 막히게 좁혀졌다.

무슨, 되받아치려던 입술은 목덜미에 닿는 커다란 손에 그대로 굳어 버렸다. 여린 피부를 천천히 감싸는 손끝이 예민해진 감각으로 생생하게 느껴졌다. 열기 밴 그것은 무섭도록 뜨거웠다.

얼굴이 가까워지고, 더운 숨결이 와 닿고, 한석의 다른 손이 제 허리를 지그시 끌어안고…….

그 모든 것들이 의미하는 바가 너무도 뻔했는데도 하진은 발이 땅에 붙은 듯 조금도 움직이지 못했다. 설마, 설마. 바보 같게도 그 말만이 머릿속을 지배했던 것 같다. 입술이 아슬하게 닿기 직전 아주 살짝 웃으며 먼저 눈을 감던 정한석의 얼굴이 현실감 없게 다가온 순간.

"……!"

그대로 입술이 빨렸다.

추웁, 상당히 노골적인 소리가 몇 번 귓가를 울렸다. 정신을 차렸을 때는 이미 입 안으로 혀가 들어와 있었다. 하진에게 맞춰 고개를 슬쩍 숙인 한석은 지금까지 나름 힘겹게 참아 왔던 것을 분출이라도 하듯 끈적하고 짙은 키스를 이어 나갔다.

굳어 있는 혀를 쭉쭉 빨고 입 안을 애무하듯 샅샅이 핥고, 어찌할 줄 모르고 떨고 있는 손을 억지로 제 목에 두르게 했다. 물론 힘이 빠진 하진의 손은 흘러내려 겨우 그의 어깨를 붙잡게 되었지만.

아주 가끔 상상했던 낭만적인 첫 키스의 환상은 깨졌다.

그런 몽글몽글 포근하고 부드러운 느낌이 아니었다. 낯설고, 텁텁하며, 그러나 축축하고도 날것인. 혀를 얽는 것뿐인데 치부를 다 들켜 버린 것처럼 얼굴이 화끈거리고 심장에서 열이 났다.

이런 감각은 정말 처음이었다. 온몸에 힘이 풀리고 모든 신경과 감각이 한곳으로만 집중되는 달뜨고 묘한 기분. 동물적인 감각이다.

먼지투성이 창고에서 이런 식으로 흘러가는 처음이라. 절대 상상해 본 적 없는 일이었다.

만약 하진이 정말로 원치 않았다면, 그러니까 정말로 싫었다면 어쩌면 벗어날 수 있었을지도 모른다. 능숙하게 안을 헤집는 혀를 확 깨물어 버려도 되고, 타격이 있든 없든 간에 싫다는 뜻으로 주먹을 꽉 쥐어 너른 어깨를 퍽퍽 때려도 되고.

하지만…… 하진은 그러지 못했다. 한석이 하는 키스가, 그 어찌 보면 단순한 행위가 눈앞을 희뿌옇게 가려 버려서 알면서도 벗어나지 못했다. 미친 건 알지만 어느 순간을 넘어서는 제 의지로 그의 입맞춤에 응해 주고 있었다. 딱히 적극적으로 혀를 얽지는 않아도 가만히 있는다는 것이 또 다른 의미의 승낙이었을지도 모른다.

척척한 키스는 행위에 익숙하지 못했던 하진이 숨을 가쁘게 쉴 때야 겨우 끝났다.

하아, 모자란 숨을 토해 내며 바르르 떠는 입술을 홀린 듯 바라보던 한석이 곧바로 또 입술을 부딪치려 했다. 하진은 반사적으로 고개를 돌려 그것을 피했다. 쓰읍, 한석이 애 다루듯 소리를 내며 작은 턱을 잡아 다시 자신을 보게 했다.

"나 볼 때 눈 돌리지 마. 빡치니까."

"……하."

기가 찼고 숨도 찼다. 키스의 여파로 상기된 얼굴을 바라보던 한석이 그제야 만족스럽다는 듯 웃었다. 여전히 하진은 한석에게 안겨 있었다. 제 품에 꼭 맞게 들어오는 마르고 여성스러운 몸을 만끽하며 한석은 그녀에게 물었다.

"어때? 재밌지."

"……."

하진은 입술을 꾹 깨물었다. 아니, 재미없어. 네가 억지로 한 거잖아. 그런 말은 입 밖으로 나오지 않았다.

눈치 빠르게도 한석은 그런 저를 알아챈 듯했다. 뒤이어 하는 행동이 그랬으니까. 씩 웃는 거며, 대놓고 입술을 손으로 훑는 거며……. 알지만 인정해야 하는 것은 상당히 자존심이 상하는 일이었다.

말없이 제게서 벗어나려 몸을 비트는 하진을 한석이 간단히 제압하고 다시 입술을 겹쳤다. 두 번째 키스는 처음보다 더 길고, 더 농밀했다. 안타깝게도 이번 역시 하진은 저를 덮쳐 오는 숨을 거부하지 못했다.

 그 후부터 한석의 호출은 당연하다는 듯 매일같이 이루어졌다.

 수업 시간에는 잠만 잔다면서 점심시간과 야자 전만 되면 하진을 찾아왔다. 정작 본인은 야자도 안 하면서, 시간을 꽉꽉 채워 하진과 함께 있었다.

 그렇다고 그들이 매번 '나쁜 짓'을 하는 것은 아니었다.

 하진은 한석에게 가끔은 정말 되지도 않게 수학 문제를 설명해 주기도 했고 입시에 대해 알려 주기도 했다. 물론 책 대신 저를 뚫어지게 바라보는 시선을 느끼기는 했지만, 어쩌겠는가? 제가 예뻐서 본다는데. 어차피 한석이 갖고 온 책이 허울인 것은 그도 알고 저도 알았다.

 그렇게 거의 매일 학교에서 한석의 얼굴을 봤다. 들리는 말로는 한석은 학교가 끝나면 곧바로 알바를 하러 간다고 했다. 누군가는 그게 아니라 무슨 기술 배우는 학원을 다닌다고도 했고.

 사실 한석이 정확히 무슨 일을 하는지까지는 하진은 몰랐다. 그저 돈이 필요하겠거니 생각할 뿐, 더 물어볼 마음도 없었고. 하진이 한석에 대해 아는 것은 정말 표면적인 일부분이었다.

 또한 하진은 한석의 호출에 제가 '할 수 없이' 응한다는 인상을 주고 싶어, 오늘처럼 가끔은 얄팍하게 버티기도 했다. 그러면서도 매번 저를 안아 오는 품을 진심으로 거부한 적은 없었지만.

 그래도 눈치 빠른 한석은 그런 제 마음을 다 알고 있었을 거라고 하진은 여겼다. 모름지기 누울 자리를 봐 가며 발을 뻗는 법이다.

그날 전화 한 통에 곧바로 창고 앞에 나왔을 때, 아니, 그가 제 옆에 처음 앉았을 때, 아니⋯⋯ 어쩌면 복도에서 처음 마주쳤을 때부터일지도. 감이 좋은 그는 하진이 저를 정말로 거절하지 않을 것을 은연중에 확신했으리라.

물론 하진이라고 마냥 좋은 것만은 아니었다. 한석과 도대체 뭘 하는지, 왜 선생님께 도움을 요청하지 않는지 친구들에게 둘러대기도 점점 더 애매해져 갔으며, 혹시나 선생님들께 안 좋은 소문이 들어갈까 걱정되기도 했고 언제 터질지 모르는 시한폭탄 같은 면이 있는 한석이 다른 행위를 할까 두렵기도 했다.

그래도 이상하게 한석이 오는 시간이 기다려졌다.

그 아주 잠깐의 일탈 동안에는 골치 아픈 다른 생각을 하지 않아도 되었다. 한 번도 느껴 본 적 없는 짜릿함을 먼저 포기하기에는 하진의 일상은 지나치게 단조롭고 숨이 막혔다. 오늘만, 오늘까지만. 그렇게 하다 보니 어느새 계절이 바뀌었지만⋯⋯.

언제 끊어질지 모르는 외줄 타기는 계속되고 있었다.

2

엄마가 만들어 준 야식을 거의 다 먹었을 때쯤이었다. 어쩐지 가라앉은 목소리가 들렸다.

"하진아."

응? 하진은 눈으로 대답하며 반쯤 남은 주스 잔을 마저 비웠다. 하진은 집에서 엄마가 해 주는 요리 아니면 밖에서 먹는 것은 다 맛이 없었다.

"아까, 학교에서 담임 선생님이 전화하셨던데. 너 야자 하고 있을 때."

"……왜?"

애써 침착한 척을 하며 하진은 맞은편에 앉은 엄마를 바라보았다. 야자 후 하진은 꼬박꼬박 엄마의 차를 타고 집에 와서 나머지 공부를 했다. 집중을 위해 독서실에 가는 친구들도 꽤 있었지만 애초에 아빠가 반대했다.

"그냥, 요즘 뭐 고민거리라든가 없냐고 물으시던데? 너 따로 부르면 오히려 더 그럴까 봐 엄마한테 먼저 연락하신 거라고."

"……."

"혹시 나쁜 친구라도 만나고 다니는 거 아니지?"

옅은 화장을 한 엄마의 표정을 잘 읽을 수가 없었다. 엄마는 아무리 늦은 시간이라도 아빠가 일을 마치고 집에 들어오기 전까지는 화장을 지우지 않았다. 하진은 곧바로 고개를 저었다.

"내가 그럴 리가 없잖아."

말은 그렇게 해도 쿵쿵 뛰는 심장 박동을 가라앉히긴 힘들었다. 당장 오늘만 해도 한석과 계속 엉겨 있다 교실로 들어왔으니까.

"그렇지? 선생님이 과민 반응 하시는 거지? 너야 워낙 모범생이니까. 대학도 지금처럼만 하면 XX대는 따 놓은 당상이라고, 기대가 많으시대."

"……아무튼, 학교생활은 아무 문제 없어. 새로 전학 온 애가 자꾸 말 걸어서 대충 대꾸해 줬는데, 선생님이 보기에는 좀 걱정스러우셨나 봐. 걔가 좀 소문이 안 좋아서."

완전히 표정을 갈무리한 하진이 담담하게 말했다. 하긴, 생각보다 오래갔지. 선생님이 엄마에게 어디까지 얘기했는지는 모르겠지만, 내일부터 한석을 만나는 일은 없을 것이다.

"그래. 알겠어."

엄마가 가볍게 고개를 끄덕였다. 궁금할 법도 한데 더 묻지 않는다. 하진이 먹은 것을 치우려는 듯 곧바로 일어나는 엄마를 올려다보며 하진은 조심스럽게 물었다.

"엄마. 아빠한텐 얘기 안 할 거지?"

"그럼."

즉각적인 대답에 하진은 안도했다. 역시 엄마는 제 편이다. 나날이 주가를 올리는 기업의 수장인 아빠는 늘 바쁘고, 늘 엄격했으며, 가끔 볼 때마다 하진의 마음을 날카로운 말로 후벼 팠다.

아빠가 알게 된다면? 생각만으로 끔찍하다. 전후 사정은 상관없이 학교에서 전화가 왔다는 그 사실 하나만으로 하진은 잠도 못 자고 새벽까지 욕을 먹다 학교에 갈 확률이 높았다.

"괜히 신경 쓰이게 그런 말을 뭐 하러 해? 아빠 요즘 새로 투자받는 건 때문에 얼마나 바쁘다고."

"……."

"걱정 말고 얼른 가서 공부해."

"……응."

저를 쳐다보지도 않고 그릇을 치우는 엄마를 잠깐 보던 하진은 일어나 2층 제 방으로 올라왔다.

뭐랄까, 조금 미묘한 감정이었다. 엄마가 당연히 저를 믿어서 그렇게 말한다는 건 아는데, 사실 엄마가 더 캐물었으면 할 말도 없을 거였는데 어쩐지 서운하달까? 아니, 서운한 것까지는 아닌데 좀…… 저한테 무신경한 느낌이랄까. 정확히 뭐라고 말해야 할지 모르겠다.

'난 또 뭔 생각을 하는 거야.'

하진은 고개를 절레절레 흔들며 가방에서 책을 꺼냈다. 엄마는 원래 가끔 좀 쌀쌀맞은 면이 있긴 했다. 그래도 저한테는 최고의 엄마였다.

하진이 알아서 잘하는 이유도 있지만, 으레 엄마들이 할 법한 잔소리도 전혀 없고 쓸 일 없는 용돈도 많이 준다. 아빠랑 트러블이 날 때면 제 편을 들어 주는 건 당연하고. 막 공부를 시작하려던 하진은 아까 마셨던 망고 주스가 또 생각나 1층으로 내려갔다.

"왜?"

"아, 주스 좀 더 갖고 가려고."

"엄마가 이거만 닦고 가져다줄게."

"아니야. 내려왔는데 뭐."

냉장고에서 주스를 꺼내 따르며 하진은 저만치에서 거실 테이블을 열심히 닦고 있는 엄마를 힐끔 바라보았다. 닦을 것도 없는데 엄마는 먼지 한 톨 쌓일 틈 없이 이 큰 집을 매번 닦고 치운다.

"엄마. 그만하고 좀 쉬어."

"응, 이거만 하고. 아빠 오셨을 때 집이 깨끗해야지."

"이미 엄청 깨끗해."

"……"

못 들은 척 엄마는 또 테이블 옆 협탁을 닦는다.

'진짜 엄마도 참······.'

하진은 속으로 혀를 찼다. 제 엄마지만 정말 대단하다는 생각을 하면서. 가끔 하진은 엄마가 못 견디게 안쓰러웠다.

가족 행사 때가 아니면 거의 볼 일이 없지만, 아빠의 친가 쪽에서 엄마를 탐탁지 않게 생각하는 것을 하진은 어릴 때부터 보고 들어서 잘 알고 있었다. 멋모르던 그때도 이해가 안 되었지만 지금도 마찬가지다.

물론 엄마가 고아로 자라 비빌 언덕 하나 없긴 한 건 사실이나 그게 엄마 탓은 아니지 않은가. 몸이 약해 아이를 더 갖는 것은 포기했으니, 할아버지가 그렇게 말하는 아들을 낳을 수도 없지만 대신 제가 그 몫을 하려고 열심히 하고 있었다.

어쨌든 엄마는 아빠보다 여덟 살이나 어리고 하진이 보기에도 예쁘다. 아빠도 젊은 편이고 관리도 잘 한다지만 나란히 서 있으면 엄마에 비빌 수 없다. 그뿐인가, 이 큰 집에서 사모님 소리 들으며 살면서도 최소한의 관리인만 두고 웬만한 집안일을 다 도맡아 할 정도로 부지런하다.

거기에 아직도 아빠밖에 모른다. 한없이 가부장적이고 기분파인 남자인데도 진심으로 사랑하는 게 눈에 다 보인다. 하진은 가끔 제 엄마인데도 엄마가 이해가 안 될 때가 많았다. 도대체 아빠가 뭐가 좋은 거지.

하진은 여전히 제게 시선 한 번 안 주는 엄마를 흘깃대며 2층으로 올라갔다. 어쨌든 엄마가 아빠한테 말 안 한다고 해 줘서 고마웠다.

* * *

　다음 날, 무언의 다짐을 한 하진은 언제나처럼 학교에 갔다. 그런데 한석의 모습이 보이지 않았다. 워낙 존재감이 확실한지라 부재가 확 티가 난달까. 좀 늦나 했는데 점심시간에도 연락이 없자 확실히 알았다. 오늘은 학교 안 오겠구나.

　'오늘 말하려고 했는데.'

　뭐, 내일도 있긴 하지만 마음먹었을 때 말하고 싶었는데. 솔직히 약간의 아쉬움이 없다면 거짓말이지만 언제까지나 헛짓하고 다닐 수는 없었으니까.

　뒤숭숭한 마음으로 하진은 곧 있을 모의고사 대비 문제집을 풀었다. 당장 다음 주 모의고사에, 얼마 안 있어 기말고사에…… 생각해 보면 허투루 낭비할 시간은 하나도 없었다. 기계처럼 문제를 푸는 하진의 어깨를 누군가가 소란스럽게 두드렸다.

　"하진아, 그거 들었어?"

　"……뭐?"

　약간의 귀찮음을 담아 돌아본 시선에 눈이 동그래진 연우의 얼굴이 담겼다. 엄청난 비밀 얘기라도 하는 것처럼 연우가 하진의 귓가에 속삭였다.

　"정한석 아빠, 돌아가셨대."

　"……."

　"그래서 오늘 학교 못 왔나 봐."

걔는 아빠랑만 둘이 산다며, 근데 도박 때문에 빚 많을 텐데 설마 정한석이 갚아야 되고 그런 건 아니겠지? 몇 마디 더 덧붙인 연우는 별다른 대꾸가 없는 하진의 얼굴을 보며 머쓱하게 몸을 뺐다.

'차라리 그게 나을 수도 있지 않나.'

하진은 순간적으로 든 생각에 설핏 미간을 찌푸렸다. 아무리 그래도 너무 간 생각이었다. 그래도 정한석한테는 하나밖에 없는 가족이었을 텐데. 잠깐의 연민은 뒤이어 드는 자기중심적인 생각에 묻혔다. 역시 한석과 저는 어울리지 않았다.

한석이 학교에 다시 나온 것은 일주일 만이었다. 모의고사 시험이 끝난 다음 날이기도 했다. 굳이 한석의 소식을 물어다 주는 연우 덕분에 그가 등교했다는 것을 알게 된 하진은 점심시간을 내심 기다렸었다.

'밥 먹고 와서 연락해야지.'

다시금 다짐하며 연우와 급식실로 향하는 하진의 손목을 누군가가 우악스러운 힘으로 당겼다.

"……."

벌써 푹푹 찌는 한낮보다 피부에 닿는 손의 열기가 더 뜨거웠다. 퍼뜩 돌아보자 저를 내려다보는 훌쩍 큰 남자가 보였다. 헉, 옆에서 연우가 작게 놀란 소리를 냈다.

"잠깐 따라와."

"……밥 먹으러 갈 건데."

"나랑 같이 먹으면 되지."

오늘 급식 존나 맛없대, 그런 말을 덧붙이는 얼굴이 태연했다. 고민은 길지 않았다. 하진은 연우를 슬쩍 보았다.

"같이 갈래?"

"뭐? 아니!"

하진의 말에 연우가 황급히 고개를 저었다. 어쩔 줄 모르는 표정으로 한석과 하진을 번갈아 보더니 그런 말은 하지도 말라는 듯 휘휘 손을 내저었다.

"나 신경 쓰지 말고 먹고 와."

"……미안해, 갔다 올게. 아, 저기 애들 온다."

"으응. 나는 서아랑 먹을게, 그럼."

어차피 한 번은 얘기할 생각이었다. 다만 연우가 신경 쓰였는데 다행히 저만치에서 삼삼오오 몰려오는 같은 반 여자애들이 보였다.

하진은 그때야 안심하고 한석을 따라 뒤돌았다. 같이 밥 먹자는 얘기가 그냥 하는 말인 줄 알았는데 한석은 운동장을 가로질러 정말 학교를 나가려는 게 아닌가.

"어디 가?"

놀란 하진이 묻자 한석이 그때야 손에 쥐고 있는 종이를 보여주었다. 외출증 두 장이었다. 휘갈긴 글씨로 하나에는 한석의 이름이, 다른 하나에는 최이서의 이름이 적혀 있었다. 한석의 담임선생님은 남자였는데, 여자애들이 생리통을 호소하면 웬만하면 외출증을 쉽게 끊어 주는 편이었다. 경비 아저씨의 혹시 모를 의심을 피하려 약간의 텀을 두고 외출증을 보여 주는 것까지 완벽했다.

그렇게 손쉽게 경비실을 통과해 학교 밖으로 나왔다. 하진은 괜히 주위를 두리번거렸다. 점심시간에 건물 밖으로 나오다니. 처음이었다.

"뭐 먹을래?"

새삼 느끼지만 한석은 사소한 말도 불량스럽게 들리게 하는 재주가 있었다. 하진은 물끄러미 한석을 보다, 대충 턱짓으로 눈앞의 편의점을 가리켰다.

에어컨이 빵빵한 커다란 편의점 안은 이따금 오가는 사람들 빼고는 조용했다. 이런 일탈을 하다니. 괜히 찔린 하진은 커다란 창밖도 힐금대고, 저만치 캡을 눌러쓴 알바생도 한 번 봤지만 핸드폰만 들여다보는 남자는 이쪽에는 관심도 두지 않는 듯했다.

"넌 방학 때 뭐 하냐?"

샌드위치 하나를 금세 해치운 한석이 제 앞의 이온 음료 캔을 따며 물었다.

"뭐 하겠어. 공부하지."

무심하게 답하며 하진 역시 샌드위치를 한 입 베어 물었다. 차갑고 푸석하다. 집에서 엄마가 해 준 거와는 차원이 다르다. 묘하게 어그러지는 하진의 표정을 보던 남자가 인상을 썼다.

"짜증 나네, 이런 빵 쪼가리 사 주려고 밖에 나가자고 한 거 아닌데."

"난 맛있어."

"그래. 그런 거나 먹고 다니니까 비리비리하지."

쯧, 한석이 대놓고 혀를 찼다. 제 말을 듣지 않는 게 분명했다. 하진은 부러 더 열심히 먹는 티를 냈다.

아까 한석은 편의점을 가자는 그녀의 말에 곧바로 얼굴을 찡그렸었다. 그러나 맛있는 거 사 줄 테니 골목 돌아 전복삼계탕집을 가자는 그의 말에는 하진이 더 놀랐다.

확실히 교복 입고 한가롭게 앉아 먹을 만한 곳은 아니었다. 가격대가 있어 보이기도 했고. 솔직히 하진에게는 하등 상관없지만 갑작스러워 지갑조차 가지고 나오지 않았으니까, 그런 데에서 한석에게 얻어먹을 수는 없었다.

"연락하면 나와. 잠깐은 괜찮잖아?"

"……."

제멋대로인 말에 잠시 말문이 막혔다. 당장 방학 시작하자마자 과외에 학원 특강에, 스케줄이 빡빡하기 그지없었다. 사실 꼭 공부가 아니라도 제가 한석을 밖에서 만날 이유도 없었다.

"나오면 뭐 할 건데?"

"음…… 할 거야 많지."

씩 웃은 한석이 한 손에 턱을 괸 거만한 자세로 하진의 새치름한 얼굴을 응시했다. 가느스름한 시선이 경계심을 가득 담은 낯을 여유롭게 훑는다. 덕분에 하진도 그를 제대로 마주할 수 있었다.

확실히 살이 빠졌다. 원래도 날카로운 인상이지만 이제는 흉흉한 분위기가 풍길 정도로. 덕분에 높은 콧대가 더 가파르게 보이고, 살집이라고는 조금도 찾아볼 수 없는 다부진 턱에서는 확실히 또래 남자애들과는 다른 남성적인 분위기가 느껴진다.

분명 무겁고, 버거운데…… 어쩔 수 없이 매력적이다.

하진은 새삼 제 취향이 참 고약하다고 느꼈다. 찰나 든 감정을 부정하듯 일부러 더 쌀쌀맞게 답했다.

"어차피 안 돼. 수능이 코앞이잖아. 스케줄 다 차 있어."

"아아."

한석이 짐짓 몰랐다는 듯 말을 길게 늘였다. 말없이 샌드위치를 먹는 하진을 계속 보다가, 혼잣말처럼 중얼거렸다.

"네가 공부를 좀 못했으면 좋았을 텐데."

"……."

"아님, 집이 좀 덜 잘살든가."

아직 샌드위치는 반이나 남았는데 맛이 도통 느껴지지 않았다. 하진은 한석이 꽂아 준 이온 음료 캔의 빨대로 쭉쭉 음료를 빨았다. 오물대는 입술에 진득한 시선이 잠시 머물렀다.

"그것도 아니면 최이서처럼 생각이 없든가."

피식 웃는 한석이 무슨 의도로 그런 말을 하는지 알 듯 모를 듯 했다. 참, 이러고 있을 때가 아닌데. 하진이 입술을 떼려는데 한석이 빨랐다.

"근데 넌, 내가 대학 갈 수 있을 것 같냐?"

"뭐?"

갑작스러운 말에 절로 황당한 소리가 나왔다.

"아니, 공부 가르쳐 봤잖아. 내가 대학 갈 수 있을 것 같냐고."

"……너 양심은 있어?"

하얀 미간을 찌푸리는 하진을 보고 한석이 소리 내어 웃었다. 그냥 해 본 말이라며, 덧붙이는 말투가 새털같이 가벼웠다. 아무 생각 없이 보이는 그 웃음기 띤 얼굴을 멀거니 바라보던 하진은 충동적으로 물었다.

"너, 괜찮아?"

"뭐가?"

차마 더 물을 수 없어 망설이는데 한석이 알겠다는 듯 비뚤게 입꼬리를 끌어 올렸다.

"당연히 괜찮지. 언제 뒈져도 이상할 게 없는 인간이었는데. 괜찮기만 해? 존나 홀가분한데."

"……."

담담하게 뇌까리는 한석의 말에서는 딱히 허세를 찾아볼 수는 없었다. 어느새 웃음기를 완전히 지운 얼굴에서는 고단한 뭔가를 끝낸 사람 같은 초연함마저 보였다.

"더 살아 있으면 빚만 더 남겼겠지. 술 처먹고 혼자 뒈진 게 다행이야."

"……혹시 그거 네가 갚아야 한다거나, 그런 건 아니지?"

"나 걱정하는 거야?"

굳어 있던 한석의 입가에 희미한 미소가 걸렸다. 완전히 입맛이 사라진 하진은 들고 있던 샌드위치를 조악한 포장지 위에 내려놓았다.

"그럴 필요는 없다고 하던데? 안 그래도 억울해서 현장에서 경찰 붙잡고 그것부터 물어봤어. 내가 이 사람 빚 갚아 줘야 하냐고. 처음에는 그래도 사람 죽었는데 돈부터 말하는 게 이상했는지, 미친놈인가 하는 눈으로 날 보더라고. 나중에는 그래도 이것저것 알려 주더라? 뭐, 어떻게 하면 지원 같은 거 받을 수 있다는데 그건 솔직히 뭔 얘긴지 잘 모르겠고."

"……"

"장례식이라고 빚쟁이들만 줄줄이 오니까 내가 미쳐, 안 미쳐? 씹, 그래도 마지막 날에 친척이라고 딱 한 명 찾아오긴 했는데……. 나보고 같이 지방 내려가자고 하더라? 되게 불쌍하게 보던데. 일할 맘 있으면 따라오라고. 그래도 졸업은 하고 오는 게 낫지 않냐고도 해 주더라고. 기술 배워서 성실하게 살면 그래도 입에 풀칠은 할 거라고."

한석의 입에서 쏟아지는 말들은 열아홉 일반적인 수험생이 할 고민과 아예 결이 달랐다. 하진은 찰나 아까 한석이 했던 알 수 없던 말의 의미를 아주 조금은 이해할 것 같았다. 한석이 저처럼 입시를 고민하고 미래를 그리는 학생이었다면, 우리는…….

하진은 한석이 그 누구에게도 하지 않은 말을 제게만 했다는 것까지는 몰랐다.

잠시 알 수 없는 침묵이 흘렀다. 둘은 대놓고 마음껏 서로를 관찰했다. 누군가가 봤으면 이상하다 생각할 정도로, 기 싸움이라도 하듯 마주한 얼굴을 뚫어지게 보고 눈을 피하지 않았다. 그러다 정신을 차린 하진이 그만 들어가자고 말할 때에야 한석은 못 이긴 척 자리에서 일어났다.

잠깐의 일탈은 그렇게 끝나는 듯했다. 운동장을 지나 그 언젠가의 아찔한 추억이 있는 창고를 지날 때쯤 하진이 한 말만 아니었다면.

"너 이제 나 그만 불러."

툭 던진 말에 한석이 우뚝 걸음을 멈췄다.

"왜?"

하진은 대답 없이 살짝 시선을 내리깔았다. 제 가는 팔과 그의 단단한 팔이 스칠 듯 말 듯 가까웠다. 하얀 하복 소매 사이로 드러난 적당히 까무잡잡한 그의 피부에 초여름이 묻어 있는 듯했다.

"그럼, 언제까지 이러려고?"

"우리가 뭘 했다고?"

뻔뻔한 답에 하진의 입이 다물렸다. 날이 더워 살짝 열 오른 하얀 낯에 명백히 담긴 거부의 뜻을 확인한 순간, 한석의 눈이 번득였다.

제 손을 덥석 잡은 한석이 저를 끌고 코앞의 먼지 쌓인 창고로 가는데도 하진은 아무것도 할 수 없었다. 왜냐면…… 저를 끄는 힘이 너무 셌으니까. 손을 비틀어 봐도 놓아주질 않았으니까.

다행인지 뭔지 한석은 처음처럼 그 안까지 하진을 끌고 들어가진 않았다. 대신 담벼락과 창고 사이의 좁은 틈에서 하진을 몰아세웠다. 꾸짖듯 내려다보는 속을 알 수 없는 시커먼 눈동자와는 다르게 말투는 차분했다.

"방금 한 말 다시 해 봐."

"이렇게 만나는 거 그만하자고. 나 그만 불러, 공부도 안 하면서……. 선생님이 이상하게 생각하시잖아. 애들도 그렇고."

"그럼 밖에서 만나면 되겠네. 난 그게 더 좋은데."

"안 된다고."

못 들은 척, 한석이 한 발 앞으로 다가왔다. 저보다 키도 몸도 한참 큰 남자와 벽 사이에 갇힌 하진의 동공이 흔들렸다. 그런 하진의 허리를 한 손으로 끌어안은 한석이 별안간 얼굴을 가까이 했다.

하진은 홱 고개를 돌렸다. 제 목덜미에 고개를 묻은 한석의 더운 숨이 그대로 느껴졌다. 간지럽고 뜨겁고…… 기분이 못 견디게 이상했다.

"이제 뽀뽀도 안 해 주네."

짐짓 서운하다는 듯 뇌까린 한석이 하진의 허리를 뭉근하게 쓰다듬었다. 상당히 친밀하게 느껴지는 그 말투와 손길에 순간 의문이 들었다.

'얜 우리 사이를 도대체 뭐라고 생각하고 있는 거지?'

멍해 있는 하진의 동그란 이마를 한석이 가볍게 손가락으로 툭툭 쳤다.

"도대체 뭔 생각을 하는 건지."

"……너도 무슨 생각 하는지 모르겠거든?"

"뭘 하겠냐? 그냥 존나 이쁘다는 생각만 하지. 예쁘니까 만지고 싶은 건 당연하잖아."

"……."

"너도 나랑 이러는 거 좋아하잖아. 안 그래?"

정곡을 찔린 하진은 색색 숨만 몰아쉬었다. 아니라고 하면 되는데, 짜증 나고 불쾌하니까 비키라고 하면 되는데 왜 자신은 그러지 못하는 걸까.

저를 완전히 감싼 커다란 몸에서 순간 느낀 안정감이 죄악 같았다. 못 하게 하면 더 하고 싶은 게 사람 심리라더니. 딱히 거부하지 못하는 그녀를 보던 한석의 얼굴이 순간 흐려졌다.

"아, 맨날 똑같은 것만 해서 그런가? 다음 단계로 뺄까?"

"그만해."

허리를 감싼 손에 지그시 힘이 들어갔다. 위험을 느낀 하진이 몸을 비틀자 그는 낮게 웃으며 그제야 하진을 놓아주었다. 그래도 여전히 가까운 거리에서, 그는 축축한 목소리로 하진을 도발했다.

"진짜 싫으면 너네 아빠한테라도 말하면 되잖아. 뭐랬더라…… S 물산? 거기 사장이라며? 선생 들먹이지 말고. 더 쉬운 방법이 있는데 왜 안 하냐고."

명백히 비웃는 말투에도 화는 나지 않았다. 하진은 저도 모르게 픽 웃었다.

아빠한테 말하라고? 말이 쉽지, 그랬다가 사달이 나는 것은 오히려 제 쪽일 것이다. 여자애가 처신을 어쩌고 다녔기에 저런 애가 붙었냐며 난리가 나겠지. 짧다면 짧은 인생에서 하진은 아빠에게 도움을 청해서 좋은 꼴이 난 적이 단 한 번도 없었다.

웃는 듯 아닌 듯 비틀어지는 미소에 한석이 눈썹을 씰룩였다.

"왜 웃어? 웃겨?"

"응. 웃겨."

고개를 끄덕이는데 문득 묘한 해방감이 들었다. 그러고 보니 한석과 이러고 있다는 것을 아빠가 알면 어떤 표정을 지을까? 솔직히 무시무시해서 상상하고 싶지도 않지만, 어차피 엄마가 말하지 않는 이상 아빠가 알게 될 일은 없으니까.

끔찍한데 짜릿하다.

여전히 미미한 웃음기가 밴 작은 얼굴을 떨떠름하게 응시하던 한석이 쯧, 혀를 찼다.

"넌 진짜…… 가끔 보면 좀 또라이 같은데."

"……"

"뭐, 예쁘니까 넘어간다. 예쁜 또라이. 좋네."

하나도 안 웃기는 것 같은데 한석은 소리까지 내며 웃었다.

새삼 느끼지만 무표정할 때와 웃을 때의 간극이 지나치게 크다. 당장 일주일 전 아버지가 돌아가신 사람이라고는 생각도 할 수 없을 만큼 시원하게 웃는 그를 하진은 말없이 올려다보았다. 후덥지근한 공기에 섞인 한석의 모습은 아무 걱정 없어 보였다.

적어도 겉보기로는.

그 후 한석에게서 더는 호출이 없었다. 더 정확히는 한석이 학교에 잘 오지 않았다. 모의고사와 기말고사를 치르는 동안 하진이 한석을 본 것은 복도에서 지나가다 두어 번, 그마저 맨 뒤에서 엎드려 자는 모습이었다.

그래도 졸업 일수는 맞춰야 할 텐데, 쟤 정말 앞으로 뭐 먹고 사려나. 같잖은 걱정이나 일말의 허한 감정은 눈앞에 닥친 현실에서 눈 녹듯 사라졌다.

* * *

여름 방학을 목전에 둔 진로 상담 시간이었다. 하루에 몇 명씩 점심시간에 선생님께 가서 상담을 받는 형식적인 것이었다. 성적표를 들여다보던 담임 선생님이 하진을 보며 만족스럽게 웃었다.

"음, 하진이야 워낙 잘하니까."

"……."

선생님의 눈에는 지난번보다 내려간 점수가 보이지 않는 걸까? 속으로 의문이 들었다.

저답지 않은 실수를 많이 해서 지금껏 봤던 모의고사 중에 가장 낮은 성적을 받았다. 심지어 제일 자신 있는 외국어 영역은 1등급이긴 했지만 아슬아슬했다. 남들은 도저히 이해할 수 없겠지만 하진에게는 쓰라린 결과물이었다.

왜일까? 왜 그랬을까?

아빠는 모의고사 성적표는 더할 나위 없이 꼼꼼히 확인하는데. 성적표가 나온 순간부터 하진의 속은 견딜 수 없이 시끄러웠다.

"엄청 잘했는데 표정이 왜 그래, 하진아."

무표정한 하진을 보며 그녀가 의아한 듯 다시 물었다. 한창때의 남자애들을 휘어잡을 정도로 엄격하고 카리스마가 있는 그녀는 하진에게는 항상 친절했다.

"아무래도 얼마 안 남았으니까, 긴장되고 그러는 거지? 그럴 수 있어. 지금처럼만 유지한다고 생각해."

제게 친근하게 말을 걸어 주는 선생님을 보는데 덜컥 속에 있는 말이 나와 버렸다.

"집에서 혼날 것 같아서, 걱정돼요."

"……어?"

선생님이 당황한 듯 되물었다. 네가 혼날 게 뭐가 있어? 저를 이상한 듯 쳐다보는 눈빛에 하진은 다시 입을 꾹 닫았다.

그 후 선생님이 몇 마디를 더 덧붙였던 것 같은데 교무실을 나설 때는 정말로 아무것도 기억나지 않았다. 하진은 원래 혼자만의 생각에 빠지면 남의 말을 잘 못 듣는 편이었다.

복도를 지나 제 반으로 돌아오는 길, 반쯤 열린 옆 반 뒷문 사이로 습관처럼 한석의 자리에 슬쩍 시선이 갔다.

한석은 오늘도 학교에 나오지 않았다. 내일이 방학식이니 어쩌면 내일도 오지 않을지도. 그때 갑작스러운 외출을 했을 때만 해도 한석이 그만두자는 제 말을 받아들이지 않았다고 생각했는데 착각이었던 모양이다.

'……잘된 거지.'

안 그랬으면 오늘 면담에서 선생님이 한마디 했을지도 모를 일이었다. 별다른 이유 없는 한숨을 한 번 내쉰 하진은 제 자리에 가서 앉았다.

성적표를 받아 들고 이러쿵저러쿵 말이 또 많을 아빠 앞에서 뭐라 변명해야 조용히 넘어갈지 생각하며 무심코 핸드폰을 확인했다. 엄마에게 오늘 아빠 언제쯤 들어오냐고 물어볼 심산이었다. 그리고.

"……."

액정에 뜬 새로운 메시지를 발견한 하진의 표정이 묘해졌다.

* * *

"넌 어째 갈수록 얼굴이 더 작아지냐? 그러다 아주 없어지겠다?"

파스타를 돌돌 마는 하진의 앞에서 까끌까끌한 목소리가 들렸다. 나름 걱정해 주는 것 같은데 시비조로 들리는 건 기분 탓일 거였다. 하진은 눈앞의 접시에만 시선을 주며 툭 답했다.

"너도 살 빠진 것 같은데."

"그건 아니고, 좀 탔어. 여기저기 다니느라."

하진의 말에 어깨를 으쓱한 한석이 그제야 식기를 들고 제 몫의 음식을 먹기 시작했다. 그들이 앉아 있는 가성비 좋은 이탈리안 레스토랑은 학교에서 걸어서 10분 거리였다.

교문 앞에서 하진을 기다리던 한석과 만나 둘이 나란히 걸어온 터였다. 바깥에 서 있기만 해도 숨이 턱턱 막히는 더위에 걷는 게 좀 힘겹게 느껴지긴 했지만. 평소 하진은 모든 동선을 차로 다녀서 걸을 일이 딱히 없었다.

'별로. 딱 가격만큼 하네.'

그래도 못 먹을 것까지는 아니라고 평가하며 하진은 슬쩍 주위를 둘러보았다. 나름 유명하다고 들은 곳인데 역시나 꽤 사람이 많았다. 그들처럼 방학식을 마치고 온 듯 같은 교복 차림인 테이블도 가끔 눈에 띄었는데, 교복 차림인 하진과 다르게 한석은 티셔츠 한 장에 청바지 차림이어서 대학생 같았다.

"먹을 만해?"

"응."

"근데 왜 이렇게 맛없게 먹냐? 팍팍 좀 먹어."

"원래 난 이렇게 먹는데."

"말을 말자. 암튼 뭐 더 먹고 싶은 거 있음 시켜."

설마 사 주려는 건가. 호기로운 말에 하진은 말없이 눈앞의 남자를 바라보았다. 다른 사람이라면 모를까 한석에게 얻어먹는 것은 좀 못 할 짓 같았다. 먹고 싶은 것을 말하는 대신, 하진은 내내 궁금했던 것을 물었다.

"……왜 그동안 학교 안 나왔어?"

"네가 안 해 주니까."

"……."

"농담이고, 이것저것 좀 바빴어. 전에 말한 친척 있지? 그 사람이 찾아와서 지방도 내려갔다 오고. 나름대로 생각도 좀 하고."

"생각?"

"뭐, 앞으로 어떻게 먹고살아야 하나 그런 거 있잖아."

순간, 사는 집도 도박 빚으로 넘어간 거 아니냐며 한석을 두고 저들끼리 근거 없는 말들을 주고받던 반 애들이 생각났다. 그들은 막상 한석의 앞에서는 아무 말도 못 하면서 뒤에서는 모이면 그 얘기만 했다. 하진은 다시 물었다.

"그분은 무슨 일 하시는데?"

"그냥, 뭐. 큰 마트 하는데 항상 사람이 부족하대. 젊었을 때는 용접 일 했었는데 돈은 많이 벌어도 힘들어서 그만뒀다고 하더라. 혹시 원한다면 그쪽 연결해 줄 수도 있다고 하고…… 나름 그 지역에서는 발이 넓은가 봐."

대수롭지 않게 말하며 한석은 제 몫의 접시를 금방 비웠다. 게걸스럽게 먹는 것도 아닌데, 한입에 넣는 양이 많아서 그런가 포크질 몇 번에 파스타가 순식간에 사라졌다.

그래도 결석이 너무 많지 않냐는 하진의 말에는 어차피 선생들은 자신이 안 오는 걸 더 좋아할 거라는 앞뒤 맞지 않는 말로 받아치기도 했다.

"너야말로 뭐 더 시키려면 시켜."

"됐어. 느글거려서 못 먹겠다."

하진의 말에 고개를 저은 한석이 앞에 놓인 에이드를 꿀꺽꿀꺽 마셨다. 한석의 손에 들리면 뭐든 작아 보인다. 컵이든, 포크든. 움직이는 목울대를 가만히 보던 하진이 조용히 물었다.

"그래서, 졸업하면 지방 내려가려고?"

"아니."

안 가. 덧붙이는 말에 힘이 실려 있었다.

"왜?"

"……"

내내 잘 답하더니 이번에는 대답이 없었다. 말없이 저를 물끄러미 보는 한석의 시선을 피하며 하진은 아직 따뜻한 파스타를 마저 먹었다.

'설마 나 때문은 아니겠지.'

딱히 자의식 과잉까진 아니라고 생각하는데, 곧은 시선이 제게 꽂히자 자꾸 착각이 들 것 같았다. 그래도 하진은 굳이 더 캐묻지는 않았다. 복잡해지는 것은 질색이다. 사실 자꾸 일을 키우는 것은 자신인 것 같지만…….

밥이나 같이 먹자는 한석의 메시지 한 통에 당장 다음 날로 약속을 잡은 제 행동이 아직도 이해가 가지 않았다. 때문에 엄마한테 친구랑 점심 먹고 간다고 거짓말까지 했다. 늘 하진의 통학을 직접 차로 돕는 엄마는 조금 의아해하면서도 그러라고 했었다.

"왜 다 안 먹어?"

"배불러."

"넌 진짜······."

한석이 못마땅하다는 듯 고개를 저었다. 그래도 꽤 먹었는데 불만인가 보다. 조금 남긴 파스타를 내버려 두고 하진이 음료 잔으로 손을 뻗는데.

"야."

"왜."

"넌 내가 왜 좋냐?"

"······!"

순간 막 마시려던 에이드를 뿜을 뻔했다. 하진은 얼굴을 확 구기며 한석을 노려보았다.

"뭐?"

"내가 왜 좋냐고."

"무슨 말도 안 되는 소리를 하고 있어."

너무 황당하고 어이가 없어서 표정 관리가 되지 않았다. 평소보다 높아진 하진의 목소리에 한석이 씩 웃었다.

"이제 좀 낫네. 알아? 너 표정 진짜 없는 거. 어떤 때는 기계 같다고."

"······."

"넌 언제 웃냐? 재밌는 게 있긴 해?"

"이상한 소리 좀 그만해. 잘 웃고 다니니까."

"흐음. 본 적 없는데."

"다 먹었으면 그만 일어나자."

놀린 거구나. 재미있다는 듯 입꼬리를 올리고 있는 한석을 보는데 기분이 나빠졌다. 순간적으로 심장이 땅에 떨어질 정도로 놀랐던 자신이 한심했다. 가방을 챙기는 하진을 보고 한석이 눈을 동그랗게 떴다.

"묻는 말에 대답은 하고 일어나야지."

"말 같지도 않은 소리를 하는데 무슨 대답을 해?"

"그럼 여긴 왜 나왔는데?"

"네가 밥 먹자며."

"아아, 넌 내가 하자면 다 하는구나."

미친 거 아니야, 진짜. 순간 정말 입 밖으로 험한 말이 나올 뻔했다. 그러나 어느새 웃음기가 완전히 지워진 남자의 얼굴에 벙긋대던 입술은 다시 다물렸다.

"딱 말해 봐. 오늘."

"……뭘."

"싫으면 싫다, 좋으면 좋다 확실히 얘기하라고. 내가 공부를 안 해서 그렇지 머리가 안 돌아가는 건 아닌데, 넌 진짜 좀 헷갈리거든."

지금까지 선들선들하게 웃던 낯이 무섭도록 차분해졌다. 저도 모르게 마른침이 꿀꺽 넘어갔다.

"너 나 싫나? 내가 지금까지 억지로 다 한 거였어?"

낮게 깔린 목소리를 듣는데 문득 한석의 입술에 시선이 갔다. 정말로 우연히.

순간 저를 잡아먹을 듯 키스해 오던 뜨겁고 습한 숨결이 떠올랐다. 불경한 것을 떠올린 것 같아 흠칫한 하진은 시선을 내리깔았다. 단단한 팔뚝 아래 제 얼굴을 덮을 듯 커다란 손이 보인다. 저 손으로 제 목덜미를 감싸 쥐고 허리를 끌어안았다.

찰나 그런 예감이 들었다. 여기서 그렇다고 고개를 끄덕이면 더는 한석을 볼 수 없겠구나. 하진은 침묵했다. 역시나 참을성 없는 그는 하진을 재촉했다.

"대답하라고. 왜 나 같은 새끼랑 자꾸 엮이는 건지."

답답한 듯 살짝 일그러진 표정이 험악했다. 하지만 이상하리만큼, 지금만큼은 그 사나운 표정이 두렵지 않았다. 그가 원하는 답이 뭔지 알 것 같았지만 하진은 다른 것을 물었다.

"너 같은 애가 뭔데?"

"말꼬리 잡냐? 나 같은 놈이 뭐겠어, 그냥 밑바닥 인생이지."

"……"

분명 저와 하등 상관없는 남이건만, 그렇게 자학하는 모습에 순간 마음이 무겁게 가라앉았다. 따지고 보면 이렇게 된 건 정한석의 잘못이 아닌데. 말없이 저를 물끄러미 보는 하진에 한석이 신경질적으로 제 머리를 쓸어 넘겼다.

"그냥 딱 얘기해, 오늘 여기, 싫은데 억지로 나왔어?"

"……맘대로 생각해."

"아, 씨발."

너 장난 아니구나, 짓이기듯 내뱉은 한석이 헛웃음을 지었다.

"사람 후리는 게 보통이 아니네. 얼굴값한다는 게 이런 건 줄 처음 알았다."

제멋대로 말을 마친 한석이 어깨를 과장되게 으쓱했다. 하진이 설핏 얼굴을 찌푸리는데 알바생이 디저트라며 예쁘게 담긴 아이스크림을 앞에 하나씩 놓아 주고 갔다. 바닐라아이스크림을 작은 스푼으로 떠먹는데 한석이 자신은 바닐라를 싫어한다며 하진의 앞에 제 것까지 놓아 주었다.

"밥보다 그걸 더 잘 먹으면, 아예 아이스크림을 먹으러 가자고 하지 그랬냐?"

뭐라 하는 말에도 아랑곳하지 않고 하진은 한석의 것까지 다 먹어 치웠다. 엄마에게 이쯤 연락하면 되겠지, 학교 앞으로 데리러 오라는 문자를 남기고 하진은 한석을 따라 일어났다.

그렇게 둘은 왔던 길로 나란히 걸어가게 되었다. 하진은 내심 한석과 여기서 헤어지지 않을까 생각했으나, 가게를 나오면서도 한석은 하진의 옆에 딱 붙어 말을 걸었다.

"⋯⋯이제 집에 가냐?"

"응."

"너 맨날 데리러 온다며, 엄마가."

"응."

"좋겠네. 외동딸이라고 애지중지, 뭐 그런 건가?"

"그런 것도 있고 공부하는데 최대한 시간 낭비 안 하면 좋으니까."

"어차피 넌 좋은 대학 갈 거 뻔하잖아."

"……그건 끝까지 가 봐야 알지."

"그래, 그래."

가볍게 고개를 끄덕이던 한석이 갑자기 숨을 한 번 크게 들이마셨다.

"야, 우리."

"……뭐."

급격하게 낮아진 목소리에 하진은 슬쩍 옆을 올려다봤다. 한석과 학교 밖에서 걷고 있는 게 괜히 현실감이 없게 느껴졌다. 잠시 뜸을 들이던 한석이 퉁명스럽게 말을 뱉었다.

"대학 가서도 만날래? 나는 어차피 안 갈 거고, 너 얘기하는 거야."

"……."

한 번도 생각해 보지 않은 뜻밖의 말에 하진은 잠깐 멍해졌다. 순수하게 놀란 표정의 하진을 지그시 바라보던 한석의 미간이 좁아졌다.

"씹, 내가 뭔 소리 하냐, 진짜. 야, 못 들은 걸로 해."

"응."

"……."

재빠른 긍정에 한석이 입을 굳게 다물었다. 녹음이 우거진 가로수길을 나란히 걷는 둘 사이에는 침묵만이 흘렀다. 말없이 걸음을 옮기며 하진은 문득 생각했다.

'왜 이렇게 덥지.'

점심을 먹고 나오니 밖은 더 뜨겁고 습했다. 운동 부족인지 얼마 걷지 않았는데도 지치고 숨이 찼다. 하진의 걸음이 자꾸 느려졌다. 그녀보다 보폭이 훨씬 큰 한석은 재촉하지 않고 잠자코 하진에 맞춰 걸어 주었다.

얼마 지나지 않아 저만치 학교 정문이 보일 때쯤이었다. 빵! 클랙슨 소리에 둘의 고개가 동시에 옆으로 돌아갔다.

"……!"

익숙한 차를 확인한 하진의 눈이 커졌다. 아빠가 엄마 생일 선물로 얼마 전 새로 사 준 외제 차였다. 운전석 창문이 내려가고 하진만큼 놀란 표정의 엄마가 보였다.

"하진아!"

"엄마."

하진은 재빨리 차로 향했다. 슬쩍 뒤돌아보니 조금 떨어진 곳에서 차를 향해 꾸벅 고개를 숙이는 한석의 모습이 보였다. 한석을 모르는 사람이 보면 딱히 예의 바르다고는 느끼지 못할 정도였지만, 사실 한석은 학교에서 선생님을 마주쳐도 인사 같은 건 하지 않았다.

하진은 대충 한석에게 손을 흔들고 차를 한 바퀴 돌아 얼른 조수석에 탔다. 숨 막히게 더웠던 바깥과 달리 차 문을 열고 들어가자마자 에어컨 냉기가 확 끼쳤다.

"친구랑 밥 먹는다며."

어쩐지 나무라는 듯한 목소리였다. 하진은 재빨리 답했다.

"응, 애들이랑 근처에서 다 같이 먹었어. 쟤만 학교 다시 가 볼 일 있대서 오던 길에."

"너희 학교 애야? 근데 왜 사복 입고 있어?"

"아…… 잘 모르겠어. 옆 반 애인데, 어쩌다 따라온 거라."

그래도 미심쩍다는 듯한 표정으로 엄마가 차창 밖 한석을 흘 깃댔다. 그도 그럴 게 한석은 딱 봐도 모범생과는 거리가 멀어 보였다.

"얼른 가자. 엄마. 나 땀 흘려서 좀 씻고 싶어."

"……그래."

떨떠름하게 답한 엄마가 차를 출발시켰다.

"근데 왜 이렇게 일찍 왔어?"

하진은 가방을 벗으며 슬쩍 뒤를 돌아보았다. 여전히 그 자리 에 붙박인 듯 멀어지는 차를 바라보는 한석의 모습에 기분이 이 상해졌다.

"근처에 있었어. 밥이야 대충 한 시간이면 먹으니까. 학생끼 리 어딜 가겠어."

"응…….'

엄마가 이상하게 생각하면 안 되는데, 더는 말이 없는 엄마에 긴장이 되는데 손에 쥐고 있던 핸드폰이 진동했다. 하진은 무의 식적으로 액정에 시선을 주었다. 정한석, 정직하게 저장된 이름 과 함께 알림 창에 뜬 멘트는 짧았다.

[연락하면 잘 받아]

하진은 그대로 전원 버튼을 길게 눌러 핸드폰을 껐다. 엄마 눈치를 한 번 보고, 다시 창밖에 시선을 주었다. 별다를 것 없는 여름날이었다.

* * *

　장마가 끝나자 불볕더위가 시작되었다. 이제 정말 수능이 얼마 남지 않았다는 생각에 가끔은 못 견디게 긴장이 올라오기도 했지만, 솔직히 하진은 자신이 있었다. 아빠의 기대를 배신하지 않을 자신이. 공부는 유일한 자신의 특기였으니까.

　그나마 최근에는 아빠도 하진을 별로 건드리지 않았다. 지독한 기분파라 그날그날 자신의 기분대로 하진을 호출하는 아빠인데 말이다. 집에서 술을 마시고 말이 길어지기라도 하는 날은 정말 최악이다.

　오늘도 별다른 말 없이 저녁을 먹고 서재로 가는 아빠에 안심한 하진은 제 방으로 들어갔다. 책을 펴기 전 과외 선생님이 보내 놓은 보강 일정을 확인하는데 문득 그런 생각이 들었다.

　'정말 연락 안 오네.'

　방학하고 초반, 하진은 한석과 꽤 자주 연락했다.

　시답지 않은 문자를 주고받기도 했고 부모님이 잠든 밤이면 가끔 통화도 했다. 한석은 집 근처 식당에서 종일 알바를 한다고 했는데, '집에 간다'는 표현을 쓴 것을 보면 그래도 집이 날아가지는 않은 모양이었다. 뭐…… 그나마 다행이었다.

　어떤 날은 그 친척이 또 올라와서 저 사는 것을 살펴 주고 갔다는 말도 했고, 어떤 날은 갑자기 좀 외로워서 아는 형이 하는 가게에서 밤늦게까지 있다 집에 갔다는 말도 했다.

　사실 한석도 말이 많은 편이 아니었지만, 역시 말수 없는 하진이 듣는 것을 자청한 까닭에 화제를 이끄는 것은 대부분 그가 되었다. 민감할 수도 있는 속 얘기들을 가끔 툭툭 뱉는 한석의 말을 듣고 있노라면 기분이 묘했다.

"근데 너 이런 얘기, 다른 친구들한테도 해?"

언젠가 물었던 말에 한석은 곧바로 답했었다. 아니.

—다른 애들한테 말해 봤자 줄줄이 쓸데없는 말만 하지. 근데 넌 안 그렇잖아. 너한테 존나 재미없는 얘긴 거 아는데. 뭐, 내가 사는 게 그러니까 너한테 할 말도 별로 없고.

어쩐지 쓸쓸하게 들리는 뒷말에 하진은 잠시 고민하다, 천천히 입을 열었다.

"재미없지 않아."

—…….

"아니, 그렇다고 재밌다는 게 아니라. 암튼…… 대단한 것 같아."

듣기 좋게 말하는 게 아니라 진심이었다. 입도 걸고 행동도 거칠고, 온갖 소문의 주인공인 한석이지만 어쨌든 혼자 먹고살려고 열심히 하고 있지 않은가. 저였다면 그럴 수 있을까? 생각만으로 끔찍했다.

하진의 말에 한석은 잠시 말이 없었다. 끊긴 줄 알고 다시 액정을 확인하는데 늦었으니 그만 자라는 투박한 목소리가 들렸다. 알겠다고 답한 하진은 곧바로 전화를 끊었다. 지금껏 한 번도 한석이 먼저 통화를 종료한 적은 없었다.

며칠 후 한번은 한석이 또 대학 가서도 연락하자는 식으로 말을 하기에, 그때는 솔직히 말했다. 그럴 일은 없을 것 같은데. 심드렁한 답에 한석이 따지듯 물었다.

-그럼 지금은 나랑 왜 연락하는데?

"……그냥?"

-뭐?

하, 핸드폰 너머로 짙은 한숨이 들렸다. 한 자 한 자 짓씹는 말도 뒤이어 들렸고.

-진짜 너는 나쁜 년이야.

욕을 들어 먹어서 화를 내야 하는데, 그 전에 하품이 나왔다. 어제 아빠가 오랜만에 지랄해서 잠을 못 잔 탓이었다. 너무 크게 했는지 한석이 황당한 목소리를 냈다.

-너 지금 하품했냐?

"미안."

-씹, 됐다. 졸리면 자.

그날 처음으로 한석이 먼저 전화를 끊었다. 그래 놓고 몇 시간 후 아무렇지 않게 문자를 먼저 보내오긴 했지만. 그간 지켜본 바로는 한석은 좀 욱하는 성질이 있어서, 화도 잘 냈지만 또 푸는 것도 빨랐다.

그러던 게 무색하게 지난주부터는 연락을 주고받지 않았다. 정확히는 하진이 받지 않았다. 딱히 특별한 계기가 있었던 것은 아니고 그냥 아침에 일어나는데 그런 생각이 들었다. 진짜 그만해야지.

그래서 문자도 버젓이 읽고도 씹고, 전화도 안 받았다. 처음에는 무슨 일 있냐고 묻던 한석도 어느 순간부터는 연락이 없었다.

혹시나 계속 연락 오면 차단하려고 했는데 덕분에 그럴 필요까지는 없게 되었다. 개학하고 학교에 가서도 상황은 같을 것이다. 한석은 은근히 자존심이 세니 제가 싫다고 하면 건드리지 않을 것이다.

그렇게 아무렇지 않은 날이 나름대로 평화롭게 흘러가는 듯했다.

그리고, '그 일'은 짧은 방학을 하루 남기고 터졌다.

* * *

하진은 웬만해서는 밤을 새우지 않는 편이었다. 잠이 적은 편은 아니라 충분히 자고 나야 다음 날 집중할 수 있었다.

때문에 아빠가 이유 없이 훈계를 하는 날을 제외하고는 정해진 시간에 잤는데, 엄마도 그걸 알았다. 그래서 가끔 시간도 잊고 공부하는 하진에게 그만 자야지, 꼭 말해 주고는 했었다.

그랬는데 그날 밤은 유독 잠이 오지 않았다. 모의고사 오답 정리를 하다 보니 어느새 새벽 1시를 훌쩍 넘겨 있었다. 이쯤이면 부모님도 두 분 다 주무실 시간이었다. 엄마도 아마 하진이 자는 줄 알고 안 올라와 보신 모양이었다.

'잠도 안 오는데 좀만 더 하고 자자.'

마음먹은 하진은 문득 목이 말라 1층으로 내려갔다. 캄캄했지만 굳이 불은 켜지 않고 계단을 내려갔다. 부엌으로 향하는데 저만치 희미하게 새어 나오는 빛이 보였다. 아직 안 주무시는 모양이었다. 별다른 생각 없이 하진은 냉장고를 열었다. 목을 축인 후 발소리를 죽이며 다시 제 방으로 올라가려는데.

'⋯⋯이게 무슨 소리지?'

적막을 깨는 희미한 흐느낌 소리에 하진의 걸음이 멎었다. 처음에는 잘못 들었나 했는데 가만히 서 있을수록 울음소리는 더 짙고 커졌다. 하진은 저도 모르게 홀린 듯 소리가 나는 안방으로 조심히 향했다.

'엄마?'

엄마가 왜 울지? 한 발짝, 한 발짝 가까워질수록 느낌이 좋지 않았다. 이러니저러니 해도 엄마가 우는 모습을 본 적은 거의 없었다.

아빠랑 싸우는 걸까? 그럴 리는 없는데. 워낙 아빠에게 순종적인 엄마라 애초에 싸움이라는 게 성립될 수가 없었다. 어느새 안방 바로 앞에 선 하진은 문을 사이에 두고 흐느끼는 소리에 숨을 죽였다.

"⋯⋯하진이라도 있으니까 그나마 당신이 안 쫓겨나고 산 거야. 그걸 몰라?"

뭐? 하진은 나직이 흘러나오는 굵은 목소리에 흠칫했다. 쫓아낸다고? 엄마를? 곱씹을수록 황당한 말이었다.

"알아⋯⋯ 아는데, 흐⋯⋯ 당신이 자꾸⋯⋯."

가늘게 이어지는 엄마의 목소리에 심장이 철렁했다. 무슨 얘기지, 혹시 엄마가 더 아이를 낳지 못하는 것 때문에 그러는 건가? 아들 하나는 있어야 회사를 물려주지 않냐고 인이 박이게 얘기하던 할아버지니까.

"그만 울고 이 얘기는 여기서 끝내. 늦었으니 이만 자자고."

"싫어……! 오늘은 나도 더 못 참아, 아니, 흑, 참기 싫어요."

그 와중에도 꼬박꼬박 아빠에게 존대하는 엄마에 마음이 더 아팠다. 여기서 제가 나선다고 달라질 건 없을 것이다. 오히려 상황이 더 안 좋아지겠지.

더 마음만 복잡하기 전에 그만 방에 올라가야겠다고 생각하면서도 발이 땅에 붙박인 듯 떨어지지 않았다. 그저 숨을 죽이고, 문틈을 비집고 나오는 목소리에만 온 신경을 집중했다.

후에 가끔 하진은 이 당시를 떠올릴 때마다 그런 생각을 했다. 그때 그냥 돌아섰다면, 아무것도 모르고 넘어갔다면……. 나는 어떻게 되었을까.

그리고 부질없는 생각의 끝은 항상 같았다.

그저 제 운명이 그러했던 것이다. 그렇게 흘러가게 설계된 인생이었겠지.

잠시 침묵이 흘렀다. 아빠는 아무 말도 하지 않았고 엄마는 조용히 흐느꼈다. 조금씩 잦아들던 엄마의 울음이 어느 순간 멎을 무렵. 직전까지 한없이 연약했던 것과는 달리 또렷한 목소리가 들렸다.

"나는 하진이랑은 더는 못 살아요."

……뭐?

전전긍긍하던 하진은 순간 멍해졌다. 그런 하진을 알 리 없는 엄마의 말은 이어졌다. 단호하고도, 분명하게.

"지금껏 키워 줬으면 내 할 일 다 한 거잖아. 내가 하진이 수발 다 들어 주며 키운 거, 옆에서 지켜본 당신이 제일 잘 알잖아요. 그리고, 무엇보다…… 약속했잖아요, 하진이 대학 가면 모든 걸 얘기하고 독립시키겠다고. 근데, 뭐? 대학 가서도 끼고 사는 건 물론이고 이제는 결혼할 때까지 말하지 말자고요? 애 상처받으니까?"

"……정인아."

아빠가 엄마의 이름을 부르는 것은 처음 들었다. 하지만 그 사실에 놀랄 틈조차 주어지지 않았다. 하진은 숨을 쉬고 눈을 깜빡이는 것조차 순간 잊어버렸다. 이게 무슨 말이지? 이해가 되지 않는 말들이 조각조각 흩어져 가슴을 후벼 팠다.

"내 상처는? 당신이 그년이랑 낳은 애를 나한테 키우라고 당당하게 말하던 순간, 나 평생 잊지 못할 거예요. 어쩌면 죽어서도. 지금 생각하면 그때 관뒀어야 했는데, 내가…… 내가 어디 하나 의지할 데도 없고 너무 어려서……. 당신밖에 없어서, 내가!"

"……."

"나 이젠 확실히 알겠어. 당신, 나한테서 애 안 생기는 거 내심 좋아했을 거야. 그렇죠? 나랑 한 약속까지 어길 정도로 그렇게 하진이를 싸고도는데."

"왜 그렇게 얘기해. 아니라고 했잖아. 나 몰래 술이라도 마셨어? 너 오늘 이상해, 너처럼 좋은 엄마가 어디 있다고. 정신 좀 차려 봐."

"그래요, 나 연기 잘해요. 근데 착한 엄마 연기 이 정도 했으면 그만하고 싶다고요."

"그건 또 무슨 소리야? 암튼 말 잘 했어, 이 정도 했으면 정말 하진이가 친딸처럼 느껴지지 않아? 함께한 세월이 얼만데. 걘 정말 아무것도 모르는 애잖아. 하진이가 나보다 당신을 더 따르고 의지하는 걸 몰라?"

"어떻게 걔가 내 친딸이 될 수 있는데요! 당신은 정말 기계라도 되는 거예요? 사람 마음을 이해할 수 없는 거야?"

툭, 다리에 힘이 풀렸다. 하진은 초점 없는 눈으로 한 걸음 앞으로 다가갔다. 부드럽게 열리는 방문의 움직임, 저를 보고 경악하는 아빠, 희미한 독기를 품고 있던 엄마의 눈빛이 세차게 흔들리는 그 모든 것들이 슬로 모션처럼 눈앞에 펼쳐졌다.

"엄마. 그게 무슨 말이야?"

엉망으로 떨리는 안쓰러운 목소리에 답은 돌아오지 않았다.

"……."

"엄마."

용기를 내어 다시 부른 말에도 엄마는 아무 말도 하지 않았다. 고개를 돌리고 복잡한 표정으로 침대맡에 앉아 있는 아빠와 달리, 엄마는 그저 하염없이 하진을 바라보기만 했다. 잔뜩 젖은 얼굴이지만, 남을 보는 듯한 지독한 무표정으로.

세상이 뒤흔들렸다.

* * *

　개학한 학교는 여느 때와 다름없었다. 이제 정말 수능이 얼마 남지 않아서 그런지 은근한 비장함이 감돌긴 했지만. 오늘도 거의 밤을 새우다시피 하고 간 하진은 멍한 정신으로 자리에 앉아 하루를 보냈다.

　평소라면 한 글자도 놓치지 않고 들었던 수업의 내용이 며칠째 전혀 들어오지 않았다. 그저 껍데기만 교실 안에 있을 뿐이었다.

　"일단 오늘은 자라."

　그날 밤, 하얗게 질린 얼굴의 하진에게 아빠는 무거운 한숨과 함께 그렇게 말했다. 하지만 여전히 엄마만 바라보며 서 있는 하진을 결국 아빠가 데리고 2층으로 올라갔다. 탁, 방문이 닫힐 때까지 여전히 엄마는 아무 말도 하지 않았다.

　아침까지 내내 침대 위에 웅크려 앉아 있던 하진은 터질 것 같은 심장을 부여잡고 밑으로 내려갔다.

　늘 가족 중 제일 먼저 일어나 식사를 준비하고, 졸린 하진을 살뜰히 차에 태워 학교를 데려다주던 엄마는 보이지 않았다. 안방은 여전히 닫혀 있었고 하진을 데리고 현관을 나선 것은 아빠였다. 평소 아빠의 곁에서 따로 잡무를 봐주시는 기사님은 오지 않았고, 운전석에는 아빠가 직접 앉았다.

　"이렇게 된 거, 하진이 너한테 사실을 정확히 말해 주는 게 이

상황에서 최선의 선택이라고 생각한다, 아빠는."

역시 잠들지 못했던 걸까? 잠긴 아빠의 목소리가 쇳소리같이 들렸다. 차를 출발시키지 않은 아빠는 앞만 바라봤고, 조수석에 앉은 하진은 어찌할 줄 모르고 굳어 있었다.

아빠가 들려준 이야기는 자신과 먼 별나라의 이야기 같았다.

아빠가 엄마를 처음 만난 것은 엄마가 고등학생일 때였다.

천애 고아로 보육원에서 살던 엄마는 어느 날 S 물산에서 지역 사회 발전 명목으로 봉사단과 함께 찾아온 아빠에게 호감을 느끼게 되었다. 언감생심 관계를 발전시키려는 마음 같은 것은 꿈도 꾸지 않았고, 그저 남몰래 동경했다고.

그러나 미묘한 감정은 아빠에게도 전염되었던 모양이었다. 처음은 할아버지 대신으로 참석한 자선 활동이었지만, 한창 실무를 배우느라 바빴던 아빠는 그 보육원에 갈 때만은 꼬박꼬박 스케줄을 비웠다.

대학에 가고 싶은데 여건상 엄두가 나지 않았던 엄마의 후견인을 자청했고, 덕분에 엄마는 다른 경제적인 걱정 없이 수능을 치르고 무사히 대학에 입학했다.

그리고 스무 살이 되던 그해 여름부터…… 아빠와 동거를 시작했다.

"학교 늦겠네."

그 와중에도 시간을 확인한 아빠가 차를 출발시켰다. 다시 말을 잇는 아빠는 그날 밤 엄마가 말한 것처럼 기계 같았다. 꼭 남얘기 하듯, 감정이라고는 조금도 들어 있지 않은 말투로 현실을 차근차근 설명해 주었다.

"외아들이고, 딱히 부족한 것 없이 살고. 환경이 이러니 솔직히 여자도 어릴 때부터 많이 만났지. 그래서 네 엄마가 더 좋았어. 순진하고, 순종적이고, 나밖에 모르고…… 자기주장 센 여자는 딱 질색인데 사업하다 보면 그런 여자투성이거든. 일단 많이 불안해하는 네 엄마에게 확신을 주고 싶기도 했고."

그렇게 엄마와 결혼까지 하려 했지만 당연히도 현실은 녹록지 않았다. 지금은 일선에서 한발 물러나 있는 하진의 조부인 박 회장은 결사반대했고 조모는 충격으로 쓰러지기까지 했다.

예상했던 반응이고, 원체 자기중심적이고 제멋대로인 면이 더했던 20대의 아빠는 결혼을 강행하려 했다. 하지만 반대는 굳건했다. 결국 박 회장은 아빠에게 회사를 물려주지 않겠다는 선언을 했다.

엄마를 사랑했으나 자신의 기반이 흔들리는 것을 견디지 못했던 아빠는 결국 엄마와 헤어졌다.

하지만 분노는 사그라지지 못했다.

몇 개월을 보란 듯 아무 여자나 만나고 다녔고, 술에 파묻혀 살았다. 그렇게 엄마를 조금씩 잊어 가려던 때……. 엄마는 수면제를 먹고 자살 시도를 했다. 복용한 약의 양이 워낙 많아 담당의에게 뇌에 장애가 생길 수도 있다는 말까지 들었다고.

"이런 얘기까지 너한테 시시콜콜 다 해야 할지, 아니면 적당히 에둘러 얘기할지 나름대로 고민했지만, 판단은 네 몫이니까."

초점이 나간 눈으로 아무 말도 없는 하진을 아빠가 흘깃 바라보았다. 하진의 옆으로 푸르게 물든 바깥 풍경이 휙휙 지나갔다.

그 일을 계기로 아빠는 모든 것을 버리고 엄마와 함께할 결심을 했다. 회사고 뭐고 다 때려치울 거고 이 여자 아니면 죽겠다고 난리 치는 아빠를 감당할 수 없던 조부는 결국 승낙 아닌 승낙을 했다.

그렇게 엄마도 점점 안정을 찾아 가고 결혼 준비를 하던 중 일이 터졌다. 아빠의 아이를 가졌다는 여자가 나타난 거였다. 아빠는 하진 앞에서 그것을 '일생일대의 실수'라고 표현했다.

"처음으로 막막했지. 차라리 정인이는 착하고 순진하다고 비벼 볼 수라도 있지, 그 여자는 정말 가진 것도 없는 주제에 대놓고 속물적이고······."

그게 날 낳아 준 여자라는 거겠지. 하진은 제가 몸을 잘게 떨고 있다는 것을 인식하지 못했다.

"아버지 귀에 들어가면 난리가 날 테니 일단 돈으로 입막음해 놓고 결혼을 했어. 애를 지우라고 계속 회유했지만 언론에 제보할 거라고 오히려 날 협박하더라. 아주 되바라진 여자였거든. 사람 마음이 또 그런 게, 다 포기할 작정이었지만 막상 그 상황이 되니 모든 걸 내려놓을 수 없게 되더라고. 결국 비밀리에 너를 낳고 유전자 검사를 했어."

유전자 검사······.

"결과적으로 내 아이인 것을 확인했고, 합의를 보고 연을 끊었지."

"······합의요?"

처음으로 하진의 입이 열렸다. 아빠가 고개를 끄덕였다.

어차피 여자의 목적은 돈이었다. 그녀는 원하는 막대한 돈과 함께 주변을 정리하고 곧바로 다른 남자와 한국을 떴다.

그렇게 하진을 다른 곳으로 보내는 형태로 조용히 해결하려 했지만 세상에 비밀은 없었다. 핏줄을 어떻게 외면하냐며 역정을 내는 박 회장 내외 덕에 하진은 조부모님 댁에서 키워지는 기이한 형태가 되었다.

그렇게 1년, 2년, 시간이 흘러갔다. 병원에서도 아무 이상이 없다고 했지만 지금껏 엄마는 아기를 갖지 못했고 결국 떠밀리듯 하진을 받아들이게 되었다. 하진이 없으면 쫓겨났을 거라는 아빠의 말은 그런 의미였다.

"당연한 말이지만 엄마에게 고마워해야 해. 엄마는 너를 정말 친딸처럼 키웠어. 수능을 얼마 안 남기고 알게 된 건 안됐지만 네가 누구 딸이냐? 마음 강하게 먹고 별일 아니라고 생각해라. 변하는 건 없어."

핸들을 돌리며 무심하게 말하는 아빠의 말에 하진은 천천히 고개를 돌려 아빠의 옆모습을 바라보았다.

별일이 아니라니.

변하는 게 없다니…….

'그게 말이 돼요?'

말하고 싶었다. 따지고 싶었다. 뭘 정확히 말하고 따져야 하는지도 모르면서 그러고 싶다는 순간적인 강한 충동에 숨이 막혔다. 하지만…… 할 수 없는 건 왜일까?

왜? 무서워서? 지금은 그래도 말로만 괴롭히는 편이지만 어렸을 때처럼 아무 잘못도 없는데 다리가 후들거릴 정도로 얻어맞게 될까 봐? 하진이 입술만 벙긋대고 있는데 어느새 차가 학교 앞에 스르르 멈췄다.

"네 엄마도 지금이야 그러지만, 워낙 착한 사람이니까 곧 원래대로 돌아올 거다. 걱정 말고 넌 네 할 일 열심히 해. 당분간 통학은 아빠가 도와줄 테니까."

"……."

대답 없이 응시한 아빠의 얼굴에는 여전히 표정이 없었다. 하루아침에 달라진 현실을 받아들여야 하는 딸을 향한 연민이나 죄책감 같은 것은 찾아볼 수도 없는 무감한 눈이었다. 아……
하진은 깊이 절망했다.

말이 사람을 죽이는구나.

＊ ＊ ＊

"……진아."

잠결에 누군가가 저를 흔드는 손길이 느껴졌다. 하지만 도저히 눈꺼풀이 들어 올려지지 않았다. 머리가 너무나 무겁고 눈앞이 깜깜해서 몸을 일으킬 수가 없었다.

"일어나 봐…… 하진아!"

"……!"

헉, 저도 모르게 끙끙대던 하진은 확 몸을 일으켰다. 벼락이라도 맞은 듯한 얼굴로 저를 바라보는 하진에 연우가 눈을 크게 떴다.

"헐, 이 땀 봐…… 어디 아픈 거 아니야?"

"……."

하진은 멍한 정신으로 교실을 훑었다. 분명 책을 펴고 칠판을 보고 있었는데……. 듬성듬성 비어 있는 자리와 적당히 소란스러움에 쉬는 시간이라는 것을 알았다.

"나…… 잤어?"

"어. 나 너 수업 시간에 자는 거 처음 봤어. 근데 역사 쌤도 그냥 내버려 두더라? 네가 오죽하면 자냐고 그 말만 했어. 몰랐지?"

하필 꼬장꼬장하기로 유명한 선생님 시간에 잤다는 게 스스로 어이가 없었다. 진짜 미쳤구나. 창피함에 잠이 절로 깨는데 연우가 아픈 거 아니냐고 다시 걱정스럽게 물어 왔다.

"아니야, 요새 잠을 좀 못 자서…… 세수나 좀 하고 올게."

"같이 가!"

하진이 몸을 일으키는데 연우가 얼른 따라붙었다. 그렇게 연우랑 같이 화장실에 가서 찬물로 벅벅 세수를 했다. 거울에 비친 제 모습은 제가 봐도 무섭게 창백해 환자 같았다. 대충 물기를 털어 내고 연우와 교실로 돌아가는데.

"……."

복도 끝에서 걸어오는 남자와 정통으로 눈이 마주쳤다. 곧바로 하진은 자연스럽게 시선을 돌렸으나, 무표정한 얼굴로 성큼성큼 다가오는 남자의 목표는 안타깝게도 저인 모양이었다.

"박하진."

"……왜."

불쑥 제 앞을 가로막은 한석을 하진은 지친 눈으로 바라보았다. 딱히 한석에게 감정이 있어서가 아니라 그냥 지금 몸이 너무 무거웠다.

"울었나?"

"아니."

"근데 얼굴이 왜 이 모양이야?"

"……!"

갑자기 제게 손을 뻗어 오는 한석에 하진은 무의식적으로 몸을 뒤로 물렸으나 한석이 빨랐다. 헉, 옆에서 연우의 놀란 소리가 들렸다. 작은 얼굴이 커다란 한 손에 완전히 잡혔다. 볼과 턱을 부여잡고 이리저리 훑어보는 한석에 하진은 인상을 확 찌푸렸다.

"뭐 하는 거야?"

힘주어 그의 손아귀에서 벗어나는데 한석이 픽 웃었다.

"존나 빡쳤었는데 얼굴 보니까 뭔 말도 못 하겠네."

"……."

"연락 왜 안 받았어?"

"받기 싫어서."

곧바로 나오는 쌀쌀맞은 말에 한석의 눈썹이 움찔했다. 하진은 그대로 한석을 지나쳐 반으로 들어왔다.

"깜짝이야, 요샌 너 보러 안 오더만 웬일이래?"

옆에서 연우가 종알거리는데 수업을 알리는 종이 쳤다. 하진은 자꾸 멀어지려는 정신을 붙잡으려 노력하며 책을 폈다.

더 내려갈 것도 없는 기분이 이제는 아주 바닥을 쳤다. 조금 전 한석이 제게 몸을 가까이 했을 때 분명 그와 어울리지 않는 달콤한 향이 확 끼쳤었다. 그러니까, 싸구려 향수나 화장품 냄새 같은……

나 말고 다른 대상을 찾았구나. 그런 합리적인 결론을 도출하는데 문득 헛웃음이 났다. 다 지긋지긋했다.

그날 밤, 언제나처럼 야자를 끝내고 나온 하진은 정문 앞 보이는 엄마의 차에 깜짝 놀랐다. 일주일을 꼬박 아빠가 데리러 왔었는데……. 마른침이 절로 꿀꺽 넘어갔다. 조수석 문을 조심히 열고 들어가는데 엄마가 별다른 말 없이 하진을 힐끗 보고 차를 출발시켰다.

"배는 안 고프고?"

"어? 어. 저녁을 좀 많이 먹어서. 괜찮아."

"그래도 집 가면 출출하잖아. 먹고 싶은 건 없고?"

"응. 아무것도 안 해 줘도 돼."

별다를 것 없는 대화 후 침묵이 흘렀다. 평소에도 둘 다 말이 많은 편은 아니라 익숙한 흐름이었으나 오늘은 그것을 견디기가 힘들었다. 그동안 집에서도 거의 안 마주쳤는데.

집에 돌아오니 아빠는 없었다. 평소라면 좋아할 상황인데 엄마와만 집에 있으니 긴장이 되었다. 그래도 그런 티를 내지 않으려 노력하며 하진은 2층으로 올라갔다.

씻고 나오는데 예쁘게 만들어진 샌드위치와 주스가 저만치 책상 위에 올려져 있었다. 순간 확 허기가 치솟았다. 참치와 아보카도를 가득 넣고 만든 엄마의 샌드위치는 하진이 가장 좋아하는 간식이었다.

'……어.'

갑자기 울컥, 눈시울이 뜨거워졌다.

솔직히 아직도 실감이 나지 않았다. 머리로는 현실을 알고 있는데 가슴으로 받아들이지 못했달까. 엄마가 내 엄마가 아니라니. 수많은 충격적인 말들 가운데서 더는 하진이와 못 산다고 또렷하게 말하던 목소리가 하진을 유독 끊임없이 괴롭혔다.

그래도, 어쩌면. 아빠 말대로.

'이렇게 아무 일 없이 지나가는 걸까?'

너무 배고프고, 맛있게 보여서 먹고 싶은데 이상하게 손이 움직이지 않았다. 의자에 앉은 채 하진은 먹음직스러운 샌드위치만 뚫어지게 바라보았다. 그리고 내내 부정하던 현실을 가만히 받아들이려 애써 보았다.

'그래. 이미 벌어진 일을 어쩌겠어.'

'몰랐으면 좋았겠지만 어쩔 수 없잖아. 받아들이자. 부모님이 안 계신 것도 아니고, 엄마는, 엄마도 쌓인 게 많았을 테니까 그렇게 말할 수 있어.'

어차피 대학에 입학하면 아빠에게 기숙사 생활을 하고 싶다고 말할 참이었다. 물론 많은 용기가 필요한 말이었지만 이 상황에서라면 아빠도 허락할 듯했다.

'조금만 있다가, 수능 치르고 합격하면…… 대학 가고 서로 떨어져 있으면 돼. 지금은 어색하지만 나아질 거야.'

'어쩌면 아빠도 나한테 이제 조금은 잘해 줄지도 몰라. 말은 그렇게 했어도 솔직히 아빠도 사람이라면 나한테 미안한 마음을 가질 테니까. 괜히 기분대로 성질내고 트집 잡고 사람 미치게 하는 거 그만둘지도.'

'지금 중요한 시기인데 정신 차려야 하잖아. 이러고 있을 때가 아니잖아, 바뀌는 것도 없는데 바보같이?'

고작 엄마가 하루 데리러 오고 언제나처럼 밤참을 만들어 준 것에 하진의 기분은 가파르게 요동치고 있었다. 그러고 보니 오늘은 학교에서 잠까지 잤다. 얼른 먹고 공부해야겠다는 판단을 내린 하진이 막 접시에 손을 뻗으려던 순간이었다.

달칵, 방문이 열리는 소리에 지레 깜짝 놀란 하진은 그대로 뒤를 돌아보았다.

"엄마."

"왜 안 먹고."

다 먹은 줄 알았더니, 당황한 하진에게 천천히 다가온 엄마가 책상 뒤 침대에 털썩 앉았다. 하진은 몸을 돌린 그대로 엄마와 마주 보게 되었다.

"아니, 배불러서…… 천천히 먹을게."

아까 차에서 제가 했던 말이 신경 쓰였던 하진은 말을 얼버무렸다. 동시에 배에서 꼬르륵, 민망한 소리가 났지만 다행히도 엄마는 별 신경 안 쓰는 듯했다.

"우리 얘기 좀 할까, 하진아."

"응……."

대답하면서도 하진은 엄마의 눈치를 봤다. 저도 저지만, 일주일 새 부쩍 파리해 보이는 엄마의 얼굴에 마음이 좋지 않았다.

여전히 엄마는 제 엄마 같다.

"너도 많이 놀랐지. 아빠가 어떤 식으로 얘기했을지는 다 짐작이 가지만……."

원래도 높지 않은 톤이었지만 한층 더 축축 가라앉은 목소리였다. 하진은 숨도 제대로 못 쉬고 엄마의 말에 집중했다.

"나는 내 나름대로 너한테 얘기해 주고 싶어. 하진아. 그리고 너도 그걸 원할 거라고 생각해."

엄마가 동의를 구하듯 잠시 말을 끊었다. 응, 하진은 어설프게 고개를 끄덕였다. 그런데도 한참이나 머뭇거리던 엄마는 마침내 말을 이었다.

"있잖아, 하진아. 엄마는 내 가정을 일찍 갖는 게 꿈이었어. 키워 줄 부모 없고 의지할 형제나 친척 하나 없다 보니 어려서부터 너무 서러운 일을 많이 겪어서. 욕심을 좀 더 부리자면 돈 걱정 안 하고 살고 싶었고. 넌 모르겠지만 없이 살다 보면 어린 나이에도 온갖 꼴을 다 보게 되거든."

"……."

"아빠라면 그걸 이뤄 줄 수 있을 것 같았어. 이런 말 우습겠지만 엄마에게 아빠는 정말 어느 날 갑자기 나타난 왕자님 같았거든. 결과적으로는 이렇게 되어 버렸지만."

엄마의 입가에 희미한 미소가 걸렸으나, 이내 빠르게 사라졌다.

"하진아. 네 얼굴엔 아빠와 그 여자가…… 그래, 네 엄마가 정확히 반반이 있어. 특히 눈이 똑같아. 내 앞에서 당당하게 아빠 애를 임신했다고 말했던 그 여자랑 말이야."

아닌데. 어렸을 때부터 엄마 손 잡고 어디 나가면 다 나보고 엄마 닮았다고 했는데.

"그 여자…… 예쁘긴 예뻤거든. 처음 봤을 때는 어디 배우인 줄 알았을 정도로. 거기에 화려하고, 당당하고. 가진 게 없다고 다 나처럼 주눅 들어 사는 게 아니라는 걸 그 여자 보면서 알았어. 그래서 너를 볼 때마다 힘들었어. 알아. 너는 아무 잘못 없는 거. 원래 애들은 아무 죄도 없는 법이야. 그래서, 그걸 누구보다 잘 알아서 오히려 더 괴로웠어. 겉으로는 좋은 엄마를 연기하면서 속으로는 아이가 안 생기는 원인을 네 탓으로 다 돌리는 흉측한 내가 미웠어. 네 문제에 관해서만은 내 마음을 알아주지 않는 아빠가 원망스러웠고, 비빌 언덕 하나 없는 나를 단 한 번도 며느리로 인정해 주지 않는 시부모님에 지칠 대로 지쳤지."

분명 차분했던 목소리가 조금씩 빨라지기 시작했다. 도망칠 곳이 없는 하진은 쏟아지는 날 선 자극을 그대로 받아들일 수밖에 없었다.

"네 아빠 말이 맞아. 그래도 기른 시간이 있는데, 네가 날 잘 따른다는 것도 아는데 내가 못된 거지. 어쩌면 네 할아버지 말이 맞을지도 몰라. 못 배워 먹은 것들은 근본부터 다른지도."

아닌데, 나는 엄마만큼 착한 사람은 지금껏 본 적이 없는데. 화 한 번 안 내고, 언제나 나긋하고, 다정하고…….

"그래도 하진아. 엄마는 할 만큼 했다고 생각해. 이제 엄마는 그냥 나로 살고 싶어. 억지로 누군가를 책임지는 게 아니라……."

"엄마."

"……."

충동적으로 엄마의 말을 끊은 하진의 입술이 파르르 떨렸다.

"엄마는…… 내가 싫어?"

유아적일 정도로 단순한 질문. 하지만 하진에게는 그 무엇보다도 중요했다. 쉼 없이 쏟아 내던 엄마의 말이 뚝 멎었다. 하진의 눈을 가만히 들여다보던 엄마가 천천히 고개를 저었다.

"그렇게 간단하게 말할 수는 없어. 싫고 좋고, 그런 문제가 아니야. 아직은 네가 어려서 엄마 말 이해 못 할 거야."

말을 돌리는 엄마를 멍하니 바라보던 하진의 마음속이 깊숙하게 가라앉았다. 너무 슬프면 눈물도 나지 않는다는 것을 처음 알았다. 난 엄마가 좋은데…… 엄마가 세상에서 제일 좋은데. 표현은 많이 한 적 없지만 그걸 엄마도 알고 있으리라 생각했는데.

"하진아. 엄마 사실…… 오래전부터 약을 먹고 있어."

"약?"

"마음을 조금 편하게 도와주는 약이야. 엄마는 그 약 없이는 못 살아. 그마저도 아빠가 병원 다니는 걸 워낙 싫어해서 눈치 보면서 다니거든……. 다른 건 다 해 줘도 그런 데 쓰는 돈은 주기 싫다고 하더라."

엄마의 마른 얼굴에 우울한 그늘이 졌다. 하진은 흡, 숨을 들이마셨다. 왜 자신은 지금까지 엄마의 이런 얼굴을 몰랐을까?

혼란스러웠다. 늘 제가 보았던 것은 화려하진 않지만 은은하게 반짝이는 엄마의 예쁜 모습이었는데, 그 뒷면에는 그녀가 감히 짐작할 수도 없는 시꺼멓고 아득한 불행이 있었다. 어쩔 줄 모르고 엄마만 바라보던 하진은 저도 모르게 불쑥 입을 열었다.

"엄마…… 나는 원래 수능 보고 집 나가려고 했어. 알잖아, 나 아빠 싫어하는 거. 너무 답답해서, 나도 대학 가면 기숙사 간다고 어떻게든 아빠 설득하려고 했어."

"……."

"걱정하지 마. 내가 대학 가도 집에서 통학하는 일은 없을 테니까. 엄마 그동안 나 때문에 고생 많았던 거, 나 다 알아."

입이 제멋대로 움직였다. 왜 이렇게 흘러가는지 모르겠지만 하진은 제가 엄마를 열심히 달래고 있다는 것을 깨달았다. 제 앞에 있는 엄마가 너무나 무기력하고 금방이라도 쓰러질 듯 유약해 보여서, 그러지 않으면 안 될 것 같았다.

그 후 엄마와 조금 더 얘기했다. 정확히는 엄마는 계속 말했고 하진은 계속 들었다. 하진은 엄마가 하는 말을 모두 다 이해할 수는 없었지만 그러려고 노력했다. 그리고 자신이 그리했다고 믿었다.

"……아빠 곧 오시겠다. 오늘은 일찍 자."

"응."

아무렇지 않게 대답하려 애쓰며 하진은 방을 나가는 엄마의 뒷모습을 초점 없는 눈으로 바라보았다.

아무리 또래보다 조숙한 면이 있다지만 그래 봤자 열아홉, 아직 경험하지 못한 것들이 너무나 많은 하진에게는 엄마의 처사가 버겁다 못해 가혹한 일이었으나 하진에게는 선택지가 없었다. 어쨌든 지금까지의 그녀의 인생에서 진심으로 믿을 수 있는 유일한 상대는 엄마였기에.

겉으로는 같아 보이나 모든 것이 달라진 날들이 하루, 또 하루, 그렇게 지나갔다. 이 와중 꽤 오래 공들였던 투자 유치가 성공하면서 아빠는 요즘 기분이 좋아 보였다. 엄마도 그런 아빠의 모습에 기뻐하는 듯했고…….

하진은 솔직히 엄청나게 혼란스러웠다. 자신만 이 가정에서 이방인 같았다. 정말 이렇게 아무것도 아닌 것처럼 넘어갈 만한 일인가? 진실을 안 후로 밥도 못 먹고 잠도 못 자는 내가 이상한 건가?

그해 늦여름은 유독 더웠고, 습했고, 사람을 지치다 못해 미치게 했다.

그리고, 아빠의 부재가 예고되어 있던 저녁. 엄마가 차려 놓은 저녁을 먹는 둥 마는 둥 하고 제 방에서 공부를 하던 하진에게 한 통의 전화가 걸려 왔다.

"……."

정한석. 굳이 삭제할 필요성을 느끼지 못했던 그 번호를 하진은 가만히 들여다보았다. 왜 갑자기? 그날 이후로 서로 모르는 사람처럼 대했었는데. 잘못 걸었나 싶어 잠자코 있는데 한 번 끊겼던 전화는 다시 울리기 시작했다.

"……여보세요."

충동적으로 받은 전화에 도리어 상대는 답이 없었다. 뭐지, 하진은 힘없이 중얼거렸다.

"전화했으면 말을 해."

안 그래도 마른 하진인데 몇 주간 제대로 먹은 게 없으니 말 한마디 하는 것도 힘이 빠졌다. 방금도 입맛이 없어 밥을 거의 다 남겼는데도 엄마는 별말이 없었다. 원래라면 더 먹으라고 말이라도 해 줬을 텐데.

-왜 야자 안 했어?

얘가 이런 목소리였나. 오랜만에 듣는, 착 가라앉은 목소리는 듣기 좋은 저음이었다. 하진은 입술을 천천히 움직였다.

"몸이 좀 안 좋아서."

웬만하면 학교에 있는 게 더 낫지만, 오늘은 오후 내내 컨디션이 최악이라 집에 돌아온 터였다.

-지금은 어떤데?

"괜찮아."

그나저나 내가 얘랑 이렇게 아무렇지 않게 전화할 사인가. 하긴, 한때는 그러기도 했었다. 말만 섞었나? 더한 것도 했지.

또다시 말이 없는 한석에 하진은 다시 말했다.

"그거 물어보려고 전화한 거야?"

-아니. 어차피 아파서 간 건 알고 있었는데.

그럼? 하진은 조용히 귀를 기울였다.

-그냥, 보고 싶어서.

안 되나? 핸드폰 너머에서 맥없이 웃는 소리가 났다. 맥락도 없고, 그에게 어울리지도 않는 달콤한 말. 하등 와 닿지 않는 말인데도……

이상하게 심장이 뛰었다.

잠시 후, 하진은 아직도 부엌에서 무언가를 부산하게 하는 엄마를 보며 뒤에서 마른침을 꿀꺽 삼켰다. 몇 번이나 망설이다 불쑥 입을 열었다.

"엄마. 나 잠깐만 나갔다 올게."

"뭐? 어딜."

하진을 돌아보며 살짝 놀란 엄마의 표정이 보였다. 하진은 열없이 중얼거렸다.

"아…… 친구가 이 근처 왔는데, 카페에서 잠깐만 볼 수 있냐 해서."

"연우?"

"아니, 다른 애."

걔는 원래 야자를 안 하는 애라, 잠깐만 얘기 좀 하고 올게. 주절주절 말하면서도 하진은 안 될 거라고 생각했다. 내일 학교에 가서 만나도 될 거였고, 솔직히 연우 말고는 딱히 그럴 친구가 없다는 건 엄마도 잘 알고, 시간도 늦었으니 그냥 방에 들어

가라고 할 거라고 생각했는데.

"그래. 다녀와. 아빠도 안 계시고 하니까."

"……."

엄마는 더 묻지 않고 고개를 돌렸다. 어……. 승낙에 놀란 것은 오히려 하진이었다. 잠시 눈을 껌벅대던 하진은 이내 정신을 차리고 뒤돌았다. 방에 다시 올라가 핸드폰과 지갑을 챙기고 나가는데 문득 그런 생각이 들었다.

이제야 조금은 알 것 같았다. 그러니까, 엄마는 그간 나를 이해했던 게 아니라 그저 내게 무관심했던 것은 아닐까.

* * *

"진짜 왔네."

시끌벅적한 갈빗집 뒤 주차장, 하진을 본 한석이 얼떨떨하게 중얼거렸다. 하진은 새침하게 쏘아붙였다.

"네가 오라며."

"……그랬지."

픽 웃으며 머리를 쓸어 넘기는 손짓이 멋쩍었다. 하긴, 놀랐긴 했을 거다. 보고 싶다는 한석의 말에 넌 뭐 하냐고 물었고, 알바 중이라는 말에 어디서 일하냐고 물었던 하진이었다. 그리고 곧장 택시를 잡아타고 여기까지 와 버렸다.

요즘 자신은 정신이 나간 것 같다.

자조하며 하진은 고깃집 이름이 쓰인 홀복을 입은 한석을 가만히 올려다봤다. 땀에 살짝 젖은 듯한 머리칼과 조금 피곤해 보이는 얼굴. 후덥지근한 공기 안 어쩐지 그의 모습이 짠해 보였다면 위선일까?

"고기 냄새 나지."

"아니."

"잠깐만, 나 옷만 갈아입고 바로 나올게."

"어? 일하던 중이라며."

"일이 문제냐?"

그래도……. 말끝을 흐리는 하진의 볼을 한석이 툭, 손끝으로 두들겼다.

"알아서 할 테니까, 어디 가지 말고 여기 있어."

여기까지 왔으니 어디 갈 리도 없는데, 한석은 그 짧은 거리에도 몇 번이나 뒤를 돌아보았다.

하진이 눈을 깜박이며 가만히 서 있는 사이 한석은 정말로 금방 나왔다. 홀복을 벗은 그는 반소매 면 티셔츠와 청바지 차림이었다. 풍기는 분위기나 피지컬이 절대로 고등학생같이 보이지는 않았다.

"뭐…… 어디 가고 싶은 곳 있냐?"

퉁명스러운 말에 하진은 그저 가만히 그를 보았다.

학교 밖에서 본 게 처음도 아닌데. 직전까지 일하다 나온 걸 본 탓일까? 매번 그를 볼 때마다 느꼈던 껄렁함이 많이 지워진 느낌이었다.

사실 하진이라고 뭘 생각하고 나온 게 아니었다. 그저 엄마와 함께 있는 시간이 너무 불안하고 염치없게 느껴졌을 뿐. 괜히 일찍 와서 엄마가 밥을 차리게 한 것 같고……

"하긴, 너랑 이 시간에 어딜 가냐."

대꾸 없는 하진에 그가 멋쩍게 중얼거렸다. 배고프지 않냐는 말에 하진은 고개를 저었고, 먹고 싶은 거 있냐는 말에도 없다 잘라 말했다. 그런데도 한석은 굳이 하진의 손에 맞은편 가게에서 테이크아웃한 시원한 음료를 사서 들려 주었다.

정작 자신은 땀을 뻘뻘 흘리면서도 하진을 먼저 챙겼다. 솔직히 하진은 제가 계산하고 싶었지만…… 지갑을 꺼내는 하진의 손을 지그시 노려보는 눈빛에 다시 집어넣어야 했다.

그렇게, 어쩌다 보니 어둠이 깔린 밤거리를 함께 걷게 되었다.

둘 다 별다른 말 없이 천천히 걷다 보니 어느 공원까지 흘러 들어 갔다. 학교와 그리 떨어져 있지 않는 곳이지만 하진은 와 본 적이 없었다. 여름이라 그런지 9시가 다 된 시간인데도 사람들이 많았다. 둘은 적당히 후미진 나무 아래 벤치에 나란히 자리를 잡고 앉았다.

"너 이 근처 살아?"

"아니."

하진의 말에 그는 곧바로 고개를 저었다.

"우리 집은 완전 반대쪽. 좀 멀어."

"근데 왜 거기서 알바해?"

"거기가 시급이 제일 세니까. 사장이 월급 떼먹지도 않고 좋더라."

대수롭지 않게 뱉는 말에 그 나이대 애들과는 다른 고단함이 묻어 있었다. 정작 본인은 알고 있을지 모르겠지만.

그러고 또 둘은 침묵했다.

한낮은 그렇게 덥더니 저녁이라 그런지 나름대로 선선한 바람이 불었다. 하진은 뭔가 생각에 잠긴 듯한 한석의 옆모습을 슬쩍 훔쳐보았다.

희뿌연 가로등 빛 아래 날렵하게 잘생긴 얼굴이 자연스럽게 시선을 잡아끌었다. 이제 조금 땀이 가신 듯하지만 그래도 여전히 조금 헝클어진 머리카락. 밤이라 그런지 괜히 더 깊어 보이는 눈빛, 굳게 다물린 입술과 다부진 턱. 그런 것들이 하진의 눈에 조용히 담겼다.

천천히, 그러나 깊숙이.

그러다 불쑥 물었다.

"……넌 졸업하면 뭐 할 거야?"

하진의 말에 한석이 흘깃 고개를 돌렸다. 대답 없이 그저 저를 빤히 보는 눈빛에 괜히 입술이 말랐다. 부담스러울 정도로 똑바른 시선이었으나 하진은 피하지 않았다. 조금은 불안하게 흔들리는 커다란 눈동자를 응시하던 한석의 입술이 천천히 열릴 때.

"아."

작게 신음한 하진이 눈을 찡그렸다. 설렁설렁 부는 바람에 눈에 뭐가 들어간 모양이었다. 빠르게 눈을 감았다 떴다 하는 하진을 보고 한석이 얼굴을 가까이 했다. 자연스럽게 하진의 허리를 제 손으로 감싸며, 짐짓 다정한 척 물었다.

"왜, 뭐 들어갔어?"

"응……."

"눈 떠 봐. 크게."

후, 한석이 입으로 바람을 몇 번 불었다. 그래도 따끔거리고 아파서 손으로 비비려 하는데…… 씁, 안 된다는 듯 소리를 낸 한석이 하진의 팔목을 꽉 잡았다.

"함부로 비비면 다쳐."

말을 끝낸 한석이 한 손으로 하진의 눈을 조금 벌리고 바람을 불어 넣었다. 부는 힘도 어찌나 센지 과장 좀 보태서 눈이 얼얼했다.

"됐어?"

"……응. 그런 것 같은데."

눈을 깜박이는 하진을 한석이 또 말없이 보았다. 그런데 너무 붙어 있지 않나? 코가 닿을 듯 숨 막히게 가까워진 얼굴, 저를 안고 있는 묵직한 팔이 그제야 의식된 하진이 어색하게 몸을 조금 뒤로 물리던 순간이었다.

가냘픈 목덜미를 커다란 손이 휘어잡았다. 도망치지 못하게 단단히 고정하고 그대로 입술을 겹쳤다.

"……!"

하진의 눈이 크게 뜨였다. 놀라 벌어진 입술 새 뜨겁고 축축한 혀가 미끄덩하게 들어왔다. 너무 당황스러워 굳어 버린 하진을 붙잡고 한석은 게걸스럽게 키스를 이어 나갔다. 제멋대로 혀를 놀리는 태도가 참고 참다 터뜨린 것같이 난잡했다.

미쳤어. 여긴 밖인데……! 이내 정신을 차린 하진이 반사적으로 몸을 비틀어 봤지만 저를 끌어안은 힘이 워낙 세서 꼼짝도할 수 없었다. 압도적인 힘의 차이였다.

그렇게 잠시 정신없이 하진을 몰아붙이던 한석이었지만, 제등을 퍽퍽 치며 필사적으로 발버둥 치는 몸짓에 결국 아쉽다는듯 슬쩍 입술을 뗐다. 여전히 하진을 안은 팔은 풀지 않은 채,코앞에서 낮게 중얼거리는 목소리가 태연했다.

"아무도 안 보니까 신경 쓰지 마."

"하…… 어떻게 신경을 안 써?"

정말로 다시 입술을 대려 하기에 확 고개를 돌려 버렸다. 그잠깐 혀 좀 빨았다고 가파르게 숨 쉬는 하진에 한석이 픽 웃었다. 씨발, 존나 귀여워. 뇌까린 말을 하진은 애써 못 들은 척했다.

그리고 다시 바람이 불었다.

"박하진."

옆에서 저를 보는 시선이 느껴졌지만, 하진은 앞만 바라보며퉁명스럽게 답했다.

"……왜."

"졸업하고 뭐 해 먹고살지는 솔직히 나도 아직 잘 모르겠고."

"……."

"나는 그냥 너랑 이러고 있고 싶은데. 계속."

담담한 말에 갑자기 현실감이 드는 건 왜일까? 내내 멍하던 정신이 확 드는 느낌. 하진은 문득 주위를 둘러보았다. 평화로운 공원의 야경 안, 수능을 두어 달 남기고 남자와 노닥대는 자신, 집을 나왔어도 진동 한 번 울리지 않는 주머니 안의 핸드폰.

한석의 설익은 진심은 하진에게 조금도 와 닿지 않았다.

"……나한테 왜 이래?"

흐음, 한참 침묵하다 겨우 나온 말에 한석이 느긋한 숨을 뱉었다.

"글쎄, 뭐랄까."

"……."

으음, 꽤 고민하는 듯한 한석에 괜히 조바심이 들던 찰나, 하진과 기어코 눈을 맞춘 한석이 싱긋 웃었다.

"깨끗한 데에는 낙서하고 싶어지잖아."

무슨 말이지? 하진의 미간이 설핏 찌푸려졌다. 직설적으로 말을 뱉는 그와 어울리지 않는 비유적인 표현이다. 잠시 멈칫하다, 하진은 다시 물었다.

"깨끗한 데는 그대로 두고 싶지 않아? 안 더러워지게."

"난 아닌데."

"그래……."

하진은 건성으로 고개를 끄덕였다. 그래도 좋아한다 어쩐다 하는 시답잖은 소리는 안 해서 다행이긴 하지만. 그런 하진의 어깨를 한석이 다시 뭉근히 끌어안았다. 하진은 몸이 조금 경직하긴 했으나 뿌리치지 않고 가만히 있었다.

"넌 졸업하고 뭐 할 건데?"

"난……."

순간 말문이 턱 막혔다. 원래라면 정해진 대로 술술 나왔을 계획인데. 그 순간 왜 갑자기 엄마의 얼굴이 떠올랐을까?

"나는……."

하진의 목소리가 조금 떨렸다. 뭔가 이상함을 감지한 한석의 눈이 가느스름해졌다.

"있잖아."

"어."

"우리 엄마가, 친엄마가 아니래."

"……."

말도 안 되는 것은 알고 있었다.

어쩌면 아까 막무가내인 키스를 했을 때보다 더 미친 행동인지도 모른다. 하지만 제멋대로 움직이는 입을 멈출 수가 없었다.

아니, 오히려 한석이라서 그랬는지도 모른다. 모든 것이 가벼운 한석은 쓸데없이 진지하게 받아 주지 않을 테니까. 어차피 얼마 안 있으면 볼 일 없을 관계이니까. 지금이라도 끊어 버릴 수 있는 인연이니까.

그래서일까? 다른 사람에게는 절대로 말 못 했을 얘기가 한석 앞에서는 터진 둑의 물처럼 흘러나왔다. 차마 입 밖에 내지 못하고 속에 꼭꼭 감춰 두었던 감정이 걷잡을 수 없이 밖으로 튀쳐나왔다.

"말이 돼? 나만 이상한 사람이야, 그 집 안에서는."

그렇게 모든 것을 다 쏟아 놓았다. 하진은 빠르게 얘기하다가도 가끔 설움이 복받쳐 말을 멈추기도 했고, 문득 침묵하기도 하고 한숨도 몇 번이나 쉬었다. 한석은 단 한 번도 하진의 말을 끊거나 제 말을 보태지 않고 잠자코 들어 주었다.

"……솔직히 그동안은 실감이 안 났는데, 오늘만 해도 밤에 순순히 나가라고 하는 걸 보니까, 내가……."

하진은 제가 울고 있다는 것을 한 박자 늦게 인지했다. 조그마한 얼굴을 적시기 시작하는 눈물에 한석의 눈썹이 꿈틀댔다. 그리고 어느 순간.

'아.'

단단한 품 안에 꽉 끌어안긴 채, 하진은 그의 가슴팍에 얼굴을 묻었다.

"울지 마."

"……안 울어."

거친 숨을 몰아쉬는 하진을 한석이 다시 힘주어 고쳐 안았다. 한동안 그러고 있었다. 잠시 후 돌아온 것은 그답지 않게 조금 머뭇대는 목소리였다.

"……내가, 누구를 위로하고 그런 걸 안 해 봐서 이럴 때 뭐라고 말해야 할지 모르겠는데."

"……."

"괜찮아."

괜찮아. 또 한 번 중얼거린 한석이 투박한 손으로 하진의 눈물을 닦아 주었다. 모든 것을 털어놓자 아주 약간 시원해짐과 동시에 염치없다는 생각이 들었다. 정작 한석은 부모님이 안 계셔서 혼자 이렇게 일해서 먹고사는데…….

한석이니까 말한 거였는데, 돌아보니 한석이라서 하면 안 되는 투정 같은 말이었나 싶었다.

피부를 스치고 지나가는 바람이 어느새 서늘해졌지만 넓은 품 안은 따뜻했다. 하진은 어색한 온기 안에서 조금 숨을 골라 보았다.

3

9월의 첫날은 듣기 평가로 시작되었다. 하진은 늘 그러했던 것처럼 최대한 잡생각을 비우고 스피커로 흘러나오는 음성에 집중했다.

"……."

분명, 그러려고 했었다.

그러나 어느 순간 제 귓가에 파고드는 것은 지문이 아니라 어젯밤 엄마와 자신의 대화였다. 한석과 있다 밤늦게 들어온 제게 별다른 말 없는 엄마에게, 충동적으로 불쑥 물었던 하진이었다.

"엄마는 아빠가 좋아서 지금껏 날 키운 거야?"

"……."

"그렇게 힘들었으면 이혼하면 되잖아. 엄마가 그렇게 아픈데 치료도 제대로 못 받게 하고, 할아버지랑 할머니도 엄마 대놓고 무시했는데. 나까지 키워 가면서까지 왜 이러고 살았어?"

엄마에게 그런 식으로 말했던 적은 한 번도 없었는데. 악에 받쳐 있는 제 말에 엄마는 어떤 표정을 지었던가. 한숨을 쉬었 던 것도 같다.

"그래도 집이 있고 내 가족이 있잖아. 돌아갈 곳이 있잖아. 어 떻게 내가 이걸 포기하겠어."

그건 돈이 있고 없고, 그런 거랑은 또 다른 문제긴 한데, 말을 흐리며 엄마가 하진을 바라봤다. 비약이겠지만 어쩐지…… 한심 하게 저를 바라보는 듯했다.

"무식하고 배운 것도 없지만 인내심 하나는 자신 있었으니까. 내 자리에서 열심히 하면 나아질 거라고 생각했어. 그러다 아이 도 갖고, 내 할 일 잘 하다 보면 인정받을 거라고 생각했지."

훗날 생각해도 대단한 사람이었다. 몸살이 걸려 열이 펄펄 끓 으면서도 아빠 식사를 준비하고 집안일을 척척 해내던 엄마였 다. 이 큰 집을 최소한의 고용인만 두고, 모든 살림을 도맡아 하 는 엄마가 이해가 가지 않았었는데.

항상 먼지 하나 없이 깨끗했던 집. 그게 엄마의 설 자리였던 것이다.

'우리 아빠 새아빠 아니야? 짜증 나.'

그 언젠가. 아빠의 도를 넘은 잔소리에 진절머리 치던 하진을 보며, 난처한 듯 희미하게 웃던 엄마는 무슨 생각을 했을까. 아아…… 그러고 보니 동생이 생기는 거 진짜 싫다는 말도 꽤 많이 했었지, 엄마가 아이를 갖고 싶어서 한약을 먹고 있다는 것도 알고 있었으면서…….

꼿꼿한 시선에 할 말을 잃은 하진의 눈빛이 방황했다.

"그래도…… 왜 그렇게까지. 엄마한테 딱히 뭐, 잘해 주지도 않는데, 아빠가 뭐가 좋다고."

물질적인 것이 모든 것을 상쇄하는 것은 아니지 않나. 하진은 자신이 엄마의 말을 다 알아들었다고 생각했으나, 아직 어린 데다 고생이라고는 모르고 자란 그녀가 모든 것을 이해할 수는 없었다. 하진의 중얼거림에 엄마가 잠시 놀란 표정을 지었다. 그러더니 이내 희미하게 웃었다.

"하진아. 아빠는……."

"……."

"엄마와 둘만 있을 때는 다정해. 한없이."

회상 속 엄마의 얼굴이 괴물처럼 일그러졌다.

삐익……! 갑자기 귀를 찌르는 듯한 이명에 하진은 흡, 숨을 들이마셨다. 귓속이 너무 시끄러웠다. 시끄럽다 못해 머릿속이 울렸다.

"박하진."

툭, 하진의 어깨를 가볍게 치는 손길에 하진은 그제야 번쩍 고개를 들었다. 뒤에서 OMR 카드를 걷던 실장이 의아한 표정을 지었다.

그러니까…… 듣기 평가가 끝났다.

'말도 안 돼.'

나는 하나도 못 들었는데? 제대로 문제를 푼 게 없는데? 극심한 충격에 거의 표시되어 있지 않은 카드를 건네는 손이 부들부들 떨렸다.

이건 꿈인가? 그래, 꿈이겠지. 맞아, 이런 정신 나간 짓을 할 리가 없잖아. 애써 그렇게 생각해 보려 했지만 어느새 시끌시끌해지는 교실 안은 지독히 현실적이었다.

'어떡하지?'

망했다.

잠시 멍해 있던 하진의 눈에 초점이 들어왔다, 나갔다 했다. 어떡하지, 어떡하지…… 커다란 눈에서 눈물이 후드득 쏟아졌다. 미쳤나 봐, 내가…… 멍때리다가 정신 나가서. 시험 망쳤어…….

딱히 다른 거 잘하는 거 하나도 없으니까 공부라도 잘해야 하는데…… 나는, 나는…….

쓸모없어.

단순히 시험 하나를 날려 먹어서 그렇다기에는 하진의 절망은 깊었다. 시커멓고 어둑했다. 실체 없이 숨었던 불안과 불행이 기어코 터져 나온 느낌이랄까? 잠시 멈춘 것 같던 삐 소리가 또다시 간헐적으로 들려오기 시작했다.

급격한 공포가 밀려왔다. 몸을 부들부들 떠는 하진에 주위의 시선이 하나씩 집중되기 시작했다.

"하진아! 왜 그래?"

제일 먼저 달려온 연우가 하진의 어깨를 흔들었으나 숨이 턱턱 막히는 하진에게는 제대로 들리지 않았다. 갑자기 식은땀을 흘리고 얼굴이 무섭게 질리는 하진을 본 반 아이들의 입이 떡 벌어졌다. 그리고.

"박하진."

별안간 등장한 커다란 남자에 화들짝 놀란 연우가 몸을 슬쩍 비켰다. 교실 뒷문으로 휘적휘적 들어오더니, 이내 하진 앞에 우뚝 선 채로 그녀를 보던 한석의 표정이 일그러졌다.

"얘 왜 이래?"

불특정 다수를 노려보며 묻는 그의 말에는 아무도 대답하지 않았다. 하진의 앞에 한쪽 무릎을 꿇은 자세로 한석이 미간을 찌푸렸다. 책상에만 시선을 고정하고 숨을 색색 몰아쉬는 하진의 턱을 잡아 기어코 자신과 눈을 맞추게 했다.

"야."

"……"

"박하진. 정신 좀 차려 봐."

나 보이지? 한석이 하진의 볼을 손가락으로 툭툭 몇 번 건드렸다. 나름 힘 조절을 해서 살살 했다지만 남들이 볼 때는 꽤 거친 몸짓이었다.

보여, 보인다고. 우악스러운 손길에 가까스로 정신을 잡은 하진이 눈에 힘을 주었다. 귀를 울리는 소리는 아주 조금 작아졌지만 자꾸 숨이 차고 가슴이 답답해 몸이 펑 터져 버릴 것 같았다.

"어디가 아픈데? 어?"

"……."

"양호실 가자."

하진의 상태가 심상찮음을 알아챈 한석이 얼굴을 굳혔다. 업히라는 듯 몸을 돌려 등까지 대 주는 그의 모습에 여기저기서 작은 탄성이 터졌다. 그러나.

'필요 없어.'

어?

하진의 작은 얼굴이 설핏 구겨졌다. 뭐지? 하진은 다시금 입술을 달싹였다.

'안 아프다고.'

……어?

이게 무슨……. 하진은 이번에는 힘주어 말을 뱉어 보았다. 업히지 않고 가만히 있는 하진이 이상했는지 한석이 등을 대 준 채로 흘깃 고개를 돌리는 게 보였다.

"그냥 업혀. 너 지금 상태 존나 안 좋아 보이니까."

'그게 아니라…….'

하진의 눈빛이 순간 멍해졌다.

'나, 이상해.'

말도 안 돼.

안 그래도 희게 질려 있던 하진의 얼굴에서 핏기가 완전히 사라졌다. 아무리 입술을 움직이고 배에 힘을 줘 봐도 말이 나오지 않았다.

도저히 입 밖으로 나오지 않는 소리에 하진의 눈앞이 캄캄해졌다. 혼란스럽다 못해 뒷골이 뻐근해 아예 둘로 갈라질 것 같았다. 어떻게, 어떻게 이런 일이. 충격에 휩싸인 마른 몸이 맥없이 휘청였다.

삐익, 새된 소리가 걷잡을 수 없이 커져 그녀를 덮쳤다.

"박하진!"

앞으로 우당탕 쏟아지는 하진의 몸을 한석이 재빨리 받쳐 안아 들었지만, 이미 하진은 정신을 잃은 후였다.

* * *

피부를 스치고 지나가는 바람이 꽤 찼다. 저만치 운동장 너머 조금씩 어두워져 가는 풍경을 하진은 멍하니 바라보았다.

"박하진."

"……."

"박하진."

옆에서 한 번 더 힘주어 부르는 소리가 들리고 나서야 하진은 천천히 고개를 돌렸다. 새하얀 얼굴에 표정이라고는 없다. 계단에 나란히 앉아 있던 한석의 눈이 가느슴해졌다.

"……너 진짜, 말 안 나오냐? 계속?"

"……."

"하, 진짜."

딱히 긍정도 부정도 하지 않는 생기 없는 낯에 한석이 신경질적으로 머리를 쓸어 넘겼다. 한숨을 쉬고 괜히 시선도 이리저리 돌려 보다, 다시 물어 왔다.

"그, 스트레스받아서 그런 거야?"

내가 나름 찾아보니까 그럴 수도 있다고 하긴 하던데…… 말끝을 흐리며 한석이 다시 하진의 얼굴을 쓱 훑었다. 아무렇게나 묶은 머리는 조금 흘러내려 있고 눈에는 은근히 초점이 없다.

그답지 않게 안절부절못하는 모습을 말없이 지켜보던 하진이 천천히 고개를 끄덕였다. 아, 씨발. 한석이 결국 욕을 뱉었다.

"……어떡하냐."

그건 제가 하고 싶은 말이었다.

뭔 스트레스 받았다고 애가 이렇게까지…… 옆에서 심란하게 중얼대는 것을 내버려 두고, 하진은 다시 고개를 돌려 앞만 봤다. 야자가 시작했다는 종이 울렸지만 들어가고 싶지 않았다. 언젠가부터 학교는 제게 도피처 그 이상도 그 이하도 아니었다.

교실에서 쓰러졌던 그날, 하진은 곧바로 병원으로 이송되었다. 연락을 받고 바로 달려온 엄마와 함께 그날 받을 수 있는 각종 검사는 다 받았다.

피 검사부터 심전도, 혈압, MRI……. 그리고 약간의 빈혈 증상 외에는 다른 수치는 모두 정상이라고 말하던 의사는 조심스럽게 신경과 진료를 권했다.

그때도 하진은 엄마 옆에서 아무 말도 안 나오는 채로 앉아 있기만 했다. 시간이 지나도 상황은 마찬가지였다. 또다시 긴 검사와 지금 상태에서 할 수 있는 수준의 문진 후, 의사는 심각한 표정으로 진단을 내렸다.

함묵. 심리적 원인에 의해 일시적으로 말 산출에 문제가 생긴 거라고 했다.

"좀 더 자세한 검사를 할 필요는 있지만 일단은 그렇습니다."

"아니……."

당황한 얼굴로 몇 번 입술을 달싹이던 엄마가 하진을 한 번 보고, 의사에게 물었다.

"그럼 실어증, 뭐 그런 거 말씀하시는 거예요? 충격받아서 말 못 하는 거?"

"엄밀히는 실어증과는 다릅니다. 사실 전혀 다른 증상이고요. 뇌 신경계나 발성 기관에는 아무런 이상이 없지만, 특정 상황으로 굉장한 스트레스나 충격을 받았다거나 과도한 불안을 초래하는 환경에서 발생한 거죠."

잠시 말을 끊은 의사가 여전히 멍해 있는 하진에게 한 번 시선을 주었다.

"다시 말하면 심리적인 요소가 증상을 발생시킨다는 겁니다. 그러니까 앞으로의 치료도 그 부분에 초점을 맞춰서 해야겠지요. 지금 결과만 놓고 봐도 우울감이나 불안 수치가 위험 수준으로 높아요."

"아니, 그러니까…… 어떻게 이렇게 갑자기."

무언가 짚이는 게 있었을까? 엄마의 얼굴이 무섭게 어두워졌다.

"치료하면 낫는 거예요? 얼마나 걸리죠?"

아직도 믿을 수 없다는 듯 이것저것 묻는 엄마에게 의사는 속 시원한 답을 주지 못했다. 그래도 일시적인 현상일 거라는 말에 엄마는 그제야 조금 안도한 표정이었다.

항우울제의 일종이라며 알아들을 수 없는 약물들을 처방해 준 의사는 앞으로 전문의와 주기적인 상담이 필요하다고 했다. 환자의 의지도 중요하지만 곁에서도 함께 많이 노력해야 한다는 말과 함께 진료가 끝났다.

한바탕 난리 후 집에 돌아와 보니 아빠가 있었다. 엄마에게 의사의 말을 전해 들은 아빠의 첫마디는 간단했다.

"그러니까, 수능 보는 데 지장 있지는 않다는 거지?"

하진을 보고는 이런 말도 했다.

"그렇게 마음이 약해서 어떻게 하려고."

짐짓 안쓰럽다는 듯한 표정으로 훈계하기도 했다.

"앞으로 세상 살면서 더 큰 일이 많아. 너도 나름대로 충격을 받고 잠깐 이런 증상이 나타날 수 있는데 얼른 추슬러야지. 잘해 오다 막판에 이러면 너만 손해다."

일단 학교는 며칠 쉬는 게 좋겠다는 엄마의 말에 아빠는 탐탁지 않다는 듯 고개를 끄덕이며 얼른 나으라 했다. 마치 감기처럼, 약 먹고 푹 쉬면 낫는다는 반응이었다.

'얼른 나을 수 있는 건가?'

길어지면 어떡하지, 하진은 병원에서 의사에게 진단을 받았던 순간보다 아빠의 앞에서 더 불안해졌다.

그래도 사실, 그때만 해도 하진은 제가 그런 병에 걸렸다는 것을 크게 실감하지 못했다. 더 정확히는 심각성을 깨닫지 못했다는 것이 맞았다.

물론 언제 낫는지 모르니 불안하고 말이 안 나와 답답했지만 내심 얼마나 오래가겠어, 생각했던 것 같다. 아빠 말을 듣다 보니 정말 수능이 얼마 안 남았는데 이러고 있는 제가 한심하기도 했고.

'차라리 아빠가 쓸데없는 말은 안 걸겠네.'

답을 들려주지 못하니 적어도 아빠가 싫어하는 말은 안 하겠지. 그렇게까지 낙관적으로도 생각했다. 약을 먹고 병원에 가면서도 차라리 이 일로 저를 가만히 내버려 두는 것 같아 아주 조금 마음이 편하기까지 했으니.

그러나…… 모든 일은 언제나 그렇듯 하진의 뜻대로만 돌아가지는 않았다.

한 달이 지나도 하진은 말을 하지 못했다.

학교에 일찌감치 소문이 퍼진 것은 당연했고, 처음에는 하진을 걱정하고 이것저것 챙겨 주던 친구들도 시기가 시기이니만큼 제 할 일 하기 바빴다. 물론 하진이 은근히 거부의 뜻을 표한 것도 이유겠지만.

하진은 매일 점심도 건너뛰고 저녁도 굶었다. 아침에 냉장고에서 우유나 병으로 된 주스 같은 것만 챙겨 가 속이 쓰릴 때 마셨다. 빵과 우유를 사다 주는 연우에게도 괜찮다고 몇 번 종이에 끄적이자 안타깝다는 듯 바라보면서도 딱히 무슨 말을 덧붙이지는 않았다.

원래도 많이 먹는 편이 아니었는데 위가 완전히 쪼그라드는 느낌이었다.

매번 하진의 약을 챙겨 주고 같이 병원에 가는 엄마는 의사만 보면 왜 아직 말을 못 하느냐고 물었다. 처음에는 별 신경 안 쓰는 것 같던 아빠가 하진을 다그치기 시작했고, 며칠 전에는 너 지금 시위하는 거냐는 말까지 들었다.

시위, 시위…… 그 단어 하나가 하진의 마음속에 크고 긴 못을 박았다.

"부모가 여기까지 널 키우면서 도대체 못 해 준 게 뭐가 있냐? 특히 네 엄마. 너를 얼마나 챙기고 아꼈는데 친엄마가 아니란 이유로 이렇게 입까지 딱 닫아 버릴 이유가 있는 거야? 이건 배신이지. 자식 된 도리로 할 짓이냐?"

차갑게 꾸짖는 얼굴은 냉정하기 그지없었다.

"다음 주 모의고사 성적 보고 다시 얘기하자. 아빠는 너 재수시킬 생각은 전혀 없다."

멍하니 바닥만 응시하는 하진을 보던 아빠가 들으라는 듯 한숨을 쉬며 가서 공부하라고 했다.

먹은 게 워낙 없으니 일어나는 것만으로도 띵 머리가 돌았다. 겨우 다리에 힘을 주고 비척비척 2층으로 올라가는데 뒤에서 엄마에게 말하는 소리가 났다. 쟤 병원 잘못 보내고 있는 거 아냐? 믿을 만한 의사라더니 돌팔이도 아니고, 본인 의지로 말 안 하는 거 아니냐…….

아아.

그대로 방에 돌아온 하진은 책상에 앉는 대신 침대에 엎어졌다. 눈을 감고 종일 지친 몸을 쉬었다.

'어떡하지?'

'일어나야 하는데…….'

'자고 싶다.'

언젠가부터 하진은 공부를 하지 않았다. 아니, 하지 못했다. 머리로는 이러면 안 되는 것을 알고 있는데, 책을 펴면 머릿속이 암전되고 글씨가 활처럼 휘어져 춤을 추었다. 문제를 풀면 실수하기 일쑤였고 새로운 정보를 받아들이기를 뇌가 거부했다.

이런 것도 증상의 일부인지 의사에게 묻고 싶었으나 그러면 더 심각한 진단을 받을까 두려웠다. 혼자 있는 시간만 되면 입 밖으로 소리를 내기 위해 애썼지만 몇 시간째 그러다 보면 진만 빠지고 자괴감만 들었다.

사실 한 달밖에 안 되었는데, 소리 내어 웃어 본 게 언젠지 벌써 아득하고 목구멍에는 항상 뭐가 꽉 걸린 것 같은 기분이다. 그리고 무엇보다 가장 심각한 것은…….

"……!"

헉, 잠시 수마에 빠져들었던 하진이 번쩍 눈을 떴다. 그새 식은땀이 나 있었다. 최근 깊은 잠을 자 본 적이 한 번도 없다. 겨우 잠이 들면 온갖 악몽을 다 꾸고 심할 때는 환청을 들으면서 잠에서 깬다. 지금처럼.

'어지러워…….'

하진은 겨우겨우 몸을 일으켰다. 방에 딸린 욕실로 가서 거울을 보는데 순간 옅게 소름이 돋았다. 거울에 비친 제 모습은 제가 아닌 것 같다. 눈 밑이 짙고 얼굴은 희다 못해 사람 같지 않다.

그래도 아빠는 제가 의지가 약해서라고 했다. 처음에는 속으로 부정했던 하진이지만, 하도 들으니 이제 헷갈렸다. 정말 저는 배은망덕한 데다 의지박약인 걸까?

* * *

"추워?"

그만 일어나자, 한석이 몸을 움츠린 하진의 어깨를 감싸 안았다. 딱히 힘을 주지 않았는데도 스르르 딸려 오는 몸에 그가 낮게 혀를 찼다.

'안 추워.'

……아, 또.

습관적으로 소리를 내려 했던 하진이 입술을 깨물었다. 안 된다는 것을 이미 알고 있는데, 한 번씩 이렇게 무의식적으로 말하려 할 때가 있다. 강한 수치심이 들었다. 새삼스럽게도.

어느새 둘을 삼킨 어둠에 제 비참한 모습도 묻어 가길 바랐지만 한석이 못 봤을 리가 없었다. 가만히 품에 안긴 하진을 말없이 바라보던 한석이 갑자기 숨을 크게 쉬었다.

"박하진."

"……."

"그냥 듣기만 해. 별로 영양가 없는 얘기니까."

어차피 그럴 수밖에 없다는 것을 알면서 그는 그렇게 말해 주었다. 그러든지…… 고개를 끄덕인 하진은 그의 어깨에 기댄 채 지친 몸을 조금 쉬었다.

졸음이 내려온 눈을 껌벅이는데 말도 안 되게 이대로 잠들고 싶다는 생각이 들었다. 찬 바람이 부는 바깥인데도 맞닿은 단단한 몸은 집의 푹신한 침대보다 아늑했다.

"내가 좀 멀리 갈 수도 있어. 졸업하기 전에."

생각지 못한 말에 하진의 눈빛이 조용히 흔들렸다.

"어차피 내가 졸업장 따는 게 뭔 의미가 있나 싶기도 하고. 삼촌은 그래도 졸업은 하고 오라는데, 나는 하루하루가 아깝거든. 그냥 돈만 빠져나가는 느낌이고. 요새 학교 좀 많이 빠졌던 것도 이것저것 뭐 알아보느라 그런 거야."

언젠가부터 그 친척의 호칭은 삼촌이 된 모양이다. 하진은 갑자기 쏟아지는 수마를 이겨 내려 노력하며 그의 말에 귀를 기울였다.

"그래서 당장 내일이라도 내려가고 싶을 정도야. 가면 일자리는 일단 보장이고 마음만 있으면 기술도 배울 수 있게 아는 사람 소개해 준다 했어. 넌 당연히 잘 모르겠지만 이런 데서도 인맥이 존나 중요하거든. 그냥 배우고 싶다고 다 배우는 게 아니라, 돈 주고도 못 배우는 게 기술이라…… 하긴, 돈 있는 사람들이 힘든 일 한다고 할 리도 없지만. 아 씨, 재미없지. 암튼 내가 하고 싶은 말은."

마른 어깨를 감싼 그의 손에 지그시 힘이 들어갔다.

"근데 나는 왜 이렇게…… 네가 걸리냐."

조금 갈라진 목소리에 문득, 심장이 뛰었다.

"너랑 난 아무 사이도 아닌데. 그치."

그는 마치 대답을 바라는 사람처럼 잠시 하진을 빤히 응시했다. 만약 이 순간 제가 말할 수 있었다면 뭐라 답했을까?

"나을 거야. 그냥 하는 말 아니고, 진짜 금방 나을 거야."

"……."

"당연한 거 아니냐? 너 진짜 똑똑하잖아. 그냥 공부 하나도 안 하고 지금 수능 봐도 넌 대박 날걸. 왜, 네가 그랬잖아. 좋은 대학 가면 독립해서 자유롭게 살 거라며. 내가 원래 빈말은 절대 안 하는데 너는 딱 봐도 그렇게 살게 생겼어. 나랑 노는 물이 다르다고."

언젠가 통화로 하진이 쏘아붙였던 얘기를 읊어 주며 그가 흐리게 웃었다. 나름대로 저를 위로해 준다는 것은 알았는데, 자꾸 기분이 무겁게 가라앉았다.

'간다고…….'

당장 내일이라도 떠날 수 있는 거구나.

하진은 그의 말에 실망하는 자신이 이해가 가지 않았다. 정말 저와 한석이 무슨 사이인 것도 아니고, 한석이 제게 뭘 해 줄 수 있는 것도 아닌데 왜 갑자기 눈앞이 캄캄해지는지.

"……내가 간다니까 좀, 서운하긴 하냐?"

대답은 기대하지 않는다는 투로 한석이 픽 웃었다. 그러나.

"……."

말없이 고개를 끄덕이는 하진을 본 남자의 얼굴에서 웃음기가 천천히 사라졌다. 불쑥 치미는 욕지거리를 가까스로 삼킨 한석이 긴 숨을 뱉었다. 두툼한 흉곽이 천천히 부풀었다 꺼지는 것이 맞닿은 온기 사이로 생생하게 느껴졌다.

"혹시라도 뭔 일 있으면 연락해. 문자하면 되잖아. 뭐…… 답답할 때라든가 그럴 때. 큰 도움은 못 주겠지만 그래도 그냥 옆에 있어 줄 순 있으니까. 아무 때나 상관없어."

알았지? 두서없이 말하던 한석이 다그치듯 물었다. 하진은 다시 고개를 끄덕였다. 한석은 제가 언젠가 그에게 말했던 비밀을 기억하고 있을 것이다. 왜인지는 모르겠지만, 하진은 제가 그때 속내를 털어놓았던 것이 잘한 일이라는 생각이 들었다.

어느덧 이제는 정말 돌아갈 시간이었다. 야자도 거의 끝나 가니 곧 엄마가 올 것이다. 둘은 내내 앉아 있던 차가운 계단에서 일어났다. 야자를 무단으로 빠져 버렸지만 그다지 죄책감은 없었다. 엄마가 어떻게 말해 놨는지 모르겠으나 선생님들도 수업 시간에 꾸벅꾸벅 조는 하진에게 별말을 하지 않았다.

"너무 말랐다."

하진의 어깨부터 팔을 천천히 쓸어내리며 한석이 중얼거렸다. 집 가면 좀 푹 자고 싶다, 그런 생각을 하며 하진이 걸음을 옮기던 찰나.

"정한석!"

저만치서 새된 목소리가 들렸다. 하진은 퀭한 눈을 들어 소리가 나는 쪽을 보았다. 빠른 걸음으로 그들 앞에 선 최이서가 한석을 한 번 보고, 아직 하진의 어깨를 감싸고 있는 한석의 팔을 보았다.

"여기서 뭐 해."

"네가 뭔 상관이야?"

퉁명스러운 말투에 최이서의 예쁜 낯이 구겨졌다.

"오늘 내 생일이라고 했잖아, 너 얼마나 찾았는지 알아? 애들도 다 모여서 지금 우리만 기다리고 있을 텐데!"

"그러니까 나를 왜 찾냐고. 내가 언제 간다고 한 적 있냐?"

고저 없는 차가운 말투는 좀 전 하진에게 속살거리던 것과는 결이 달랐다. 갑자기 피곤해진 하진이 한 발 앞으로 뗐다. 그 작은 움직임에 기민하게 반응한 한석이 '응, 가자.' 다정하게 말하며 최이서를 스쳐 지나갔다.

아니, 지나가려고 했었다.

"⋯⋯걔 아직도 말 못 해?"

묘하게 악에 받친 듯한 목소리가 그들의 발걸음을 잡지만 않았더라면. 저도 모르게 움찔한 하진보다 한석의 반응이 빨랐다. 뭐? 홱 고개를 돌리는 한석에 그녀가 새침하게 쏘아붙였다.

"아니, 사람이 갑자기 이렇게 변할 수 있나 하고. 원래도 애가 좀 짜증 나긴 했는데. 아무리 그래도 그렇지 스트레스로 말까지 못 하는 건 좀 유난이지 않아? 그렇게 입시 걱정되면 지금 야자 째고 놀러 다닐 때는 아니잖아. 진짜 무슨 장애 생긴 것도 아니고⋯⋯."

"야, 이 씨발아."

멋대로 말을 쏟아 내던 최이서가 필터 없는 욕설에 흡, 숨을 들이마셨다. 하진의 어깨를 놓고 최이서에게 한 발짝 다가간 한석이 서슬 퍼런 기세로 말을 이었다.

"뚫린 입이라고 처말할래? 뭐, 장애? 씹, 다시 말해 봐."

"아니…… 나는."

"네가 뭘 안다고 입을 함부로 놀려? 어?"

분을 못 이긴 한석이 주먹을 꽉 쥐었다. 금방이라도 한 대 칠 것 같은 기세에 최이서의 얼굴이 희게 질렸다. 씩씩대는 한석의 모습을 바라보던 하진이 입 안 연한 살을 꽉 씹었다. 피가 날 정도로 세게.

"당장 사과…… 야. 박하진!"

뒤에서 저를 부르는 소리가 들렸으나 무시하고 하진은 빠르게 교실 건물을 향해 걸었다. 그러니까, 한 달 전의 자신이었다면 이런 모멸적인 상황에서 절대 가만히 있지 않았을 거였다.

하지만 지금은 어떤가? 정작 제가 할 수 있는 일은 노려보는 일밖에 없는데. 거기에 최이서가 한 말이 아예 틀린 게 아닐 수도 있다. 그런 걸 떠나서 지금은 모든 게 다 귀찮았다. 일일이 대꾸하고 분노할 조금의 힘조차 남아 있지 않았다.

그리고 그날 밤. 하진은 저를 기다리고 있던 아빠에게 맞았다.

야자를 쨌다는 것이 선생님을 통해 아빠에게까지 알려진 모양이었다. 아빠는 술 한 잔 마시지 않은 맨정신이었고, 언제나처럼 폭언을 쏟아 내다 엄마 앞에서 하진의 머리를 연달아 두 번 세게 내려쳤다. 둔탁한 소리와 함께 하진의 머리가 푹, 푹, 아래로 숙여졌다.

"너, 정신 병원 들어갈래?"

그러고도 분이 안 풀리는지 아빠가 씩씩댔다. 엄마는 옆에서 놀란 듯 입을 가리고 있을 뿐이었다.

"지금 다니고 있는 병원 말고, 진짜 또라이들만 모여 있는 곳에 격리되어 있다 보면 네가 얼마나 배부른 투정 하는지 알겠지. 약 처먹는 거보다 그게 빠른 방법일 수도 있어. 충격 요법 같은 거."

"……."

"내가 진짜 창피해서 얼굴을 들고 다닐 수가 없다. 이번 모의고사 가채점한 거 보고 어찌나 열이 받던지……. 수능 두 달도 안 남은 건 알고 있지? 수시는 지금 상황에서 물 건너갔으니 정시에 집중해야 할 거 아냐. 네 할아버지한테 아들 같은 거 필요 없고 똑똑한 내 딸이 다 알아서 할 거라고 큰소리쳤었는데."

고개만 푹 숙이고 서 있는 하진을 무섭게 몰아붙이던 아빠의 말이 어느 순간 뚝 멎었다. 저, 저거 지금 뭐 하는 거야? 말없이 뒤돌아 제 방으로 향하는 하진의 모습에 아빠가 소리를 쳤다.

"박하진! 이리 안 와?"

"그만해요…… 여보. 하진이 지금 아프잖아요."

엄마가 말리는 소리 너머 아빠가 진짜 저것이 미쳤나 보다며 헛웃음을 내뱉는 게 들렸다. 저래 놓고 며칠 후면 왜 아빠가 그런 소리까지 하게 만드냐고, 다 네가 걱정되니까 부모가 그런 말까지 하는 거라고 되지도 않는 합리화를 하겠지. 하진은 쉴 새 없이 속으로 중얼거렸다.

'제발 그만해.'

'진짜 죽을 것 같다고.'

이런 행동도 반항이라고 불러야 하나? 금방이라도 제 목덜미를 잡아챌 것 같은 손이 무서웠지만, 쏟아지는 칼 같은 말이 더 버거워 어쩔 수 없었던 선택이었다.

방문을 걸어 잠근 하진은 겨우 샤워를 하고 나와 침대에 누웠다. 종일 시달려서 그럴까? 다행히도 곧바로 죽음과도 같은 깊은 잠에 빠져들었다.

오랜만에 평온한 잠이었다.

꿈에서 누군가가 누워 있는 그녀의 머리를 살살 넘겨 주었다. 포근하고, 몽글몽글한 분위기와 제게 와 닿는 다정한 손길에 하진은 순간 울컥했다. 달콤하고 안락하다. 이 순간이 영원히 끝나지 않았으면 하는 생각이 들던 찰나.

'아……!'

갑자기 우악스럽게 머리칼을 휘어잡는 힘에 하진이 번쩍 눈을 떴다. 어찌나 잡아당기는 힘이 센지 두피까지 다 뽑히는 듯한 착각이 들었다. 직전까지 그렇게 나긋하다 돌변한 손길이라 더 충격이었다. 몸부림쳐 봐도 제 것 같지 않은 무거운 몸은 꿈쩍도 하지 않았다.

그리고…… 미친 듯 발버둥 치던 시야에 머리맡에 앉아 있던 여자의 얼굴이 보이는 순간.

"……!"

허억, 하진은 급한 숨을 들이켜며 잠에서 깼다. 잔상이 너무나 선명해 꿈인지 현실인지 잠깐 헷갈렸다. 작은 얼굴은 이미 식은땀 범벅이었다. 깜깜한 어둠 속에서 숨을 고르며, 제 몸이 움직여진다는 사실에 아주 잠시 안도하던 하진이었으나.

저를 무섭게 노려보던 엄마의 얼굴에 다시금 등줄기를 타고 쫙 소름이 돋았다.

갑자기 무서워졌다.

이 집에 혼자 있는 것도 아닌데, 고작 저만치 있는 문 옆 스위치 쪽으로 가는 것도 두려울 정도로 실체 없는 공포가 전신을 휘감았다. 달음질을 한 것처럼 심장이 쿵쿵 뛰고 숨이 턱턱 막혔다. 당장 눈앞이 아득해서 낭떠러지 위에 서 있는 기분.

'제발.'

하진은 언젠가부터 매일 읊조리는 그 말을 뱉으며 힘겹게 몸을 일으켰다. 불을 켜고, 땀으로 범벅된 이마를 대충 훔치고 방 밖으로 나왔다. 목이 마르고, 자꾸 오한이 들었고…… 무엇인가 저를 위로해 줄 손길이 필요했다. 조심히 계단을 내려가던 하진은 거실 쪽에서 들리는 웃음소리에 멈칫했다.

그러니까, 아빠와 엄마는 분명 웃으며 대화하고 있었다.

저만치 TV 소리에 섞여 아빠의 기분 좋은 목소리가 났다. 불과 몇 시간 전 저를 때리고 정신 병원에 넣어야겠다는 말을 했으면서 아무 일도 없었다는 듯 평온했다.

'이게 정상이 맞나?'

분명 같은 집 안인데 저 혼자만 다른 공간에 외따로 고립된 것 같았다.

'다른 집은? 다른 사람들은 이런 상황에서 어떻게 하지?'

머리가 쿵쿵 울렸다. 아……! 하진은 또다시 들리는 이명에 귀를 부여잡고 숨을 죽였다. 그러고 보니 저녁 약을 먹지 않았다. 정신없이 다시 방으로 돌아가는데 문득 그런 생각이 들었다.

나는 더는 집에 있을 수 없구나. 자신은 집에서 죽어 가고 있었다.

하진은 방에 들어가자마자 약 대신 핸드폰을 집어 들었다. 액정의 시간은 11시 20분. 충분히 늦은 시간이라는 것은 안다. 그러나 망설임은 길지 않았다. 통화 연결음이 들렸다. 하나, 둘, 셋…….

–여보세요?

"……."

지나치게 빠르게 연결된 통화에 하진은 꿀꺽 마른침을 삼켰다. 인내심이 없는 상대가 곧바로 다시 물어 왔다.

–박하진? 전화한 거 맞지?

맞아. 답하고 싶지만 여전히 으, 하는 아주 작은 소리만 목구멍을 간질일 뿐이다. 순간 충동적으로 그에게 전화를 건 자신이 한없이 초라해졌다. 생각해 보니 한석도 문자를 하라고 했지 전화를 걸라고 하진 않았는데.

–음, 그래, 대답할 때는…… 한 번 두드려, 똑똑, 노크하는 것처럼?

"······."

더욱더 자괴감이 들었다. 하지만 여기서 끊는 것도 애매했다. 정작 밤늦게 전화한 건 자신이니까. 톡, 하진은 검지로 액정을 두드렸다. 아주 약간의 텀을 두고 낮은 목소리가 흘러나왔다.

-안 잤어?

톡.

-······답답해? 힘들어?

톡.

-내가 어떻게 해 줄까······ 아니, 음.

한석이 고민하는 듯 말을 길게 늘였다. 아마도 단답형으로 딱 떨어지지 않는 질문을 피하려는 듯했다. 하진은 입술을 달싹였다. 답답해서 미쳐 버릴 것 같았다. 결국 뚝 전화를 끊어 버린 하진은 메시지 창을 켜고 열심히 손가락을 움직였다.

* * *

얼마 후, 하진은 생전 와 볼 일 없던 허름한 건물 앞에 서 있었다. 새벽 1시를 훌쩍 넘은 밤거리는 차가웠고, 골목 끝 희미하게 새어 나오는 편의점 불빛을 제외하면 암흑에 가깝게 어두웠다.

"······진짜 들어가려고?"

하진의 어깨를 끌어안은 남자가 중얼거렸다. 그 말이 오히려 부추김이 되었다. 하진은 말없이 걸음을 옮겼다. 한석이 바람 빠지는 소리를 내며 웃었다.

"그래."

그 흔한 도어 록 하나 없이 한석이 주머니에서 열쇠를 꺼내 문을 열 때는 내심 당황했지만 하진은 티 내지 않았다.

작고 허름한 방 안으로 들어가자 냉기가 확 끼쳤다. 좁은 현관으로 바로 연결되는 원룸 방. 요란한 꽃무늬 벽지에 하진은 또 한 번 흠칫했다. 그마저 군데군데 찢어져 세월의 흔적이 물씬 풍겼다.

"올 줄 알았으면 좀 치웠지."

쯧, 한석이 혀를 찼다. 사실 치울 것도 없어 보이는 방 한 칸을 하진은 말없이 눈에 담았다. 제 방보다 작아 보이는 집 안, 이렇다 할 멀쩡한 가구는 전무하다. 직전까지 한석이 누워 있었을 이부자리만 조금 삐져나와 있을 뿐, 지독하게 생활감이 없는 공간이다.

"그런데 너, 진짜 이 시간에 나와도 돼?"

한석의 말에 하진은 대충 고개를 끄덕이고 털썩 바닥에 앉았다. 한석이 말한 주소로 택시를 타고 왔는데, 워낙 복잡한 골목이라 근처에서 잘못 내렸다. 말이 나오지 않으니 그냥 돈만 내고 내렸는데 덕분에 결국 저를 찾아 나온 한석과 10분 정도를 걸어와야 했다.

'다리 아파.'

그 조금 걸었다고 힘이 다 빠졌다. 보일러를 트는 듯한 한석에게 괜찮다고 말하려다, 이내 포기하고 옆에 앉는 남자를 지켜만 보았다.

"밥은 먹었고?"

끄덕.

"졸려? 존나 피곤해 보이는데."

또, 끄덕.

"집에서 뭔 일 있었어?"

내내 고개를 주억대던 하진이 입술을 꾹, 깨물었다. 작은 턱이 바르르 떨리고 무언가를 참는 듯 얼굴이 미세하게 어그러진다. 그러다 결국 동그란 눈 가득 차오르는 물기에 한석이 미간을 찌푸렸다.

"씹, 울지 말고. 어?"

정신을 차렸을 때는 이미 한석의 품 안이었다. 입 맞추고 안는 것은 그렇게 자연스러우면서, 정작 머리를 쓸어 주고 등을 도닥이는 손짓은 한없이 어설프다.

"울지 마. 응?"

고장 난 기계처럼 그 말만 반복하며 어쩔 줄 몰라 하는 모습이 낯설다. 하긴, 황당하겠지. 갑자기 전화한 것도 모자라 무작정 만나고 싶다 했으니.

그러나 고등학생 둘이 이 밤에 있을 곳은 당연히 어디에도 없었다. 거리낄 게 없는 한석이야 질 나쁜 무리와 집 근처 공원에서 밤새 노가리도 까고 했지만 밤은 쌀쌀했고 옷도 얇게 나온 하진은 기침까지 했다. 결국 이렇게 한석의 집까지 와 버린 것이다.

'나 지금 뭐 하는 거지.'

기운이 없으니 우는 것도 힘들었다. 여전히 젖은 눈을 하고 하진은 색색 숨을 골랐다.

부모님이 잠든 시간 몰래 집을 빠져나오면서도 이게 가능한가 싶었다. 아빠야 깊이 잠드는 편이지만 엄마는 예민하니까. 하지만 아무 연락이 없는 것을 보면 하진의 탈출 아닌 탈출은 성공한 모양이었다.

한석이 슬쩍 고개를 기울여 제 품 안 그녀와 눈을 맞췄다. 아직 물기가 있는 눈가를 투박한 손길로 조심스럽게 쓸며 이것저것 묻는다.

"집에서 힘들게 해? 도대체 누가?"

달래듯 물어 오는 목소리에 하진은 새삼 울컥했다.

"그…… 저번에 그 일 때문에 너 스트레스받아서 그런 거지. 말하는 거 보면 너 원래도 집 별로 안 좋아하는 것 같더니."

나름대로 돌려 말하는 것 같지만 정곡을 찌른다. 하진은 고개를 저으며 한석의 품에 더 깊이 파고들었다. 잠시 멈칫하던 한석이 말없이 그녀를 꽉 끌어안았다. 볼과 가슴이 눌릴 정도로, 세게.

조용한 방 안은 미미한 숨소리만이 겹쳐질 뿐이다. 하진은 금세 또 잠이 오는 자신이 신기했다. 새삼스러운 확신이 들었다. 한석의 품 안에서 자신은 깊은 안정감을 느꼈다. 딱딱하고 단단하지만 동시에 따뜻하고, 제게만은 나름 무른.

자신은 한석에 대해서 제대로 아는 것도 없는데…….

"말 안 나와서 힘들지."

조금 잠긴 목소리에 하진은 쏟아지던 졸음도 잊고 울컥했다.

정한석은 정말로 이상하다. 그렇게 막무가내에다가 입도 상상 못 하게 걸고 하는 행동도 거친데. 위로한답시고 제게 하는 몇 마디 말과 어설픈 몸짓이 가슴에 파고드는 것은 왜일까.

급속도로 약해질 대로 약해진 하진의 마음에 찰나의 다정은 지나치게 빠르게 퍼졌다. 마치 독처럼.

"내가 좀 찾아봤다 했잖아. 근데 약보다 마음을 편안하게 하는 게 중요하대. 옆에서 이해? 공감해 주는 거? 그런 게 중요하다고……. 하긴, 너도 잘 알 것 같기는 한데."

내가 뭐 의사 흉내 내려는 건 아니고. 멋쩍게 중얼거린 한석이 픽 웃었다. 잘빠진 입꼬리를 타고 묻어나는 미소가 지나치게 매력적이다. 늘 서늘하게 올라가 있던 눈매가 휘어지는 것을 멍하니 바라보던 하진의 입술이 미약하게 달싹이던 순간.

"……!"

조용한 방 안을 울리는 꼬르륵 소리에 둘 다 놀랐다. 부정할 새도 없이 또다시 배에서 울리는 소리에 하진의 뺨이 확 달아올랐다.

"배고파?"

여전히 하진의 허리를 감싼 채 한석이 눈을 크게 떴다. 방황하는 시선을 잠시 응시하던 그가 잠깐만, 소리와 함께 몸을 일으켰다. 얄팍한 개수대 위 그의 어깨 너머 수납장을 뒤적이다, 신경질적으로 혀를 찼다.

"뭐 씹, 라면밖에 없네."

중얼거리던 그가 갑자기 몸을 홱 돌렸다. 여전히 앉아 있는 하진에게 툭 말을 던졌다.

"잠깐만 있어. 뭐 좀 사 올게."

"……."

그럴 필요 없는데. 하진이 내키지 않는 표정을 했다는 것을 알면서도 그는 지갑을 챙겨 들고 망설임 없이 집을 나섰다. 달칵, 밖에서 문을 꼼꼼히 잠그는 소리가 났다.

한석이 돌아온 것은 정확히 20분 만이었다. 돌아온 그에게서는 찬 바람 내음이 났다. 이부자리에 모로 누워 깜빡 잠들었던 하진은 부스스한 눈으로 한석의 맞은편에 앉았다. 작은 상 위에 모락모락 김이 나는 갈비탕과 공깃밥이 올라와 있었다.

"먹어."

"……."

"얼른. 몸이 허하니까 잠도 잘 못 자는 거야."

나이답지 않은 소리를 한 그가 일회용 수저를 뜯어 건넸다. 아직 잠이 묻은 눈을 끔뻑이던 하진은 마지못해 수저를 받아 들었다.

그릇을 살짝 만져 보는데 방금 한 것처럼 뜨끈했다. 이 근처 24시간 하는 곳이 있나? 주변 불은 다 꺼져 있었는데……. 생각의 확장은 얼른 먹으라며 눈을 크게 뜨는 남자 앞에서 멈췄다. 하진은 국물을 한번 떠먹어 보았다. 어…….

'먹을 만하네.'

아니, 사실 그런 말로는 부족했다. 평소 잘 먹던 음식도 아니었는데. 얄팍한 계란 지단 몇 개가 떠다니는, 평소라면 당기지 않았을 짭짤한 고깃국물이 생각보다 더 맛있었다. 기껏 잠들었다 깬 것이 마음 상하지 않을 정도로.

어느 순간 하진은 정신없이 수저를 움직이고 있었다. 며칠 굶은 사람처럼 허겁지겁 밥을 넘기는 하진의 모습에 한석의 눈매가 미묘하게 뒤틀렸다.

"체하니까. 천천히."

물까지 떠다 주는 한석의 손길에 그제야 조금 민망해졌지만, 이미 용기는 바닥을 보이고 있었다. 내내 느끼지 못했던 허기가 뒤늦게 올라오는 기분이었다. 결국 밥과 국물까지 싹싹 비워 낸 하진이었다. 여전히 제 앞에 마주 앉은 남자를 보다, 참지 못하고 입을 움직였다.

'고마워.'

"……고맙다고?"

그걸 어떻게 알아들었는지 한석이 눈을 조금 찡그렸다.

"뭐가 고맙냐. 미안하지. 이런 것밖에 못 사 주고."

미안하다, 한석이 쓸쓸하게 중얼거렸다. 네가 뭐가 미안해? 되묻고 싶었지만, 여전히 목구멍에 뭐가 꽉 걸린 듯 생각은 소리로 나오지 못했다.

단출한 식사는 금방 끝났다. 오랜만에 갑자기 음식을 많이 집어넣은 거라 정말 체할까 걱정이었다. 배가 부르니 수마가 밀려왔다. 그대로 눕고 싶은 것을 참은 하진은 겨우 벽에 등을 기대고 앉아 있었다.

'너는?'

"응?"

'밥.'

될 대로 되라, 심정으로 저만 보고 있는 한석에게 다시금 입술을 달싹였다. 상을 턱짓으로 가리키며 말하니 알아들은 모양인지 그가 씩 웃었다.

"난 아까 먹었지."

아마 라면이겠지. 그러고 보니 갈빗집에서 알바를 계속 하는지 궁금했지만 그것까지 묻기에는 힘들었다. 하진은 제가 하겠다는 그녀의 손을 뿌리치고 다 먹은 상을 묵묵히 치우는 한석의 커다란 뒷모습을 가만히 바라보았다. 뒤늦은 후회지만 이 야밤에 추태가 따로 없었다. 그리고 생각했다.

아. 나는 정말로 정상이 아니구나.

* * *

얼마 후, 하진은 한석이 다시 잘 깔아 준 이불 위에 몸을 눕혔다. 하진이 방 한구석에서 꾸벅꾸벅 조는 동안 또 나간 한석이 편의점에서 사 온 칫솔로 겨우 양치를 하고 자리에 누웠다.

머리맡에 놓인 핸드폰을 들어, 메시지 창을 켜고 열심히 손가락을 움직였다. 한석이 흘깃 보기에 아예 눈앞에 액정을 보여 주었다.

[나 세 시간 후에 나갈 거야 알람 맞춰도 되지?]

"그렇게 빨리?"

눈을 동그랗게 뜨던 한석이 이내 수긍했다는 듯 고개를 끄덕였다. 하진은 가물가물한 눈으로 알람을 맞추고 다시 누웠다. 토요일이긴 하지만 아빠가 깨기 전에 들어가야 했다. 들키면……아니, 들키지 않기를 바라야지.

춥냐고 하는 말에 고개를 젓고 이불을 목 끝까지 덮었다. 너무나 자연스러운 행동에 저조차 어이가 없었지만 자꾸 이 공간에서는 생각 없이 행동하게 된다.

염치없다는 것은 이미 잘 알고 있었다. 하지만 오랜만에 배가 부르자 졸음이 밀려왔고, 분명 제 것보다 거칠고 무겁기까지 한 싸구려 이불이 오히려 안정감을 가져다주었다. 한석은 조금 떨어진 곳에서 한쪽 손에 턱을 괸 채 모로 누워 하진을 바라보고 있었다.

불 끌까, 묻기에 단호하게 고개를 저었다.

"……그래."

하진의 반응에 잠깐 멈칫하던 한석이 거리낌 없이 바닥에 덜렁 누웠다. 이번에는 천장을 보고, 아예 눈을 감아 버린다. 요즘은 어둠이 무서워 집에서도 불을 켜고 자는 자신인데, 한석이 다른 식으로 오해할 수도 있겠다는 생각은 한 발짝 뒤에 났다.

'나 때문에 바닥에서 자네.'

그렇다고 여기서 자라고 하기에도 그렇고, 자의식 과잉인지도 모르지만 한석이 저를 바닥에서 재울 것 같지도 않았다. 불

편한 마음에 뒤늦은 눈치를 살피는데 갑자기 묵직한 저음이 흘러나왔다.

"괜찮아."

뭐가? 느리게 눈을 깜빡이며 하진은 한석을 바라봤다. 그는 여전히 눈을 감고 있다.

"나 같은 놈도 살잖아."

"……."

"물론 너랑 상황이 아예 다르긴 하지만. 그래, 나 같아도 엄청 충격일 것 같아. 지금까지 엄마인 줄 알았던 사람이 친엄마가 아니라면. 네가 나한테 다 말 못 한 얘기도 많이 있겠지."

물에 젖은 솜처럼 무거운 몸은 여전한데, 나직한 목소리에 정신은 조금씩 또렷해져 갔다. 하진은 자조 섞인 그의 목소리에 온 신경을 집중했다.

"사람 일 진짜 모르는 거더라."

낮은 한숨 뒤 이어지는 말은 온통 심란한 것뿐이었다.

"나도 옛날에는 이런 집에 안 살았거든. 초등학교 3학년? 그때까지만 해도 번듯한 아파트에 살았어. 근데 엄마가 바람나서 집 나가고, 아빠는 도박에 미치고. 그러니까 집이 점점 작아지더라? 이게 몇 번째 집인지 기억도 안 나. 암튼 이마저도 내쫓길 뻔했는데 삼촌이 어떻게 해결해 갖고."

"……."

"너는 그래도 머리도 좋고, 집안도 좋고…… 어쨌든 돈 때문에 구질구질할 일은 없잖아. 날 봐. 존나 이런 데 보여 주는 거나라고 창피하지 않은 건 아닌데. 그래도 어쩔 수 없잖아? 시궁창 인생인 거 어차피 다 아는데. 죽을 맘 없으면 살아야지."

잠깐 뜸을 들이던 한석에게서 이내 조금 누그러진 목소리가 흘러나왔다.

"그니까 내 말은, 나같이 무식한 놈도 먹고살 길 찾으니까 어떻게든 될 것 같은데 너는 말할 것도 없다는 거야. 맘 편하게, 밥 많이 먹고 푹 좀 자. 수능 이번에 잘 못 보면 어때, 다음에 또 보면 되지. 그것까지는 집에서도 이해해 줄 거 아냐. 애가 아픈데."

불행을 불행으로 위로한다. 위로할 방법을 모르는 한석의 자기 파괴적인 말에 가슴이 먹먹해졌다. 그렇게 말하지 마. 하진은 무의식적으로 손을 뻗었다. 천천히 고개를 돌린 한석의 눈이 가늘어졌다.

"왜. 가까이 갈까?"

퍽 능글맞게 말한 그가 몸을 바투 붙였다. 얼굴이 가까워졌다. 하진은 그대로 손을 들어 한석의 입을 막았다. 곧바로 손목이 잡혔다. 한 줌인 가냘픈 손목을 꽉 붙잡은 채 그가 물었다.

"왜, 재미없어서?"

아니, 부정하자 한석이 고개를 갸웃했다.

"불쌍하기라도 해? 내가?"

이번에는 조금 망설였다. 물론 안타깝고 짠하지만 단순히 그것만은 아닌데. 하진은 어쭙잖게 확신했다. 그가 이런 약한 말을 하는 것은 자신뿐일 것이다.

우리는 언제부터 이런 사이가 된 걸까?

미약하게 흔들리는 하진의 눈을 똑바로 응시하던 한석이 피식 웃었다. 제 입을 막은 하진의 손바닥에 입을 맞췄다.

"……!"

놀란 하진이 퍼뜩 손을 떼려 했지만 손목을 움켜쥔 악력이 너무나 셌다. 쪽, 아예 소리 나게 진득이 입을 한 번 더 맞춘 그가 천천히 하진의 손을 떼어 냈다.

다가오는 무감한 얼굴은 속내를 읽을 수 없다. 인정하기 싫지만 그래서 더 매력적이다. 알 수 없어서. 어느새 코가 닿을락 말락 할 정도로 가까워진 거리에 하진의 심장이 미친 듯이 뛰었다.

"싫으면 말해."

"……."

"절대 안 할 테니까."

지금까지와는 사뭇 다른 조심스러움으로 그가 다가왔다. 그간 그렇게 제멋대로였으면서. 왜 이럴 때는……. 하진은 울컥했다.

그래도 거부할 수 없었다.

아주 찰나, 지금 제가 하는 행위에 대한 의문이 들었으나 그것은 이내 제 목을 은근히 감싸고 허리를 끌어안아 오는 온기에서 잊혔다. 따뜻하다 못해 뜨겁고, 은근하지만 노골적이다. 입 안을 파고드는 축축함을 느끼며 하진은 조용히 한석의 목에 팔을 둘렀다. 커다란 몸이 제 위로 쏟아지자 깊은 안정감이 들었다.

파고드는 입맞춤은 그 어느 때보다 느리고 부드러웠다. 마치 어렴풋이 상상했던 첫 키스의 그것처럼.

　　　　　　　　　　＊ ＊ ＊

"전에도 말씀드렸지만 약물 치료는 한계가 있습니다. 전체 치료로 간주하면 절대 안 돼요, 환자가 불안에 대처하는 법을 스스로 인지하는 게 중요합니다. 약물은 어디까지나 보조고, 심리 치료에 기반해 손상된……."

뒷말은 드문드문 기억이 나지 않는다. 너무 잠이 와서 머리가 멍했기 때문이었다. 차라리 약을 좀 세게 올리면 어떻겠냐는 엄마의 물음은 아빠의 말을 대신한 거였다.

하진은 꾸벅꾸벅 밀려오는 졸음을 간신히 버티며 이어지는 상담 치료까지 마쳤다. 약을 먹으면 처음에는 잠이 많이 올 수도 있다고 했는데 어째 갈수록 더 심해지는 기분이었다. 사실 하진은 머릿속이 뿌예지는 느낌이 싫어 약을 끊고 싶다는 말까지 하고 싶었다.

그래도 이명이나 가끔 헛것을 보는 건 약 덕분인지 그나마 많이 호전되긴 했지만…….

병원 로비를 나오자 찬 바람이 확 끼쳤다. 그제야 정신이 좀 들었다. 차를 댄 곳으로 갈 때까지, 하진은 엄마보다 살짝 뒤에서 걸었다.

"하진아."

차를 출발시키기 전, 엄마가 벨트를 매라는 시늉을 했다. 하진은 맥없는 손길로 벨트를 매고 조수석 시트에 몸을 깊게 묻었다.

"오늘은 아빠 못 들어오신대."

"……"

"편하게 쉬어."

괜히 가슴이 뜨끔했다. 하진은 고개를 끄덕이며 늦가을이 부서지는 차창 밖만 바라보았다.

수능이 한 달도 남지 않았다.

문득 그때가 떠올랐다. 한 달여 전, 간밤의 충동적인 외출을 하진은 들키지 않았다고 생각했으나 오산이었다. 야자를 무단으로 하지 않은 후로 하진은 곧바로 집에 와야만 했는데 그날 저녁 하진을 데리고 돌아오던 엄마가 불쑥 말을 던졌다.

"밤엔, 어딜 갔다 온 거야?"

"……!"

순간, 심장이 철렁했다. 당연히 엄마가 모르는 줄 알았는데……

"사람 걱정시키면 못써. 집이라도 나간 줄 알았잖아."

운전대를 잡은 엄마의 목소리는 평온했다. 어쩔 줄 모르고 눈만 굴리는 하진에게 엄마는 계속 왜 그랬냐고 물었다. 답을 꼭 듣고 싶어 하는 것 같기에, 한석에게 했던 것처럼 핸드폰 메시지 창에 써서 보여 줬다.

[답답하고 잠이 안 와서]

[잠깐 바람만 쐬고 왔어 근처에서]

말도 안 되는 변명이었다. 메시지를 흘깃 본 엄마는 별말이 없었다. 이대로 지나가는 건가, 하진이 쿵쿵 뛰는 가슴을 애써 진정시키는데.

"남자 친구 생겼어?"

"……."

"왜, 전에 야자 빠졌을 때. 선생님이 그러시더라. 네가 좀……
소문 안 좋은 남자애랑 요즘 잘 다닌다고."

꿀꺽, 절로 마른침이 넘어갔다.

"아빠한테는 그 얘기는 빼고 했어. 난리 날 거 뻔하니까. 물론
야자를 뺀 건 잘못이기도 하고 걱정도 되니까 전달하지 않을 수
가 없었어. 네가 더 엇나가면 안 되잖아."

"……."

"엄마도 네가 이렇게 되니까 죄책감 느껴. 다 내 탓인가 싶
고…… 아빠한테도 그 얘기 하면서 얼마나 울었나 몰라."

엄마의 목소리가 축축해졌다. 물기가 어린 듯한 엄마의 눈을
바라보는 하진의 눈빛이 어둑하게 가라앉았다. 예전이라면 엄마
의 이런 약한 모습에 가슴이 아팠을 텐데, 느껴지는 감정은 아
무것도 없었다.

'그렇게 걱정되면, 왜 바로 전화하지 않았어? 집 나간 줄 알았
다며.'

말을 할 수 있었다면, 분명 그렇게 물어봤을 것이다.

하진은 쑥 들어간 눈을 깜빡이며 잠시 생각에 잠겼다. 말이
나오지 않으니 생각이 더 많아졌다.

어쨌든 아빠는 수능 전까지 하진의 상태가 좋아지길 원했겠지
만, 누구보다 하진도 그러길 간절히 바랐지만…… 안타깝게도
하진은 예전으로 돌아가지 못했다.

여전히 목소리가 나오지 않는 것은 물론, 수업 도중 쓰러진 것만 두 번이었다. 또다시 각종 검사의 반복이었지만 몸이 지나치게 허약해졌다는 것 외에 다른 것은 찾아내지 못했다.

결국 직접 면담에 동행한 아빠는 심리적 문제라는 말에 그럼 가족이 문제인 거냐며 화를 냈다. 원인은 본인에게 있는데 왜 자꾸 남 탓을 하냐고 쏘아붙였다. 끔찍했다.

자고 싶은데 잠이 무서워서 잘 수가 없다.

이명도 나아질 기세가 없고, 가끔 하진은 헛것도 보았다. 담당의와 상담을 하면 그 순간은 편해졌지만 잠깐이었다.

물론 그저 제 짐작이겠지만 상대는 항상 은근히 바빠 보여 하진의 깊은 얘기를 들어 줄 수는 없을 것 같았다. 담당의는 사실 조심스럽게 입원 치료도 권했지만 아빠의 강한 반대로 무산되었다. 애가 멀쩡한데 왜 병원에 가두고 이것저것 시험해 보려고 하냐 했다.

그 와중 한번은 또 밤에 집을 뛰쳐나왔다 아빠에게 걸려서 난리가 났었다. 엄마는 하진의 편을 들어 주며, 공부는 잠시 내려놓고 하진이 하고 싶은 대로 하게 내버려 두자고 말했다.

아빠는 요즘 하진에게 아무 말도 걸지 않는다. 대신 한심해 죽겠다는 듯 바라볼 뿐. 그 눈빛이 사람을 잡아먹는다는 것을 본인은 알까?

집에 가기 싫다.

하진은 퍼뜩 고개를 들어, 다시 손가락을 움직였다. 차가 잠시 멈췄을 때 엄마에게 핸드폰을 보여 주었다.

[오늘 연우네 집에서 자고 오고 싶어]

잠시 멈칫하던 엄마가 고개를 끄덕였다. 허락이었다.

그제야 조금 안도한 하진이 다시 누군가에게 메시지를 보냈다. 그런 하진의 모습을 한 번 훑어본 엄마가 다시 차를 출발시켰다.

요즘 아빠는 출장이 잦아 집을 비우는 일도 꽤 있었다. 하진은 그때를 틈타 한석을 만났다.

어디 그때뿐인가? 학교에서도 마찬가지였다. 쉬는 시간, 점심시간, 인적 드문 곳을 피해 시간만 나면 그와 함께 있었다. 결국 담임에게 호출도 받았으나 가만히 앉아 있는 하진에게 그녀가 해 줄 수 있는 일은 없었다.

잘못되었다는 것은 알고 있지만 멈출 수가 없었다. 한석은 알바를 하다가도 제가 부르면 어떻게 둘러댔는지 바로 나와 줬다. 끝날 때까지 기다리라든가, 왜 부르냐고 짜증 낸 적은 단 한 번도 없었다.

벌써 두 번이나 한석의 집에서 잤다.

'오늘까지 하면 세 번째⋯⋯.'

둘러댄 것을 엄마가 믿고 있을까 궁금했지만 물을 수 없었다. 말이 나왔대도 차마 물어보진 못했을 것이다.

그날 밤, 오늘은 마침 쉬는 날이었다고 말하며 한석은 집 근처로 하진을 데리러 왔다. 그럴 필요 없다 했는데도 굳이 하진을 데리러 와서 택시를 잡아탔다. 며칠 전 월급 받아 샀다던 새

이불은 하진을 위한 것이었다. 부드럽고 따뜻했지만, 한석의 집과는 어울리지 않았다.

"오늘은 뭐 먹을까?"

택시에서 내리자마자 한석이 다정하게 허리를 끌어안았다. 한석의 외투가 조금 얇아 보인다고 생각하며 하진은 몸을 조금 움츠렸다. 원래도 추위를 많이 타는 자신인데 살이 빠지고 기력이 없으니 옷을 껴입어도 날카로운 한기가 들었다.

이렇게 시리게 추운데 올겨울은 어떻게 날까.

둘은 한석의 집 근처 식당에서 간단히 백반으로 한 끼를 때우고 집으로 돌아왔다. 한석과 있을 때는 그나마 많이 먹는 편인데도 한석은 늘 착잡한 표정으로 그렇게 먹으니까 픽픽 쓰러진다고 핀잔을 줬다.

씻고 나서 바로 약을 먹은 하진은 한석이 씻는 동안 벽에 기대어 있었다.

"졸려?"

채 물기가 마르지 않은 머리칼을 탈탈 털며 다가온 한석이 금세 가물가물해진 눈을 보며 물었다. 하진은 고개를 끄덕였다.

익숙하다는 듯 하진의 볼을 한 번 쓰다듬은 그가 이부자리를 펴고 잘 준비를 했다. 아직 자기에는 이른 시간이지만 하진은 잠이 올 때 바로 자야 했다. 옆에 눕는 한석에게 하진은 또 불쑥 핸드폰을 내밀었다.

[아빠 출장 갔다 내일 오는데]

"응."

[가슴이 답답해 생각만 해도]

한석의 눈매가 좁아졌다.

[나 수능 잘 볼 수 있을까? 미치겠다]

"당연히 잘 보지. 넌 그냥 가도 전국 1등 하고 온다니까."

아무튼 한석은 농담을 농담 같지 않게 하는 재주가 있었다. 당연한 걸 묻는다는 당당한 투에 결국 힘없는 웃음이 샜다. 그 미약한 미소에도 한석은 눈에 띄게 반색했다. 입꼬리를 씰룩이고, 좋은 티를 숨기지 못했다.

[인제 그만 잘래]

"응. 추우면 말…… 아니, 나 깨워."

한석의 말에 고개를 끄덕이고 하진은 눈을 감았다.

사실 그간 하진은 한석에게 이런 식으로 많은 이야기를 했다. 초저녁부터 시작해 새벽까지. 나중에는 손가락이 다 아플 정도였다.

그때그때 즉각 지워서 없지만, 종이에 옮긴다면 어림잡아 몇백 장은 되었을 것이다. 일하고 와서 피곤할 텐데도 한석은 하진의 '말'을 하나도 빠짐없이 다 들어 주었다.

주로 부모님에 관한 이야기였으며, 한석이 생각했던 것보다는 의외로 좋은 이야기가 훨씬 많았다. 엄마에 관한 것은 거의 모두가 긍정적인 것밖에 없었다. 어떻게 저를 챙겨 줬는지, 얼마만큼 다정했는지.

물론 가끔 서운함도 묻어 있었지만……. 아빠에 관해 말할 때는 한석은 저절로 힘이 들어가는 주먹을 이불 밑으로 숨겨야 했다. 그마저도 그래도, 저를 사랑은 하는 것 같은데 성격 자체가 문제라는 말을 할 때는 목구멍까지 올라온 말을 삼켜야만 했지만.

한석의 생각보다 하진은 많이 무르고 바보같이 여린 면이 있었다.

[미안 너무 많이 말했다]

"아니, 더 해도 돼."

저도 하나도 안 졸리다며, 한석은 가끔 머뭇대는 하진을 팔을 넓게 벌려 안아 주었다. 언젠가부터 그들의 스킨십은 자연스러웠다.

[공부를 하고 싶어서 했다기보다는 그게 당연한 거야 우리 집에서는]

[나는 1등이 당연한 거고]

[지금까지 1등 못 해 본 적 단 한 번도 없어]

[이런 말 좀 짜증 나나?]

"아니, 전혀."

한석은 별다른 말을 덧붙이거나 제 생각을 말하지 않고 그저 들어 줄 뿐이었다. 사실 한석은 인내심이 좋지 않은 편이었으며 누군가 장황하게 말을 길게 하는 것은 딱 질색이었으나 하진만은 예외였다. 그저 감으로 알았다. 하진에게는 수많은 감정을 쏟아 낼 누군가가 필요했다.

그러니 제가 그 역할이 되어야 했다.

그들은 이따금 입을 맞췄고, 간혹 숨 막히게 서로를 끌어안았다. 그리고 그 와중 한석은 중간중간 생각에 잠긴 듯 묘한 표정을 했다.

[무슨 생각 해?]

하진이 물었을 때는 말없이 멋쩍게 웃을 뿐이었다. 제가 하는 생각을 입 밖으로 꺼내기에는, 아무리 한석이라도 말도 안 된다는 것을 알았다.

자라 온 환경 탓에 그는 눈치가 빨랐고, 제 위치를 정확히 알고 있었다. 그 나이대 또래가 가질 만한 치기나 앞날에 관한 환상 같은 것을 그는 조금도 갖고 있지 않았다.

그러다 제풀에 지친 하진이 까무룩 잠들면 한석은 잠든 그녀를 오랫동안 지켜보았다. 헛소리를 하며 땀을 흘리면 닦아 주었고, 무슨 꿈을 꾸는지 간혹 퍼뜩 놀라 몸을 굳히면 꽉 안고 등을 쓸어내렸다.

한석과 있으면 괴물이 찾아오지 않았다.

그래서 끊을 수가 없었다.

희뿌연 안개 속에 갇힌 날들이 그렇게 속절없이 지나갔다. 눈앞이 흐려 아무것도 보이지 않는 와중 유일한 작은 안식은 그간 저와 엮일 일 없었던 남자뿐이었다.

그리고 그해, 하진은 수능을 망쳤다.

* * *

"기숙 학원 들어가라."

아빠의 말에 하진은 내내 조금 숙이고 있던 고개를 천천히 들었다. 자고 있다 아빠가 갑자기 방에 들어와서 깼던 터였다. 덕분에 몽롱했던 정신이 확 들었다.

"재수해. 아빠는 정말 이렇게까지 지원해 줄 마음은 없었는데 그래도 어떡하겠냐? 자식인데. 네가 집 답답하다고 했다며. 차라리 환경을 바꿔서 공부에만 집중하다 보면 빨리 호전될 수도 있겠지."

말이 되나?

'아빠는 정말 내가 공부만 못 하게 됐다고 생각하는 건가?'

그냥 반쯤 정신 나가서 사는 게 안 보이나. 거세게 흔들리는 하진의 눈빛에 아빠가 한숨을 쉬었다.

"이미 상담 다 끝냈어. 이번 달 말에 개강이라니까…… 한 2주 남았으니 필요한 건 같이 준비하면 되고. 네가 잠깐 말이 안 나오는 거 빼고 뭐가 문제냐? 의사가 어쩌고저쩌고 겁주는 거에 멘탈 흔들릴 필요 전혀 없어. 아빠도 나름대로 반성했다. 일이 바빠서 널 엄마한테만 너무 맡겨 놨다. 약도 계속 먹고, 상담도 잘 받아. 그런 건 이제 아빠가 케어할 테니까."

물 흐르듯 흘러나오는 말에 하진은 가슴 깊이 절망했다. 이제 더 내려갈 곳도 없는데 아빠는 자꾸 굴을 파 준다. 더, 더 깊은 곳까지 떨어지라고.

당장 책을 펴도 글자가 눈에 안 들어온다는 것을 분명히 아빠에게 전달했는데. 수능 때 몇 문제 풀다 말고 갑자기 머리가 백지처럼 하얘져 통으로 날려 먹은 자신을 아빠가 모를 리가 없는데.

그래도 조금은, 아주 조금은 희망을 품었던 수능이 완전히 실패하며 하진은 더더욱 정상적인 사고가 어려웠다.

"일단 들어가서 해 봐. 정 안 되면……."

쯧, 아빠가 혀를 찼다. 이어지는 뒷말은 없었으나 하진의 마음속엔 이미 불안이 풍선처럼 몸집을 불리고 있었다.

아픈 저를 기숙 학원에 넣겠다는 아빠가 정신 병원에는 못 넣을까? 그런 데에 가면 나을까? 아니, 말도 안 되는 소리지. 그럼 만약 낫지 않으면?

평생 거기서 썩는 걸까.

언젠가 인터넷에서 찾아본, 가족 구성원 중 둘 이상이 찬성하면 정신 병원에 가둘 수 있다는 한 구절이 하진의 뇌리에 깊게 남아 버렸다. 언젠가부터 객관적이고 긍정적인 사고를 하는 것이 어려워진 하진이었다.

"아무튼 집보다는 나을 거야. 엄마도 이제는 너한테 딱 붙어서 돌봐 줄 순 없을 거니까. 대신 아빠가 신경 쓸 테니까 걱정 말고. 당연한 말이지만 어쨌든 넌 내 딸 아니냐."

아빠의 입에서 나온 엄마 소리에 하진은 어느새 다시 숙였던 고개를 똑바로 들었다. 이상했다. 기분 탓일까? 수능을 망쳐 기숙 학원에 보낸다는 것은 아빠에게도 절대 좋은 일은 아닐 텐데…….

'왜 기분이 좋아 보이지?'

기민하게 아빠의 표정을 살피던 하진에게 아빠는 시한폭탄 같은 말을 던졌다.

"엄마가, 임신했거든."

* * *

"누구……."

일찌감치 어둠이 내려앉은 골목의 허름한 건물 앞, 신경질적으로 벌컥 문을 열던 남자가 멈칫했다. 두툼한 외투를 입고 머플러로 얼굴의 반을 가린 하진이 앞에 서 있었다. 그의 태도가 삽시간에 돌변했다.

"왜 연락도 안 하고."

얼른 들어와, 한석이 성마른 손짓으로 그녀를 안으로 끌어당겼다. 말이 나오지 않게 된 후로 택시를 타기를 꺼리는 하진은 대신 버스를 타고 왔는데, 그러면 정류장에서 내려서도 골목까지 꽤 한참을 걸어와야 했다.

상황을 대충 짐작한 한석이 볼에 손을 대 보니 아닌 게 아니라 얼음장처럼 찼다.

"말하면 내가 데리러 가는데. 이 꼴이 뭐야? 꽁꽁 얼어서."

부드럽게 말하려 했는데 이놈의 험상궂은 말투는 고치기가 힘들었다. 그러나 아무 타격 입지 않은 얼굴로 하진이 바닥에 주저앉았다. 내내 꺼 놨던 보일러를 얼른 틀며 한석이 물었다.

"오늘 나와도 되는 거야?"

텅 빈 시선이 제게 향하고, 이내 힘없이 고개를 끄덕였다. 한석은 하진을 앉은 채로 번쩍 들어 이불 위에 올려놓았다.

씨발. 존나 가볍네.

터져 나오는 한숨을 누르며 한석이 무겁게 입을 열었다.

"……그동안 연락 안 돼서 걱정했는데."

"……."

"어떻게 답장 하나도 안 해 주냐."

중얼거리는 목소리에 숨길 수 없는 서운함이 묻어 있었다.

근 한 달 동안 하진과 말 한마디 제대로 못 했던 한석이었다. 저도 나름 바빠 학교도 나오다 말다 했으니 할 말은 없지만, 하진 역시 마찬가지였다. 그마저도 항상 책상 위에 엎드려 있거나 종일 양호실 신세를 졌다.

다가가 뭐라도 말을 걸고 싶었지만 하진이 저와 다니는 것으로 집에서 문제 삼았다는 것을 알게 된 후부터는 차마 건드릴 수가 없었다. 답답함에 메시지를 보내도 하진은 느지막이 읽긴 읽었지만 답이 없었고, 전화를 해도 받지 않았다.

그러다 갑자기 나타난 것이다.

한석은 멍하니 있는 하진의 머플러와 외투를 퍽 세심한 손길로 벗겨 주었다. 밖에 조금씩 눈이 내리는가 싶더니 그새 머리칼이며 옷에 다 엉겨 붙어 있었다. 저녁 알바를 마침 어제 그만두어서 망정이지, 한석은 속으로 혀를 찼다. 하마터면 하진을 바깥에서 내내 서 있게 할 뻔했다.

"밥은 먹었어?"

"……."

"딱 봐도 안 먹었네. 나도 막 먹으려던 참이니까 같이……."

핼쑥한 뺨이 안쓰러워 뭐라도 먹여야겠다 싶어 일어나던 참이었다. 문득 제 팔을 잡아 오는 미약한 힘에 한석은 다시 자리에 앉았다.

"왜?"

눈을 맞추고, 최대한 다정하게 물어봤다.

"무슨 일 있어?"

그 말이 신호라도 된 양 하진의 커다란 눈에 물기가 어렸다. 그러다 거짓말처럼 마구 흘러내렸다. 마치 준비라도 된 것처럼 쉬지 않고 흐르는 눈물에 당황한 것은 한석이었다.

일단 꽉 안았다. 숨이 막힐 정도로 꽉 안고 등을 연신 쓸어내려 주었다. 작은 얼굴이 흠뻑 젖을 만큼 이렇게 펑펑 울고 있는데, 끅끅대는 소리는 거의 들리지 않을 정도로 미약해 더 안타깝고 마음이 아렸다.

약해빠진 것들은 남자든 여자든 질색인데 하진만큼은 달랐다. 하진이 울면 심장이 철렁 내려앉았다.

무슨 일이냐고 물어도 답해 주지 않던 하진은 실컷 울고 진이 빠졌는지 한석에게 기대 있었다. 한석이 가져다준 물을 마시고, 한참 후에야 그녀의 이야기를 들려주었다.

[엄마가 동생 생겼다고 말하면서 웃는데 축하해 줘야 하는 거 아는데]

[뭐라고 말해야 할까?]

[기숙 학원 가기 싫어]

[거기 가면 진짜 죽을지도 몰라 말이 되냐고]

뒤이어 두서없이 쏟아 내는 말들에는 평소 같지 않게 드문드문 오타도 많았다. 그만큼 긴박하다는 뜻이었다.

[당장 다음 주에 가야 해]

"……."

마지막 말에 한석은 결국 거친 숨을 몰아쉬었다. 하진의 등에 맞닿은 가슴팍이 들썩이고 내내 제 팔을 붙들고 있던 손에 힘이 들어갔다. 뭔가를 감지한 그녀의 손가락의 움직임이 멎었다. 고개를 슬쩍 돌리는데, 그대로 입술이 부딪혔다.

'아…….'

쉽게 벌어진 틈 안을 파고든 살덩이는 집착적으로 움직였다. 히끅, 입술 새로 놀란 신음이 희미하게 샜다.

그간 묘하게 조심스러웠던 태도는 온데간데없었다. 혀를 얽고 치열을 샅샅이 훑는 행위는 사납고, 뜨거웠다. 축축하고 물컹한 것이 입 안에서 쉴 새 없이 날뛰었다. 숨 쉴 틈조차 제대로 주지 않고 몰아붙이는 통에 하진은 정신이 하나도 없었다.

그녀가 할 수 있는 일은 돌처럼 단단한 팔뚝을 붙들고 쏟아지는 남자의 키스를 받아 내는 것뿐이었다. 사실 눈이 돌아 달려든 남자에게는 그것조차 버거웠지만…….

"……!"

어느 순간, 등이 바닥에 닿았다. 이불이 깔려 있어 푹신했으나 저를 타고 오르는 남자의 몸은 딱딱했다. 한 손으로 하진의 머리를 단단히 받친 채 한석은 진득한 키스를 이어 나갔다. 더운 숨이 엉망으로 엉키고 젖은 소리가 귓가를 끊임없이 울렸다. 정신없이 입을 맞추던 한석의 손이 하진이 입은 도톰한 니트 티 안으로 불쑥 들어온 순간.

찬 피부를 데우는 열기에 야릇한 소름이 돋았다. 순간적으로 올라온 저릿한 감각은 지금껏 한 번도 느껴 보지 못한 것이었다.

'아.'

덜컥 무서워졌다. 심장이 미친 듯이 달음질했다. 좋고 싫고를 따질 여유 없이 찾아온, 경험하지 못한 것에서 나오는 순수한 두려움이었다.

지금껏 한석과 수없이 입을 맞추고 온기를 나눴지만 그가 제 몸을 이렇게 노골적으로 만진 적은 없었다. 기껏해야 팔이나 허리를 지분대는 것 정도······.

아무 말도 오가지 않았지만 본능적으로 알았다. 흐려진 시야 속 저를 타고 오른 남자는 여느 때와 다른 눈빛을 하고 있었다. 갈수록 숨이 턱턱 막혔다. 조금씩 올라가는 방 온도 때문인지 입 안을 가득 메운 숨 때문인지 알 수 없었다. 딱딱하게 몸을 굳힌 채 이러지도 저러지도 못하는 하진에 한석의 기세가 어느 순간 느슨해졌다.

"괜찮아."

입술을 붙인 채, 한석이 속살거렸다.

"무섭게 안 할 테니까 몸에 힘 풀어."

맨살을 만졌던 손이 어느새 하진의 흐트러진 머리카락을 쓸어 넘겼다. 퍽 세심한 손길에 잔뜩 긴장해 있던 몸이 조금씩 이완 되기 시작했다. 쪽, 제 흔적이 남은 모양 예쁜 입술에 한석이 소 리 나게 입을 맞췄다.

"난 네가 싫어하는 건 절대로 안 해."

마주한 남자의 눈빛은 무서울 정도로 진지했다.

"박하진."

"……."

"하진아."

한석이 그녀를 불렀다. 늘 박하진, 박하진 했으면서. 처음으로 성을 떼고, 그와 어울리지 않게 녹아내릴 듯 다감하게. 기분 좋 은 오싹함. 뭐라 말할 수 없는 묘한 감각에 하진은 조금 몸을 떨 었다.

"그냥 홧김에 하는 말 아니고, 나름대로 계속 생각했던 거니 까 오해 없이 들어. 난 진심이니까."

무슨 말을 하려고 그러는 걸까? 어둑하게 가라앉는 눈빛에 입 술이 바짝바짝 말랐다. 하진은 숨도 제대로 못 쉬고 한석의 말 에만 집중했다.

"……나랑 갈래?"

뭐?

무슨 말이지? 그의 말이 순간 잘 이해가 되지 않았다. 의아함 을 담은 동그란 눈동자를 마주한 한석이 쓰게 웃었다. 그는 여 전히 하진의 몸 위에 올라타 있었다. 저를 짓누르는 적당한 묵직함에서 하진은 오히려 안정을 느꼈다.

"같잖게 들리겠지만 나는 내가 마음먹은 건 꼭 하거든."

군데군데 등이 나가 어두침침한 방 안 남자의 눈빛이 반짝였다.

"어릴 때야 멋도 모르고 억울하게 처맞았지. 안 맞아야겠다고 다짐한 순간부터 아빠가 패면 똑같이 해 줬고, 나를 버리고 간 엄마가 찾아왔을 때도 눈 하나 깜빡 안 하고 가라고 했어. 씹, 좋을 때야 다 좋지. 힘들다고 버리고 간 부모가 부모야? 남보다 못한 거잖아."

아니, 이런 말을 하려는 게 아니고. 한석이 피식 웃었다.

"다음 달에 삼촌 있는 데에 내려가기로 했어. 여기 방 계약도 얼마 안 남았고 나도 이 지긋지긋한 데 얼른 뜨고 싶어서. 마트 근처에 방도 이미 구했는데 다음 주부터 들어와도 된대. 보증금 이나 당장 몇 달 월세는 삼촌이 해결해 줬고 나머지는 내가 일 하면서 갚아 가기로 했어. 여기서 알바 전전하는 것보다 기술 배워서 뭐라도 하는 게 낫잖아? 사실 이 집에 무슨 미련 있는 것도 아니고, 좀 더 빨리 가도 되긴 했는데."

말했잖아? 한숨같이 덧붙인 한석이 숨을 한 번 크게 들이마 셨다. 맞닿은 몸에서 그의 가슴팍이 들썩이는 게 생생하게 전해 졌다.

"네가 걸려."

"……."

"알아. 웃기지. 어쨌든 멀쩡히 가족 다 있고 하물며 형편도 나 랑은 비교할 수 없는 너를 내가 걱정한다는 게 말도 안 되는 얘기지. 다 알아. 아는데."

감정을 추스르듯 다시금 긴 숨을 내쉰 한석이 나직이 중얼거
렸다.

"그래도 한 번은 말하고 가고 싶었어. 마지막으로. 안 그러면
미련이 너무 남을 것 같아서."

마지막으로. 한석이 말한 그것을 하진은 속으로 되뇌어 보았다.

지금껏 제가 원할 때만 한석을 찾았다. 그러면 한석은 언제든
지 나와 주었다. 기꺼이 곁을 내주고 어색해하면서도 살뜰하게
살펴 주었다. 묵혀 놨던 속 얘기를 밤새도록 들어 주고 마음을
안아 주었다.

이 좁은 한 칸짜리 방이 세상 가장 아늑하고 편안했다. 그의
체향이 나는 가슴팍에 얼굴을 묻고 잠들 때가 지친 마음에 그나
마 위안이었다.

하지만 언제까지나 계속될 수 없다는 것은 그도 알고, 저도
알았다. 단지 혼자 멈춰 버린 시간 속 하진만이 막연하게 그때
가 아직 오지 않으리라 기대했을 뿐. 한석의 시간은 계속해서
흘러가고 있었다.

"이런 말 진짜 낯간지러운데…… 내가 너를, 지켜 주고 싶
어."

내내 반쯤 잠겨 있던 그의 목소리가 조금 떨린 것도 같았다.

"내가 너 책임지고 싶어. 물론 뭘 보고 따라가겠냐 싶겠지만
진심이야. 사실 나 너랑 둘이 살면 얼마나 들지 이런 것도 뻥 안
치고 백 번도 넘게 계산해 봤어. 그래. 솔직히 처음에는 조금 팍

팍하게 느낄 수도 있어. 근데 내가 하려고 하는 일이 워낙 하는 사람이 없어서 그런지 초보도 페이가 세더라. 네가 지금 살던 만큼은 못 해 줘도 이렇게 구질구질하게는 안 살게 할 테니까 걱정 마."

"……."

"어차피 나는 고등학교 졸업에 미련 같은 거 없고 나 살길 찾으려고 했으니까. 암튼, 아주 혹시나 그쪽으로 못 가게 되어도 너 하나 먹여 살리는 건 할 수 있어. 당연하지만 넌 아무것도 안 해도 돼. 그냥 말만 하는 게 아니라 행동으로 보여 줄게. 따라오기만 하면 정말 다 해 줄게. 비싸고 좋은 거 다 갖다 준다는 말 지금은 못 해. 거짓말이니까. 하지만, 나는……."

……하하.

쉴 새 없이 말을 쏟아 내던 한석이 별안간 헛웃음을 흘렸다. 놀라 커다래진 눈망울을 한 번 보고, 살짝 벌어진 입술을 한 번 보고. 그대로 옆에 벌러덩 누워 버렸다. 조용한 방 안 잠시 무거운 침묵이 흘렀다. 천장을 바라보며 그가 맥없이 중얼거렸다.

"미친놈 같지, 나."

하진은 고개만 돌려 한석을 바라보았다. 저와는 하나부터 열까지 모든 것이 다른 남자를. 단 한 번도 생각해 보지 못한 가정을 혼자 열심히 고민하고 생각했을 그를 조용히 눈에 담았다.

"잊어버려. 그냥……."

팔로 눈을 가린 남자의 표정을 볼 수 없었다.

하진은 천천히 눈을 깜박였다. 단순한 움직임이 계속될수록 눈시울이 뜨거워지고 가슴이 못 견디게 아렸다. 뭐라 설명하기 어려운 감정이었다.

아마 진심이라는 게 느껴져서가 아닐까.

아무것도 없는 그가 저 하나만큼은 먹여 살릴 수 있다고 말할 때, 각오를 다지듯 형형하게 빛나던 눈빛에 순간 심장이 철렁했었다. 말도 안 된다고 생각하면서도 순간 안도했고, 위안받았다. 그래도 어쨌든 저를 진지하게 생각했던 것 같아서.

'나랑 같이 살고 싶다고…….'

아니라고 대답한다면 다시는 한석을 볼 수 없겠지.

둘 다 그것을 원치 않는다고 해도, 현실을 바꿀 수 있는 힘이 없으니 어쩔 수 없을 것이다. 꽤 오래 흐르던 정적은 몸을 일으켜 한석의 손목을 잡은 하진에 의해 멎었다.

"……왜."

기꺼이 손을 잡혀 주는 한석에게서 다 갈라진 목소리가 났다.

"……왜냐고?"

하진의 입 모양을 본 한석이 흐리게 웃었다.

"그걸 꼭 말로 해야 아냐."

"……."

"신경 쓰지 말고 자. 그냥 미친놈 헛소리라고 생각해. 뭐, 나도 너 같은 애가 자꾸 찾아오니까 잠깐 정신 나갔었나 보다."

이딴 소리를 진지하게 처하고 있고, 뇌까린 한석이 얼른 자라며 바닥을 손으로 툭툭 쳤다. 포기. 하진은 어렴풋한 웃음기가 밴 그의 목소리에서 그것을 읽었다. 다시 눈을 감아 버리는 날렵한 얼굴에는 늘 희미한 피곤이 배어 있다.

문득 그런 생각이 들었다. 갖고 싶은 것, 하고 싶은 것을 한석은 인생에서 얼마나 많이 포기하고 살았을까.

그날 밤, 하진은 한석의 집에서 처음으로 잠들지 못했다. 한석이 한 말을 곱씹고 또 곱씹었다. 그러나 밤이 깊어 갈수록 하진에게 남는 것은 말이 아니라 그가 그 말을 할 때 저를 바라보던 눈빛이었다.

다른 것은 점점 더 희미해지는데 그것만이 부피를 키워 가슴 속에 뿌리를 내리고 박혀 버렸다.

결심은 생각보다 쉽고, 간단했다.

* * *

종일 내린 흰 눈이 소복하게 쌓인 저녁. 바깥은 차디차지만 집 안은 조금 더울 정도로 따뜻했다. 한창 조심해야 할 시기인 엄마를 위해서 집안일은 이제 늘어난 전문 고용인이 모두 도맡아 했다. 혹 아빠가 자리를 비울 때를 대비해 24시간 별관에 상주하는 사람이 있을 정도였다.

스무 살 딸이 있는 사람이라기에는 지나치게 젊지만 어쨌든 노산이니 더 신경 쓸 것이 많았다. 엄마는 지금까지와는 다르게 이제야 정말로 번듯한 기업체의 사모님같이 살고 있었다.

"아빠가 넣으라는 것보다 엄마가 더 넣었어."

하진은 따뜻한 거실 풍경과 그림같이 잘 어울리는 엄마를 가만히 바라보았다. 마주한 테이블 위에 놓인 카드가 사뭇 어색하게 느껴졌다.

"혹시나 오해하진 말고. 네가 어디 가서 아쉬운 소리 할까 봐 아빠가 꼭 전해 주라고 한 거니까…… 너한테 말은 그렇게 했어도 아빠는 너를 사랑하고 걱정해. 알고 있잖아."

"……."

"돌아오고 싶을 때 언제든지 와. 하진아, 응?"

엄마가 자애롭게 미소 지었다. 아직 부르지 않은 배를 습관처럼 소중히 감싸고 있는 엄마의 손에 얼마 전 아빠와 새로 맞췄다는 굵직한 반지가 반짝거렸다. 하진은 긍정도, 부정도 하지 않은 채 엄마를 눈에 담았다.

불과 몇 달 사이에 남이 되어 버린 사람을.

그러니까, 결론적으로 하진은 한석의 제안을 받아들였다.

"정말?"

"……정말로? 씹, 나 놀리는 거 아니지?"

제 마음을 글로 보여 주었을 때, 눈을 크게 뜨며 경악에 가까운 표정을 짓던 한석의 얼굴이 생생하다. 몇 번이나 되묻고, 믿을 수 없다는 듯 고개를 저으면서도 그래도 결국은 기쁜 기색을 숨기지 못했던 얼굴이 처음으로 그 나이대같이 풋풋하게 보였다.

"내가 진짜…… 약속 지킬게."

힘 조절을 못 한 한석이 저를 아프도록 끌어안고 입 맞추던 순간만큼은 선택에 대한 불안과 의문을 잠시 잊을 수 있었다.

"병원 올 때만이라도 엄마랑 보면 좋을 텐데."

그 말에는 처음으로 고개를 저었다. 그럴 거면 자신이 이 집을 떠나는 의미가 없다. 제가 가족을 버리는 건지 가족이 저를 버리는 건지 이제는 정말로 알 수 없었다.

"······그래. 너 편할 대로 해."

언제나처럼 빠르게 포기한 엄마가 잠시 말없이 하진을 바라보았다. 엄마답지 않게 부담스러울 정도로 빤한 시선이었다.

"하진아. 이런 말 네게 어떻게 들릴지는 모르겠지만······."

"······."

"미안해."

미안하다, 중얼거리는 엄마를 보기 힘들어 하진은 고개를 돌려 버렸다. 자신은 당장 내일 떠나기로 되어 있는데 이제 와서 다 무슨 소용이겠는가?

시간이 조금 더 있었으면 선택이 달라졌을지도 모른다. 하지만 하진에게는 선택지가 없었다. 당장 기숙 학원에 들어가야 한다는 것이 무시무시한 압박이었다. 아빠에게 싫다고 몇 번이나 말하는 것도 포기했다. 아빠는 원래 자신의 말이 곧 법인 사람이었다. 아니, 법보다 위일지도.

"내년 이맘때쯤에는 너도 제자리로 돌아와 있겠지. 엄마도 건강하게 출산했을 거고. 우리 가족 넷이 다 행복했으면 좋겠다."

한석의 집에서 자고 돌아온 다음 날 밤, 요즘 늘 기분이 좋아 보이는 아빠의 흐뭇한 말에 하진은 엄청난 부담을 느꼈다. 낯선 환경에 던져져 치열하게 뭔가를 해낼 에너지가 하진에게는 조금도 남아 있지 않았다.

하진은 더는 제가 이 집의 가족이라는 생각을 할 수 없었다. 저만 빠져 주면 모두가 행복할 것 같았다.

"정말 너, 미치기라도 한 거냐?"

결국 그날 저녁, 하진이 집을 떠나 친구와 같이 살고 싶다는 마음을 전했을 때 아빠는 못 들을 걸 들었다는 듯한 표정이었다. 너무 충격인지 손찌검을 할 생각조차도 잊은 듯했다. 그때만큼은 본인이 내내 괜찮다고 했던 하진의 상태를 들먹이며 '정신도 온전치 않은데' 어딜 가냐고 말했다.

한석을 따라간다고 사실대로 말하는 것은 야반도주라도 하지 않는 이상 불가능한 일이라 고심 끝에 거짓말을 했다.

상대는 같은 중학교를 나온 동창이었다. 초반에는 조금 친했던 것도 같은데 성향이 워낙 달랐다. 그 친구를 선택한 이유는 간단했다. 한석이 말한 곳과 차로 30분 정도밖에 걸리지 않는 지방 소도시로 고1 때 전학을 갔기 때문에.

건너 건너 메신저 아이디만 알아내 연락을 했다. 통화를 할 수 없으니 메시지로 제 상황을 전달하고 혹시나 연락이 가면 말을 잘 맞춰 달라고 부탁했다.

[사정은 알겠는데 너무 갑작스럽다 나 못 할 것 같은데ㅠㅠ]
[너네 아빠 되게 무서우시지 않으셨어?]

나름대로 반가운 티를 내던 그녀는 당연하게도 난색을 표했다. 하지만 하진이 그 자리에서 그간 모아 놓은 용돈을 모두 송금하자 곧바로 전화를 걸어왔다. 너무 많아 받을 수 없다고 하다가, 나중에는 사실 등록금이 부족했다며 일부만 받는 것으로 말을 바꿨다.

그마저도 물론 그녀가 해 줄 전화 한 통으로 퉁치기에는 지나치게 과한 액수였지만, 상관없었다.

그리고 아빠 대신 엄마가 후에 그녀와 통화했단 사실을 알았다. 뭐라고 둘러댔는지는 모르지만 아빠에게 엄마는 그 애가 나쁜 애는 아닌 것 같다고 말했다 했다. 그런데도 아빠는 여전히 반대했고, 하진은 그날부터 아무것도 먹지 않고 제 방 침대에 죽은 듯 누워만 있었다.

시위하는 게 아니라 정말로 기운이 쭉 빠져 아무것도 할 수 없었다. 아빠가 반대하면 도망갈 계획까지 세웠으나 실천할 힘이 생길지는 미지수였다. 그토록 기다렸던 스무 살은 침대에서 환자처럼 맞게 되었다.

그리고 허락은 예상보다 빠르게 떨어졌다. 거짓말처럼, 한석이 떠나기 이틀 전에.

사실 한석은 진작 방을 뺐지만 하진을 기다리느라 모텔 방을 전전하고 있었다. 하지만 일을 배우기로 약속해 놓은 게 있어 더는 미적거릴 수 없다고 했다.

선잠이 들었던 하진에게 술에 취해 돌아온 아빠는 침대 머리맡에 앉아 딱 한 마디를 했다. 네가 그렇게 원한다면, 가라고. 너무 쉬운 승낙에 순간 당황했지만 이내 변덕스러운 아빠의 마음이 변하기 전에 서둘러야겠다고 생각했다. 또한.

'내가 후회할 거라고 생각하겠지.'

하진은 지내 오고 고통받은 시간만큼 아빠를 잘 알았다. 아빠는 고생을 겪어 보지 않은 하진이 힘들게 지내다 보면 다시 돌아올 거라 믿고 있을 것이다. 결과적으로 반은 맞고 반은 틀리게 되었지만.

하진은 사람이 아주 빨리 망가질 수 있다는 것을 배웠다. 아니, 어쩌면 저의 경우에는 아주 오래전부터 조금씩 어긋나고 비틀렸을지도 모르겠다. 제 방으로 올라가려 몸을 일으키는 하진에게, 엄마는 살짝 머뭇대다 말했다.

"여자애는 항상 몸조심해야 돼. 한번 실수하면 돌이킬 수 없으니까……. 엄마 말 무슨 뜻인지 알지?"

순간 하진의 미간이 미세하게 좁혀졌다.

희미한 기억 속 그 언젠가 차 안에서 남자 친구 생겼냐며 묻던 엄마의 목소리가 떠올랐다. 어쩌면 엄마는 제가 함께할 상대가 남자라는 것을 알고 있을지도 모른다는 생각이 들었다.

사람은 때때로 생각보다 더 잔인해질 수 있다. 하진은 조용히 몸을 돌려 제 방으로 향했다.

그리고 그날 밤, 새벽의 푸르스름한 빛이 새어 들기도 전 가장 어둡고 조용한 시간. 하진은 작은 가방만을 하나 둘러멘 채 집을 빠져나왔다. 1층은 당연하게도 고요했다. 원래라면 아침을 먹고 부모님에게 인사를 하고 떠나기로 약속되어 있었지만…… 도저히 그 시간을 견딜 용기가 나지 않았다.

'걸리면 걸리는 거고…….'

그래도 임신하고 밤잠이 깊어진 엄마가 깨어날 것 같진 않았다. 그리 많지 않은 짐은 이미 다 한석을 통해 옮긴 터였다. 하진은 한석을 만나자마자 핸드폰을 버릴 예정이었다. 그렇게까지 해야 하냐고 물을 수도 있겠지만 모든 것을 다 지워 버리고 떠나고 싶었다.

엄마가 준 카드를 다시 거실 테이블에 올려놓는 것도 잊지 않았다. 같잖은 자존심이라고 해도 할 말이 없었지만 이 돈을 가지고 가는 것은 여행을 다녀오겠다고 통보한 것과 다를 게 없다는 생각이 들었다.

자신은 가족과 연을 끊은 것이지, 같잖은 반항으로 집을 떠나는 것이 아니었다.

인생을 송두리째 바꿔 버릴 수도 있는 결정을 내리며 하진은 생각보다 자신이 더 지치고 병들어 있다는 사실을 깨달았다.

가장 가까워야 할 대상이 난도질한 상처는 아물기는커녕 시간이 갈수록 더 무섭게 저를 찢고 약한 살을 벌렸다. 눈물로 젖은 마음의 벽에는 시커멓게 곰팡이가 번져 악취가 났다.

살고 싶어서 가는 것이다.

살고 싶어서 떠날 수밖에 없는 것이다.

현관을 나오자마자 찬 기운이 피부에 확 스쳤다. 하진은 옷깃을 여미며 널따란 정원을 가로질렀다. 한석에게 나왔다는 메시지를 보내자마자 곧바로 1이 지워졌다. 골목 끝에서 이미 기다리고 있다는 답에 괜히 마음이 급해졌다.

빠르고 조용하게 묵직한 대문 쪽을 향해 걸어가던 하진의 마른 몸이 희미한 소리에 움찔했다.

"……!"

설마 하며 천천히 고개를 돌리던 하진의 눈빛이 거세게 흔들렸다. 저만치 현관문 앞에 나온 아빠의 모습이 보였다. 잠잘 때 입는 옷 그대로였고, 하진을 똑바로 보고 있었다. 거리가 꽤 있어 표정까지 정확하게는 볼 수 없었지만.

그렇게 부녀는 잠시 서로를 바라보았다. 아빠는 하진에게 다가오지 않고 그저 그 자리에 서 있을 뿐이었다.

훗날, 가끔 하진은 궁금했다. 그때 아빠는 도망치듯 떠나는 저를 보며 무슨 생각을 하고 있었을까? 허락을 안 한 것도 아닌데, 그 몇 시간을 참지 못하고 몰래 집을 나오던 제 뒷모습을 보면서 어떤 마음이었을까.

……나는 그때 아빠에게 무엇을 기대했을까.

인사라도 다시 하고 가야 하나? 잠깐 치열하게 고민하던 하진은 이내 반짝이기 시작하는 손안의 액정 불빛에 흠칫해 그대로 다시 몸을 돌렸다. 한석이 이쪽으로 오기라도 하면 곤란했다. 끼익, 문 닫히는 소리가 겨울밤에 묻혀 흔적도 없이 사라졌다.

* * *

첫차는 6시 반이었다. 터미널 근처 24시간 식당에서 간단하게 끼니를 때운 그들은 나란히 의자에 앉아 직행버스를 기다리고 있었다. 20여 분이 남아 있었는데 한석의 설명으로는 10분

전쯤에 차가 오니 그때 타면 된다고 했다.

"추워?"

불쑥 물은 한석이 손을 잡았다. 커다란 손은 언제라도 뜨끈했다. 하진은 고개를 저으며 시선을 조금 올렸다. 오늘이 가장 추운 절기라는 기상 예보가 브라운관을 타고 방송되고 있었다. 아직 밖은 깜깜한데도 터미널 안은 정신없을 정도로 사람이 많고 활기찼다. 이곳에서 나고 자랐다지만 하진은 단 한 번도 터미널에 와 본 적이 없었다.

바쁘게 흘러가는 낯선 공기 속 문득 다른 세상에 떨어진 듯한 아득함이 들었다. 제 손을 잡은 한석의 손에 은근하게 힘이 들어가는데도 하진은 멍하니 앞만 보고 있었다.

후에 돌아보면 헛웃음이 나는 광경이었다. 자라난 환경상 다른 또래보다는 조숙했을지 몰라도 어쨌든 육체적으로 고생 안 한 티가 거기서 났던 거다. 철모르고 순진한 꽃은 예쁜 온실 속에서나 살아남는 법이었다.

도대체 이 남자의 뭘 믿고?

한석이 만약 동화 속 완벽한 왕자님 같은 존재였어도 몇 번이고 생각해 봐야 할 판에. 그래 봤자 그도 이제 막 스무 살이 된, 젊다 못해 새파랗게 어린 거 빼고는 아무것도 없는 사람일 뿐인데.

그런 한석의 무엇을 믿고 집을 나와 따라간단 말인가. 그렇다고 그 모든 것을 상쇄할 정도로 우리의 서사가 깊었나? 그것도 아니다. 이런 일이 있지 않았다면 엮일 생각도 없었던 남자였으니.

알고 있었다.

하지만 자신은 극한에 몰려 있었고, 그래서 그의 손을 잡았다.

"……버스 왔네."

한석이 중얼거렸다. 한석의 옆에 앉아 있던 아주머니가 끙, 하는 소리와 함께 몸을 일으켜 버스로 가는 게 보였다. 아주머니의 양손에는 주렁주렁 짐 보따리가 들려 있었다.

가자. 한석의 목소리를 듣는데…… 말도 안 되게 덜컥 무서워졌다. 제 말에 책임을 져야 할 순간을 새삼스럽게 느낀 것이다.

하지만 이제는 돌이킬 수 없다. 부모님과 얘기도 끝났고, 결정한 날부터 희망에 반짝이는 눈으로 저를 보는 한석에게도 그렇고……. 파르르 떨리는 속눈썹에 몸을 일으키려던 한석이 멈칫했다.

"하진아."

언젠가부터 한석은 저를 이렇게 상냥하게 불렀다.

"가기 싫어?"

아니……. 하진의 입술이 조금 벌어졌다. 흔들리는 새까만 눈동자를 마주한 남자의 표정이 묘해졌다.

"괜찮아. 지금이라도 얘기해. 난 진짜 괜찮으니까…… 지금이라면, 다 없던 걸로 칠 수 있어."

진심일까? 절로 마른침이 꿀꺽 넘어갔다. 한석이 하진의 손등을 부드럽게 쓸었다. 여전히 둘은 손을 잡고 있었다.

"돌아가고 싶으면, 돌아가도 돼. 난 저 버스 타고 갈 거고. 넌 원래 네 집으로 가면 되는 거야. 마지막으로 물어보는 거야."

그간 들었던 목소리 중 가장 다정한 울림이었다. 최대한 나긋하게 말하려고 노력한다는 게 느껴져 어색하게 들릴 정도였다. 그러나 묘하게 초조해 보이는 표정만큼은 아무리 그라도 숨기지 못했다.

"지금이라면 좋아. 괜찮아. 하지만 저거 타고 같이 가는 순간, 그때부터는 놓아줄 수 없을 것 같아. 아니, 못 놔. 절대로."

그러니까…… 밭은 숨을 몰아쉰 한석이 입을 굳게 다물었다. 상당히 무시무시한 말이었다. 잠시 멈칫하던 하진은 살짝 힘이 풀린 한석의 손을 제가 더 힘주어 잡았다. 꽉 잡았다지만 턱도 없이 미약한 힘이었으나 한석의 눈썹이 움찔했다.

'가자.'

정확한 움직임으로 한 그 한 마디 말에, 한석은 어떤 표정을 지었던가.

하진은 자신이 그를 선택한 것을 뼈저리게 후회할 수도 있다는 것을 알고 있었다. 찬란한 무언가를 꿈꾸며 그를 따라가는 게 아니었다. 알면서도 마음이 시키는 대로 하고 싶었다. 결정은 그 누구도 아닌 제가 했다.

그러니.

나는 내가 한 이 일에 책임을 질 것이다. 내가 선택한 길이니까.

……평생.

하진은 그 순간 자신에게 맹세했다. 어떠한 일이 있어도 이 부분에 있어서만큼은 자신은 이 남자를 원망하지 않을 것이다. 감언이설에 속아 가는 게 아니라 내가 살고 싶어서 택한 길이니까.

버스에 오르기 전 하진은 슬쩍 뒤를 돌아보았다. 고작 두 시간 반 거리의 다른 도시로 가는 것뿐인데, 아예 다른 차원으로 이동하는 것 같은 착각이 들었다.

한석이 표를 끊은 자리는 중간 정도였다. 차는 금세 출발했고 안은 히터 바람으로 조금씩 데워졌다. 바깥을 바라보던 하진은 갑자기 밀려드는 피곤함에 그냥 커튼을 쳐 버렸다. 차체에서 느껴지는 규칙적인 진동에 자꾸 몸이 나른해졌다.

"졸리지. 자."

속삭인 한석이 하진의 시트를 조금 뒤로 눕혔다. 겉옷을 벗은 하진의 무릎에 제 점퍼를 덮어 주기까지 했다. 당장 만지고 싶고, 사랑스러워 죽겠다는 눈빛으로 저를 바라보았다. 맹목적이기까지 한 그 눈빛에 우습게도 마음이 조금 편안해졌다. 하진은 말없이 눈을 감았다.

외로운 사람들은 때때로 잘못된 선택을 한다.

고작 한 줌짜리 애정에 휩쓸려.

4

포근한 이불 속, 단잠에 빠져 있던 하진이 몸을 뒤척였다. 바깥에서 과일 파는 소리가 시끄럽게 난 탓이었다. 트럭은 금방 지나갔지만 잠은 이미 깼다.

'몇 시지.'

부스스한 얼굴로 자리에서 일어난 하진이 졸음이 엉겨 붙은 눈을 비빌 때였다. 삑, 삑. 비밀번호 누르는 소리가 났다.

"깼어?"

조심히 현관을 들어오던 남자가 침대 위 하진을 보고 반색했다. 엎어지면 코 닿을 거리에 모든 것이 다 보이는 독채 원룸은 그래도 한석이 예전 서울에서 살던 곳과는 비할 수 없었다. 크기도 훨씬 크고, 전 주인이 깨끗이 썼다더니 과장 조금 보태어 새집 같았다.

성큼성큼 하진에게 다가온 그가 그대로 하진을 끌어안았다. 한석의 무게에 매트 한쪽이 깊게 눌리고 그가 손에 들고 있던 봉투가 아무렇게나 바닥으로 떨어졌다. 달려들듯 안아 오는 통에 하진은 또다시 이불 위에 눕게 되었다. 늘 있는 일이었다.

"오늘은 좀 일찍 깼네."

말하면서도 한석은 조막만 한 얼굴 곳곳에 자잘한 키스를 흩뿌렸다. 요즘 미약하게나마 살이 붙은 말랑한 볼과 매일같이 그가 물고 빠는 입술, 높은 콧대에서부터 푹 자서 조금 부은 눈두덩이까지.

들쭉날쭉 쉬지 않고 퍼붓는 통에 정신이 하나도 없었다. 잡아먹을 듯 입을 맞추면서도 손은 쉬지 않고 자연스럽게 하진을 만졌다. 등을 쓰다듬고 엉덩이를 한 번 세게 잡았다 쥐고…… 헐렁한 파자마 상의 안으로 기어코 쑥 들어온 그의 손이 맨가슴을 말아 쥐었다. 이불에 내내 감싸여 있어 따끈하고 부드러운 살결이 거친 손에 착착 감겼다.

'그만 좀 해!'

하진은 힘없는 손으로 퍽퍽 한석의 등을 쳤다. 싫은 건 아닌데 방금 막 깼지라 멍하고 귀찮았다. 하진의 반항에 그는 곧바로 손을 뗐다. 아쉽다는 듯 쪽 소리 나게 입을 맞추긴 했지만.

한석은 눈이 돈 것처럼 굴다가도 하진이 조금이라도 거부의 의사를 표하면 거짓말처럼 모든 행동을 멈췄다.

"배 안 고파?"

입고 있던 외투를 그제야 벗으며 한석이 물었다. 하진은 멀끔해 보이는 얼굴을 빤히 보았다. 찬 바람 냄새가 나는 듯한 남자를 보고 있자니 슬슬 잠이 깼다. 작업복 대신 티셔츠와 청바지를 입은 것으로 보아 집에서 씻고 다시 나갔다 온 듯했다.

'어디 갔다 왔어?'

입 모양으로 말하자 한석이 씩 웃었다. 이제 한석은 하진이 하는 어지간한 짧은 말은 다 알아들었다. 쉽지 않은 일일 텐데 둘이 워낙 붙어 있으니 가능한가 싶었다. 한석이 눈치가 빠르기도 하고.

"오늘 좀 일찍 끝나서, 왔는데 너 자고 있기에 씻고 빵 사 왔어."

하진의 시선이 그가 바닥에서 들어 올린 빵 봉투로 향했다.

"크림빵. 오늘은 그래도 두 개나 남아 있더라? 바로 샀지."

의기양양한 말투에 조금 웃음이 났다. 분명 웃었다고 생각하지만 옆에서 볼 때는 딱히 티가 나지는 않는, 아주 희미한 미소이기는 했지만.

집에서 걸어서 5분 거리인 빵집은 늘 사람이 많았는데 언젠가 TV에서 크림빵 맛집으로 소개된 적이 있다고 했다.

이사 직후 한석이 지나가다 한 번 사 왔는데, 그때만 해도 밥을 반의반 공기도 못 먹던 하진이 앉은 자리에서 하나를 해치우는 것을 보고 한석은 틈만 나면 크림빵을 사 왔다. 워낙 인기라 오전에 다 나가 못 사 오는 때가 더 많았지만……. 어쨌든 먹을 때마다 맛있었다. 빵은 별로 안 좋아하는데 첫 기억이 워낙 좋았던 모양이다.

"안 돼."

무심코 손을 뻗는데 한석이 저지했다. 하진이 미간을 찌푸리자 한석이 손을 뻗어 다시 쭉쭉 펴 줬다.

"밥 먹고 먹어야지. 이건 간식."

애 다루듯 짐짓 엄하게 말한 그가 몸을 일으켰다. 얼른 밥해 준다며 냉장고를 열고 이것저것 재료를 꺼내는 것을 멍하니 보던 하진은 뒤이어 일어났다. 주말에 한석의 삼촌이 하는 마트에서 장 봐 온 채소며 고기를 싱크대에 늘어놓던 한석이 옆에 다가온 하진을 보고 손사래를 쳤다.

"가서 TV 보고 놀아."

"……."

이건 무슨 진짜 애 취급 하는 것도 아니고. 사실 한두 번도 아니긴 했지만 요즘은 좀 과하다는 생각이 들었다. 하진은 싫다는 티를 팍팍 내며 곁에서 서툴게나마 보조를 했다. 힘들게 일하고 온 한석이 저녁까지 혼자 차리게 하는 건 염치가 없었다.

물론 의도치 않게 줄곧 그런 식이긴 했지만. 정신없이 자다가 한석이 깨워서 밥을 먹은 적도 꽤 있었다.

조금 이른 저녁상은 조촐했지만 정성이 담겨 있었다. TV를 틀어 놓긴 했으나 가끔 화면을 보는 것은 하진뿐, 한석은 밥을 먹으면서도 계속 맞은편에 앉은 하진만 봤다.

"팍팍 좀 먹어."

된장찌개에 아낌없이 넣은 살코기를 밥그릇에 놓아 주며 한석이 잔소리를 했다. 정작 새벽부터 나가 고생하고 온 것은 자신이면서 하진이 깨작거리는 것을 보지 못했다.

다 못 먹는다는 것을 알면서도 매번 하진 몫으로 고봉밥을 푸고, 조금이라도 더 먹게 이것저것 반찬을 놓아 주다 하진이 수저를 놓아 버리면 남은 밥을 제가 다 먹었다.

"먹을 만해?"

안 짜게 한다고 했는데. 덧붙인 한석이 하진의 표정을 살폈다. 사실 한석도 요리는 서툴렀지만 손에 물 한 번 묻힌 일 없는 하진보다는 나았다. 그래도 입맛이 워낙 달라서 하진에게 맞추느라 처음엔 꽤 애를 먹었다.

하진은 조금 크게 고개를 끄덕였다. 맛있어, 천천히 입술을 움직이자 한석의 얼굴이 확 펴졌다. 그제야 한시름 놨는지 푹푹 밥을 퍼서 먹는 남자를 보다, 하진은 슬쩍 목소리를 내는 것을 시도해 보았다. 그러나.

'역시……'

돌덩이가 누르고 있는 목구멍에서는 소리다운 소리가 나오지 않는다. 괜한 짓을 했다 싶어 입맛이 썼다. 혹 한석이 눈치챘을까 관심도 없는 TV만 보며 숟가락질을 했다. 아직 꽃샘추위가 매서운데 벌써 이르게 꽃망울을 틔우기 시작하는 봄꽃 화면을 보다 문득 생각했다. 벌써 봄인가.

연고 하나 없는 이곳에 한석과 흘러들어 온 지 두 달이 넘어

가고 있었다. 어영부영 스무 살이 된 것도 모자라 벌써 다음 달이면 3월이었다.

하진의 인생에서 더할 나위 없이 많은 변화가 있었던 시간이었다. 자신은 생각보다 더 빠르게 이곳에서의 생활에 적응하고 있었다. 은연중에 현실을 받아들이지 않으면 안 된다는 강박감이 있어서였는지도 모르겠다.

"내일 병원 가는 날인 거 알지."

한석의 말에 하진은 고개를 끄덕였다. 서울에서 가져온 약이 떨어질 때쯤 한석과 함께 외곽의 신경 정신과를 찾았다. 한석은 조금이라도 큰 데가 낫지 않냐며 도내 대학 병원이라도 가자고 했지만 온전히 하진만을 케어할 수 있는 사람이 없는 지금 상황에 무리였다.

무엇보다 하진은 병원에 대한 기대가 없었다. 못 믿는다기보다는, 답이 없는 싸움 같아서 어느 순간 체념했다.

"병원 갔다 놀러 갈까?"

놀러?

뜬금없는 말을 하는 한석을 흘깃 보자 그의 입꼬리가 올라갔다.

"기분 전환 좀 해야지. 다음 주부터는 잔업도 나가고 하면 정신없으니까. 교외로 빠져서 맛있는 것도 먹으러 가고, 음, 너 봄옷도 좀 사고……."

말꼬리를 흐리는 한석에 하진은 눈만 깜빡였다. 손에 잡히는 겨울옷만 잔뜩 캐리어에 넣어 온 하진이었다. 막상 짐을 챙기려니 가져갈 게 없어서 노트북과 옷가지, 쓸모없다 생각하면서도 아직 안 푼 문제집 몇 개가 캐리어에 넣은 전부였다.

어차피 필요한 것은 거기서 사라고 아빠도 카드를 줬을 테고.

하진의 생각이 별안간 또, 다른 곳으로 튀었다. 제 말에 별다른 반응 없이 밥만 깨작대는 하진을 한석이 말없이 바라보았다.

이곳에 온 첫날부터 하진은 돈을 가지고 오지 않은 것을 조금 후회했다.

물론 비교적 상태 좋은 원룸이었고 서울에 비하면 보증금이나 월세도 비할 수 없이 저렴했다. 하지만 그래도 지내다 보니 자잘하게 보수할 곳이 있었고, 기본적인 옵션이 거의 없어 한석이 새로 사다 채워 넣어야 했다.

엄밀히 따지면 둘은 이사를 왔다기보다는 아무것도 없는 상태에서 시작하는 거였다. 작은 공간인데도 얼추 생활 공간의 형태를 갖추기까지는 며칠이 걸렸다. 그냥 막연하게 들어와서 살면 되겠지, 짐작했었는데 정말 세상 물정 하나 모르는 어린애 같은 생각이었다.

청소부터 시작해 하나부터 열까지 모든 것을 혼자 도맡아 하는 한석을 보며 하진은 옆에서 안절부절못했다. 한석이 절대 손하나 까딱 말라고 엄포를 놓기도 했지만, 집안일이라고는 해 본 적 없는 하진의 어설픈 도움은 오히려 일을 벌여 놓기만 했다.

아무것도 모르는 백치가 된 기분이었다. 전교 1등을 놓쳐 본 적 없는 명석한 두뇌는 이곳에서는 쓸 일이 별로 없었다.

"괜찮아."

"……."

"아무것도 하지 말고 여기 앉아서 쉬고 있어. 응?"

그래도 한석은, 그렇게 말해 주며 웃었다.

집에 사람을 들이는 것을 하진이 꺼린다는 걸 알아 한석은 웬만한 것은 사람도 부르지 않고 뚝딱뚝딱 혼자 고치고 알아서 필요한 것들을 사거나 가져왔다. 생활력이 있는 건 원래도 알았지만 대단하다는 생각이 들 정도였다.

그러면서도 한석이 조금 낡아 보이는 지갑에서 돈을 꺼내 누군가에게 건네는 모습을 볼 때마다 마음 한편이 따끔따끔했다. 편의점이든, 마트든, 철물점이든 가구점이든. 액수가 작든 크든 간에. 짐작이지만 한석은 조금이나마 모았던 돈을 다 써 버렸을 것 같았다.

'어떻게 한 푼도 안 들고 따라올 생각을 할 수 있지.'

돈이라는 것은 무조건 있는 게 좋은 거였다. 있을 때는 몰랐다. 같잖은 자존심을 세웠던 자신은 세상 제일 멍청했다. 얼마가 들었는지는 모르지만 그냥 다 찾아서 갖고 올걸. 한석이 싫어할 거라고는 생각했지만 그래도…… 그래도.

후회는 시간이 갈수록 커지기만 했다. 저 때문에 한석이 안 써도 되는 돈을 버리는 것 같아서. 미안하고 염치없었다.

"하진아."

밥 먹어야지. 나직한 목소리에 하진은 그제야 정신을 차렸다.

대충 고개를 끄덕이고 식사에만 집중하는 하진을 한석이 물끄러미 응시했다. 어깨를 조금 넘겼던 머리가 그새 꽤 길어 있다.

자고 일어나 부스스한 모습이지만 한석에게는 한없이 귀엽게만
보였다.

'말랐긴 했어도 저 정도는 아니었는데.'

헐렁한 잠옷 사이 삐져나온 손목이 툭 치면 부러질 것같이 말
랐다. 그래도 저랑 있으면서는 일전의 당장이라도 쓰러질 것 같
던 모습은 아니라 다행이었다. 도망치듯 서울을 떠났던 그날만
해도 하진은 눈 밑이 어두웠고 볼이 쑥 들어가 생기라고는 찾아
볼 수 없었다.

'그냥 먹고 싶은 빵 먹고 밥 먹으라고 할 걸 그랬나.'

하긴, 뭐 진수성찬을 차렸다고. 그냥 좋아하는 거 많이 먹으
라 할걸.

한석은 속으로 쓰게 웃었다. 하진이 조금이라도 잘 먹는 것들
을 기억해 놨다가 최대한 맛있게 해 주려고 하는 그였지만 쓰는
식자재 자체가 그 집과는 다를 것이다.

한석은 하진이 낫기 위해서는 거기서 나와야 한다고 생각했고
하진과 함께한다는 것에 몇 날 며칠 밤을 새울 정도로 기뻤었다.

하지만 한편으로는 그만큼 당연히 걱정도 컸다. 하진에게 한
약속을 못 지킬까 봐서가 아니라, 혹시라도 저랑 있으면서 상태
가 더 악화할까 봐서였다. 저야 아무 데서나 어떻게든 살겠지만
곱게만 자라 왔을 하진은 아닐 테니까.

하지만 아직은 걱정했던 최악의 상황은 아닌 것 같았다.

하진은 이곳에 온 직후부터 그간 못 잔 잠을 몰아 자듯 잠을
잤고 식사량도 조금씩 늘고 있었다. 아직도 밤에 한 번씩 놀라

듯 경기하고 헛소리를 하기도 했지만 품에 꼭 안고 토닥여 주면 그래도 금세 잠이 들었다. 약을 먹고 있어서 그런지 이명도 더는 없다고 했다.

"더 좀 먹지."

매일같이 하는 제 말에 살짝 고개를 젓더니 입술을 움직였다. 이것도 거의 늘 똑같이 돌아오는 답이다.

'고마워. 잘 먹었어.'

"……고맙다는 말 하지 말라고."

괜히 인상을 쓰자 가만히 저를 쳐다보던 하진이 이내 다시 TV로 시선을 돌렸다. 늘 먼저 식사를 끝내는 하진은 한석이 다 먹을 때까지 꼭 옆에 앉아 있었다. 한석은 가타부타 말없이 남은 밥공기를 조용히 마저 비웠다. 둘 다 관심도 없는 TV 소리만이 방 안을 울렸다. 그러면서도 한석은 한 번씩 하진을 힐 끔댔다.

한순간에 뒤바뀐 상황에 적응하면서도 여전히 실감 나지 않는 것은 하진만이 아니었다.

당연히 하진은 모르겠지만, 한석은 일이 끝나고 집에 들어올 때마다 자고 있는 하진을 보고 안도했다. 어느 순간 불안이라는 것이 그의 마음 안에 성큼 들어와 버린 것이다. 체념과 포기가 당연했던 일상에 생각지도 못하게 찾아온 강한 소유욕.

인생을 걸자는 나름의 절실한 각오로 하진을 데려왔는데 이렇게 불안증이 생겨 버릴 줄은 그조차도 예상하지 못했다.

말 그대로 몰래 빼 온 것도 아닌데, 마치 도둑질을 한 기분이었다. 저는 엄두도 못 낼 비싸고 귀한 것을 꽁꽁 싸매고 있는 느낌. 표현은 좀 그렇지만, 언제든 주인이 찾아오면 돌려줘야 할 것 같은……

'씨팔, 미쳤다고 뺏기냐.'

한석은 대상 없는 화를 내며 컵을 들어 물을 벌컥벌컥 마셨다.

사실 한석이 정말로 두려워하는 것은 하진의 부모가 아니라 하진이었다. 새벽같이 일어나면 하진은 제 품 안에서 깊은 잠에 빠져 있다. 그런 하진에게 이불을 고쳐 덮어 주고 일을 가기 위해 일어날 때가 가장 힘들었다. 마음 같아서는 그냥 일터에 둘러업고 가고 싶을 정도였다.

사람의 온기가 그렇게 따뜻하다는 것을 알게 된 것은 오래지 않았다. 한석은 하진의 마음이 변하는 것이 두려웠다. 두려움은 하루가 지날수록 커져만 갔지만 그는 애써 내색하지 않고 대신 하진에게 더 잘해 주었다.

상을 치운 후, 하진은 벽에 기대고 앉은 한석의 무릎 위에 앉아 크림빵과 귤을 번갈아 가며 먹었다. TV는 시끄럽기만 해서 하진이 꺼 버린지라 방 안은 조용했다.

"맛있어?"

직전 밥을 먹을 때하고는 확실히 다르다. 먹는 데 집중하는 모습에 한석이 픽 웃었다. 하진은 고개를 끄덕이며 마저 남은 빵을 다 먹고 한석이 까 주는 귤을 받아먹었다. 등에서 느껴지는 체온은 뜨끈뜨끈했다. 이제는 보일러를 켜지 않아도 될 정도

의 기온이지만 한석은 더위를 많이 타면서도 늘 방을 따뜻하게
해 두었다.

그러다 저만 받아먹는 것 같아 귤을 까서 건네니, 한석이 고
개를 비틀어 굳이 입으로 받아먹었다. 고작 귤 하나 까 줬을 뿐
인데 얼굴이 확 폈다. 제대로 씹지도 않고 금세 꿀떡 삼키더니
크림이 조금 묻은 하진의 입술을 쪽쪽 빨았다. 그러더니 안 되
겠는지 아예 하진의 몸을 돌려 깊게 입을 맞춰 왔다.

지극히 사소한 스킨십이 언제부터 이렇게 자연스러워졌는지
모르겠다.

지금 한석의 모습은 당연히 누가 봐도 사랑에 막 빠져 눈에
보이는 게 없는 남자 그 자체였다. 좋아한다, 사귀자, 이런 말을
대놓고 들어 본 적은 없지만. 잠시라도 저와 몸이 닿지 않으면
안 되는 사람처럼 구는 한석에 처음에는 놀라기도 했는데 어느
순간 적응했다.

입술은 한참 후에나 떨어졌다. 한석은 여전히 하진을 마주 안
고 있었다. 비약이겠지만 세상 가장 사랑스러운 것을 바라보는
표정으로 저를 보았다.

'일 힘들지.'

그 애틋한 눈빛이 싫지 않으면서도 괜히 낯간지러워 하진은
먼저 말을 걸었다. 물론 내내 하고 있던 생각이기도 했고.

"응?"

되묻는 말에는 좀 더 입을 크게 쓰려 노력했다. 한 글자씩 천
천히. 힘을 주어서.

"일 힘드냐고?"

끄덕이는 하진에 한석이 바람 빠지는 소리를 내며 웃었다.

"하나도 안 힘들어."

"……."

거짓말.

하진은 부쩍 더 날카로워진 그의 턱선 어딘가에 시선을 주었다. 수려하고 날렵한 얼굴. 기본 골격이 원체 큰지라 말랐다는 느낌은 없었지만 살이 내리니 원래의 거친 느낌이 더 배가됐다. 하진의 믿을 수 없다는 눈빛을 느꼈는지 한석이 열심히 부가 설명을 했다.

"진짠데. 여기로 옮기고부터는 어쨌든 실전에 투입된 거니까. 배울 것도 많고 좋아. 서스파이프 막 잘라서 연습한다는 게 어디 가당키나 하냐고. 가스며 모재며 연습도 다 돈인데, 이렇게 연습하게 놔두는 현장이 거의 없어. 난 완전 초짜니까 해 볼 수 있는 것만으로 엄청 이득이지. 점심 먹고 남는 시간이나 마음만 먹으면 일 끝나고도 할 수 있으니까."

무슨 뜻으로 얘기하는지는 알겠지만…… 어째 말을 들으면 들을수록 마음이 더 무겁게 가라앉았다. 방황하던 하진의 시선이 결국 바닥으로 떨궈졌다.

한석이 하는 일은 용접이었다. 그는 이미 학교를 다니면서 국비 지원으로 밤에 학원을 다녀 기능사 자격증을 딴 상태였다. 물론 그 당시만 해도 진지하게 이쪽으로 나갈 생각은 당연히 없었다고.

사실 그 말을 처음 들었을 때 하진은 꽤 놀랐었다. 한석에게는 미안하지만, 소문처럼 아무 생각 없이 질 나쁜 애들하고 어울려 놀기만 하는 줄 알았던 게 사실이어서.

"그냥. 아는 형이 그런 거 한번 따 놓으면 나쁘지 않다고 해서. 나도 금방 때려치울 줄 알았는데 어쩌다 보니."

심드렁하게 말하던 한석의 얼굴이 아직도 생생했다.

"그러고 보면 그냥 실업계로 빠질 걸 뭔 미련이 있다고 여기로 와서. 어차피 턱걸이로 온 거긴 하지만…… 아. 그래도. 여기 왔으니까 널 만났지."

나름대로 로맨틱한 말을 한 그가 씩 웃을 때도 하진은 다른 생각을 했다. 그래도 인문계에 올 정도면 기본적으로 머리는 좋은 것 같은데.

하진은 한석에 대해 아는 게 많아질수록 그가 안쓰러웠다.

처음에 한석이 이곳에 왔을 때만 해도 그는 며칠 마트 일을 도왔다. 삼촌이 그렇게 하라고 권했다고 했다.

그래도 어쨌든 다들 기피하는 데는 이유가 있다며, 마트 일이 별거 아닌 것 같아도 할 일이 많고 열심히 하면 보수도 남들보다 더 챙겨 주겠다고, 혼자 먹고살기에는 지장 없을 거라며.

하지만 한석은 이사한 집을 어느 정도 수습하자마자 삼촌이 건너 건너 소개한 사람을 따라 집에서 차로 한 시간 떨어진 현장에 다녔다. 배관을 때우거나 허드렛일을 도맡아 하며 일을 알음알음 배우는 거라 했다. 그렇다고 그 사람이 딱히 뭘 알려 주는 건 아니고, 알아서 눈치껏 본인이 해야 하는 모양이었다.

"학원만 다닌 애들 현장에서는 순발력 떨어진다 하는데, 난 그래도 칭찬 좀 많이 들었어. 일머리 있다고."

은근히 으스대는 투의 말을 들으면서도 하진은 먼지투성이인 그의 작업복을 보며 속이 쓰렸다. 남들이 다 깊은 잠에 빠진 새벽, 저를 깨우지 않으려 조심스럽게 나갔을 한석을 떠올리는 것은 괴로운 일이었다.

용접이라는 것을 들어는 봤지만 정확하게 무슨 일을 하는지는 몰랐던 하진은 깨어 있는 시간에 그런 것들에 대해서만 찾아봤다. 한석의 말만 들으면 세상 가장 쉬운 일인데 기술만 쌓으면 돈을 엄청 벌 수 있는 것 같아서.

하지만 당연히 아니었다. 몸을 구겨 각종 가스를 마셔 가며 일해야 하는 위험한 직업. 세상에 공짜는 없다. 힘들고 위험한 일이니까 보수가 높은 것이다. 일손이 부족하니 수요가 많은 것이고.

날이 풀릴수록 하진은 벌써 여름이 걱정이었다.

한여름에도 보호 장비를 착용해야만 하는 작업 특성상 여름은 지옥이라는 얘기를 본 후부터였다. 안전상 두껍다 못해 숨이 턱턱 막히는 마스크를 쓰고 고열로 금속을 녹이는 일이다. 얼마나 덥고 고될까.

그렇다고 겨울에 할 만한 건 또 아니라, 발생하는 열과 흄, 유해 가스 때문에 환풍기를 돌려야 하니 춥다 했다. 각종 사고에도 노출이 되기 쉬우며, 화상도 각오해야 하고 오래 일하면 당연히 눈도 안 좋아지고……

며칠을 혼자 끙끙 앓다 그거 말고 다른 일 하면 안 되냐고 하진이 어렵사리 한 말에 그는 고개를 저었다.

"나 눈 존나 좋아. 공부를 안 해서."

황당함에 입이 벌어진 하진 앞 그는 진지했다.

"나 같은 놈은 결국 기술로 먹고살아야 돼. 버티고 하고 하다 보면 경력도 쌓이고 보수도 더 좋아지니까. 남들 다 나가떨어질 때 악착같이 붙어 있으면 되는 거니까, 그런 건 자신 있어."

다부지게 제 포부를 말하는 남자에 말문이 턱 막혔다. 하진의 통념에서 일반적인 스무 살짜리가 하기에는 어려운 말이었다. 한석은 하진을 만나지 않았더라도 자신이 이 일을 했을 거라 했지만, 하진은 모든 것이 제 탓인 것만 같았다.

그러다 이틀 전 한석은 소개를 통해 알게 된 지금의 현장으로 일터를 옮겼다. 공단에 상주한 플랜트 배관 회사였다. 전혀 와 닿지는 않으나 한석의 표현에 의하면 '대박'이라고 했다.

마침 한 자리가 비어 간단한 면접 후 바로 출근하게 되었다. 그래도 대우가 좋은 편이다 보니 지원자가 많아 몇 명 골라 놓고 며칠 보다 뽑힌 게 한석이라고. 타지에서 지원한 사람도 있었던 모양이었다.

원한다면 한 달 내내 일을 나와도 되고, 잔업도 많다 했다. 당연히 본격적인 용접일은 아니고 보조를 하는 조공 일인데 그동안 허드렛일만 하며 눈치로 일을 배우던 한석에게는 뭔가를 더 본격적으로 배워 가면서 할 수 있다는 게 기쁜 소식이었던 모양이다.

사실 한석이 뭐라 더 말을 했는데 익숙지 않은 용어들이라 다 이해할 수는 없었다. 어쨌든 처음에는 용역 단가로 돈을 주지만, 어느 정도 올라가면 초보도 꽤 큰 돈을 하루 일당으로 가져올 수 있는 모양이었다.

그게 한석의 젊음 값이겠지.

"그리고 좀 힘들면 어때? 일 다녀오면 네가 나 기다리고 있는데. 난 그거면 됐어."

그걸 기다린다고 말할 수 있을까. 하진의 눈빛이 어둡게 침잠했다.

"……네가 힘들지."

기어이 하진의 턱을 잡아 저를 보게 한 한석의 목소리가 조금 잠겨 있었다. 그는 하진이 제게서 눈을 돌리는 것을 싫어했다.

"나 일 갈 때 혼자 심심하지."

하진은 고개를 저었다. 심심하다는 투정 따위는 죽어도 부리고 싶지 않다. 실제로 그렇지 않기도 했고……. 멍하니 있다 보면 시간이 무섭게 빨리 간다.

"나을 거야. 걱정하지 마."

조금씩 낫고 있는 거야, 덧붙이는 중얼거림과도 같은 말이 미약한 위로가 되었다.

하진은 다시 한석의 품에 몸을 묻었다. 그렇게 자 놓고 거짓말처럼 다시 잠이 밀려왔다. 잠만 자고 밥만 먹는 식충이가 된 기분이지만 그것밖에 할 수 있는 일이 없었다. 어떤 때는 그마저도 벅찼다. 하진은 심각한 무기력증에 빠져 있었다.

* * *

"아직은 그렇게 감량을 얘기할 상황은 아닌 것 같은데. 일단 이번 것까지는 다 먹어 보고, 3주 후에 경과 본 뒤에 다시 생각해 보는 걸로 할게요."

의사의 말에 하진은 열없이 고개를 끄덕였다. 너무 잠만 자는 것 같아서 약을 좀 줄여 보고 싶다 했지만 의사는 오히려 그러면 부작용이 나타날 수 있다고 했다. 나아지는 것 같은 때를 가장 조심해야 한다고.

딱히 나아진다고 생각해서 그런 건 아니었지만 하진은 말없이 수긍했다.

하진을 맡은 의사는 전 대학 병원 의사보다는 훨씬 젊은 남자였다. 하진이 서울에서 처방받은 남은 약을 가지고 처음 진료를 봤을 때 그는 '반가운' 기색을 표했다.

"김학철 교수님 이 분야에서 유명하시죠. 저도 학회에서 몇 번 뵈었고요."

오늘까지 이 병원을 찾은 건 세 번째. 이곳에서는 짧게 근황을 묻고 약을 처방받는 것이 진료의 모든 것이다. 물론 서울에서도 교수를 만나는 것은 정말 형식적인 짧은 시간이었기에 여기서가 그나마 대화를 주고받을 시간이 많았다. 하진의 생각으로는 확실히 덜 시간에 쫓기는 기분이기도 했고.

그러나 인지나 행동 치료 같은, 전의 병원에서 시간을 들여 했던 확장된 치료는 이곳에서는 불가했다. 어차피 하진은 약만 타러 오는 게 목적이어서 큰 상관은 없었다.

'기운 빠져.'

이상하게 진료를 끝내고 나면 더 힘이 빠진다. 진료실을 나오자 저만치 앉아 있던 한석이 벌떡 일어나 성큼성큼 다가왔다.

하진의 손을 꼭 잡고 수납대 앞에 섰다. 예약일을 확인하는 간호사에게 답하는 것도, 병원비를 계산하는 것도 한석의 몫이었다. 하진은 얼마 전 만들었다는 체크 카드를 간호사에게 내미는 한석을 멀거니 바라보았다.

놓고 온 카드가 또 생각이 났다.

조금 늦은 점심은 병원 근처 설렁탕집에서 먹었다. 식사가 끝나자마자 곧바로 차를 타고 시내로 빠졌다. 그들이 탄 차는 마트에서 배달 다닐 때 쓰는 차들 중 하나였는데 반나절 빌렸다고 했다. 한석은 돈 좀 모으면 차부터 뽑아야겠다는 말을 종종 했었다.

그렇게 향한 곳은 옷가게가 즐비한 어느 골목이었다. 백화점조차 없는 소도시에서 최선이었을 것이다. 필요 없다고 몇 번이나 했는데도 한석은 요지부동이었다. 그래도 멋쩍게 다음에는 더 좋은 걸 사 주겠다고 말하기에, 하진은 조용히 고개를 저었다. 이미 한석에게 진 빚이 차고 넘쳤다.

지금 신고 온 운동화도 엊그제 한석이 사 온 새 신발이었다. 자신은 어차피 험하게 신어서 금방 닳는다고 낡은 것 하나만 계속 신으면서, 하진의 것으로는 꽤 비싼 감이 있는 브랜드의 신상을 색상별로 몇 개나 사다 주었다. 받기만 하는 게 염치없어 바꾸자고 했는데도 들은 척도 하지 않았다.

"너는 어떻게 뭘 걸쳐도 다 예쁘냐."

얼마 후, 양손 가득 들고 나온 쇼핑백을 뒷좌석에 실으며 한석이 흐뭇하게 말했다. 붙임성 좋은 직원의 손길로 그냥 옷을 거울 앞에서 대 보기만 하는 건데도 한석은 다 잘 어울리고 좋다고 했다.

"싸구려도 네가 입으면 다 명품 같더라."

말은 그렇게 해도 그다지 싸구려라고 칭할 만한 가격은 아니었다. 물론 하진이 그동안 입던 사복과는 비할 바 아니었지만 그때와 지금은 상황이 다르지 않은가.

그만 사고 네 것도 좀 사라고 눈치를 줬지만 소용없었다. 그렇다고 직원 앞에서 입을 벙긋대는 것도 싫어서 할 수 없이 그만두었다. 하긴, 한석의 주머니 사정을 뻔히 하는데 그런 말 자체도 염치없기도 했고.

그 후 둘은 근처 영화관으로 이동해 영화를 봤다. 사실 하진은 좀 쉬고 싶은 마음이었으나 먼저 제안하는 한석의 말에 싫다고 하기가 그랬다. 따지고 보면 한석도 한창 놀고 이것저것 하고 싶을 땐데 저 때문에 일과 집에만 매여 있는 것 같아서.

그래 놓고 한석은 영화 상영 시간 내내 스크린보다 하진을 더 많이 봤다. 하진이 그만 좀 하라고 지그시 노려봐야 할 정도였다.

잡은 손도 땀이 날 정도로 놓지 않았고, 나중에야 하진이 팩 손을 빼 버리자 그새를 못 참고 사람들 눈을 피해 짧게 입을 맞췄다. 불쑥 혀까지 들어와서 얼마나 놀랐는지 모른다. 하도 옆에서 그랬던지라 영화관을 나올 때는 방금 본 영화의 내용 같은 것은 기억나지도 않았다.

"피곤하지? 좀 자."

차창 밖 조금씩 봄이 내려앉는 듯한 거리를 내다보는데 그새 나른해졌다. 한석의 말이 끝나고 얼마 되지 않아 하진은 고른 숨을 내쉬며 잠에 빠져들었다.

* * *

시간은 무섭게도 흘러갔다. 완연한 봄이 왔고, 그사이 병원을 세 번 더 갔다. 갈수록 여름이 길어진다더니 한낮에는 벌써 무더웠다. 하진은 약간의 더위를 느끼며 선잠에서 깼다.

'몇 시지.'

매트 위에 누운 채 머리맡을 뒤적이자 핸드폰이 잡혔다. 두세 시간 정도 있으면 한석이 올 것이다.

출근 시간이 일러 한석은 새벽같이 집에서 나갔지만 실제 작업 시작 시간은 8시 30분이라고 했다. 일이 끝나는 시간은 정확히 여덟 시간 후인 4시 30분이었고 요즘은 작업량이 많아 원한다면 일을 더 할 수 있었다. 한석은 잔업을 하는 때도 있었고 당장 지난주만 해도 주말 내내 일했지만, 대부분은 하진 때문에 집에 바로 왔다.

[깼으면 꼭 밥 먹어 찌개는 꼭 데워서]

[먹고 싶은 거 있으면 문자 보내 놔]

매일 보는 비슷한 내용의 문자가 와 있었다. 하진은 별다른 답을 보내지 않고 대신 문자만 한 번 더 읽었다.

들고 있는 핸드폰은 얼마 전 한석이 새로 사 준 것이다. 원래 쓰던 것은 캐리어 한구석에 전원이 꺼진 채로 놓아두었던 것 같은데, 그새 늘어난 짐을 정리하는 와중 한석이 액정을 깨 먹었다. 하진은 상관없다고 했지만 한석은 굳이 대리점에 가서 기종도 바꾸고 아예 번호도 바꿔 버렸다.

하진의 의향을 물론 물었지만 그저 고개만 끄덕였을 뿐이다.

뭘 하든, 정말로 상관없었다.

어차피 연락 올 사람도 없었고. 가물가물한 눈으로 자리에서 일어난 하진은 곧바로 샤워를 하러 욕실로 향했다.

그간 둘의 일상에도 조금의 변화가 생겼다.

대중교통을 이용하느라 새벽같이 집에서 나가야 했던 한석은 차로 출퇴근을 하기 시작했다. 마트에서 배달용으로 쓰던 차 두 대 중 하나를 헐값에 산 것이다. 기본적인 유지비도 있고 나름 목돈이었지만 어찌어찌 잘 해결한 모양이었다.

한석은 차로 다니니 집에 빨리 올 수 있다고 좋아했다. 너를 얼른 보고 싶어서 차 샀다는 말도 하고, 얼른 돈 모아서 좋은 차에 태워 주겠다며, 하진이 원하지도 않은 약속도 했다.

하진이 잠을 자는 시간도 많이 줄었다.

여전히 아침에는 한석의 출근을 알지 못하고 잠에 빠져 있는 때가 대부분이지만 낮잠은 점점 줄다 최근 며칠에는 거의 자지 않을 정도였다. 약을 조금 감량한 덕인지 의사 말대로 조금씩 우울감이 호전되어서인지는 알 수 없었다.

하진은 애초에 자신이 엄청나게 우울하고 무기력하다는 것에 대해서도 깊이 생각해 본 적이 없었다.

'좀 움직이자.'

덜 마른 머리칼을 수건으로 꾹꾹 누르며 나온 하진은 방을 쓱 둘러보았다. 한석이 일 끝나고 와서 청소를 게을리하지 않은 덕에 기본적으로 늘 깨끗했다. 이불 정리와 여기저기 흩어진 머리카락을 치우고 나니 딱히 할 게 없었다.

'저녁을 내가 차려 볼까······.'

스스로 한 생각에 조금 놀랐다. 왜 지금까지 그 생각을 하지 못했지? 생각해 보면 집에서 아무것도 안 하고 있는데 이런 거라도 해야 했는데.

하진은 재빨리 조그만 냉장고를 열었다. 솔직히 자신은 없었지만 가끔 한석의 옆에서 보조하다 보니 간단한 국 정도는 끓일 수 있을 것 같았다. 뭐, 나머지는 즉석식품을 데우거나 있는 밑반찬 꺼내면 되니까.

아직 한석이 오려면 시간이 충분히 남았지만, 그래도 뭘 하려고 하니 마음이 급해졌다. 일단 재료부터 다 꺼내 놓을까 하다가 문득 달걀이 없다는 것을 발견했다. 아침에 한석이 부침으로 부쳐 주고 갔던 게 마지막이었던 모양이다.

'계란국 하려고 했는데.'

제일 만만해 보여서 그거 하려고 했는데. 잠시 눈을 굴리던 하진은 큰 결심을 한 표정으로 냉장고 문을 닫았다. 한석이 전에 사 준 외출복으로 갈아입고 옷장을 뒤져 지갑을 꺼냈다. 어디에 놔뒀는지 생각이 안 나서 그마저 한참 찾았다.

이사 온 직후, 한석이 혹시 모르니 갖고 있으라며 넣어 줬던 현금은 장을 몇 번 봐도 남을 만큼 두둑했다.

'슈퍼에 갈까, 편의점에 갈까.'

막상 나가려고 하니 이상하게 망설여졌다. 매트 위에 털썩 앉은 채 하진은 잠시 고민했다. 골목 끝 슈퍼는 엎어지면 코앞인 거리고 편의점은 조금 멀다. 슈퍼는 혼자 가 본 적 있고 편의점은 한석과 몇 번 가 봤다.

'슈퍼가 가깝고 좋긴 한데.'

정말 별것도 아닌데. 아니, 아무것도 아닌데. 하진은 미적대는 자신이 원망스러울 지경이었다. 하지만 불안한 것은 어쩔 수 없었다.

이곳에 온 이후로 한석 없이 혼자 어딜 다녀 본 적이 없었다. 말이 안 나오다 보니 더욱이 그랬고, 가끔 이상하게 보는 사람들이 있을라치면 한석은 하진이 최근 성대 수술을 했다는 식으로 유들유들하게 상황을 넘겼다.

"집에만 있으면 안 되는데. 내가 계속 옆에 있을 수도 없고."

한석은 바깥바람도 좀 쐬어야 한다며 하진을 걱정했지만 하진은 산책이고 뭐고 혼자서는 밖에 나갈 엄두도 나지 않았다.

딱 한 번, 이사 온 지 얼마 안 되었을 무렵 한석이 일 나가고 없을 때 슈퍼에 갔던 적은 있었다.

아무리 한석이 필요한 걸 다 사다 준다고는 해도 올 때 생리대를 사 오라고 하는 것은 민망했다. 그때는 근처에 뭐가 있는지도 잘 모를 때라 지폐 한 장 가지고 슈퍼로 곧장 향했다. 살 걸 사고 계산하는데, 주인으로 보이는 할머니가 근처 사냐고 말을 걸었다.

화들짝 놀라서 입 모양으로 네, 하면서 고개를 끄덕였다. 갈때도 잘 가라고 하는 말에 고개만 어색하게 숙이고 도망치듯 나왔는데 할머니가 뒤에서 뭐라고 중얼거리는 것 같았다.

할머니는 그저 다리가 왜 이렇게 쑤시냐며 혼잣말을 하는 거였는데 하진은 몰랐다. 그냥 저가 예의 없다거나 이상하다고 하는 것 같아서 얼굴이 화끈거렸다.

그 후로부터는 절대 혼자서는 밖에 나가지 않았다. 자존감은 이미 바닥을 친 지 오래였다. 집에서나 그렇지 밖에서는 늘 칭찬받고 여러모로 부러움과 질투의 대상이 되는 자신이었는데, 말을 잃고 공부를 놓은 후부터 자신에게는 아무것도 남지 않은 것 같았다.

'그렇다고 진짜 혼자서 밖에도 못 나가는 건 문제가 있는 거잖아.'

새삼스러운 자괴감이 들었다. 하진은 떨어지지 않는 무거운 발걸음을 현관 밖으로 딛는 데까지 생각보다 더 오랜 시간이 걸렸다는 것은 몰랐다. 그저 오늘도 힘들게 일하고 돌아올 한석에

197

게 밥 한 끼 차려 주고 싶었을 뿐이었다.

* * *

그래도 슈퍼에 다시 갈 용기는 없어서 편의점에 가기로 했다. 하진은 조금 경사가 있는 비탈길을 천천히 걸어 내려갔다.

확실히 날이 더웠다. 원룸들이 다닥다닥 붙어 있는 골목은 비교적 깨끗한 편이었지만 허름했다. 옹기종기 위치한 미용실, 세탁소, 작은 카페를 하나씩 하나씩 지나가는데 교복을 입은 여학생 몇 명이 까르르 웃으며 그녀를 스쳐 지나갔다.

"……."

저도 모르게 느릿한 시선이 갔다. 벌써 하복을 입는 모양이었다. 하진은 괜히 제 모습을 쓱 살폈다. 긴팔 티셔츠에 긴 청바지. 이상할 것까지는 없지만…….

다음에 나올 때는 반소매를 입어야겠다 생각하며 걷던 하진의 머릿속을 서서히 많은 상념들이 잠식했다. 시리게 추울 때 이곳에 왔는데 벌써 더위를 느끼고, 몇 달 전만 해도 엮일 일 없다 생각하던 남자와 연고 하나 없는 곳에서 동거를 하고 있다.

작년 이맘때쯤 자신은 무얼 했던가.

학교에서 한석과 남몰래 입 맞추고 껴안을 때만 해도 그와 이런 식으로 엮여 버릴 줄은 꿈에도 생각하지 못했다.

인생이라는 것만큼 사람을 놀라게 하는 것도 없을 것이다. 어디로 튈 줄 모른다지만 제 경우에는 정도가 너무 심했다. 하진이 꿈꿨던 스무 살은 꿈꾸던 캠퍼스 안에서 학업에 열중하며 자유를 찾아 가는 모습이었지만 지금 제가 서 있는 이곳은······.

'아무것도 없어.'

그렇다고 후회한다거나, 사무치게 아쉽다거나 하지는 않았다. 그런 것을 느끼기에는 그때의 자신은 정말로 벼랑 끝에 내몰려 있었다. 다시 돌아간다 해도 자신은 같은 선택을 할 것이다.

'벌써 이렇게 됐나.'

시간을 확인하니 마음이 급해졌다. 하진은 조금 속도를 내어 길 건너 목적지를 향해 가기 시작했다. 그래도 오랜만에 혼자 나온 기분이 나쁘지만은 않았다.

"안녕히 가세요."

경쾌한 알바생의 목소리를 뒤로하고 하진은 편의점에서 나왔다. 딱히 말을 안 시켜서 정말로 다행이었다. 달걀만 사려고 했는데 사다 보니 이것저것 더 샀다. 우유도 사고, 컵라면도 사고, 과자나 초콜릿 같은 것도 좀 사고.

살면서 단 한 번도 뭔가를 산다는 것에 돈 생각을 해 본 일이 없던 하진이었지만, 별생각 없이 이것저것 바구니에 넣다 문득 정신을 차렸었다.

이건 한석의 돈이었다. 조금이라도 더 벌기 위해서 주말에 잔업까지 하고 왔던, 작업복을 입은 채 퇴근한 꺼칠한 얼굴이 갑자기 떠올랐던 건 왜였을까?

그래서 정말 먹고 싶은 거 하나씩만 사서 나왔다. 그래도 손에 들린 봉투 하나가 꽤 묵직했다. 날은 더 더워졌지만 하진의 발걸음은 꽤 빨랐다. 적당히 후덥지근한 바람이 어느새 훌쩍 길어 버린 머리카락을 살랑거리며 흩트렸다.

'좋아하겠지?'

자고만 있어도 좋다고 이곳저곳 물고 빨고 난리를 치는데. 일어나서 식사 준비를 했다는 걸 알면 놀라면서도 웃을 것 같다. 하진은 한석의 마음, 정확히는 한석이 저를 좋아하는 감정에는 자신이 있었다. 아직은.

저도 모르게 입가에 미미한 미소를 건 채 비탈길을 올라가던 하진의 눈이 일순 커졌다.

'정한석?'

저만치 집 앞에 서 있는 커다란 인영에 커다란 눈이 깜빡였다. 멀리 있어도 존재감이 확실한 남자는 한석이 맞았다. 하진은 문득 시간을 확인했다. 한석이 원래 오던 시간보다는 확실히 일렀다.

일이 일찍 끝난 모양인가, 대수롭지 않게 생각하며 하진은 발걸음을 재촉했다. 소리 내 부를 수 없으니 빨리 가는 수밖에 없었다.

그런데 한석과 가까워질수록 뭔가 느낌이 이상했다. 거리가 있어 표정까지는 정확히 볼 수 없었으나 늘 여유 있는 모습과는 달리 그는 분명 안절부절못하고 있었다. 주위를 두리번거리던 그는 결국 하진이 내려왔던 반대편 길로 황급히 걸음을 옮기기 시작했다.

'어…….'

빠르게 걷던 하진은 당황해 결국 뛸 수밖에 없었다. 보폭이 워낙 커 따라잡으려면 어쩔 수 없었다. 헉, 헉. 그새 숨이 찰 정도로 달려가며 따라잡는데, 뭔가 한 번쯤 뒤를 돌아다볼 법도 한데 한석은 앞만 보고 내달리고 있었다.

무슨 생각인지 미친 듯 움직이던 그가 별안간 우뚝 멈췄을 때. 몇 발 늦게 달려온 하진의 손이 한석의 등을 맥없이 쳤다. 그리고.

"……!"

획 고개를 돌린 남자의 얼굴과 마주한 순간, 심장이 철렁했다.

'왜…….'

무의식적으로 입술이 벙긋댔다. 절로 슬쩍 뒷걸음이 쳐졌다. 왜, 저런 표정이지?

한석은 지금껏 하진이 단 한 번도 본 적 없는 얼굴을 하고 있었다. 그것은 금방이라도 무슨 일을 치를 것처럼 흉흉해 보이기도 했고 깊은 충격을 받은 듯 혼이 나가 보이기도 했으며 동시에 망연했다.

그리고, 하진을 마주하고 세차게 흔들리던 한석의 눈빛이 일순 미약하게 어그러지던 순간.

"……씨발."

짓이기듯 뱉은 욕이 귓가에 꽂히기도 전. 그대로 숨 막히게 끌어안겼다. 품으로 끌어당기는 힘이 어찌나 센지 순간 뒷골이 빠듯이 땅길 정도였다.

퍽, 하진이 들고 있던 봉투가 힘없이 바닥으로 떨어졌다. 달걀 깨지는데……. 아주 잠깐 스쳐 지나갔던 생각은 한석이 내뱉는 거친 숨에 흔적도 없이 사라졌다. 체력이라면 무시무시할 정도로 자신 있는 그인데 그는 전력 질주 한 사람처럼 사납게 헐떡이고 있었다.

"하…… 씹, 박하진. 씨발……."

그와 함께 살게 된 후부터는 딱히 들어 본 적 없던 것 같은 욕지거리가 그의 다급한 숨과 뒤섞여 엉망으로 흘러나왔다.

박하진, 박하진. 제 이름을 쉴 없이 되씹는 한석에 순간적으로 옅은 소름이 들었다. 하진은 무의식적으로 몸을 움찔거렸다. 이거 놔, 그러나 단단한 팔은 꿈쩍도 하지 않고 오히려 하진을 더 꽉 옥죄었다.

"……어디 갔었어?"

뭔가를 꾹꾹 참는 듯, 갈라진 목소리에 심장이 미친 듯이 뛰었다. 대답할 수 없다는 걸 누구보다 잘 알고 있을 텐데, 입 모양을 보지 않으면 소통이 되지 않는다는 것을 알면서도 한석은 하진을 제 품에 묻은 채 또 물었다. 어디 갔었어. 박하진.

'이거 놓으라니까!'

하진은 온 힘을 다해 그의 품 안에서 벗어났다. 물론 한석이 그때야 팔의 힘을 조금 느슨히 풀었기에 가능했다. 바닥에 아무렇게나 널브러진 봉투를 주워 한석의 앞에 디밀었다. 편의점 봉투를 확인한 한석의 눈매가 찌푸려졌다.

"여긴 왜."

답 없이 여전히 혼란스러운 눈으로 저를 보고 있는 하진에 한석이 신경질적으로 제 머리를 헝클었다. 일단 들어가자며 다시금 하진의 어깨를 끌어안고 봉투를 가져갔다. 이쪽을 힐긋대며 지나가는 사람들이 그제야 눈에 띄었다.

하진은 입술을 꾹꾹 깨물며 그와 집으로 돌아갔다.

집에 들어가자마자 하진은 장을 보러 갔다는 말을 문자로 쓰려 했지만 실패했다. 핸드폰을 꺼낼 새도 없이, 현관문을 닫자마자 한석이 달려들어 입을 맞춰 왔기 때문이었다. 봉투가 또 한 번 요란하게 바닥으로 떨어졌다. 숨 쉴 틈도 제대로 주지 않는 텁텁하고 집착적인 키스에 머릿속이 새하얘졌다.

"밥을 해 주려고 했다고?"

한참 후에나 떨어진 입술로 한석은 그렇게 되물었다. 밥, 밥! 직전 신경질적으로 하진이 또박또박 뱉은 입 모양으로 상황을 유추한 것이다.

여전히 형형하게 빛나는 눈빛이었지만 그래도 아까보다는 누그러진 얼굴이었다. 진짜 왜 이러는 거야, 하진은 가쁜 숨을 고르며 몸을 숙여 현관 앞 아무렇게나 널브러진 봉투를 집어 들었다. 삐죽 나온 달걀판의 달걀이 반 이상 깨진 것을 보던 한석의 눈썹이 움찔했다.

"왜 갑자기."

그러는 넌 왜 일찍 왔는데……. 곧바로 되물려던 하진이 다시 봉투를 내려놓고 주머니를 뒤적여 핸드폰을 꺼냈다. 너무 답답해서 입 모양으로 될 일이 아니었다.

물론 제가 없으니 놀라고 당황했을 것은 알지만 반응이 너무 과하지 않은가. 심심하면 근처 공원에서 산책도 하고 먹고 싶은 것도 사 먹고 오라고 돈까지 쥐여 줬던 것은 한석 자신이면서. 그냥 저는 한석이 기뻐할 얼굴을 보고 싶은 것뿐이었는데.

두서없게 써서 준 메시지 내용을 확인한 남자가 이내 긴 한숨을 내쉬었다.

"오늘은 일이 좀 일찍 끝나서 바로 왔어. 요즘에 네가 낮잠 잘 안 자니까 혼자 심심할 것도 같고 해서. 근데 네가 없어서……."

한석의 반듯한 미간이 일순 좁아졌다. 뭔가 망설이는 듯한 기색에 하진의 낯에 의아한 빛이 담겼다. 그리고.

"……도망이라도 간 줄 알았어."

뭐?

짓씹듯 중얼거린 그의 말에 하진은 순간 멍해졌다. 찰나 이해가 되지 않았다. 도망이라니? 집에서 도망 나와 이곳으로 온 제가 아니던가. 도대체 어디로 또 도망을 간단 말인가. 한석이 못 가게 잡고 있는 것도 아닌데?

저도 모르게 싸늘하게 굳어 버린 하진의 표정에 한석이 뒤이어 말을 붙였다.

"없으니까. 혹시 하고 봤는데 연락 온 것도 없고…… 방도 다 치워져 있고. 원래 이불 정리 같은 건 내가 다 하는데…… 씹, 그거 보는데 눈앞이 시꺼메져서."

순간 얼굴이 화끈거렸다.

한석은 놀란 마음에 아무 악의 없이 말했다는 걸 아는데 그간 모든 것을 한석에게 맡긴 제 모습이 부끄러워졌다. 무슨 대청소를 한 것도 아니고, 고작 머리카락 좀 줍고 방 좀 정리했을 뿐인데. 한석은 제가 사라지기라도 한 줄 알았던 모양이었다.

[이상한 소리 하지 마 도망은 무슨 앞으로는 나도 집안일 많이 할 거니까 놀랄 것도 없고]

다시금 눈앞에 들이밀어진 핸드폰에 한석은 잠시 말이 없었다. 그저 예의 그 알 수 없는 어둑한 눈빛으로 하진을 응시하기만 했다. 그 시선을 받고 있자니 뭔가 정말 제가 큰 잘못이라도 한 기분이 들었다. 어색한 분위기에 하진이 사 온 거라도 정리하기 위해 몸을 돌렸을 때였다.

'아.'

그대로 뒤에서 하진을 끌어안은 한석이 그녀의 목덜미에 입술을 묻었다. 몇 개월을 밖에 거의 나가지 않아 안 그래도 하얀 피부가 창백할 정도로 희었다. 어찌나 힘이 센지, 딱히 힘주어 잡은 것 같지 않은데도 조금도 꼼짝할 수가 없었다. 커다란 남자의 몸이 가냘픈 몸을 완전히 집어삼켰다.

"밥 안 차려도 돼."

"……."

연한 살에 와 닿는 숨결이 간지러운 듯 뜨거워 하진은 조금 몸을 움츠렸다.

"이딴 좁아터진 방 한 칸에서 할 일이 뭐가 있다고. 내가 다 알아서 할 테니까 넌 정말로 아무것도 하지 않아도 돼. 그냥 편하게 쉬어. 그렇다고 어디 나가지도 말라는 말은 아니고…… 그냥."

한석이 긴 호흡을 느릿하게 뱉어 냈다.

"나는 네가 여기 있는 것만으로도 충분히 미치게 좋으니까."

고개를 비틀어 기어이 하진과 눈을 맞춘 한석이 나직하게 속삭였다. 제 볼을 감싼 커다란 손의 온도가 다른 때보다 높다고 느껴졌다.

"다른 생각은 하지 마."

무슨 생각?

곧바로 되묻고 싶었지만 그럴 수 없었다. 자연스럽게 하진의 몸을 저를 보게 돌린 한석이 또다시 입술을 붙여 왔기 때문이었다. 혀가 뭉근하게 휘감기고 열기를 품은 손끝이 하진의 목덜미를 부드럽게 휘어잡았다.

조금 전과는 확연히 다른, 부드럽고 나긋하기까지 한 입맞춤에 빳빳이 굳었던 하진의 몸이 조금씩 이완되기 시작했다. 어느새 하진은 한석에게 완전히 몸을 맡긴 채 그의 녹아내릴 듯 다정한 키스를 받고 있었다.

허리를 감은 손이 옷자락을 들추고 맨살을 쓰다듬었다. 선 채로 능숙하게 키스를 이어 가며 브래지어 훅을 풀고 드러난 가슴을 적당한 힘을 주어 주무르는 통에 정신이 하나도 없었다.

저는 아직도 한석과 이럴 때면 심장이 미친 듯이 뛰고 때로는 못 견디게 민망하고 어색하기도 한데, 당연하다는 듯 거침없이 저를 만지는 남자를 보면 기분이 좀 이상했다. 그리고 그 미묘한 기분은 상황 탓인지 오늘따라 더했다.

한석의 마음을 이해 못 하는 건 아닌데, 그런데도 과하다는 생각은 들고…… 어쨌든 뭔지 모를 서운함이랄까. 밖에 한 번 나간 걸로 이런 결론이 날 줄은 생각도 못 했다.

조금씩, 또 조금씩, 몰아붙이는 힘에 하진의 몸이 뒤로 밀려났다. 그러다 결국 푹신한 매트 위에 등이 닿았을 때. 쯧, 얕은 소리를 낸 한석이 아쉬운 듯 몸을 뗐다.

"씻고 올게."

좀 쉬고 있어, 다시 고개를 숙여 도톰한 아랫입술을 한 번 힘주어 빨아들인 한석이 입술을 댄 채로 나직이 말했다. 그러더니 성큼성큼 욕실로 들어가 버렸다.

아무것도 하지 않았는데 힘이 쭉 빠졌다. 하진은 욕실 너머 물 쏟아지는 소리를 들으며 멍하니 천장을 바라보았다.

하얀 천장 위 문득 좀 전의 장면이 스쳐 지나갔다. 사색이 되어 창백하게 질려 있던 얼굴, 정신없이 주위를 두리번거리면서도 저를 보지 못할 정도로 경황없는 모습이었다. 도망이라도 간 줄 알았어, 그 말을 할 때 한석의 표정에는 분명 무언가를 향한 숨길 수 없던 원망이……

아, 하진은 와락 눈을 감아 버렸다.

뭔가가 잘못되었다는 생각이 들었다.

* * *

욕실 안, 샤워를 마치고 거울을 보던 하진이 고개를 갸웃했다.

'좀 자를까?'

날은 점점 더 더워지는데 치렁치렁 긴 머리카락이 눈에 띈 탓이다. 허리까지 올 것 같은데 왜 이제 알았지. 어쨌든 이 근방에 미용실이라면…… 집을 나가자마자 있긴 한데 할머니들만 드나드는 걸 몇 번 봐서인지 어쩐지 가기가 꺼려졌다.

좀 큰 데로 가고 싶은데. 거기까지 생각하던 하진은 속으로 픽 웃었다. 저는 아직도 아무것도 없는 제 상황을 깨닫지 못하는 모양이었다. 얼마 전 한석이 사다 준 얇은 홈 웨어 원피스를 입은 채 욕실을 나오며 하진은 다짐했다.

'주말에 같이 가자고 해야지.'

내일이 토요일이니 적당한 때 같이 가면 좋을 것 같았다. 일단 결심은 했지만 막상 갈지 안 갈지는 내일이 되어 봐야 안다. 아무것도 아닌 일인데 막상 뭘 하려고 하면 왜 이렇게 망설임이 드는지. 그러고 보니 다음 주에는 병원 진료도 있고…….

가기 싫다.

머리칼을 반쯤 말리던 하진은 맨바닥에 벌렁 드러누워 버렸다.

'근데 왜 안 오지?'

올 시간이 넘었는데. 한석은 일찍 오면 왔지 절대 늦게 오는 법이 없었다. 5시를 넘겨서 온 적은 정말로 단 한 번도 없다. 하지만 지금은 30분이나 넘겨 있었다.

전화해 볼까, 저만치 놓인 핸드폰으로 손을 뻗던 하진은 주춤했다. 혹시나 일이 늦어져서 그럴 수도 있는데 왜 안 오냐고 타박하는 것처럼 보이면 어쩌지.

조금만 더 있다가 문자할까.

하진은 가만히 눈을 깜빡이다 몸을 일으켰다. 바람도 쐴 겸 밖에 나가서 기다릴 생각이었다. 외출복으로 갈아입으려 방 한 구석에 있는 작은 옷장을 여는데 문득 얼마 전 있었던 일이 생각났다. 한석이 제가 도망간 줄 알고 난리 났던 날의 일 말이다. 하진의 눈빛이 깊게 침잠했다.

"……."

그날 이후 하진은 꽤 종종 밖을 나갔다. 아주 잠깐이지만 집 근처 공원도 둘러보고 편의점에 가서 얄팍하게나 장도 봤다. 꽤 떨어진 대형 마트도 딱히 살 게 없어도 걸어가 봤다가 한석의 몫으로 양말이나 편한 티셔츠 같은 것을 충동적으로 사 오기도 했다.

"오늘은 뭐 했어."

늘 밥을 먹으며 같은 얘기를 묻는 한석에게 대충 이런저런 이야기를 전하면, 한석은 잠시 말이 없다 잘했다고 해 주었다. 그러나 그리 기뻐한다고만은 할 수 없는, 웃음기 없는 표정으로.

그것을 볼 때마다 하진은 묘하게 가슴 한구석이 찜찜했다. 물가에 내놓은 애처럼 저를 걱정하는 한석의 마음을 알 듯 모를 듯 했다.

확실한 것은 그날이 하진에게도 나름의 충격이었다는 것이었다. 사실 나가기 싫어도 그래서 일부러 더 돌아다니게 되는 것도 있었다. 한숨을 한 번 내쉰 하진이 옷을 입고 막 현관으로 나가던 때 밖에서 키패드 누르는 소리가 났다.

이내 덜컥 문이 열렸다. 마음은 복잡해도 반가운 내색을 숨기지 못한 하진이 입술을 달싹이는데.

"어디 가려고?"

하진이 있을 줄 몰랐는지 눈을 크게 뜬 남자의 얼굴이 들어왔다. 안, 와, 서. 또박또박한 입 모양에 한석이 눈썹을 찡그리며 희미하게 웃었다. 최근에야 알게 된 거지만 일이 끝나고 돌아온 직후의 한석의 모습은 상당히 거칠했다.

"미안. 일이 좀 생겨서."

기다렸지, 덧붙이며 저를 끌어안는 품에 안기던 하진이 멈칫했다. 저건 뭐지? 하진이 몸을 떼려 하자 한석이 오히려 더 꽉 끌어안으며 짧게 입을 맞췄다. 예뻐 죽겠다는 듯 저를 안는 남자에게 채 지우지 못한 고단한 공기가 묻어 있었다.

"오늘은 밖에서 맛있는 거 먹을까?"

"……."

"나 안 와서 마중 나오려고 했구나. 그치."

사근사근한 목소리지만 어쩐지 가라앉아 있는 것도 같았다. 앞으로는 늦으면 꼭 전화하겠다는 말까지 가만히 듣고 있던 하진은 힘주어 그에게서 몸을 뗐다. 조금이라도 더 저를 빨리 보겠다고 작업복 차림으로 집에 오던 그가 사복을 입고 있다는 게 이제야 보인 것이다.

잡아채듯 그의 손에 있는 약봉지를 받아 든 하진의 눈이 찌푸려졌다. 하나도 아니고, 두 개. 그마저도 안에 뭐가 이렇게 많은지 손이 두둑했다. 들어가자며 저를 안으로 미는 힘에 이끌리던 하진의 눈이 커졌다.

"……!"

한석의 왼쪽 팔에 붙은 밴드는 팔의 반을 다 덮을 정도로 딱 봐도 길고 컸다. 왜…… 어쩌다. 세차게 흔들리는 하진의 눈빛에 한석이 난감한 얼굴로 제 머리를 거칠게 쓸어 넘겼다.

"별거 아냐. 일하다 좀 다쳤어."

'이게 별게 아니라고?'

하진의 입술이 파르르 떨렸다. 작업 특성상 이 일을 시작하면서부터 한석의 몸에는 자잘한 상처들이 많게 되었다. 특히 손이나 팔에는 아직도 물집이 잡혔던 곳의 흔적이 군데군데 남아 있었다.

아무리 보호복을 입고 꽁꽁 싸매도 워낙 초고온의 용접물을 다루는 일이다 보니 화상을 입는 일이 잦았다. 장갑을 껴도 일하다 보면 그 안에서 땀이 데워져 손가락이 따갑고 뜨거울 정도이니, 특히 모든 것이 서툰 초반에는 더더욱.

"사실 이거 때문에 중간에 병원 간 건 아니고. 아, 이건 파이프 달궈진 데 아주 잠깐 닿았다가 이렇게 됐는데. 괜찮아. 심한 것도 아니고 다 검사했는데 현장서 응급 처치 잘 해서 괜찮았어. 이건 뭐, 화상이라고 하기에도 그렇지."

평소에는 딱히 말수가 없는 그지만 하진과 있을 때는 말이 많아질 수밖에 없었다. 하진이 매번 문자를 써서 주거나 입 모양으로 긴말을 하는 것은 어려웠다.

혹시나 하진이 제게 못 한 말이 있을까 넘겨짚어 더 많이 설명해 주는 것이 일상이다 보니, 무언의 채근에 지금도 할 수 없이 그리하면서도 한석은 최대한 상황을 축소해 말하고 있었다.

그리고 그것은 하진의 눈에도 보였다. 늘 괜찮다, 힘들지 않다는 말을 달고 사는 그였으니까. 하진은 말없이 약 봉투 하나를 한석의 앞에 디밀었다. 설명하라는 뜻이었다. 웬 안과?

"그냥 눈에 넣으면 돼. 별거 아니야."

"……."

"나 많이 기다렸나 보네. 배고프지? 뭐 먹으러 갈까, 응?"

한석이 웃었지만 하진은 따라 웃지 않았다. 충혈된 눈을 보자 억장이 무너졌다. 자꾸 말을 돌리는 한석을 똑바로 바라보며 대답을 요구했다.

한석이 왜 이렇게 표정이 심각하냐며 손을 잡았을 때는 홱 뿌리쳐 버리기까지 했다. 명백한 거부의 몸짓에 집에 돌아온 후로 한석의 표정이 처음으로 일그러졌다.

솔직히 다 말해, 빠르게 입술을 움직였지만 하진은 그가 다 알아들었을 거라고 확신했다. 어떻게든 답을 듣겠다는 의지가 분명한 굳은 얼굴에 한석이 한숨을 쉬었다.

"점심 먹고 일하고 있는데 눈이 이상하게 계속 아프더라고. 잠깐 눈 감고 있어도 앞에서 불빛이 번쩍번쩍하는 것 같고. 따갑고 눈물 나고. 그냥 형광등 빛도 못 보겠고. 일단 할 건 쌓였으니까 오늘만 버티자 하고 그냥 했는데, 아다리 난 거지, 뭐."

그게 뭐냐는 하진의 입 모양에 그는 잠깐 멈칫하다 눈에 화상이 난 거라고 말해 주었다. 아마 현장에서 쓰는 은어인 모양이었다. 강한 빛이 눈에 들어오면서 난 안구 화상.

"눈에 안 띈 게 어디야. 그런 사람도 종종 있다는데."

담담한 반응이 순간적으로 뒷골이 땅길 정도로 도리어 아찔했다. 하진의 낯이 파리해졌지만 어느새 그녀를 끌어안고 있는 남자는 하진의 얼굴을 볼 수 없었다.

"멍청했지. 그냥 빨리 일 났어야 하는데 좀만 더 버티고 하자 하다가. 암튼 그 와중에 잠깐 실수해서 팔도 다치고……. 겸사 겸사 병원 다녀온 거야."

위험천만했던 일을 더할 나위 없이 가벼운 투로 말하는 남자에 하진은 도리어 깊은 서글픔을 느꼈다.

"반장님한테 화상 전문 병원 소개받아서 갔는데 치료도 빨리 잘 해 주고 좋더라고. 좀 조심하면 당장 다음 주부터 일하는 것도 문제없고. 음, 눈은 여기 연고 넣고 진통제 먹고 하면 금방 낫는데. 그 뭐냐, 자가 회복? 그런 거라서 알아서 금방 낫는 거라."

이번은 어쩌다 그랬지만 자신은 보호구 꼭꼭 잘 착용하고 안전하게 일하니 걱정 말라고 그가 덧붙였다.

조용히 한석의 말을 듣고 있던 하진의 마음속 깊은 곳에서 뭔가가 자글자글 끓어오르기 시작했다. 제까짓 게 뜨거워 봤자 한석을 다치게 한 그것만큼 뜨거울 리가 없는데, 당장이라도 속이 타 버릴 것같이 쓰리고 아렸다.

"하진아."

저를 부르는 나직한 목소리에 별안간 눈시울이 뜨거워졌다.

원체 눈물이 없는 자신이다. 살면서 울어 본 기억이 손에 꼽을 정도다. 엄마가 친엄마가 아니라는 사실을 알았을 때도, 하물며 말을 잃었을 때조차 슬프고 고통스러워도 하진은 울지 않았다. 딱 하나 예외라면 그 언젠가 저를 달래던 서툰 품 안에서 소리 없이 울었을 뿐.

그런데 지금은 그때보다 더 눈물을 참을 수가 없었다. 하진은 울지 않으려 입 안 살을 아프게 짓씹고 눈에 힘을 주었다. 다친 것은 한석이고 아픈 것도 한석인데 돈만 축내는 제가 무슨 염치로 운단 말인가?

"진짜, 정말로 괜찮아. 내가 아직 미숙해서 그래."

하진을 품에서 살짝 뗀 그가 눈을 맞춰 왔다. 소리도 못 내고 눈물만 흘리는 마른 뺨을 안타깝다는 듯 손으로 연신 쓸었다. 분명 길고 곧게 뻗었지만 거칠거칠함을 숨길 수 없는 손가락이 하진의 눈가와 볼을 하염없이 소중하게 어루만졌다.

그 일 하지 마.

다른 거 해도 되잖아.

나 때문에 하는 거잖아.

하진이 울면서도 기어이 꾹꾹 눌러쓴 글자를 한석은 모른 척했다.

"이 정도 같이 살았으면 그래도 조금은 나에 대해서 알아야지, 박하진."

따지고 보면 반년도 안 되었지만 그는 그렇게 말하며 쓰게 웃었다.

"너 때문에 하는 거 아니라고. 알잖아? 내가 어디 마트에 처박혀서 시키는 일 고분고분 잘 할 타입 같아? 난 답답해서 그런 거 못 해. 이게 나한테 맞아. 난 돈 많이 벌고 싶거든. 지금이야 이런 데 살지, 할 수 있는 대로 많이 벌어서 궁상맞게는 안 살 거야. 지긋지긋하거든."

그리고……. 말을 잇던 한석이 하진의 머리카락을 부드럽게 쓸어 넘겼다. 볼에 붙은 머리카락을 귀 뒤로 넘겨 주는 손길이 어찌나 나긋한지, 팔에 감긴 붕대와 아직도 살짝 핏발이 선 눈 때문에 오늘따라 더 흉흉해 보이는 분위기와는 어울리지 않았다.

종일 고단한 하루를 보내서일까? 늘 듣기 좋은 저음인 그의 목소리는 지금은 반쯤 잠겨 쉿소리가 났다.

"약속했잖아. 지켜 주겠다고."

"……."

"네가 날 따라간다고 했을 때, 나는 내가 새롭게 인생을 시작한다고 생각했어. 그래, 인정해. 나 진짜 좆같이 멋대로 살았던 거. 근데 그때, 네가 날 믿어 줬을 때. 그걸 배신하면 안 된다고 생각했어."

속내를 담담히 털어놓는 버석한 낮은 평온했다.

"지금 이거? 아무것도 아니야. 그냥, 일하다가 다치기도 하는 건 당연하잖아. 몸 쓰는 일이 다 그렇지 뭐. 내가 착한 놈은 아니라 그런가, 그래도 네가 나 걱정해서 울어 주는 건 솔직히 좋거든? 근데 너 때문에 내가 이렇게 일한다고 생각하고 혼자 속상해하고 그런 건 말만으로도 화가 나. 난 네가 왔기 때문에 열심히 살기로 마음먹은 거야. 안 그랬으면, 나는."

별안간 말을 멈춘 그가 하진의 눈을 똑바로 응시했다. 새까만 눈동자가 고요 속에서 번득였다. 흔들림 없이 올곧은 시선에 괜히 숨이 턱턱 막혔다. 잠깐의 침묵 후 그가 내뱉은 말은 분명 뜻밖이었다.

"사랑해, 박하진."

심장이 철렁했다.

순간 멍해지는 하진의 눈빛을 그가 집요하게 좇았다. 예쁘고 귀엽다는 말은 수없이 해 주면서도 정작 좋아한다는 말은 좀체 입 밖으로 꺼내지 않던 그에게 들은 처음의 고백. 구태여 더 살을 붙이지 않아도 마음으로 와 닿는 절절한 진심.

좋고 싫음을 떠나서, 무거웠다.

분명 애틋하고 고맙고 안쓰럽기까지 하나 그렇다고 무거움이 사라지는 것은 아니었다. 눈만 깜빡이던 하진은 결국 시선을 떨구었다. 그러나 한석이 곧바로 턱을 잡아 다시 저를 보게 했다.

"눈 피하는 거 싫어한다고 했잖아."

왜 이렇게 저를 모르냐며, 아님 모르는 척하는 거냐며 한석이 희미하게 웃었다. 하진은 속으로 답했다.

'나는 너를 몰라.'

사실 어느 정도 안다고 생각했는데, 최소한 다른 사람보다는 더 많이 알고 앞으로 더 알게 될 거라 생각했는데…… 아니었다. 갈수록 모르겠다.

분명 한석에게 어떤 식으로든 감정을 느꼈고 극한에 몰려 그의 손을 잡았던 자신이었다. 솔직히 한석에게 무언가 많은 기대를 하지도 않았다. 그저 그 상황을 벗어나게만 해 준다면, 그걸로 충분히 고맙고 갚아야 할 빚이라고까지 느꼈다. 그러나.

한석은 제게 너무나도 헌신적이었다. 그것은 정말로 예상 밖이었다. 부모에게서도 받아 본 적 없는 살뜰한 보살핌을 하진은 한석에게서 받고 있었다. 물질이 아니라, 마음으로 하는 사랑을. 모순적이게도 정작 제대로 된 사랑 속에서 자라지 못했을 그에게.

"이리 와."

이미 가까이 있는데도 그렇게 말하며 한석은 하진을 끌어안았다. 마른 등을 쉼 없이 쓸어내리고, 걱정하게 해서 미안하다고 다정하게 말해 주었다.

입술이 또 한 번 맞닿기 전까지 하진은 너른 품 안에서 그저 고개만 끄덕였다. 이내 제 혀를 뭉근하게 휘감는 살덩이에 어설프게 보조를 맞추며 생각했다. 나쁘다는 것은 아니지만, 모든 것이 처음의 생각과 다르게 흘러가는 지금 확실한 것은 하나.

한석과 있으면 자꾸 죄책감이 들었다.

그날은 집에서 대강 저녁을 해결하고 바로 잠자리에 들었다. 한석은 몇 번이나 괜찮다고 했지만 하진은 식사 내내 밥 먹을 때 늘 켜 두는 TV도 켜지 않고 불도 켜지 않았다. 용접 자외선이 아닌 다른 불빛만 봐도 눈이 부시고 따갑고 아픈 게 증상이라는 것을 한석이 씻는 사이 인터넷에서 찾아봤기 때문이었다.

핸드폰도 불빛이 새어 나갈까 아예 전원도 꺼 버리고 일찌감치 한석의 옆에 누웠다. 일찍 잠드는 편인 둘이지만 평소보다도 더 이른 시간이었다.

"내일은 바다에 갈까? 더 더워지고 사람 몰리기 전에."

"……."

시내에서 조금만 차를 타고 나가면 곧바로 파란 바다가 보이는 작은 도시. 날이 풀리면 한번 가 보자고 언젠가 한석이 말했던 것도 같다. 평소처럼 팔베개를 해 준 채 가만가만 하는 말에 하진은 고개를 저었다. 한석이 바람 빠지는 소리를 내며 웃었다.

"그럼 나 집에만 있으라고? 나도 쉬는 날에는 너랑 놀아야지."

"……."

"뭐, 사실 나는 여기서 너랑 이러고 있는 게 제일 좋긴 한데."

넌 아니잖아. 덧붙인 한석이 입꼬리를 비뚜름하게 끌어 올렸다. 딱히 그렇게 생각한 적도 없는데, 단언하는 얼굴에 괜히 찔리는 기분이었다.

그러고는 한석도 별다른 말이 없었다. 어둠에 익숙해진 시야에 저를 보는 남자가 담겼다. 원래는 자기 전에 꼭 수없이 입을 맞추고, 이곳저곳을 만지고, 어떤 때는 이러다 끝까지 가는 게 아닌가 싶을 정도로 예민한 곳들을 진득하게 애무하기도 했지만 한석은 그날 밤 그 무엇도 하지 않았다.

그저 하진의 길어 버린 머리카락을 계속해서 부드럽게 쓸어 넘겼을 뿐. 그 느릿한 손짓에 서서히 눈이 감겼다. 잠결에 뭐라 나직하게 속살대는 목소리가 들렸던 것도 같지만, 기억나지 않았다.

그리고 눈을 떴을 때는 조금씩 푸른 빛이 새어 들어오는 새벽이었다. 하진은 무의식적으로 온기를 찾아 이불 안에 파고들다 허전한 감각에 눈을 번쩍 떴다. 당연히 있어야 할 한석이 보이지 않았다. 잠이 확 깬 하진은 자리에서 벌떡 일어났다.

'어디 갔지?'

이부자리 옆 한석의 핸드폰도 그대로인데 한석만 없었다. 당황해 눈만 껌뻑이던 하진은 일단 자리에서 일어났다. 오늘은 일도 쉬는 날이고 이 시간에 어디 갈 리도 없는데. 안절부절못하다 혹시 하는 마음에 무심코 작은 창문의 커튼을 슬쩍 젖혔다. 그리고.

'아.'

아직은 어둑한 배경 속 저만치 보이는 익숙한 뒷모습을 발견한 순간, 가슴 깊은 안도감이 들었다. 등을 돌리고 있는 그의 비스듬한 옆모습에 절로 낮은 한숨을 흘려보내던 하진이 순간 멈칫했다. 그의 손끝에서 희끄무레한 연기가 피어오르고 있었다.

한석이 담배를 피우는 것은 처음 보았다.

'원래 피웠던 건가?'

하진의 미간이 슬쩍 좁혀졌다. 후각에 예민한 편인 하진이지만 지금껏 그와 있으며 담배 냄새를 맡았던 적은 단 한 번도 없었다. 가끔 맥주나 한두 캔 마시고 자는 건 봤어도, 집에서나 밖에서나 한석이 담배를 가지고 다니는 것도 보지 못했고.

놀란 것도 잠시, 저를 등진 남자의 뒷모습을 보고 있는데 이상하게 울컥한 마음이 들었다.

지금 한석은 어떤 표정을 짓고 있을까.

딱 벌어진 넓은 어깨와 커다란 골격. 큰 키와 곧은 자세. 누가 봐도 듬직한 모습인데도 새벽에 파묻힌 남자가 이상하게 안쓰럽게만 보이며 목구멍이 뜨거워졌다. 저 때문에 고생이란 고생은 다 하는 남자는 그래도 저만 있으면 좋다며 행복하게 웃었다.

사랑한다는 한석의 말에 자신은 어떤 답을 들려줬어야 했을까.

한석이 담배를 다 태우기 전, 하진은 커튼을 닫고 다시 자리에 누웠다. 등을 돌리고 자는 척을 하는데 얼마 지나지 않아 한석이 들어왔다. 곧바로 욕실에 직행한 그가 씻는 소리가 났다.

한참 후에야 하진의 옆에 돌아온 그에게서는 담배 냄새 대신 미미한 비누 향이 났다. 저를 꼭 끌어안고 목덜미에 입술을 묻는 남자의 품 안에서 하진은 숨을 죽였다.

* * *

그날은 종일 집에 있다가 저녁쯤에서야 밖으로 나갔다. 한석은 계절감에 맞게 반소매 옷을 입는 하진에게 바닷바람이 찰 수 있다며 잔소리를 했다. 정작 자신은 겨울에도 얇게 입고 다니면서, 하진의 몫으로 꽤 두툼한 봄 점퍼까지 챙기고 나서야 안심한 듯 그녀의 손을 잡고 현관을 나섰다.

"어디 멀리 놀러 가는 것 같네."

운전대를 잡은 내내 한석은 기분이 좋아 보였다. 웃음기를 띤 옆얼굴을 하진은 물끄러미 바라보았다.

그래도 충혈되어 있던 눈은 원래대로 돌아온 것 같지만, 팔에 감긴 붕대만 보면 마음이 얼얼했다. 교체할 때 본 화상은 심각했다. 울룩불룩 튀어 오른 살. 생각보다도 더 심한 상태에 심장이 내려앉는 기분이었다.

"음, 이번 여름에는 정말로 휴가 내서 괜찮은 데 다녀오자."

가고 싶은 데 생각해 놓으라며 한석이 하진을 흘긋댔다. 잠시 차가 멈춘 틈을 참지 못한 그가 하진의 손을 지분댔다. 덕지덕지 상처가 나고 핏줄이 툭툭 불거진 손이 희고 작은 손을 완전히 덮다가, 이내 하나씩 깍지를 껴서 잡았다.

그래, 고개를 끄덕인 하진은 문득 차창 밖을 보았다. 조금씩 어둠이 깔리는 익숙지 않은 거리에 초여름이 내려앉고 있었다.

한 시간도 달리지 않아 그들은 바다에 도착했다. 드문드문 희끄무레한 가로등 빛만이 파고드는 어둠 속 풍경은 꽤 운치가 있었다.

사실 별다른 기대는 하지 않았는데, 끝이 보이지 않는 탁 트인 물을 보자 속이 시원해지는 느낌이었다. 깨끗하고 드넓은 모래사장은 아주 가끔 한두 명의 사람들이 스쳐 지나갈 뿐 고요하고 평화로웠다.

'조용하고 좋네.'

서울이었으면 바글바글할 거라고 옆에서 말하는 것을 보면 한석도 같은 생각인 모양이었다. 어쩐지 들떠 보이는 그와 그렇게 손을 잡고, 파란 물을 몇 발자국 앞에 둔 백사장을 천천히 걸었다. 바닷가라 그런지 밤바람이 살짝 서늘했지만 기분 좋을 정도의 시원함이었다.

"추워?"

어깨를 감싸는 남자의 몸에 기대며 하진은 고개를 저었다. 좋아, 입술을 움직이자 어두운 가운데서도 정확히 알아챈 남자가 또다시 웃었다. 한석이 웃는 모습을 이곳에 온 후로 요즘 많이 보는 것 같았다.

"좋으면 웃어 봐."

뭐? 갑작스러운 말에 하진이 웃는 듯 우는 듯 얼굴을 찌푸렸다. 하하, 그 새침하니 뚱한 모습에 한석이 소리 내어 시원하게 웃었다.

"너는 진짜…… 하는 게 하나하나 사람 다 미치게 한다."

웃음기 담긴 목소리가 바닷바람처럼 귓가에 감겼다. 여전히 하진을 한쪽 팔로 끌어안은 채, 키를 맞추려 고개를 비스듬히 기울인 한석이 하진의 입술에 제 입술을 마구 비볐다. 상당히 우악스러웠지만 애정이 듬뿍 담긴 몸짓이었다.

실제로 좋아서 그러기도 하지만, 극도의 우울과 무기력에 늘어져 있는 하진에게 조금이나마 힘이 되려 한석은 부단히 노력하고 있었다. 쓸데없다 느끼는 말도 하진의 앞에서는 최대한 많이 하려고 했고, 많이 웃고 많이 감정을 표현하려 했다.

당연히 모든 것은 하진을 위해서. 그리고 늘 마음을 단단히 다잡으면서도 아주 가끔은 하진의 그 시커먼 감정 속에 덩달아 잠식될 것 같은 저를 위해서.

그렇게 둘은 한동안 바닷가에 머물렀다. 자신들만을 위해서 펼쳐진 듯한 착각이 드는 그 공간 안에서 하진은 제 안의 무엇인가가 꿈틀대고 또 무엇인가는 정리되는 것을 느꼈다. 오직 자신만이 알 수 있는 실로 섬세하고도 기민한 감각이었다. 물론 무엇을 상기하고 무엇을 지워 냈냐고 묻는다면 정확히 답할 수는 없었다.

"감기 걸리겠다."

어디선가 세차게 불어온 바람이 하진의 머리칼을 흩날리자 한석이 미간을 찡그렸다. 그만 차로 가자고 하기에 고개를 저었다. 조금만 더 있다가, 대충 입술을 달싹이자 한석이 눈을 가늘게 떴다.

"그럼 뭐 따뜻한 거라도 사 오게. 너 지금 손 차가워."

괜찮은데……. 하진은 눈을 깜빡이다 한석의 고집에 결국 그를 따랐다. 근방에는 아무것도 없고 편의점은 한석의 기준에서 하진이 걸어가기에는 꽤 거리가 있었다.

결국 한석은 하진을 다시 차에 태웠다. 따뜻한 음료를 손에 들리고, 내린다는 하진을 살살 꼬드겨 차에서 밤바다를 보게 했다. 아주 멀리 노랗고 하얀 불빛만 어른거리는 바다는 끝을 알 수 없게 아득하고 평온했다.

이따금 하진이 홀짝대는 소리만 들리는 고요한 차 안, 어느 순간 한숨 같은 소리가 흘러나왔다.

"……좋네."

말없이 앞만 보던 하진이 묵직한 저음에 슬쩍 고개를 돌렸다. 가늘어지는 남자의 눈매를 가만히 보던 하진의 손이 점퍼 속 핸드폰으로 향했다.

[나 뭐 물어볼 거 있는데]

"뭔데?"

한석이 설핏 웃었다. 기분 탓인지 반가워하는 것 같기도 했다. 하진은 또 열심히 손가락을 움직였다.

[진지하게 말해]

"난 너한테 항상 진지하지."

여전히 웃음기가 밴 얼굴에 잠시 멈칫하다 하진은 물었다.

[넌 후회하지 않아? 나랑 이러고 있는 게]

[나를 좋아해도 힘든 건 힘든 거잖아 나는 언제까지 이렇게 말도 못 하고 병원만 다니면서 살지도 모르는데]

[넌 어떻게 그렇게 다 포기하고 살 수 있어?]

속도감 있게 타이핑되는 글자에 한석의 얼굴에서 웃음기가 점차 사라졌지만 멈출 수가 없었다.

[나는 네 마음을 잘 모르겠에]

내 마음이라……. 마지막 말을 입 안에서 굴리던 한석이 긴 숨을 뱉어 냈다. 어느새 그는 다시 앞을 보고 있었다. 하진은 어쩐지 초조한 마음으로 그가 보는 검푸른 바다에 다시 시선을 주었다. 한동안 침묵하던 한석에게서 나직한 목소리가 흘러나왔다.

"너를 다 이해할 수 있다면 거짓말이겠지만."

"……."

"어떤 면에서는 나만큼 너를 잘 이해할 수 있는 사람도 없을 거야."

하진은 여전히 앞만 응시하는 그의 말에 무섭게 집중했다.

"널 만나기 전에, 나는 사는 게 존나게 재미없었어. 사실 재미라는 말도 사치지. 자고 일어나서 숨 붙어 있는 게 너무 화가 나서 미쳐 버릴 것 같은 순간도 있었으니까. 거창한 목표 같은 건 없어도 사람이 살려면 숨통이 트여야 하잖아. 근데 그게 없으니까."

조용히 흘러나오던 말끝 그가 별안간 픽 웃었다.

"우울증? 그래, 인정해. 난 솔직히 그런 건 나약한 사람들만 걸리는 거라고 생각했어. 당장 눈앞에 쓰레기 같은 현실이 있는데 우울할 틈이 어디 있어? 가끔 다 버리고 사라져 버리고 싶다고 생각할 때마다 내가 그냥 못난 새끼라 그렇다고 꽉꽉 눌렀는데, 지나고 나니까 알겠더라. 나는 늘 우울하고 늘 괴로웠어. 내 자신이 멀쩡하게 숨 쉬는 것도 역겨울 정도로."

무심한 어투로 뱉어 내는 짐작하지도 못할 상처에 마음이 욱신거렸다. 하진은 어느새 한석을 바라보고 있던 시선을 거두고 대신 그와 같은 장면을 눈에 담았다.

"근데 네가 나를 믿고 따라가겠다고 한 순간에 세상이 변하더라."

잠시 말을 끊은 남자가 느릿한 숨을 한 번 뱉어 내더니, 이내 다시 입을 열었다.

"책임져야 할 사람이 생긴 거잖아. 내가 해야 할 일이 정확하게 눈앞에 보이니까 사는 게 그렇게 재밌을 수가 없는 거야. 아, 오해하지 않았으면 하는 게 그럼 너 아니고 다른 여자였어도 이렇게 쎄빠지게 하냐면 그건 절대 아니고. 알잖아?"

그제야 한석이 하진에게로 고개를 돌렸다. 손을 뻗어 하진의 말랑한 볼을 툭, 건드렸다.

"난 포기한 게 없어. 포기하려고 했던 걸 말도 안 되는 기회로 가진 거지. 아, 기회라고 표현해서 미안해. 그렇지만 그거 말고 뭐라고 설명하겠어? 너도 나 같은 새끼랑 엮이고 싶은 마음은 추호도 없었잖아."

"……."

"나는 너랑 있으면 나도 남들처럼 살 수 있을 것 같다는 생각이 들어. 그냥 왜, 있잖아. 일반적으로 사람들이 거쳐 가는 과정 같은 거? 알아, 나도. 네가 내 마음과 같지는 않겠지. 네가 선택의 여지가 없어서 날 따라왔다는 걸 알아. 하지만……."

무슨 생각을 하는지 한석의 눈빛이 어둡게 가라앉았다. 마주한 시선은 날카로웠다.

"난 원래 머리 굴리는 거 잘 못 해. 그러니까 그냥 내 말은 꼬아 듣지 말고 그대로 받아들이면 돼."

미약한 숨소리까지도 하나도 놓치지 않겠다는 듯한 형형한 눈동자가 하진을 똑바로 응시했다.

"갈수록 더 네가 좋아, 박하진. 처음 봤을 때보다 안아 봤을 때가 더 좋았고, 안아 봤을 때보다 네가 내 앞에서 울었을 때가 좋았고, 그냥 하루하루 갈수록 더 좋았어. 기억나지? 터미널에서 버스 타기 전에 내가 한 말. 그때까지는 놓을 수 있다고 생각했어. 지금 생각해 보면 존나 객기긴 한데, 어쨌든."

조금씩 빠르게 말을 뱉던 한석이 깊게 숨을 들이마셨다. 단단한 가슴팍이 일순 팽팽히 부풀었다가 다시 나른하게 꺼지는 것을 보는데 불규칙적으로 심장이 뛰었다.

"그런데 지금은 안 돼."

얼핏 나긋하지만 단호한 목소리가 하진의 가슴속에 파고들었다.

"부담 가져도 좋아. 아니, 부담 가졌으면 좋겠어. 난 이제 너 없으면 안 돼. 고작 이 정도 같이 있어 놓고 같잖다고 생각할 수도 있겠지만 정말로 행동으로 보여 줄 테니까. 네가 날 따라온 걸 후회하지 않게 정말 잘해 줄 거야."

만약 한석이 좀 더 요령 있는 타입이거나 하진에게 덜 진지했다면 이런 식으로 제 마음을 다 보여 주지는 않았을지도 모른다.

하지만 한석은 단순했고, 직설적이며 또 솔직했다. 괜히 머리 굴리는 것은 딱 질색이었다. 한석은 하진의 마음을 잡기 위해 제 패를 다 까 보이는 것을 선택했다.

"어때. 대답이 됐어?"

어둠을 집어삼킨 새까만 시선이 하진에게 꽂혔다. 그가 눈을 피하는 것을 싫어하는 걸 알지만 하진은 시선을 슬쩍 떨구었다. 어림짐작했던 것보다 더 크고 깊은 마음에 순수하게 놀라고 감동하면서도 필연적으로 다가오는 희미한 무거움.

한석은 이번에는 하진을 타박하지 않았다. 혼자 존나 떠들었네, 덧붙이며 옅게 웃을 뿐.

"이제 그럼 내 차례."

뭘? 여전히 한석과 눈을 맞추지 않고 있는 그녀의 시선이 흔들렸다.

"넌 내가 좋긴 하냐?"

끄덕, 그리 오래지 않고 돌아온 답에 한석의 심장이 미친 듯이 뛰었다. 제멋대로 달음질하는 그것을 애써 누른 그는 차분히 다시 물었다.

"나 따라온 거 후회는 안 하고?"

이번에는 조금 더 빨리 답이 돌아왔다. 가만히 까닥이는 고갯짓을 홀린 듯 보고 있던 한석의 입술이 천천히 벌어졌다.

"……계속 내 옆에 있을 거지?"

대답 대신 고개를 돌려 저를 응시하는 하진을 한석은 숨도 제대로 못 쉬고 바라보았다.

거짓말이라도 좋은데, 기꺼이 기쁘게 속아 줄 수 있는데……무심한 얼굴에서는 아무런 감정도 엿볼 수가 없다. 긍정도 부정도 하지 않고 저를 빤히 보는 하얀 얼굴이 그를 미치게 했다.

씨발, 한석은 차마 하지 못한 욕을 잇새로 삼켰다. 당장이라도 다그치고 싶다. 왜 답하지 않냐고, 언젠가 나를 떠날 생각이냐고. 그럼 그런 널 잡으려면 나는 어떻게 해야 하냐고.

하지만 재차 묻는 것은 아무리 한석이라도 망설여졌다.

"그만 가자."

아무렇지 않은 척하면서도 어그러지는 표정까지는 감출 수 없던 그는 하진의 답도 듣지 않고 시동을 걸었다. 이내 차가 출발했다.

정말 그러면 안 되지만, 이런 생각을 하면 안 된다는 것을 누구보다 잘 알지만…… 한석은 그 순간 하진이 말할 수 없어 차라리 다행이라고 생각했다.

* * *

길었던 장마 끝 찾아왔던 폭염도 조금씩 끝이 보이고 있었다. 조금 있으면 한석이 올 것이다. 작은 상을 펴 놓고 사부작대던 하진은 아까부터 뒤적거리던 문제집을 덮어 버렸다. 물론 딱히 집중하지 않긴 했지만, 풀어 봤던 문제 중 반이 틀렸다.

'아무리 그래도 이럴 수가 있나?'

말이 안 나오는 것뿐인데 바보가 되어 버린 기분이다. 정교하고 복잡한 공식의 수학 문제를 기계처럼 척척 풀어냈던 자신인데. 만점이 당연했던 영어는 또 어떻고? 수능 때 듣기 문항을 모조리 날려 버린 자신이 갑자기 떠올랐다.

'그만하자.'

기껏 나쁘지 않았던 기분이 가라앉자 하진은 아예 문제집을 벽장 속 어딘가에 처박아 버렸다. 무료해 뭐라도 할 걸 찾다가 발견한 것인데 괜한 짓이었다.

약을 줄이니 확실히 잠도 줄었다. 마치 양날의 검 같다. 부정적인 생각을 넘어 아예 생각을 할 수 없게 만드는 것 같은, 희뿌옜던 머릿속이 또렷해짐과 동시에 기다렸다는 듯 현실로 내몰리는.

하지만 둘 다 경험해 본 상황에서 하진은 후자가 낫다는 결론을 내렸다. 물론 약으로 도움을 받은 덕분에 지금이 있다는 것은 알았다.

오늘은 간만에 밖에서 외식을 하기로 했던 터였다. 뭐 입고 가지, 옷장을 열던 하진은 문득 조금이라도 더 괜찮은 옷을 고르는 제 모습이 우습다고 생각했다. 침대에 환자처럼 누워서 옷 갈아입을 생각도 안 하던 때가 불과 얼마 전인데, 나름대로 좋은 곳에 식사를 하러 간다고 조금은 들뜬 모양이었다.

옷장 옆 거울에 비친 제 모습을 보다 보니 어젯밤 한석과 뒹굴며 나눴던 이야기가 기억이 났다.

잠들기 전 하진이 한석에게 넌 내가 왜 좋냐고 물었던 게 시초였다. 귀엽게 사랑을 확인하듯 물어본 건 아니고, 씻고 난 직후 욕실 거울에 비친 제 모습이 너무 마르고 피곤해 보였던 게 생각나 물었던 거였다.

어쨌든 한석은 처음에 제가 예쁘다고 관심을 비쳤으니까. 복도에서의 첫 만남을 하진은 아직도 생생하게 기억했다.

"당연한 걸 왜 묻냐?"

모로 누워 하진을 끌어안고 있던 한석이 눈을 찌푸렸다. 아무리 찜통더위에 시달리는 밤이어도 한석은 하진을 제 품 안에 꽁

꽁 싸매고 잤다.

"예뻐서 좋아하는데."

당당한 답은 사뭇 황당하다는 투였다. 그리고 황당한 건 하진도 마찬가지였다.

'뭐가 예쁘다는 거지.'

바로 대답하는 거 보니 진심인 것 같긴 한데……. 하진은 속으로 한숨을 쉬었다. 콩깍지가 단단히 낀 게 틀림없었다. 아님 여기 박혀서 저만 보고 사니 시야가 좁아졌다든가.

제가 나름 객관적이라고 생각하는 하진은 실제로 외모에 자신이 있는 편이었다. 어려서부터 어딜 가나 예쁘다는 소리를 들었고 엄마와 함께 쇼핑을 하다 대형 기획사의 실장에게서 명함을 받았던 적도 있었다. 그때는 엄마 닮아서 예쁜 거라고 속으로 생각했었지만.

하지만 지금은 절대 아니다. 하진은 어느 순간 제 얼굴에 생기가 없어졌다고 느꼈다. 이목구비는 분명 그대로인데 제가 알던 제 모습이 아닌 것 같다. 하나도 안 예쁜데, 또박또박한 입 모양을 어둠 속에서도 잘도 알아들은 한석이 입꼬리를 끌어 올렸다.

"암튼 의심 많아, 너 진짜 예쁘다니까? 난 네가 예뻐서 좋아해. 너는 울어도 예쁘고 웃어도 예쁘고 숨만 쉬어도 존나게 예뻐."

그만하라는 신호로 팔을 잡았지만 한석은 멈추지 않았다.

"네가 또 오해할까 봐 그러는데. 음, 어느 날 갑자기 네가 살이 엄청 찐다거나 아니면 반대로 비쩍 곯는다든가. 그런 일은 절대 없겠지만 어디 병원에서 얼굴을 확 바꿔 온다고 해도 예쁠 거야. 내 말 뭔 얘긴지 이해해?"

씹, 나는 왜 이렇게 말을 못하냐. 갑자기 머리를 신경질적으로 쓸어 넘기는 남자를 가만히 보는데 별안간 하체에서 묵직한 무언가가 느껴졌다. 한석이 제 다리 한쪽을 하진의 다리 사이에 은근하게 끼운 것이다. 겹쳐진 허벅지의 두껍고 단단한 양감이 그날따라 유독 생생했다.

어느새 허리께를 지분대는 손끝의 열기는 얄팍한 얇은 천 사이로 가려지지 않았다.

"말로 못 하면 몸으로 해야지."

그치, 말도 안 되는 답을 종용한 한석이 무방비하게 드러난 뽀얀 목덜미에 입술을 묻었다. 더운 숨결이 닿는 곳이 못 견디게 간지러웠다. 예민하게 반응하며 몸을 조금 비트는 하진을 커다란 남자가 완전히 덮어 버렸다.

"안 예쁘면 내가 이러고 있겠냐고."

얇은 홑이불을 거추장스럽다는 듯이 내쳐 버린 남자의 입술이 점점 더 아래로 내려가기 시작했다. 말아 올라간 티셔츠 속 부드러운 가슴에 얼굴을 묻었다. 높은 콧대와 약간 까슬한 입술이 살에 비벼지는 감각이 선명했다. 급기야 혀로 야릇한 애무를 이어 나가는 한석에 하진의 숨이 조금씩 가빠지기 시작했다.

'왜 이러지.'

한석이 이럴 때마다 매번 어쩔 줄 모르는 기분이긴 하지만 새삼스러울 것도 없는데. 어젯밤은 그의 페이스에 유독 저도 휘말리는 느낌이었다. 저도 한석이 좋으니 거부하지 않는 스킨십이다.

하지만 그간 상황 탓인지 뭔지 생리적인 반응 빼고는 별다른 감흥이 없었는데 요즘 들어서는 자꾸 민감하게 반응하게 되었다.

그런 하진을 눈치 빠른 한석이 모를 리 없었다.

정신없이 가슴을 빨면서도 그의 손은 쉬지 않았다. 돌덩이처럼 딱딱한 제 것과는 다르게 아슬한 곡선을 그리는 나긋한 몸을 끊임없이 만지고 쓸어내렸다. 그러다 별안간 고개를 들어 허겁지겁 입을 맞춰 왔다. 이제는 진득한 키스에도 제법 익숙해진 하진이 조심스럽게 혀를 마주 얽자 그녀의 허리를 안은 커다란 손에 힘이 꽉 들어갔다.

'……좋아.'

가슴 깊은 안정감이 들었다. 지금도 딱히 정상은 아닌 것 같지만, 반쯤 정신 나가 있었을 때도 한석이 이렇게 꽉 안아 주면 그저 좋았다.

그의 말이 아예 허황한 것도 아닌 게, 이렇게 숨을 맞대고 몸을 겹치다 보면 확실히 뭔가가 전달되는 느낌이긴 했다. 거세게 고동치는 맥박이라든가, 약간은 거친 듯해도 결국은 소중하게 저를 끌어안는 체온이라든가. 그런 직관적인 것들은 일시적이고 충동적인 욕구로 치부될 것이 아니었다.

예민하고 의문 많은 하진이지만 그것만큼은 본능적으로 느낄 수 있었다. 당장이라도 저를 어떻게 하고 싶은 것 같은 새까만 눈빛만큼은 아직도 적응이 되지 않긴 했지만, 어쨌든.

한석의 품 안에 있으면 든든했다. 무엇이든 막아 줄 것 같았다.

어느 순간 하진의 머릿속에서 복잡한 상념들이 날아갔다. 그저 몸을 타고 흐르는 아찔한 기류에만 집중할 뿐. 점막이 비벼지며 나는 젖은 소리만이 좁은 방 안을 가득 채우는 와중 맞닿은 밑에서 점점 부피를 불려 가는 그의 것이 느껴졌다. 안 봐도 무섭게 솟아 있을 게 상상이 갔다.

같이 몸을 부대끼고 살고는 있지만 그들 사이에 그어진 암묵적인 선이 있었다. 한석은 의외로 그 선을 넘으려 하지 않았고 오히려 하진이 그런 한석의 속내를 궁금해했다. 예컨대 지금처럼 온몸 구석구석을 녹여 버릴 듯 집요하게 애무하면서도 은밀한 곳에는 의식적으로 손조차 대지 않는 거라든가.

누구의 것일지 모를 타액이 목구멍으로 꿀떡꿀떡 넘어가는 와중, 하진은 어느새 저를 완전히 타고 오른 남자의 티셔츠 안으로 조심스럽게 손을 넣어 보았다.

"……!"

순간, 끈적하게 이어지던 키스가 뚝 멎었다. 여전히 입술을 맞댄 채지만 세차게 흔들리는 눈빛. 그 굳은 얼굴에 도리어 더 대담해진 하진은 더 깊게 팔을 뻗었다. 곧게 뻗은 등줄기를 천천히 쓸어내리니 한석의 눈썹이 씰룩였다. 지금껏 하진이 이런 식으로 한석을 만진 적은 없었다.

저와는 다르게 생동감 있는 몸은 따뜻하고 딱딱했다. 단단한 등을 쓸던 하진의 손이 군살 하나 없는 허리와 복부로 내려갔다. 한석의 커다란 몸이 움찔 떨렸다.

어……? 손끝에서 느껴지는 감각에만 집중하던 하진이 다시 그와 눈을 맞췄다. 분명 당황한 듯한, 어쩐지 난처한 것도 같은 눈빛을 마주한 순간 묘한 호승심이 들었다. 입고 있는 티셔츠를 끌어 올리려 하자 한석에게서 기가 찬다는 소리가 흘러나왔다.

"벗으라고?"

응, 하진은 망설임 없이 고개를 끄덕였다. 그러고 보니 매번 옷이 거의 다 벗겨지는 건 제 쪽이었고 한석은 딱히 그런 적이 없었다. 한석의 입꼬리가 웃는 듯 우는 듯 어그러졌다.

"까라면 까야지, 또."

중얼거린 그가 반소매 티셔츠를 망설임 없는 손길로 벗어 던졌다. 눈앞의 탄탄한 남체에 하진의 눈빛이 미세하게 흔들렸다. 딱히 따로 운동하는 것도 없는데, 언젠가 근육이 잘 붙는 체질이라고 말한 게 사실이었던 듯 크고 작은 근육들로 빼곡하게 들어찬 몸은 확실히 위압감이 있었다.

"왜, 벗어 보라며."

어느새 여유를 되찾은 한석이 씩 웃었다. 아예 하진의 손을 끌어 제 가슴팍 쪽에 갖다 대기까지 했다.

못 할 줄 알고? 티 안 나게 입 안 살을 잘근 깨문 하진이 한석의 몸을 훑었다. 여름내 조금 그을린 몸이 창백한 제 손과 대비되어 괜히 더 야릇하게만 보였다. 몸이 좋다는 게 이런 거구나, 사실 옷을 입고 있어도 그게 티가 나는 남자였고 벗은 몸을 처음 보는 것도 아닌데 만지다 보니 새삼스럽게 깨닫게 되었다.

어색함을 숨기지 못하면서도 제게서 손을 떼지 않는 하진에 한석의 눈이 가느스름해졌다. 그리고.

'……이건 진짜 무서울 정돈데.'

팬츠를 뚫고 나올 듯 발기한 그의 것으로 문득 시선을 내린 순간 저절로 꼴깍 침이 넘어갔다. 드러난 윤곽만으로도 크기나 부피감이 충분히 짐작이 갔다.

가끔은 그저 안기만 해도 이럴 때가 있는데 지금 한석이 얼마나 흥분했는지는 말하지 않아도 알 것 같았다. 그리고 중요한 것은 이런 남자의 모습에 하진 역시 동요하고 있다는 거였다. 손이 멈춘 하진을 보던 남자가 피식 웃었다.

"여기도 만지고 싶어?"

어쩐지 놀리는 듯도 같은 그 말에 하진의 미간이 슬쩍 좁아졌다. 사실 뭐, 무서울 것도 없었다. 저랑 하고 싶으니 자연스러운 반응이겠지. 딱히 한석이 저를 도발한다고는 느껴지지 않았다.

그러니까, 두툼하게 솟아오른 중심부에 손을 가져다 댄 것은 정말로 별다른 생각 없이 이루어진 행동이었다. 물론 스치는 정도의 미세한 접촉이었지만.

"……."

충동적이고 객기 어린 행위였다는 것은 싸늘하게 구는 남자의 얼굴에 한 박자 늦게 자각했다. 멈칫한 하진의 손이 어설프게 방황하다 파드득 떨어져 나가는 순간. 한석이 가는 손목을 덥석 움켜쥐었다. 빠른 동작에 채 조절치 못한 힘이 실려 있었다.

"씨발."

눈을 똑바로 보면서 하는 욕에 하진은 순간 얼어붙었다. 번득이는 안광이 무서웠다. 비록 제게 잘 웃어 준다고는 하지만 그는 사실 원체 서늘한 이목구비를 갖고 있었다.

"너 왜 그래?"

쏘아붙이는 목소리가 음습했다. 대꾸할 수 없는 하진은 눈만 깜빡였다. 여전히 그녀의 손목을 잡은 채 한석의 엄지손가락이 하얀 손바닥을 은근하게 쓸었다.

"왜, 나랑 하고 싶어서?"

얼굴이 조금 더 가까워졌다. 하진은 침묵했지만 그의 눈을 피하지 않았다.

글쎄, 깊이 파고들어 본 적은 없지만 사실 못 할 것도 없지 않나 싶었다. 물론 두려움이나 무서움이 전혀 없다고는 할 수 없지만 지금껏 그들이 했던 일들을 돌이켜 보면 아무 일 없이 지냈던 게 신기한 수준이니까.

모르는 게 많았기에 하진은 오히려 더 대담했다.

한석은 그런 하진을 보며 자꾸 마르는 것 같은 제 입술을 느리게 혀로 축였다. 팽팽하게 당겨진 공기 속 하진이 고개를 설핏 끄덕이던 순간. 쯧, 혀를 한 번 찬 한석이 망설임 없이 몸을 일으켰다. 지금까지 제 위에 실려 있던 묵직한 무게가 사라지자 뭔가 허한 기분이 들었다.

"씻고 올 테니까."

"……."

"먼저 자."

씻고 누웠는데 뭘 또 씻고 온다는 건지. 의아함에 흔들리는 눈빛을 모른 척 한석은 미련 없이 뒤돌았다. 반나체로 욕실로 향하는 뒷모습을 보며 하진은 잠시 멍하니 누워 있었다.

한석이 이해가 안 간다는 게 바로 이런 면이었다. 직전까지 정욕으로 시꺼멓게 들끓는 눈을 했으면서, 제가 싫다고 한 것도 아닌데 어떻게 이렇게 탁 털고 자리에서 일어날 수 있는지.

'진짜로 내가 하자고 해도 안 할 것 같아.'

하진은 흐트러진 옷매무시를 대충 정리하고 모로 돌아누웠다. 한석은 꽤 오래 돌아오지 않았다. 욕실 너머 물 쏟아지는 소리를 들으며 잠깐 졸았던 것도 같다. 다시 돌아와 뒤에서 저를 끌어안는 남자의 몸은 늘 뜨끈한 평소와 달리 냉수마찰이라도 하고 온 듯 차디찼다.

어제의 일을 상기하던 하진의 머릿속을 순간 스쳐 가는 의문이 있었다.

'정한석은, 경험 있을까?'

결론을 내리는 데는 오랜 시간이 필요치 않았다. 아마 그럴 것 같다. 저를 만지는 한석의 손길은 능숙했고 또 자연스러웠다.

하긴, 그를 둘러싼 소문들에는 여자에 관련된 것도 심심찮게 있었다. 유독 한석의 앞에서 설치고 다녔던 최이서를 포함해 여자애들은 모이면 은근히 정한석 얘기를 했다.

물론 한석이 학교를 다니며 용접 자격증을 딴 것이 의외였던 것처럼, 난잡하고 눈살 찌푸려지는 소문이 모두 사실이 아닐 거라는 것도 안다. 하지만.

제가 아닌 누군가를 그는 그렇게 다정히 안아 준 적이 있었을까?

'됐어.'

하진은 또 한 번 괜히 가라앉는 기분을 떨치려 고개를 저었다. 그러면서도 한석을 그만큼 신경 쓰는 것 같은 자신에 내심 놀랐다. 옷을 고를 의욕이 사라졌다. 바닥에 털썩 널브러져 앉은 하진은 한눈에 다 들어오는 방 안을 보며 눈을 끔뻑댔다.

여름도 끝물인 지금, 돌이켜 보면 그간 이런저런 일이 꽤 많았다.

한번은 한석이 일을 갔을 때 기를 쓰고 말을 하려고 난리를 피운 적이 있었다. 갑자기 이렇게는 살 수 없다는 벼락같은 생각이 든 것이다. 방에서 혼자 고전했지만 목구멍에서는 바람 같은 쉰 소리만 날 뿐 허사였다.

평생 이대로 살아야 하는 건가?

아득해졌다. 가슴을 퍽퍽 치며 우는데도 소리가 나지 않았다. 몇 시간이 훌쩍 지난 것도 모르고 난장을 피고 있는데 한석이 왔다. 놀라 뛰어 들어온 그가 하진을 허겁지겁 끌어안았다. 뭘 알고 그러는 것도 아닐 텐데 이유도 묻지 않았다.

대신 진이 빠져 흐느적대는 몸을 꽉 안은 채 괜찮다고 쉴 새 없이 말해 주었다. 눈물로 젖은 뺨에 입을 맞추고 안쓰러워 죽겠다는 눈으로 그녀를 보았다.

"내가 꼭 낫게 해 줄게."

한 자 한 자 꾹꾹 눌러 말하는 목소리는 정신없는 와중에도 또렷하게 귓가를 파고들었다.

"믿어 줘. 정말로, 무슨 짓을 해서라도 꼭 고쳐 줄 테니까."

마음은 갸륵할지언정 그가 그런 일을 할 수 없다는 것을 아는데, 너무나 잘 알고 있는데도 그 말을 하던 한석의 표정이 무섭도록 진지해서 눈물을 삼키고 고개를 끄덕일 수밖에 없었다. 기력이 다해 까무룩 잠이 들 때도, 죽은 듯 자고 일어난 후에도 한석은 계속 그녀의 옆에 있었다.

그날 이후 한석은 다쳤을 때도 나갔던 일을 며칠 쉬었다. 계속 집에 있으며 하진을 돌봤다. 병원에 안 간다는 저를 붙잡고 설득하던 남자의 얼굴은 몇 주가 지난 지금도 생생했다.

"약은 갑자기 끊으면 안 좋다고 했잖아."

고집을 부리는 저를 보는 남자는 속이 타 죽겠다는 표정으로 안절부절못했다.

"그럼 이번 한 번만 가자. 응? 나도 상담 때 같이 들어갈게."

아예 벽을 보고 돌아누워 버린 하진을 뒤에서 끌어안고 어찌나 상냥하게 어르던지. 다른 때라면 표정을 싸늘하게 굳힐 행동, 그러니까 제 허리를 감싸는 남자의 팔을 홱 치운다든가 눈도 쳐다보지 않고 고개를 돌린다든가……. 그때만큼은 전부 다 받아 주었다.

어디 그것뿐인가, 하진은 한석이 정성껏 차린 밥도 거들떠보지도 않았고 씻으러 들어가서도 문을 잠그고 펑펑 울기만 해 한석의 속을 시꺼멓게 태우기까지 했다.

사실 한석의 잘못은 당연히 하나도 없었는데도 어디에도 분출하지 못했던 하진의 감정을 오롯이 다 받아 주고 안아 주었다. 말도 안 되는 억지에도 단 한 번도 소리를 높이거나 화를 내지 않고, 그저 그렇게.

사실 부모조차도 그렇게 해 준 적이 없었기에 하진은 제멋대로인 와중에도 얼떨떨했다. 어쩌면 아빠가 한석의 반의반, 아니, 10분의 1만 했어도 집을 나오지는 않았을지도 모른다.

제멋대로 구는 자신을 받아 준다? 이 사달이 나기 전에도 하진의 인생에서 그런 사람은 없었다. 오히려 신경 한 번 안 쓰이게 하는 모범생으로, 친구 관계까지 파고들어 통제하는 집에서 하라는 것만 하고 살았어도 돌아오는 것은 그게 당연한 거라는 소리뿐. 매일 집이 가시방석이었고 불편했으며 때로는 불안했다.

한석과 있으며 하진은 많은 것을 은연중에 깨닫고 있었다. 이 한 칸짜리 방이 대궐 같았던 제집보다 훨씬 편했다. 그건 당연히도 한석이 존재했기 때문이었다. 한석이 말도 안 되게 살가울수록, 과분하게 따뜻할수록 하진의 마음속에서도 그를 향한 무언가가 느리지만 조금씩 피어났다.

'벌써 다음 달이네.'

한동안 잊고 있던 집을 생각하니 엄마가 떠올랐다. 다른 건 몰라도 9월 초순이 예정일이라는 것은 확실히 기억난다.

집을 나오기 전까지만 해도 전혀 임신한 티가 나지 않았던 엄마의 몸은 만삭으로 많이 무거워졌을 것이다. 딱히 엄마가 걱정

되지는 않았다. 엄마는 상황상 티를 대놓고는 못 내긴 했어도 행복함을 감추지 못했으니까.

엄마와 아빠는 곧 진짜 가족의 형태를 이룰 것이다.

한 발 뒤에서 돌아보니 알게 되었다. 저는 그 집에서 가족이 없었다. 같이만 살았지 진정으로 감정을 교류해 본 적이 없다. 모든 것은 일방적이고 폭력적인 형태였다.

남자에 미쳤다고 비난받아도 상관없다. 계속 함께였던 부모보다도 고작 1년가량 같이 산 한석이 훨씬 더 의지가 되었다.

연락 한 통 없는 아빠에게 서운함은 없었다. 그냥, 그럴 것 같았다는 감상뿐이다. 그날 밤도 아빠는 자신을 잡지 않았으니까.

'밖에 나가 있을까.'

살짝 열린 창밖에서 불어오는 바람이 제법 시원했다. 하진은 개중 가장 괜찮아 보이는 원피스를 입고 나갈 채비를 했다. 얼마 전 한석과 함께 가서 자른 머리카락은 어깨에 닿을 듯 말 듯 살랑이고 있었다.

좁은 골목에는 차 댈 데가 여의치 않아, 한석은 그리 멀리 떨어지지 않은 개방형 공영 주차장에 차를 대 놓고 걸어오곤 했다. 그가 돌아오는 때는 늘 일정해 최근에는 시간 맞춰 마중을 나갔다 같이 들어온 적도 두어 번 있었다. 한석은 뭐 하러 나왔냐고 눈을 찌푸리면서도 결국은 좋아했다.

마지막으로 핸드폰까지 집어 든 하진이 막 현관문을 열고 나가던 순간이었다.

"……!"

어머나, 문이 열리는 소리에 이어 놀란 듯한 아주머니의 목소리에 하진은 그대로 굳어 버렸다. 꽤 무거워 보이는 커다란 은색 냄비를 막 문 앞에 내려놓던 참이었던 아주머니가 하진을 빤히 보더니 이내 어색하게 웃었다.

"아이고, 딱 문 앞에 놓고 가려고 했는데 만나 버렸네?"

"……."

놀란 하진은 한 손으로 문을 잡은 채 눈만 깜박였다. 작은 체구에 수더분한 인상의 아주머니는 딱히 위협적으로 보이지는 않았지만 모르는 사람이니 당연히 경계가 되었다. 누구냐고 물을 수도 없는 하진이 핸드폰을 쥔 손에 힘을 주는데.

"애 아빠가 이거만 놓고 얼른 오라고 했는데…… 나, 한석이 숙모야."

아……. 하진은 입만 조금 벌렸다. 그러고 보니 아주머니가 입고 있는 앞치마에 커다랗게 마트 로고가 박혀 있었다. 멍한 하진의 얼굴을 흘낏 본 아주머니가 말을 이었다.

"아니, 곰탕을 좀 많이 끓였거든. 여름 지나고 나니까 우리 식구가 다 더위 먹었는지 사골 좀 고아야겠더라고. 근데 그러니까 또 한석이 생각이 나잖아, 배달 갔다 오는 길에 살짝 놓고 가려고 했지."

결백하다는 듯 눈을 동그랗게 뜬 그녀가 빠르게 말을 덧붙였다. 한석이 늘 집에는 얼씬도 말라고 단속을 해서 문 앞에다 놓고 문자만 남겨 놓고 갈 요량이었다고. 말을 잇는 와중에 하진의 얼굴을 신기한 듯 여기저기 훑어보기도 했다.

"한석이 이제 올 시간 되지 않았어? 이왕 이렇게 된 거 내가 안에다 들여다만 봐 주고 갈게."

그래도 되지……? 되묻는 말에 하진은 고개를 끄덕이고 문을 활짝 열었다. 상당히 어색하고 민망한 건 맞았지만 선택지가 없었다.

무거울 텐데 냄비를 다시 번쩍 들고 안으로 들어오는 손길은 거침이 없었다. 웃차, 인덕션 위에 냄비를 올려놓은 아주머니가 조금만 끓여 놓고 가겠다며 사람 좋게 웃었다.

"이렇게 약하게 계속 끓여 놓다가, 한석이 오면 같이 먹어. 오면 바로 저녁 먹지?"

네, 하진이 입 모양을 하며 고개를 끄덕이자 아주머니가 금세 안쓰러운 낯을 했다. 제가 말을 하지 못하는 것을 알고 계시는 티가 났다.

'어디까지 알고 계실까.'

초조했고, 긴장이 되고…… 괜히 얼굴이 화끈거렸다.

처음 하진이 걱정했던 것도 저와 함께 사는 것을 한석이 삼촌 내외에게 어떻게 전달할까 하는 거였다. 안 그래도 이것저것 편의를 많이 봐주셨는데, 여자 데리고 와서 같이 사는 것을 좋게 볼 리가 없으니까. 한석은 그런 건 제가 알아서 할 테니 걱정할 거 없다고 입을 딱 닫아 버렸었고.

"너무 예쁜데 너무 말랐다. 밥은 잘 해 먹고 살고?"

대답할 새도 없이 아주머니가 냉장고 문을 열었다. 어제 장을 봐 와서 냉장고 안이 제법 차 있었는데도 마뜩잖다는 듯 에구,

소리를 냈다.

"내가 밑반찬 좀 해서 보내고 싶어도 한석이 걔가 곧 죽어도 자기가 알아서 한대서. 아니, 지금 와서 숙모 노릇 하기에도 염치없어서 내가 그냥 있긴 한데…… 그 어린 애가 그래도 지 아빠처럼 안 살려고 여기까지 와서 험한 일 하는 거 보면 마음이 안 좋아."

"……."

"그…… 이름을 몰라서 못 부르겠네. 혹시나 말하자면 나랑 우리 아저씨는 아무것도 몰라. 실어증 뭐 비슷한 거라는 거는 한석이가 처음에 이 근방 병원 물어보면서 알게 된 거고. 솔직히 처음에 궁금해서 내가 좀 이것저것 캐물었더니 어찌나 싸늘하게 하는지……. 아무래도 어른들 입장에서는 걱정도 되고 궁금했는데 이렇게 와서 보니까 어휴, 또 너무 애기 같고 그러네."

쏟아지는 말을 하진은 우두커니 서서 듣기만 했다.

"암튼, 저거 잘 먹고. 한석이 알면 난리 나니까 그냥 문 앞에 놓고 벨 누르고 갔다고만 좀 잘 말해 줘. 그리고…… 혹시라도 뭔 일 있으면 우리 마트로 와. 사정은 모르겠지만 우리 딸 또래인데 이러고 있으니까 맘이 쓰이네."

어째 분위기는 한석이 아닌 하진을 걱정하는 것으로 흘러가고 있었다. 때마침 전화벨 소리가 울렸다. 또다시 에구, 소리와 함께 핸드폰을 꺼낸 아주머니는 지금 가고 있다며 대뜸 소리를 치더니 전화를 끊었다.

"그럼 가 볼게. 한석이 오겠다. 참."

바쁜 듯 황급히 나가려던 그녀가 갑자기 허리춤에 맨 작은 가방을 뒤적였다.

"그냥 갖고 있어. 비상금은 있어야지."

눈이 커진 하진이 고개를 저었지만 손에 지폐를 구겨 넣는 힘은 억셌다. 한 손을 대충 흔들며 눈인사를 한 아주머니가 문을 닫고 나간 후에도 하진은 잠시 그대로 서 있었다. 구겨진 5만 원짜리 지폐가 손안에 닿는 감각이 서늘했다.

이루 말할 수 없는, 강한 수치심이 들었다.

아무도 죄가 없다. 아무 말 못 하고 서 있을 수밖에 없던 자신도, 저를 염려해 절대 집에 아무도 들이지 못하게 하는 한석도, 처음 보는 저를 가엾게 여기고 무슨 일 있으면 연락하라며 돈까지 쥐여 주고 간 한석의 숙모도.

당연한 일인데도 왜 이렇게 가슴속에서 미친 듯이 화가 나는 걸까?

자꾸 눈에 물이 고였다. 하진은 눈에 힘을 꽉 주고 입 안 연한 살을 피가 나도록 깨물었다.

이 방 안에서 자신은 자꾸 약해진다. 평생 흘릴 눈물을 여기서 다 흘리는 것 같았다. 하진은 쥐고 있던 지폐를 이미 두둑한 제 지갑 안에 쑤셔 넣었다. 화장기 하나 없는 얼굴을 다시 찬물로 벅벅 씻고 그때까지 부엌에서 끓고 있던 냄비를 껐다. 어차피 저는 한석과 나가서 먹을 테니까……

'오늘 계속 기분 좋았잖아. 좋은 생각만 하자.'

혼자 마음을 다잡고 있는데 비밀번호를 성급하게 누르는 소리가 들렸다. 그마저 틀려서 다시 누르고 있기에 가서 문을 열어 주었다. 볼 것도 없이 한석이었다.

"울었어?"

신발을 벗어 던지듯 들어온 한석은 저를 보자마자 그 말부터 했다. 하진은 얼른 고개를 저었지만 그의 얼굴은 이미 험악하게 일그러졌다.

"그렇게 오지 말라고 했는데."

시팔, 거친 욕을 뱉어 낸 남자에 당황한 것은 하진이었다. 숙모님이 왔다 가신 걸 어떻게 알았는지는 모르겠지만, 사실 저를 곤란하게 하고 가신 건 아니었는데……. 하지만 설명하기도 전, 방 안을 휘휘 둘러보던 한석의 시선이 하진의 뒤 냄비로 향했다.

"못 믿으니까 와 봤을 게 뻔한데, 뭔 이딴 핑계를 대면서."

누굴 못 믿는다는 건지 얼핏 이해가 되지 않았다. 쯧, 사납게 혀를 찬 남자가 거침없이 다가왔다. 한석의 손이 향하는 곳을 무심결에 따라가던 하진의 눈이 커졌다.

"그냥 갖다 버려. 맛있는 거 먹으러 가자."

방금까지 끓어서 엄청 뜨거울 텐데, 한석은 어느 때보다 화가 난 듯했다. 뚜껑이 아니라 그냥 덥석 들 듯 손잡이를 막 움켜쥐려는 커다란 손을 본 순간.

"……안 돼."

어?

별안간 주위가 조용해졌다. 씨근덕대던 한석이 놀란 숨을 들이켜는 소리가 생생하게 들렸다. 둘 다 벙찐 표정이 되어 서로만 마주 보았다. 한석의 눈썹이 움찔거리고, 한발 늦게 꽉 억눌린 목소리가 흘러나왔다.

"……박하진."

제 이름을 부르는 것을 끝으로 그대로 얼어붙은 남자 앞 하진은 제가 방금 하고자 했던 말을 다시 읊어 보았다.

"안 돼."

"……."

"뜨거워……?"

아아.

이건 꿈인가? 하진은 믿을 수 없어 입을 벌린 채 찰나의 패닉에 빠졌다. 꿈이라면 너무 가혹하다 못해 잔인하겠지. 하지만 저를 보며 세차게 흔들리는 남자의 눈빛은 이것이 현실임을 말해주고 있었다.

심장이 터질 것 같았다. 가슴이 너무 뛰고 숨이 찼다. 목구멍이 까끌까끌, 아픈 것도 같으면서 또 터진 둑이 된 양 후련하기도 했다.

"박하진!"

치밀어 오르는 감정을 제어하지 못한 한석이 하진을 끌어안았다. 팔을 넓게 벌려 제 품 안에 꼭 맞는 몸을 완전히 감싸 안고 감격을 토해 냈다. 알 수 없는 탄성을 크게 질렀는데 과장을 좀 보태어 짐승의 포효 같기도 했다. 그 괴성 속에 갇혀 하진은 반쯤 정신 나간 사람처럼 중얼거렸다.

"나 말할 수 있어."

"어."

"나 이제…… 말을."

"하, 씹…… 그래, 하진아."

말할 수 있어, 말 나온다, 어떡하지? 하진은 계속해서 같은 말만 하고, 또 했다. 이상해 보일 건 알았지만 끊임없이 확인하고 싶어 견딜 수가 없었다.

제 목소리가 이랬었나? 잃었던 말을 되찾는 순간은 더할 나위 없이 기쁨과 동시에 미치도록 불안했다. 이 기적 같은 순간이 한순간의 꿈처럼 사라질까 두려워 하진은 입술을 계속 움직였다.

그런 하진에 맞춰 쉬지 않고 대답해 주던 한석이 결국 숨 막히게 키스해 오기 전까지 하진은 초점 나간 눈으로 서 있었다.

말을 찾았다.

잃어버린 지 1년여 만이었다.

5

"결국엔 버티는 게 이기는 거야. 한 10년은 죽었다 생각하고
뺑이 쳐야지. 암튼 지금은 이렇게 조공 하면서 구르는 수밖에
없어, 단계를 거쳐야 기능공도 되고 하는 거니까."

어깨를 으쓱한 한석이 손안에 든 맥주 캔을 단번에 비워냈다.
캔이 조금씩 찌그러짐과 동시에 남성적인 목울대가 도드라지는
것을 하진은 말없이 바라보았다. 언제까지 그 일을 할 생각이냐
는 직전 제 물음에, 그럼 이거 아니면 제가 뭘 해 먹고사냐며 웃
었던 한석이었다.

"넌 다른 것도 잘할 것 같은데."

"내가?"

제 말에 눈을 가늘게 뜨는 남자를 보며 하진은 한 박자 늦게 응, 하고 답했다. 순간 고개만 끄덕일 뻔했던 것을 꾹 눌렀다. 그새 몸에 밴 습관을 지우는 것은 쉽지 않았다. 음…… 마뜩잖은 소리를 내던 한석이 조그만 술상을 대충 밀어 버렸다.

"그런 재미없는 얘기는 그만하고 이리 와 봐."

저를 향해 두 팔을 활짝 벌린 남자의 입가에 미미한 웃음이 걸려 있었다. 오늘 한석은 기분이 좋아 보였다. 일을 마치고 와 하진과 함께 단출한 저녁 식사를 준비하면서도 답지 않게 콧노래까지 흥얼거리던 남자였다.

하진은 가끔 그가 험한 일을 하는지 아닌지가 헷갈렸다. 제가 캐물어 그가 간혹 들려주는 현장의 이야기는 전쟁이 따로 없던데.

"얼른."

하진이 꿈쩍도 않자 한석이 눈썹을 씰룩였다. 딱히 가기 싫은 이유도 없으면서 괜히 미적대자 한석이 헛웃음을 흘렸다.

"아무튼 너는 사람 애달게 하는 재주가 있어."

딱히 와 닿지 않는 말을 한 한석이 코앞에 있는 하진에게 막 팔을 뻗으려던 차였다. 그가 옆에 아무렇게나 놓아둔 핸드폰이 요란하게 울렸다. 흘깃 액정을 본 한석이 쯧, 혀를 차고 전화를 받았다.

"어, 형."

형? 하진이 가만히 통화를 듣고 있는데 그새 옆에 다가온 한석이 자연스럽게 하진을 제 무릎 위에 올려 안았다. 졸지에 마주 보고 끌어안긴 자세가 되었다.

굳이 이렇게 전화를 받아야 하나? 한석의 어깨에 턱을 괸 채 눈을 깜빡이면서도 하진은 그의 품 안에서 억지로 내려가지는 않았다. 핸드폰을 들고 있지 않은 다른 손은 통화를 하는 와중에도 하진의 등과 허리를 연신 느긋하게 쓸어내렸다. 짧은 통화는 금방 끝났다.

"누구야?"

하진의 말에 한석이 곧바로 답했다. 아, 그때 그 형.

"그, 예전에 용접 배워 보라고 했다는 형?"

"어."

"왜 전화했대?"

"그냥 안부 묻고 그런 거지 뭐."

"……"

여전히 한석의 어깨에 얼굴을 댄 채 하진은 잠시 생각에 잠겼다. 그래도 한석은 가끔 저렇게 안부 물을 사이가 있긴 한 것 같다. 이곳에 내려온 직후에는 나름 이런저런 연락도 왔던 것 같은데, 같이 놀던 애들을 싹 정리했다는 게 사실인 듯 한석은 칼같이 예전 인연들을 잘랐다.

그래도 의외였던 건 볼 때마다 매일같이 욕을 얻어먹으면서도 한석의 뒤꽁무니를 따라다녔던 이도현과는 가끔 연락한다는 거였다. 물론 이도현이 일방적으로 시시껄렁한 문자를 보내는 거였고 한석은 딱히 답도 안 하는 것 같았지만.

언젠가 물어봤더니 이 자식은 하찮아서 굳이 차단할 필요도 없다는 말을 해서 하진의 말문을 막히게 했다.

어쨌든 자신은 아무도 없는데…… 물론 하진도 친구라는 말에는 연우를 포함한 몇 명이 떠오르기는 하지만, 지금 이 상황에서는 아무하고도 연락할 수 없었다. 어디서 어떻게 지내는지 분명히 물을 텐데 뭐라고 답한단 말인가.

'다들 대학도 잘 갔겠지.'

"또 말해 봐."

애써 생각하지 않으려 했던 현실에 씁쓸해지던 하진은 갑자기 들려오는 낮은 목소리에 순간 정신이 들었다.

"……뭐?"

"네 목소리 듣기 좋으니까, 아무 말이나 계속 하라고."

나긋하게 말을 잇는 남자의 손은 어느새 하진의 엉덩이를 주무르고 있었다. 아무튼 정한석은 저를 단 한 순간도 가만히 놔두지를 않았다.

"암튼 용접 말고 다른 일도 좀 생각해 봐. 네 건강을 위해서. 그거 오래 할 일 아니야."

"아아, 그런 말은 말고."

역시나 하진의 어깨에 고개를 묻은 그가 킥킥댔다. 하진의 미간이 슬쩍 좁혀졌다. 저렇게 자기 할 말만 하면서……!

"뭣도 없는 놈이 돈이라도 많이 벌어야 너랑 살지."

뇌까린 그가 별안간 커다란 몸을 쫙 펴 하진과 시선을 똑바로 마주해 왔다. 양쪽 팔로 하진의 허리를 단단히 감싼 채.

예전부터 느꼈지만 한석은 저렇게 저를 빤히 보는 것을 좋아했다. 웃음기가 서서히 빠져 가는 눈매가 기분 탓인지 싸늘했다.

딱히 아무 잘못도 없는데 한석이 이럴 때면 괜히 움찔하게 되었다, 속이 낱낱이 까발려지는 느낌이랄까? 타고난 분위기가 원체 험악한 탓인가 싶고. 하진은 열없이 중얼거렸다.

"왜 계속 봐."

"좋아서."

"……."

"너랑 이렇게 말하고 있는 게 좋아서 보는데."

덧붙인 말에는 새삼스러운 감상이 들었다. 여전히 저를 옭아매는 듯 응시하는 눈빛 앞, 하진은 결국 고개만 끄덕였다.

잃었던 말을 찾은 지도 한 달이 넘어가고 있었다.

지금도 그런 경향이 있긴 하지만 처음 하진은 말이라는 것을 처음 배운 사람처럼 쉴 새 없이 입을 움직였다. 혹시나 제 의지와는 반하게 또다시 같은 수렁에 빠질까 두려웠던 것이다.

한석은 그럴 일 없다며 달랬으나 자꾸 의심이 들었다. 이렇게 쉬운 거였는데 왜 못 했지? 종국에는 진작 제가 말할 수 있었는데 관성적으로 안 한 건 아닌가 하는 의문마저 생겼을 정도로.

말이 터졌던 직후, 한석은 혹시 모르니 곧바로 병원을 가자고 했으나 하진은 고개를 저었다. 대신 원래대로 예약일에 가서 모른 척 약만 타 왔다. 3주분의 약을 다 먹은 것이 이틀 전. 이제 그 병원에 가는 일은 없을 것이다.

이미 한 알 반으로 줄었던 알약을 아예 먹지 않았지만 걱정했던 것과 달리 딱히 일상에서 달라진 점은 없었다. 아니, 오히려 좋았다. 머리도 맑고, 잠이 확실히 많이 줄긴 했지만 깨는 일 없이 잘 자고. 한 번씩 기분이 가라앉는 거야 인이 박여서 어쩔 수 없다 치지만.

원래의 저로 돌아온 것 같지만 이미 제 인생의 많은 것들이 바뀌었다는 것을 하진은 잘 알고 있었다.

"우리 집에서 내가 나온 거 알면 뭐라고 할까?"

"……."

갑작스럽게 튀어나온 말에 한석이 멈칫했다. 사실 그녀 스스로 묻는 말이기도 했다. 기쁨이 조금씩 잦아들고 당연한 일상으로 돌아왔다는 것이 실감 날 때쯤 찾아온 가족이라는 존재.

"……돌아가고 싶어?"

들려오는 목소리는 목구멍을 긁는 것처럼 까끌까끌했다. 하진은 망설임 없이 고개를 저었다.

"아니."

돌아간다니. 그런 선택지는 아예 염두에 둔 적도 없었다. 일이 이렇게 됐으니 하는 말이지만 이런 식으로나마 벗어날 수 있었던 게 다행이라는 생각까지 들 정도니.

솔직히 하진은 제가 조금은 후회할 줄 알았다. 하지만 아니었다. 자신은 그 불안하고 무거운 집 안으로 다시는 들어가고 싶지 않았다. 저도 사람이니 가끔은 아빠나 엄마가 떠오르고 그나마 좋았던 기억이 미화되어 머릿속에 그려지기도 했지만 그뿐이었다.

이미 마음을 정했으면서, 자신은 왜 구태여 한석을 자극하는 걸까?

"그래."

돌아온 답은 얼핏 무심했다. 그러나 아니라는 제 말 한 마디
에 한석의 낯에 스쳐 지나갔던 미세한 안도의 빛을 하진은 놓치
지 않았다. 이런 식으로나마 바닥으로 떨어진 자존감을 허겁지
겁 주워 삼키는 제가 역겨웠지만 멈출 수가 없었다.

"참. 그리고 나 알바 구하려고."

"뭐?"

깜짝이야. 갑자기 난 큰 소리에 하진은 설핏 얼굴을 찌푸렸다.
못 들을 것을 들었다는 듯한 표정으로 저를 보는 남자 앞, 한숨
을 한 번 쉬고 말을 이었다.

"뭐라도 해야지. 길 건너 편의점 옆에 카페 알바 구하던데 내
일은 한번 가 보려고. 경험이 아예 없어서 안 될 것 같기도 한
데……."

"네가 그런 걸 왜 하는데?"

말을 뚝 자르는 한석에 당황한 하진이 눈을 깜빡였다. 가는
허리를 감싼 남자의 손에 힘이 들어갔다.

"돈 필요해?"

"뭐?"

이번에 당황한 쪽은 하진이었다. 생각지도 못한 말에 입이 벌
어지는데 한석이 채근하듯 또 물어 왔다.

"왜, 뭐 사고 싶은 거 있어? 하고 싶은 거라든가."

"전혀 없는데."

"그럼 왜."

정말로 모르겠다는 표정에 하진은 다시금 내심 놀랐다. 잠깐의 침묵 후 하진의 입에서 한숨 같은 말이 흘러나왔다.

"언제까지 이렇게 놀고만 있을 순 없잖아. 지금도 네가 벌어 온 돈 쓰고만 있는데."

창피하지만 사실은 사실이었다. 입고 먹고 자고 모든 것은 한석의 주머니에서 나왔다. 속옷마저도 한석의 돈으로 사는 거니 말 다 했다.

한석은 정작 그 자신은 챙기지도 않으면서 하진에게는 항상 좋고 비싼 것만 사 주었다. 정신이 흐릿할 때도 신경이 쓰였던 부분은 일상으로 돌아오며 양심의 가책으로 다가왔다.

"그건 당연한 거 아냐? 내가 너 책임지겠다고 했잖아."

"아니…… 그런 말이 아니잖아. 그거랑은 다르지."

"그러니까 뭐가 다르냐고."

"……."

"내가 해 줄 수 있는 한에서는 다 해 줄 테니까 말만 해 봐. 뭘 어떻게 하면 되는데. 아, 통장 네가 관리할래? 어차피 나는 신경도 안 쓰니까. 지금은, 그래, 푼돈이지만 앞으로 진짜 더 많이 벌어 올 테니까."

"그만해."

하진은 힘을 주어 한석의 품에서 벗어났다. 무릎에서 내려와 바닥에 앉는데 마주한 한석의 얼굴이 무섭게 경직되어 있었다.

"몸도 약한데 뭔 일을 한다는 거야. 벌어 봤자 얼마나 번다고."

"나 몸 안 약해. 뭣보다 가만히 있으면서 돈 까먹는 것보단 낫지. 그리고 아직 된 것도 아니거든?"

기세에 지지 않고 말을 이으면서도 하진의 머릿속은 복잡했다. 싫어할 거라고는 어렴풋이 예상했는데 생각보다 더 반응이 격했다. 하지만 이것은 결코 떠보는 게 아니었다. 말을 못 할 때와 지금은 상황이 다르지 않은가.

"집에만 있으니까 심심해서 그래?"

"……그것도 그렇지만."

사실 딱히 심심한 적은 없었지만 한석을 설득해야 하기에 그렇게 말했다. 한석이 없는 동안 청소도 하고 나름 요리도 하고 산책하면서 이런저런 생각도 하다 보면 한나절이 금방 갔다. 일단 지금은 무료하거나 답답하진 않았다. 암튼, 그래도…….

"나도 너한테 조금씩이라도 갚아야 할 거 아냐."

덧붙인 말에 한석이 싸늘하게 일갈했다.

"말도 안 되는 소리 하지 마."

"……."

"갚긴 뭘 갚아. 정 심심하면 차라리 공부를 해. 왜, 너 공부 잘했잖아."

제 말에 눈을 동그랗게 뜨는 하진을 보며 한석은 끓어오르는 속을 애써 눌렀다. 예상치 못한 변수였다. 안 그래도 제가 없는 시간에 하진이 뭔가를 할 수 있게 만들어 줘야겠다고는 생각했지만 이렇게 하진이 먼저 알바를 하겠다고 말할 줄은 몰랐다.

"약 끊은 지도 얼마 안 됐는데. 일단 집에서 쉬면서 너 하고 싶은 거 하고 지내. 돈 번다는 얘기는 꺼내지도 말고."

감정을 누르는 듯한 짓눌린 목소리에 하진은 입을 꽉 다물었다.

'내가 왜 네 허락을 맡아야 하는데?'

예전의 자신이라면 거리낌 없이 그렇게 말했을 것이다. 사실 지금도 그렇게 말하는 것 자체는 어려울 일이 아니었다. 하지만 거세게 일렁이며 동요하는 눈빛을 보자니 차마 입이 떨어지지 않았다. 한석이 무슨 생각을 하는지 말하지 않아도 알 것 같았기 때문에.

같이 지낸 시간만큼 그들은 서로에 대해 알게 되었다. 고작 1년이라고 할 수도 있지만, 스무 살 풋풋한 일반적인 연애와 자신들이 하는 것은 결이 다르다는 것을 하진은 알고 있었다.

어디 그것뿐인가? 하진은 필연적으로 한석에게 부채감이 있었다. 그간 한석이 제게 보여 준 애정과 정성이 없었으면 저는 아직도 반쯤 정신이 나간 채로 살고 있었을지도 모른다.

"알았지?"

독촉하는 말에 하진은 결국 건성으로 고개를 끄덕였다. 커다란 몸이 제게 기우는 것이 환영처럼 다가왔다. 당연한 듯 제게 입 맞춰 오는 그를 숨 가쁘게 받아들이면서도 머릿속은 어지러웠다.

이제는 날이 꽤 추워져 밤에는 제법 한기가 돌았다. 한석이 양치를 하고 오는 사이 하진은 얼마 전 그가 바꿔 놓은 도톰한 이불 속에 가만히 누워 있었다. 더위도 많이 타고 추위도 많이 타는 하진을 한석은 매번 살뜰하게 챙겼다. 얼마 지나지 않아 욕실에서 나온 한석이 불을 껐다.

"잘됐네. 마침 주말이고 하니까."

한석은 말 나온 김에 내일 서점에 가서 문제집을 사 오자고 했다. 눕자마자 당연한 듯 저를 끌어안으며 하는 말에 하진은 속으로 한숨을 쉬었다.

'공부, 다시 해야 하긴 하는데.'

막막했다. 치열하게 매달렸던 과거의 제 모습은 어쩌면 아빠의 압박이 만든 허상인가 싶을 정도로.

"왜, 싫어?"

싫으면 당연히 안 해도 된다며 한석이 볼에 쪽, 뽀뽀를 했다. 어둠 속 새까맣게 빛나는 눈동자를 마주하던 하진이 무겁게 입을 열었다.

"싫은 것보다 자신이 없어."

"자신?"

"그냥. 예전처럼 잘할 수 있을까 걱정도 되고."

속내를 숨기고 뭉뚱그린 말에 한석이 조용히 다시 물었다.

"너는 이렇게 되기 전에 뭐 하고 싶었는데? 대학 졸업하고 하고 싶었던 일이 있을 거 아냐."

"뭐…… 졸업하고, 유학도 가고, 그렇게 어느 정도 기반 닦아 놓으면 아빠 회사 들어갈 생각이었지. 딱히 내가 원했던 건 아 닌데 그냥 집 분위기가 당연히 그러려니 하는 거여서."

그 언젠가, 하진이가 제일 똑똑하니 아들 같은 거 필요도 없고 생겨도 회사는 하진이 거라고 할아버지 앞에서 열변을 토하던 아빠의 모습은 지금도 기억난다. 초등학생 때였던 것 같은데 아직도 생생한 걸 보면 꽤 강렬한 충격이었던 것 같다.

"다른 건 몰라도 아빠가 일중독일 정도로 성실한 건 맞으니까. 솔직히 회사는 아빠가 다 키워 놨다고 해도 틀린 말 아니거든. 아빠는 늘 회사는 앞으로 네 것이 될 테니까 정신 차리고 살아야 한다는 말을 달고 살았어. 그만큼 하기는 힘들겠지만 내가 열심히 해야 한다고 생각했는데."

하진의 시선이 살짝 어그러졌다.

"근데 지금 생각하면 진짜 웃긴 목표야. 집에서 벗어나고 싶어 하면서 아빠 뜻대로 진로를 잡다니. 그냥 너무 오래전부터 이런 얘기를 세뇌하듯이 들어서 아예 당연한 걸로 생각하고 있었나 봐. 하지만 뭐, 지금은……."

불현듯 올라오는 허망함에 하진은 말을 멈췄다. 그러고 보니 엄마의 아기가 아들인지, 딸인지도 모른다. 궁금하기도 하고 그렇지 않기도 한 미묘한 감정.

하긴, 그게 무슨 소용이겠는가. 이제 엄마는 그 집안에서 충분히 떳떳한데.

"어떻게 집에서 연락이 한 번도 없지, 난 진짜 거기서 뭐였을까?"

"안 와서 서운해?"

"아니. 이건 그냥 순수하게 궁금한 거."

어느새 제 머리칼을 가만가만 넘겨 주는 손길을 받으며 하진은 눈을 깜빡였다.

"……번호 바꿔서 연락 안 오는 걸 수도 있잖아."

"아니. 아빠가 마음먹으면 그런 거 아는 게 뭐 대수라고. 아마 아빠는 내가 여기 사는 거 알고 있을지도."

말하면서도 자꾸 한기가 드는 기분에 하진은 몸을 움츠렸다. 얼마 전 명절도 한석과 단둘이 보낸 자신이었다.

집에 있고 싶은데 한석이 자꾸 밖에 끌고 나가려고 해서 간만에 교외로 빠져 이곳저곳도 돌아다니고 외식도 많이 했다. 명절 때 친지들이 모이면 유난히 더 예민해지고 전투력이 강화하는 아빠인지라 그런 식의 평온한 명절은 처음이었다. 결론적으로는, 좋았다.

"추워? 보일러 틀까?"

"아니, 그럼 또 더워."

지금이 딱 좋다며 하진이 한석의 품을 파고들었다. 잠시 멈칫하던 한석이 천천히 손을 내려 하진의 허리를 지그시 안았다.

"정말로 아무렇지도 않아. 홀가분해."

지금을 마지막으로 한석 앞에서 먼저 집 이야기를 하는 일은 없을 것이다. 또한 오히려 이렇게 말로 뱉고 나니 더 확신이 들었다. 아빠는 저를 찾지 않을 거였다. 거기에 차라리 다행이라는 생각이 드는 것을 보면 저도 그 안에서 곪을 대로 곪았던 모양이었다.

하진은 지난겨울을 평생 잊지 않기로 다짐했다. 그럴 리 없지만 마음이 약해지는 때에는 아픈 저를 냉정히 내쳤던 괴물의 모습을 생각하기로.

한석마저 없으면 저는 어떻게 되는 걸까?

후련함과 함께 밀려드는 필연적인 씁쓸함. 혼자서 다 해낼 수 있다며 씩씩한 모습을 보이기에는 스무 살의 하진은 어렸고 몸도 마음도 많이 지쳐 있었으며 어쨌든 표면적으로는 곱게 자라 세상 물정 하나 몰랐다. 거기에 본인은 미처 깨닫지 못했지만 외로움도 많이 탔다.

하진을 안은 남자는 지금 그녀가 듣고 싶어 할 말을 정확히 알고 있었다.

"응, 내가 있잖아."

최대한 다정한 목소리를 내자 하진이 저를 말없이 마주 끌어 안았다. 마른 팔이 등을 감아 오는 감각에 뒷골이 순간적으로 저릴 정도로 짜릿했다. 은근하게 올라오는 갈증 같은 성욕을 차분하게 누르는 와중에도 한석의 심장은 불규칙적으로 뛰고 있었다.

티는 안 내려 하지만 하진이 집 얘기를 할 때마다 못 견디게 불안했다. 지금이야 그 집구석에야 받은 상처가 어마어마하니 그렇게 말하지만 후에 마음이 변할 수도 있다.

한석은 무리해서라도 잔업을 더 늘려야겠다고 생각했다. 지금 제가 할 수 있는 것은 최대한 돈을 많이 버는 것밖에 없는 것 같았다. 하진을 뺏기지 않기 위해서라면 어떤 수단과 방법도 가리지 않을 것이다.

어차피 자신은 쓰레기였다.

한석은 하진의 아버지에게서 연락이 왔다는 사실을 숨긴 것이 지금도 잘한 일이라 생각했다. 사실 그래도 때 되면 말은 할까, 싶었지만 타이밍이 좋지 않았다.

어떻게 연락 한 번 없냐고 자조할 때 작은 얼굴에 스쳐 지나간 어두움을 한석은 놓치지 않고 보았다. 은근히 마음 약한 하진이 흔들릴 만한 여지를 아예 주면 안 되었다. 지나간 어느 때를 떠올리는 남자의 눈빛이 무섭게 침잠했다.

어중간하게 따뜻한 봄날이었던 것 같고, 낮잠을 자는 하진을 바라보다 충동적으로 그녀의 핸드폰을 찾았다. 하진이 깨지 않게 조심스럽게 밖에 나와 내내 꺼져 있던 핸드폰 전원을 켰다. 정확히 일주일 전에 온 부재중 전화 한 통, 그리고 같은 날 문자 하나.

[확인하면 전화해라]

발신자는 '아빠'. 가만히 그것을 들여다보던 한석의 손가락이 망설임 없이 움직였다. 혹시 했는데 폭탄이 떨어져 있었을 줄이야. 문자를 지우고, 번호를 차단하고. 표정 변화 하나 없는 무심한 얼굴로 흔적을 지우던 그였지만.

'씨발.'

좆같네.

퍽, 그대로 바닥으로 고꾸라진 핸드폰 액정이 깨지는 소리가 선연했다. 한석은 들끓는 열로 순식간에 뜨거워진 머리를 식히려 하진의 앞에서는 절대 꺼내지 않는 담배를 입에 물었다.

양심도 없나? 애를 그렇게 몰아붙여서 말까지 못 하게 해 놓고, 미안하다고 빌면서 찾아와도 모자랄 판에 끝까지 권위적인 말투다.

'그나마 나랑 같이 있으면 밥이라도 맘 편하게 먹지.'

껍데기만 남은 듯했던 하진이 미약하지만 조금씩 이 집에서 적응하는 것을 볼 때마다 느꼈던 기쁨은 이루 말할 수 없다.

한석은 제 판단이 옳다고 생각했다. 지금 하진이 집에 돌아가면 또다시 악몽은 반복될 것이다. 하진의 숨통을 틔워 주고 행복하게 만들어 주는 것은 제 역할이 될 거였다.

찾아올 테면 찾아와 보라지.

제게 꼭 맞는 부드러운 몸을 고쳐 안으며 한석은 치기 어린 생각을 했다. 별의별 더러운 일을 겪고 자란 그는 나이답지 않은 면이 많았으나 하진과 관련한 일에서만은 이성을 놓게 되었다. 물론 본인은 그것을 잘 인지하지 못했다.

'하긴, 그 정도 위치에 있으면서 이 집 하나 못 찾았겠어? 우리가 어디 숨어 사는 것도 아니고.'

그들은 하진을 못 찾는 게 아니다. 안 찾는 것이지.

헐렁한 티셔츠를 들어 올려 어느새 맨허리를 더듬고 있던 한석의 손이 자연스럽게 브래지어 훅을 풀었다. 이런 건 답답하니까 풀고 자라고 몇 번 했는데 하진은 그러지 않을 때가 더 많았다. 어차피 제가 이렇게 알아서 벗길 걸 알아서 그러는지도 몰랐다.

이제 한석은 하진 없이 보내는 밤은 생각도 할 수 없었다. 자연스럽게 가슴을 쥔 커다란 손이 제법 들어차는 부피감을 멋대로 만끽했다.

"가슴에도 살이 찌나?"

좀 커진 것 같은데. 중얼거리자 하진이 그의 등을 퍽, 쳤다. 제 딴엔 힘주어 했다지만 당연히 한석에게는 나비 날갯짓인 양 아무런 타격도 없었다.

"아니거든? 맨날 똑같아."

민망한 듯 얼른 덧붙이는 말에 하체에 피가 쫙 몰렸다. 암튼 박하진은 냉하게 생긴 것과 다르게 저렇게 깜찍한 면이 있었다. 확실히 잡히는 감각이 다르긴 한데…… 한석은 구태여 말을 더 붙이지 않고 말랑한 귓불에 입술을 댔다.

"생일에 뭐 갖고 싶어."

아프지 않을 정도로 귀를 잘근잘근 씹자 하진이 몸을 비틀었다. 확실히 하진은 자극에 예민한 편이었다. 그게 무엇이든지 간에.

"으응…… 아직 멀었는데."

"그래도."

"필요 없다니까…… 아."

사람 환장하게 하는 야릇한 소리에 순간 하체에 열이 확 몰렸다. 의도한 건 아니겠지만 하진이 이럴 때마다 한석은 잘 부여잡고 있던 인내심의 한계를 하루에도 몇 번씩 느껴야만 했다.

"나 진짜 아무것도 필요 없어. 참, 혹시나 너 아까처럼 통장 준다는 소리는 꺼내지도 마. 네 돈은 당연히 네가 갖고 있어야지."

씻기 전에 했던 얘기를 하진은 맘에 담아 두고 있던 모양이었다. 아예 월급을 하진의 계좌로 넣겠다고 한 게 마음에 안 들었나 보다.

하진의 말을 듣느라 잠시 멈춰 있던 입술이 이내 다시 귓불 언저리로 끈적하게 내려가기 시작했다. 어둠 속 어슴푸레 드러난 목덜미가 가냘프고 사랑스러웠다. 당장 이를 세워 물어뜯고 싶을 정도로.

"듣고 있냐고…… 정한석."

"아니."

"뭐? 훗…….."

발끈하던 하진의 고개가 연한 살을 힘주어 빨아들이는 힘에 뒤로 꺾였다. 행위는 집요했다. 아주 자국을 남길 기세로 물고 빠는 바람에 정신이 없었다. 그 와중 성가신 브래지어를 어찌어찌 벗겨 내 매트 밖으로 내팽개친 한석이 불만스럽게 중얼거렸다.

"네 거 내 거가 어디 있냐고. 우리 사이에."

"무슨 말인지는 알겠는데…… 웃, 사귀는 사이에 누가 그렇게까지 해?"

티셔츠까지 마저 벗겨 내자 드러난 아찔한 굴곡에 걸신들린 듯 얼굴을 묻던 남자가 멈칫했다.

"사귀는 사이?"

우리가 사귀는 사인가? 덧붙이는 말에는 하진도 당황했다.

"그럼 뭔데?"

한 박자 늦게 되묻는 목소리 끝이 조금 떨렸다. 아무튼 한석의 속을 모르겠다.

"아니, 틀린 말은 아닌데……."

쯧, 탐탁지 않다는 소리를 낸 한석이 고개를 조금 들었다. 온

통 깜깜한 사위에 불량하게 눈을 빛내는 남자가 담겼다. 볼에 붙은 머리칼을 귀 뒤로 넘겨 주는 손길은 한없이 느긋한데 괜히 마른침이 넘어갔다.

"사귄다는 말로 퉁치니까 좀 빡치네."

뭐? 비뚤게 올라간 입꼬리를 하진은 멍하게 바라보았다. 애는 도대체…….

"혼인 신고라도 할까?"

"미쳤어?"

무슨 말도 안 되는 소리를, 까지 입에 담던 하진이 순간 말을 멈췄다. 한석이 가끔 저렇게 표정 없는 얼굴로 저를 볼 때면 심장이 철렁했다. 그가 어떤 식으로든 저를 해할 일 없다는 걸 알면서도 본능적으로 느끼는 묵직한 위압감, 혹은 위협.

"왜, 싫어?"

"싫다기보다는."

딱히 변명을 할 마음은 없었다. 하진의 입술이 제멋대로 움직였다.

"우리 아직 스무 살밖에 안 됐어. 너도 그렇고 나도…… 그런 말 하기에는 너무 이르지 않아?"

"나이가 중요한가. 어차피 결론은 똑같을 텐데."

"결혼은 정말 신중하게 생각하고 결정해야 되는 문제야."

"그러니까 너랑 한다는 거잖아. 천 번 만 번 생각해도 똑같을 걸 왜 또 고민해."

덜컥 말문이 막혔다. 하진은 여전히 제 위를 타고 오른 남자의 얼굴을 가만히 눈에 담았다. 지금 한석의 마음에는 거짓 한 점 없을 것이다.

돌이켜 보면 그는 연애에 빠졌다기보다는 마치 가정이 있는 남자처럼 굴었다. 확신을 원하는 조급함. 애정이라고 하기에는 다소 위험스럽고 집착적인 감정.

그는 제가 그런 것들을 미처 다 숨기지 못하고 있다는 것을 알고 있을까? 한석의 곁에 머물며 조금씩 안정을 찾아 가는 와 중 하진은 그간 제가 의식적으로, 혹은 무의식적으로 배제해 왔 던 현실의 본질과 마주했다.

"왜 대답이 없어."

"······."

"사람 이렇게 만들어 놓고, 나중에 배신 때리려고?"

쪽, 험악한 말투와는 다르게 깃털 같은 키스가 입술에 내려앉 았다. 혀를 넣지 않고 입술끼리만 적당한 힘으로 비비는 것이 상황에 맞지 않게 사뭇 애교같이 보여 하진은 도리어 흠칫했다.

"내가 너랑 결혼 안 하면 배신이 되는 거야?"

"그딴 말 자체만으로도 열 뻗치니까 물어보지도 마."

"왜 내 마음만 변할 수 있다고 생각해? 네가 먼저 변할 수도 있지."

"내가?"

못 들을 걸 들었다는 듯 한석이 눈을 번득였다.

"아니, 뭐. 사람 일은 모르니까."

웅얼거린 하진은 괜히 가빠 오는 숨만 색색 쉬었다. 제 몸을 짓누른 남자의 체구는 이 순간에도 가슴 깊이 안정감을 가져다주었다.

한석에게는 말하지 않겠지만, 이렇게 그와 몸을 맞대고 있던 수많은 밤만큼은 평생 잊지 못할 것이다. 혹 아주 나중에 그가 아닌 다른 누굴 만나게 되더라도.

"넌…… 원래 뭐 하고 싶었어? 용접하기 전에 꿈 같은 거 있었어?"

"갑자기?"

한쪽 눈썹을 들썩이던 한석이 픽 웃었다.

"말 존나 잘 돌리네."

사실이었기에 하진은 침묵했다. 흐음, 맥 빠진다는 듯한 숨을 길게 뱉은 한석이 하진의 몸에서 벗어났다. 그대로 천장을 보고 누워 버리더니 그다지 망설이지 않고 답을 들려주었다.

"남들처럼 사는 거?"

"……."

"말로는 쉬워 보이는데 그게 나한테는 존나 어렵더라고."

씨발, 나는 평범한 게 제일 어려워.

자조하듯 뇌까린 그가 보지도 않고 손을 뻗어 툭, 하진에게 이불을 다시 덮어 주었다.

"남들처럼 부모 형제 있고, 딱히 사고 없이 남들처럼 학교 잘 다니다 그럭저럭 멀쩡한 직장 들어가고, 적당한 때에 결혼해서 애도 낳고. 가정 꾸리고 잘 사는 거. 그런 거 나는 못 가질 것 같으니까. 일단 출발선부터 글러 먹었고, 또 솔직히 얘기하면 그런 걸 방패 삼아 어느 순간부터는 다 놓고 꼴리는 대로 살았던 것 같고."

"……."

"지금도 쉬울 거라고는 생각 안 하는데. 그래도……."

말을 흐린 한석이 고개만 슬쩍 옆으로 돌렸다.

"그냥, 나 한번 믿어 주면 안 되냐?"

"……뭘."

"진짜로, 행복하게 해 줄 테니까. 지금은 이런 데에서 이런 약속밖에 못 하지만. 정말로 공주님같이 모시고 살게."

말끝에 나직하게 부서지는 웃음소리를 듣는데 자꾸 마음 한구석이 따끔거렸다. 서로의 숨소리마저 들리는 조용한 방 안에서 하진은 남자의 말 한 마디 한 마디에 온 신경을 집중했다. 누군가 자신을 이렇게까지 원한다는 사실에 심장이 계속 빠르게 달음질했다.

"나라고 무슨, 양아치도 아니고 당장 네 앞에 혼인 신고서 들이밀 생각은 없고. 아까 말한 대로 넌 하고 싶은 거 하면서 내 옆에 있으면 돼. 공부를 하든 뭘 하든 상관없는데 일한다는 소리만 빼고. 네 말대로 난 아직 새파랗게 젊잖아? 죽었다 생각하고 몸 부서져라 일하면 생각보다 빨리 기반 잡을 수 있어. 어디 대기업 명함은 못 들이밀어도 나중에 너 창피하지는 않게 많이 벌 테니까, 그냥 너는."

별안간 한석이 이불째 저를 꽉 끌어안았다. 맨살에 닿아 오는 얇은 천 사이 요동치는 그의 맥박이 느껴졌다.

"이렇게 여기에만 있으면 된다고."

따뜻하고 넓은 품 안에서 하진은 이루 형용할 수 없는 수많은 복잡한 감정을 느꼈다.

차라리 그가 그의 표현대로 정말 양아치 같은 남자였다면 마음이 편했을지도 모른다. 그저 그런 사탕발림으로 생각하면 되니까. 하지만.

'정한석은 진심이니까.'

얼마 전, 한석이 일을 간 사이 청소하다 수납장 깊숙한 곳에서 그가 틈틈이 적은 것으로 보이는 수첩을 발견했던 하진이었다.

처음에는 굳이, 라고 생각했다가 이내 이해가 갔다. 한석은 평소 핸드폰을 통화 목적 외에는 잘 사용하지 않았다. 가끔 시켜 먹는 배달도 번거롭다고 전화로 하거나 직접 찾아올 정도였으니.

그런 그가 나름의 가계부를 쓴 것으로 보이는, 줄이 맞지 않고 그때그때 기분처럼 휘갈겨 쓴 글씨는 악필이었지만 알아볼 만은 했다.

하진이 굳이 묻지 않았던 지금의 월급이나 세금을 떼고 받는 실수령액, 생활비와 월세, 각종 공과금 등의 지출이 테이프로 대충 붙여 놓은 영수증과 함께 매달 적혀 있었는데 생각보다 돈을 많이 받는 것에 조금 놀랐고 또 그만큼 제게 쓰는 것이 많아서 양심에 찔렸다.

서울 병원, 이라고 구석에 적힌 한 구절을 오랫동안 들여다보기도 했다. 하진은 몇 번이나 한석에게 어차피 처방받아 먹는 약은 같은 성분이라 말했지만 그는 병원은 큰 데가 좋지 않냐며 늘 안타까워했었다.

비슷한 내용의 몇 장을 더 넘기다 보니 백지에 날림으로 쓰인 글씨들이 보였다. 1년 후, 3년 후, 22만 원, 30공수, 월 600, 이사, 1,000만 원대, 특수 용접, 자격증, 산업 기사, 공기업······.

두서없는 단어들 중에는 간혹 엑스 표시를 한 것도 있었다. 조선소, 해외, 뭐 그런 것들이었는데 하진은 돈을 많이 버는 것을 삶의 목표같이 생각하는 그가 왜 거기에는 그런 표시를 해 놓았는지 어렴풋이 알 것 같았다.

어쨌든 하진의 짐작보다도 그는 더 구체적이고 체계적으로 자신의 미래를 설계하고 있었다. 아무 생각 없이 여기 앉아 있는 제가 다 부끄러워질 정도로.

'박하진 생일.'

그리고, 겉보기에는 성의 없이 끄적인 것처럼 보이는 글씨 중 유독 공들여 또박또박 쓴 것으로 보이는 마지막 문구를 보았을 때는 순간 울컥했다. 제 생일은 아직 멀었는데도 그는 벌써 뭔가 준비를 하는 모양이었다.

그러고 보니 지난번에는 어떻게 보냈지, 일 끝나고 커다란 케이크를 사 들고 들어온 한석에게 이런 거 필요 없다고 고개를 젓고 그냥 뒤돌아 잠만 잤던 것 같다.

그때 한석의 표정이 어땠더라······.

기억하려 했지만, 안개 속에 파묻힌 것처럼 그 당시 일은 생각이 나지 않았다. 그러고 보니 한석의 생일은 언제지?

그날 밤 한석이 씻으러 들어갔을 때 지갑 속에서 본 주민 등록증으로 그의 생일이 3월이라는 것을 알았다. 무심함을 반성했고, 다음에는 꼭 한석에게 저도 뭔가를 해 줘야겠다고 생각했다. 그러다 보니 돈을 벌어야겠다고 생각했고 알바 자리도 찾게 되었던 하진이었다.

"나는…… 네가 좋아."

짧은 회상의 끝자락, 무심코 조그맣게 흘러나온 목소리에 커다란 몸이 미세하게 움찔했다. 분명 제 안에 뭔가가 뒤틀린 것 같지만 하진은 그가 이런 식으로 반응할 때마다 기분이 좋았다. 몸 전체에 옅게 소름이 돋을 정도로.

"솔직히 학교에서만 해도 너랑 이렇게 엮일 줄은 몰랐어. 너도 그랬겠지만. 암튼 돌이켜 보면 처음부터 나도 너한테 어떤 식으로든 끌렸던 것 같아. 그랬으니까 그렇게 말도 안 되는 짓도 했겠지. 내가 아무리 상황이 안 좋았어도…… 정말 너를 못 믿었으면 여기까지 따라오지도 않았을 거니까. 그리고 네가 나한테 진심이라는 걸 알게 될수록 나도 네가 더 좋아지게 되더라고."

과장도, 거짓도 없는 사실이었다. 하진은 제가 딱히 정에 이끌린다든가 심성이 착해 빠진 타입은 아니라고 생각했다. 한석이 아무리 간도 쓸개도 빼 줄 것같이 제게 잘해도 제 마음이 이끌리지 않았으면 지금 그와 이렇게 몸을 맞대고 있지는 않았을 것이다.

"그런데 아직은 그런 얘기 좀 부담스러워. 결혼, 뭐 그런 거. 네가 무슨 말 하는지는 정확히 알겠는데……. 너도 너무 나한테만 집중하지 않았으면 좋겠어. 지금도 충분히 몸 갈아 일하는데 왜 거기서 더 무리해. 그냥, 너도 친구도 만나고 취미 생활도 갖고 남들 하는 만큼 적당히 연애하면 되잖아."

마지막 말은 딱히 진심까지는 아니었지만 그냥 덧붙였다. 하진의 말을 잠자코 듣고 있던 한석의 시선이 꼭 닫힌 작은 창문 어딘가로 향했다.

심장을 후벼 파는 미운 말을 하는 입술이지만 부르틀 때까지 빨고 싶다는 생각을 하는 자신이 정상은 아닌 것 같다. 이렇게 저한테 미쳐 있는데, 왜 몰라 주는 걸까? 하진이 야속했지만 죽어도 싫어지지는 않을 것 같았다.

"……정한석?"

돌아오지 않는 답에 하진이 그를 불렀다. 괜히 넓은 등을 어루만지고, 그가 했던 것처럼 장난스럽게 목덜미에 입술을 대기도 했다. 평소라면 하지 않았을 나름의 과감한 몸짓은 제가 한 말에 괜히 찔려서 하는 것이었다.

한석을 좋아하지만, 한석처럼 인생을 걸 각오는 전혀 되어 있지 않다.

스무 살. 얼마나 미래에 대한 기대와 기회가 많은 나이인가. 비록 전혀 예상치 못한 상황에 휘말려 삐끗하긴 했지만……. 아직은 막연하지만 하진은 제 앞날이 뭔가 색다르고 찬란할 거라는 희망을 품고 있었다.

최상위까지는 아니더라도 남부럽지 않은 배경에서 자라 탄탄대로로 흘러갈 것 같았던 그전까지의 인생. 비록 속은 썩어 문드러졌지만 어쨌든 남들의 부러움과 선망이 당연했던 기억들.

지금은 이러고 있지만, 조금씩 마음을 잡아 놓았던 공부도 다시 하고 대학도 가서 아빠의 뜻이 아닌 제가 원하는 일을 하며 행복하게 살고 싶다.

물론 시간이 많이 필요하겠지. 당장 저는 아무것도 없으니까. 하지만 언젠가는 다가올 그 순간에 제 옆에 한석이 있냐고 묻느냐면…… 답할 수 없다.

아무리 고약한 저라도 한석에게 무의미한 희망을 주고 싶진 않았다. 제게 맹목적인 모습, 저와는 달리 거침없고 심지 굳은 모습에 불가항력으로 반하면서도 또 그의 순정이 그 이상 깊어지는 것은 조금 무서웠다.

지금의 한석의 진심은 믿지만, 그 후에도 계속될 거라는 믿음은 뿌리가 깊지 못했다.

"왜."

고저 없이 답하는 목소리가 기분 탓인지 냉정하게만 들렸다. 하진은 희미한 불안을 느끼며 그를 꼭 끌어안았다.

"……아니."

"아니긴. 할 말 없으면 하던 거나 좀 더 해 보든가."

심드렁한 목소리였지만 그래도 기분이 아예 나빠 보이지는 않아, 하진은 조금 안심했다. 그러나 돌아온 말은 뜻밖이었다.

"뭘 눈치 보고 뭘 걱정하는데."

"……."

"막말로 네가 여기서 울고불고 나 싫다고 해도 나는 너 안 놔

줘. 근데 네가 나 좋다고 하는데 내가 더 뭘 바라냐?"

물론 거짓말이다. 하진에게만은 욕심이 넘쳐흐르는 남자니까. 그러나 예민하고 의심 많고 손 많이 가면서도 결국은 외로움을 많이 타는 하진이 못 견디게 사랑스러워, 그는 내키지 않은 립 서비스를 했다.

"암튼 내일은 서점 가자. 꼭 문제집 아니더라도, 너 책 읽는 거 좋아한다고 했었잖아."

"……알았어."

"어, 자자."

짧은 말과 함께 한석에게서 더는 말이 없었다. 평소 둘 중 하진이 먼저 잠드는 편이었지만 오늘은 이상하게 잠에 쉽게 들지 못했다. 어느 정도 시간이 흘렀는데도 조금씩 뒤척이는 하진에게 낮은 목소리가 내려앉았다.

"왜, 잠 안 와?"

졸음기라고는 찾아볼 수 없는 목소리에 하진은 가만히 고개를 끄덕였다.

"응."

"재워 줄까?"

어떻게? 하진은 별다른 생각 없이 흘깃 고개를 들었다. 더우나 추우나 내내 팔베개를 해 준 채 저를 안고 있는 남자의 품에서. 처음에는 잠도 잘 안 오고 불편했는데 이제 제 몸을 덮은 이불처럼 당연하다.

"몸이 지쳐야 잠도 잘 오지."

"……."

미묘하게 올라간 입꼬리가 의뭉스러웠다. 이내 천천히 제게 다가오는 숨결에 하진은 가만히 눈을 감았다. 저항 없이 벌어진 입술 새로 뜨끈한 혀가 들어왔다. 물컹거리고 축축한 살덩이가 입 안을 조금씩 데워 갔다.

한석은 그답지 않게 한 발짝 물러서 애태우듯 굴었다. 혀끝을 간지럽히고 천천히 치열을 훑고 예민한 입천장을 건드릴 듯 말 듯 할짝대고……. 결국 하진이 그의 목을 감아 제게 끌어당겼을 때에야 으음, 탄식 같은 소리를 흘리더니 본래의 사나운 모습으로 돌아왔다.

이미 한석에게 길든 하진에게는 틈을 주지 않고 몰아붙이는 폭풍 같은 키스가 오히려 더 익숙했다. 추읍, 춥, 일부러 그러는 건지, 타액이 뒤섞이고 살이 비벼지는 소리가 오늘따라 더 노골적으로 귓가를 울렸다. 이따금 창밖에 부는 거센 바람에 조악한 창틀이 흔들리는 소리만 날 뿐, 조용하기 그지없는 작은 방 안은 열렬했다.

응……. 격한 입맞춤에 힘겨워하면서도 미약하게 달뜬 소리를 흘리는 하진에 한석의 눈빛이 어둡게 가라앉았다. 입술을 댄 채 그는 달콤하게 속삭였다.

"박하진."

"……응."

"하진아."

"……."

다정했지만 분명 열기를 품은 소리가 그녀를 불렀다. 가슴이 뻐근했다. 하진아, 그가 이렇게 사근사근하게 저를 부를 때면 기분이 이상했다.

"할까?"

많은 것이 생략된 말이었지만 하진은 곧바로 알아들었다. 그가 주는 야릇한 감각에 멍해져 있던 눈이 천천히 커졌다. 살짝 입술을 뗀 한석이 그런 하진을 보며 피식 웃었다.

"오늘은 내가 좀 이상해서. 여기서 더 했다가는 일 칠 것 같은데."

나긋하게 말하면서도 그의 손은 쉬지 않았다. 얇은 천 너머 손에 착 감기는 엉덩이를 평소보다 더 꽉 쥐었다가 뗀 한석이 대수롭지 않다는 듯 물었다.

"싫어?"

명백한 도발에 내내 꾹 다물고 있던 하진의 입술이 천천히 열렸다.

"싫다고 하면."

"……."

"이 집 나가야 돼?"

"뭐?"

하하하, 잠시 멍해 있던 한석이 이내 시원한 웃음을 터뜨렸다. 아, 씨발…… 박하진. 고개까지 절레절레 저은 그가 여전히 웃음기를 매단 얼굴로 말했다.

"야. 넌 진짜 나를 뭐로 보는 거냐?"

툭, 그가 손가락으로 대충 건드리고 간 볼이 괜히 화끈거렸다.

"그랬으면 널 여기까지 데리고 오지도 않았어. 내가 무슨 씹질에 미친 새끼도 아니고. 이깟 좆질이 뭐라고, 어?"

어째 말하면서 그는 점점 더 화가 나는 것 같았다. 험악한 말과는 다르게 맞닿은 하체에 와 닿는 감각은 뜨거웠다. 하진은 부러 더 바짝 몸을 붙였다. 그 몸짓이 의외였는지 한석이 말을 뚝 멈췄다. 그러나 여전한 씨근덕거림 속에서 하진은 조용히 중얼거렸다.

"알아."

"뭐?"

"네가 그렇게 안 할 걸 안다고. 그냥 해 본 말이야."

"하…… 진짜. 너 가끔 보면 사람 갖고 노는 데 도가 텄어, 어?"

암튼 얼굴값하는 건 처음부터 알아봤다며 덧붙인 한석이 한숨을 대놓고 푹푹 쉬었다. 그래도 딱히 기분이 나빠 보이지는 않았다. 하진은 은은하게 웃고 있는 그의 이목구비가 새삼 참 수려하게 잘생겼다고 생각했다.

"하면 되잖아."

그러나 뒤이은 하진의 말에는 그의 얼굴에서 웃음기가 쫙 빠졌다. 사실 자신조차 내심 놀랄 정도로 고민의 시간은 짧았다. 아니, 거의 없다고 해도 무방했다. 하진은 다시 또렷하게 말했다.

"하면 되지."

"……너 지금 내 말 알아들은 거 맞지?"

한석이 무뢰배처럼 쏘아붙였다.

"아무리 책만 보는 모범생이었대도 알 건 알 거 아니야. 섹스 어떻게 하는지는 알고?"

비아냥 같기도 한 말에는 하얀 미간이 슬쩍 좁아졌지만, 하진은 이내 태연한 얼굴로 돌아왔다.

"잘 모르긴 하는데. 그럼 네가 알려 주든가."

"……"

"뭐. 섹스가 별거야?"

굳이 센 척을 하고 싶지는 않았지만 그렇다고 순진한 척 파르르 떨고 싶지도 않았다. 물론 한석과 만나기 전에는 이런 쪽으로 지식이 아예 백지인 게 맞긴 했으나, 그간 그와 지내며 의도치 않게 알게 된 것들이 많았다.

사실 삽입만 안 했지 연인끼리 할 수 있는 모든 성적인 행위를 이미 그와 거의 다 했다고 하진은 믿고 있었다. 물론 철저히 그녀의 기준에서였지만.

"별거 아니라고……."

하진의 말을 곱씹듯 입 안에서 굴리던 한석이 별안간 손을 뻗어 그녀의 허벅지를 움켜쥐었다. 자국이라도 낼 듯 제법 아프게 느껴지는 악력에 하진이 눈을 크게 뜨는데 매서운 목소리가 울렸다.

"다리 벌려 봐."

"……어?"

"다리, 나 보고 쫙 벌리라고."

어느새 하진의 몸을 타고 오른 남자가 불량하게 읊조렸다. 그러나 주춤하는 하진을 기다려 줄 여유 따위는 없던 그는 하진이 입고 있는 잠옷 바지를 순식간에 벗겨 냈다.

속옷만 입은 채 훤히 드러난 다리에 순간적으로 오소소 소름이 돋았다. 무의식적으로 다리를 오므리려는 하진을 간단히 한 손으로 제압한 남자가 제 다리를 끼워 넣어 그녀의 허벅지를 벌렸다.

그대로 아래를 맞대자 하진이 흠칫 몸을 떨었다. 아직 한석은 바지를 입고 있는데도 터질 듯 발기한 그의 것이 얄팍한 천 위로 생생하게 느껴졌다.

"벌써 놀라기는."

픽 웃은 한석이 입꼬리를 끌어 올렸다. 웃는 듯 찡그린 듯 모호한 얼굴이었다. 제 밑에 깔려 옴짝달싹 못 하고 있는 하진을 잠깐 눈에 담던 그가 이내 입고 있던 티셔츠를 벗어 던졌다. 툭, 이내 바지까지 매트 아래로 떨어지는 소리가 났다.

양손이 자유로워졌는데도 하진은 굳어 아무것도 할 수 없었다. 브리프 한 장만을 걸친, 눈앞에 보이는 남자의 몸이 지나치게 자극적이었다. 볼 때마다 감탄하는 딱 벌어진 어깨와 그 아래 군더더기 없이 떨어지는 완벽한 대칭의 상체. 과하게 우락부락하지 않지만 빼곡하게 들어찬 크고 작은 근육이 그가 움직일 때마다 보기 좋게 들썩였다.

아직도 제 몸을 비스듬히 누르고 있는 허벅지는 바위처럼 단단해 고작 다리 하나로 제 몸을 완전히 제압하는 것 같은 기분이다.

처음 보는 것도 아닌데 왜 오늘따라 더 압도되는 기분이 드는지. 희고 말랑하고 약하고. 어느 것 하나 저와 같은 것은 찾아볼 수 없는 강건하다 못해 폭력적으로까지 느껴지는 육체에 새삼 긴장감이 들었다.

그러나 홀린 듯한 기분은 오래가지 못했다. 하진을 끌어안듯 몸을 낮춘 한석이 그대로 콱, 허리를 세게 쳐올렸기 때문이었다.

"여기에."

"……!"

힘이 어찌나 센지 순간적으로 밑이 얼얼했다. 놀란 하진이 소리도 못 내고 흡, 숨을 들이마시는데. 한석이 다시금 허리를 뒤로 물렸다 다시 거칠게 쳐박았다.

"이게 들어가는 건데……."

음부에 맞닿는 단단함이 한 박자 늦게 피부를 관통했다. 비벼지는 천 사이로 느껴지는 감각에 당황하는 가운데도 그의 몸짓이 너무 노골적이라 실제 삽입하는 것 같은 착각까지 들었다.

"어떻게 별게 아니야. 응?"

이미 터질 듯 발기한 성기를 하진의 속옷 위에 지그시 비비며 한석이 질 나쁘게 웃었다. 터질 듯 열이 오른 하진의 하얀 귀를 잘근잘근 물고 빨았다.

그 와중에도 불량한 허리 짓은 쉬지 않아서, 하진은 점점 더 부피를 늘려 나가는 듯한 양감을 고스란히 아래로 받아야만 했다. 생각지도 못한 상황에 놀랐고, 조금은 겁도 났다. 묘하게 핀트가 나간 남자의 행동을 예측할 수 없었다.

"무서워?"

그런 하진의 상태를 기민하게 알아챈 그가 살짝 벌어진 입술에 달콤하게 입 맞췄다. 난잡한 아래와는 비교되는 깃털 같은 접촉이었다. 이상하게도 그 가볍기 그지없는 키스에서 하진은 무언가 용기를 얻었다.

"아니."

하진은 제게 쏟아지는 남자의 무게를 기꺼이 받아들이며 단단한 그의 어깨에 손을 올렸다. 손에 닿는 맨살의 감각이 맥이 뛰는 듯 따뜻해서 기분 좋았다.

"내가 너 좋아한다고 말했잖아."

"……."

"서로 좋아하고, 사귀고 있고, 나는 정말 상관없는데……."

짐짓 비장하게 말하던 하진의 말은 이어지지 못했다. 한석이 그대로 숨 막히게 입을 맞춰 왔기 때문이었다. 혀가 뒤얽히고 성급한 숨이 입 안 가득 밀려들었다. 습한 키스가 두서없이 온몸에 뿌려졌다.

어느 순간 정신을 차렸을 때는 둘 다 나체 상태로 얽혀 있었다. 어두워 잘 보이지는 않겠지만 완전히 나신이 되었다는 것이 불쑥 민망해 하진은 또다시 다리를 오므리려 했다. 하지만.

"홋……."

아래에 불쑥 손을 가져다 대는 남자에 하진은 몸을 잔뜩 움츠렸다. 괜찮다는 듯, 다른 손으로 하진의 허리를 쓰다듬은 남자가 나직하게 속살댔다.

"전부터 생각했는데."

곧게 잘빠진 손가락이 갈라진 틈새를 조금씩 지분대기 시작했다. 아……. 하진은 눈을 질끈 감아 버렸다. 모든 감각이 한석의 손끝에만 집중되는 야릇한 기분. 절로 몸에 힘이 들어가며 발끝까지 움찔움찔했다.

"너 되게 잘 젖어. 알아?"

"읏…… 그만. 그만해."

"잘 느껴서 좋다고. 예쁘다는 말이야."

익숙지 않은 음담과 애무에 하진은 어찌할 줄을 몰랐다. 팔을 들어 눈을 가리자 쯥, 마뜩잖다는 소리를 낸 한석이 마른 손목을 잡아 올려 저와 눈을 맞추게 했다.

"누구랑 이러고 있는지는 보면서 해야지."

"흑, 그만……."

우는 건 절대 아닌데 우는 목소리가 나왔다. 제가 느끼기에도 아래가 점점 젖어 가고 있었다. 처음 느낀 감각은 아니었지만 축축하고 미묘해서 하진은 얼굴을 찡그렸다.

씨발, 욕지거리를 겨우 삼킨 한석은 밑을 쑤석대는 손을 쉬지 않으며 하진을 내려다봤다. 불을 켜고 오고 싶었지만 하진이 난리 칠 게 뻔해 일단 참고 있었다. 어둠에 익숙해진 시야에도 어쩔 줄 모르고 달뜬 작은 얼굴이 아래에 피가 몰리게 했다.

하, 탄식 같은 숨을 흘린 한석이 갑자기 하진의 손을 덥석 쥐었다. 그대로 제 것을 잡게 하자 하진의 몸이 뻣뻣이 굳었다.

"괜찮아. 난 너 안기만 해도 이러니까."

이미 미끈미끈한 선액을 흘리고 있는 기둥을 쥐여 주니 작은 손이 미세하게 떨렸다. 크기를 짐작 못 했던 것도 아닌데, 손에 가득 차는 부피감은 막연한 상상 그 이상이었다. 이게 곧 제 몸에 들어온다고 생각하니 벌써 아득해졌다.

"너랑 키스만 해도 밑에 터질 것 같거든. 맨날."

하진의 손을 덮은 제 손에 지그시 힘을 준 한석이 나른한 숨을 길게 뱉었다. 고작 이 정도의 접촉에 질질 싸 대는 자신이 조금 한심하게까지 느껴졌지만, 어쩌겠는가? 상대가 박하진인데.

"하다가 생각 바뀌면 언제라도 말해."

몸을 낮춰 하진의 귓가에 입을 맞춘 그가 다정하게 속삭였다. 이미 그에게서 하지 않는다는 선택지는 완전히 없어진 모양이었다. 우악스러운 손의 힘이 잠시 느슨해진 틈을 타 하진은 성기를 잡고 있던 손을 파드득 뗐다.

하지만 소용없는 일이었다. 금방이라도 제 안을 쑤셔 들어올 것 같은 둔탁한 기둥이 배 언저리에 비벼지는 감각이 생경했다. 이내 한석이 몸을 조금 일으켰을 때, 하진은 정말로 그가 그대로 삽입할 거라 예상했다.

"잠깐만."

"……."

급하게 흘러나온 목소리에 한석의 눈이 가늘어졌다. 하진은 재빨리 덧붙였다.

"근데…… 콘돔. 콘돔 없는데."

왜 이걸 이제 생각했을까 싶을 정도로 어이가 없었다. 물론 오늘 밤 그와 잘 거라고 생각을 못 하긴 했지만, 호기롭게 말하기 전에 편의점이라도 갔다 오라고 해야 했는데. 불안하게 흔들리는 커다란 눈망울에 한석이 헛웃음을 흘렸다. 아, 씨발. 이번에는 욕을 참지 못했다.

"가만 보면 너는 가끔 날 진짜 개쓰레기로 보는 것 같아."

그대로 몸을 마저 편 한석이 등을 돌려 성큼성큼 어딘가로 다가갔다. 제가 한석의 가계부를 발견한 바로 그 위 서랍에서 뭔가를 꺼내더니 망설임 없이 불을 켰다. 하진은 기겁했다.

"뭐야, 빨리 불 꺼!"

"싫은데."

콘돔을 어떻게 불 끄고 켜, 다분히 놀리는 듯한 어조로 한석이 말했다. 도대체 언제부터 갖고 있었던 거지, 자연스럽게 피임 기구를 꺼내는 남자에 대한 당황스러움은 환한 방 안 무시무시한 존재감을 드러내는 살 기둥에 순간 잊혔다.

핏줄이 우둘투둘 툭툭 불거진 성기는 길었고, 곧았다. 그리고 비현실적으로 두꺼웠다.

"……."

새삼스럽게도 하진은 저런 것을 매번 몸 안에 받아들여야 하는 것이 섹스라는 것에 충격을 받았다. 섹스가 별거냐고 말했던 좀 전의 자신은 지나치게 경솔했었다.

그런 그녀를 아랑곳하지 않고 새까만 포장을 이로 깐 한석이 대수롭지 않게 쓱쓱 제 것을 몇 번 쓸었다. 작은 비닐이 아무렇게나 바닥에 버려졌다. 굳이 쳐다볼 필요 없다는 걸 아는데 뚫어지게 보게 되었다. 성기를 감싼 얇은 막이 금방이라도 터질 것같이 팽창하는 것을 하진은 멍하니 바라보았다.

"……불 끄라니까!"

짧은 행위를 군더더기 하나 없는 동작으로 마친 남자가 다시 제게로 다가오자 하진은 이불을 목 끝까지 올렸다. 하하, 한석이 웃었다. 소리만 내고 눈은 웃지 않는 채였다.

"그렇게 부끄러워?"

"……그런 건 아니고."

"예뻐서 섰는데. 못 보게 하면 어떡하냐?"

난 예쁜 거 좋아한다니까, 속도 모르고 키득대던 한석이 결국 불을 껐다. 조금 안도하는 사이 한석이 손을 뻗어 매트 앞 조악한 화장대에 올려진 무드 등을 켰다. 얼마 전 뭘 사러 같이 잡화점에 갔다가 하진이 잠깐 시선을 뺏긴 것을 한석은 잊지 않고 계산대에 올려 두었다.

그게 이렇게 쓰일 줄이야. 미미하게 새어 나오는 빛에 하진의 입술이 달싹였지만 이내 포기했다. 그래도 형광등 불빛보다는 나은 것 같았다.

어느새 다시 하진의 위로 올라탄 한석이 홱 이불을 낚아채 아예 저만치 방구석으로 던져 버렸다. 원망스럽게 저를 보는 열 오른 얼굴과 바짝 힘이 들어간 하얀 나신을 남자가 눈으로 빠르게 훑었다.

"하……."

의미를 알 수 없는 한숨 같은 소리에 하진은 긴장해 몸을 굳혔다. 이미 빳빳이 굳어 있는데도, 더 그랬다.

"……으흣!"

그대로 가슴에 고개를 묻는 한석에 절로 밭은 신음이 터져 나왔다. 제가 듣기에 제법 이상해서 민망하기도 했다. 뽀얗게 드러난, 제법 살집이 오른 젖가슴을 한석은 정신없이 물고 빨았다.

귀엽게 솟은 정점을 혀로 굴리다 이내 한가득 베어 물기도 했다. 일순 볼이 홀쭉하게 팰 정도로 힘주어 빨 때는 하진이 그의 어깨를 밀어 내기도 했지만, 전혀 개의치 않고 오히려 놀고 있는 손으로 다른 쪽 가슴을 터질 듯한 힘으로 주물러 댔다.

원래도 흥분하면 힘 조절을 잘 못 하는 그였지만 지금은 정도가 더했다. 하진은 고개만 이리저리 비틀며 끙끙댔다.

"아…… 으응…… 아!"

하지만 한석도 변명할 거리는 있었다. 돌아오는 반응 자체가 사뭇 달랐기 때문이었다. 언제나 기민하게 하진을 살피는 남자는 지금 하진의 몸이 평소보다 뜨겁다는 것을 눈치챘다. 실오라기 하나 걸치지 않은 채 마주한 몸에서 올라오는 열기가, 난잡한 애무가 그녀의 몸을 빠르게 녹이고 있었다.

눈이 반쯤 돈 상태에서도 한석은 속으로 웃었다. 살짝 까슬한 입술이, 축축한 혀가 망설임 없이 아래로 내려갔다. 움푹 들어간 배를 훑고 아슬한 곡선을 지나는 허리선을 넘어…….

"……!"

그대로 밑에 얼굴을 묻는 남자에 하진은 순간 숨이 멎는 줄 알았다. 벌어진 다리 사이 망설임 없이 들어온 혀가 이미 젖어 있는 음부를 게걸스럽게 핥았다.

뭐…… 뭐, 어떻게 이런 일이. 정말로, 단 한 번도 염두에 둔 적 없는 상황이었다. 교과서적인 지식만이 학습된 하진에게 지금의 현실은 지극히 벅찼다. 설탕물에 코를 박기라도 한 듯 아래서 쉬지 않고 혀를 굴리는 남자 때문에 눈앞이 새까매졌다 하얘졌다 엉망이었다.

"응, 흐으…… 웃……!"

그만하라는 말조차 입 밖으로 나오지 않았다. 너무 민망하고 창피해서 도망가고 싶었다. 몸을 비틀어 빠져나오고 싶은데, 무의식적으로도 한석이 다칠까 걱정되어 다리를 휘두르지는 못했다.

그사이 한석은 저 하고 싶은 대로 혀를 썼다. 갈라진 틈새에 혀를 세워 누르듯 비벼 대자 하진이 소리도 제대로 못 내고 꺽꺽댔다.

한동안 그렇게 한석은 정성 들여 하진의 은밀한 곳을 애무했다. 혀를 넓게 써 미친놈처럼 빨고, 마치 안에 파고들기라도 할 것처럼 찔러 대기도 했다. 어떻게 된 게 박하진은 안 예쁜 곳이 정말 하나도 없었다. 밑을 빨면서 이렇게 흥분할 수 있다는 것이 그 자신도 놀라웠다.

"흐…… 한, 한석아…… 아."

이 정도면 괜찮나 싶을 때, 흐물흐물 풀어져 물기 섞인 목소리가 저를 겨우 불렀다. 그 귀여우면서도 야해 빠진 소리에 이미 배에 닿을 정도로 직립해 있던 성기가 아프게 꺼떡댔다.

그냥 하는 말 아니고 진짜 터질 것 같았다. 한석은 타액과 애

액으로 범벅된 입술을 혀로 한 번 훔치고 몸을 일으켰다.

"응. 나도 이제 못 참겠다."

엉망으로 갈라진 목소리를 하고 한석은 얼굴을 찡그리며 웃었다. 잔뜩 긴장한 하진을 안심시키기 위해 나름 억지로 표정을 갈무리한 거였지만, 욕정으로 새까매진 눈을 하고 입꼬리만 올려 웃는 것이 오히려 하진에게는 역효과로 다가왔다.

분명 눈을 못 떼게 근사하긴 한데 한편으로는 무서웠다. 하지만 이제는 돌이킬 수 없었다. 이내 아래에 와 닿는 뭉툭하면서 단단한 감각이 느껴졌다. 하진은 저도 모르게 다리에 힘을 꽉 주었다.

"쉬이, 힘 풀고……."

하진을 끌어안은 남자가 달콤한 목소리로 그녀를 달랬다. 괜찮다고, 안 아플 거라고 거짓말을 했다. 그래도 어느새 물기를 매단 제 눈꼬리에 쉼 없이 입을 맞추고 볼을 핥는 남자가 너무 다정해서 하진은 알면서도 속아 주었다. 그러나.

"아……!"

약하고 섬세한 곳을 무자비하게 뚫고 들어오는 흉기에 절로 고개가 뒤로 꺾였다. 직전 허물어졌던 게 무색하게 다시 온몸이 굳었다. 몇 번 더 허리를 잘게 쓴 한석의 입에서도 으음, 곤란한 소리가 새어 나왔다.

"내 목에 팔 감아. 응, 그렇지…… 그냥 막 할퀴어도 돼."

하진의 팔을 억지로 제게 두르게 한 한석이 안타깝다는 듯 중얼거렸다. 아프지, 처음만, 처음만 그런 거니까…… 녹아내릴 듯 다감한 목소리와는 다르게 허리를 뒤로 물렸다 다시 쳐올리는 움직임은 하진이 느끼기에는 잔혹했다.

"아흑······."

아파, 이상해, 찢어지는 것 같아······. 덜컥 무서워진 하진의 입에서 두서없는 말들이 흘러나왔다. 정말로 아래가 그의 움직임에 따라 조금씩 벌어지고 있었다. 그 묘한 감각에 저절로 발가락이 곱아들고 한석의 어깨를 움켜쥔 손에 힘이 들어갔다.

"많이 아파?"

"흑······."

어느새 그렁그렁 눈물을 매단 하진의 눈가를 한석이 애틋하게 핥았다.

"그만할까?"

그러나 이어진 말에 하진은 고개를 저었다. 모르겠다. 절대 한석이 강요해서 하는 게 아닌데, 어쩐지 언젠가는 또 벌어질 상황 같았다. 지금 피하면 두 번째는 안 아플까? 세 번째는? 생각만으로 더 머리가 아팠다.

······어차피 자신도 원하는데, 한 번은 겪어야 할 아픔 같았다.

"그냥, 한 번에 확 해. 그게 더, 훗, 나을 것 같으니까."

훌쩍이며 하는 말에 한석이 멈칫했다. 정말 박하진은 골 때렸다. 대답 없이 한석이 깊게 입을 맞췄다. 얼핏 부드러운 그 짙은 키스에 하진이 잠시 정신이 팔린 사이.

"······!"

퍽, 한 번에 들이받는 거친 움직임에 하진의 눈이 크게 떠졌다. 하아…… . 여전히 혀를 겹친 채 한석이 더운 숨을 뱉어 냈다. 그리고 다시 퍽. 퍽…… . 길을 내듯 한석은 봐주지 않고 허리를 놀렸다.

어찌 보면 하진의 말이 맞았다. 아직 반도 안 들어갔는데 고양이 쥐 생각하는 것도 아니고 애매하게 어물쩍거려 봤자 하진만 고통스러울 거라고 그는 판단했다. 그 느릿한 듯 일정하고 정확한 움직임에 하진은 정말로 제 안에서 생살이 뜯어지는 감각을 느꼈다.

으으…… . 뜨겁게 저를 파고드는 남자에 저도 모르게 진저리를 치는데.

"많이 아파?"

듣기 좋게 갈라진 저음이 지금만큼은 한없이 얄밉게 느껴졌다.

"흐…… 다, 들어갔어?"

애써 우는소리를 안 내려 하며 묻자 한석이 얼굴에 자잘한 키스를 흩뿌렸다.

"그럼, 다 들어갔지."

거짓말…… . 아직도 꾸역꾸역 안으로 밀려오는 살덩이는 끝이 가늠되지 않았다. 숨이 가빠졌다. 하진은 목이 메는 것을 꾹 참고 한석의 어깨에 고개를 묻었다.

솔직히 정말 많이 아팠다. 크기를 본 후부터 각오했는데도 이렇게 아플 줄은 몰랐다. 이런 게 섹스라면 평생 안 하고 싶었다. 당장 그만두라고 하고 싶었다. 하지만.

"흣……!"

"하…… 진짜 다 들어갔다."

만져 볼 수도 없으면서 한석이 마치 확인이라도 하듯 하진의 배 아래께를 뭉근하게 쓸었다. 잘했어. 뭐 딱히 잘한 것도 없는데 그렇게 말하며 만족스러운 숨을 뱉는 남자를 보고 있자니 서러움 너머 모락모락 다른 감정이 피어났다.

홀린 듯 다시 몸을 뒤로 물리던 그가 일순 행동을 멈췄다. 눈물인지 땀인지 모를 것으로 이마와 볼에 엉겨 붙은 하진의 머리칼을 떼어 주고 그새 부어오른 눈두덩이와 입술에 차례로 짧게 키스했다.

"왜 이렇게 예쁘냐."

마주친 눈빛은 놀랄 정도로 고요했다. 그는 오히려 정점에서 차분해지는 편이었다. 폭풍이 몰아치기 전 바다처럼, 시끄러운 속내를 숨기고 잔잔한 척을 했다. 아직도 할딱대는 하진의 귓가에 조금 쉰 듯한 목소리가 감겼다.

"사랑해."

순간 말로 다 할 수 없는 무언가가 뻐근하게 하진의 심장을 파고들었다. 그럴 일은 없지만 만약 그게 그저 그런 일회성인 말일지라도 괜찮다고 생각할 정도로 커다란 울림이었다.

아픔과 생경함에 방황하던 눈빛이 일순 멍해졌다. 다른 건 몰라도 지금 저를 안고 있는 남자의 이 순간만큼의 감정은 확신할 수 있었다.

확신. 하진이 제일 좋아하는 것. 마음이 터질 듯 부풀어 오르고 심장이 세차게 뛰었다. 기분 좋게 뛰는 정도가 아니라 숨이 찰 정도로 빠르게.

그것은 어쩌면 처음 한석과 입을 맞췄던 그 불경한 해방감과도 닮아 있었다.

순간 하진은 밑이 빠질 듯한 아픔도 잊어버렸다. 무언가 더 말할 듯하던 그의 입술은 이내 굳게 다물렸다.

그리고 다시 꿰뚫렸다.

"아……!"

하진의 입에서 신음이 터졌다. 평소라면 마음을 돌렸을 정도로 애달픈 음성이었지만 한석은 더는 사정을 봐주지 않았다. 벌어진 도톰한 입술을 쪽쪽 빨며 허리를 쓰다 어느 순간 커다란 몸을 꼿꼿이 세웠다.

하얗고 날씬한 다리를 힘으로 넓게 벌리고, 제 성기가 안으로 들어가는 것을 뚫어지게 보며 처박았다. 좁디좁은 안이 제 것을 받아들이는 게 적나라하게 보여 자꾸 입술이 말랐다. 자극적이다 못해 음란했다. 그냥 시각적인 자극으로도 쌀 것 같아 곤란했다.

"흐…… 한, 석아…… 흑……!"

다소 빽빽했던 안이 어디서 나오는지 분간 안 되는 액으로 조금씩 젖어 들어갔다. 하진이 느끼기 시작한 건지 콘돔 끝 묻어 있던 것인지 판단이 안 되었지만 하진의 몸이 빠르게 풀려 가고 있는 것은 마주한 피부로 선명하게 느껴졌다.

남자는 무섭게 흥분했다. 거리낄 것 없는 허리 짓이 점차 빨라지고 거친 숨이 터져 나왔다.

아, 아…… 제발, 흐……. 하진이 그의 밑에서 드문드문 숨넘어가는 소리를 내며 흔들렸지만 반은 들리고 반은 희뿌옇게 날아갔다.

섹스가 이런 건가? 하릴없는 생각은 금세 날아가 버렸다.

거친 추삽질이 계속될수록 묵직한 기둥을 삼킨 안은 눅진하게 풀려 부드러워져 갔다.

모든 것이 완벽했다. 손에 착착 감기는 허벅지의 나긋하고 여린 촉감, 저를 부르며 참 예쁘게도 우는 지독히 야한 얼굴, 제 움직임을 따라 엉망으로 흔들리는 봉긋한 가슴에 새겨진 제 잇자국은 또 어떻고.

한석의 머릿속이 시꺼멓게 암전했다. 저를 끊어 먹을 듯 조이는 안이 미치게 황홀해서 이성을 놓아 버렸다.

"하…… 씨발, 박하진……."

눈이 돈 한석은 제가 욕을 하고 있다는 것도 몰랐다. 지금까지 참았던 것을 분출하기라도 하듯 정신없이 박고 또 박았다. 처음에는 일단 하진 위주로 배려하고, 상황을 봐서 두 번째나 세 번째 정도에서 양껏 하려고 했던 일전의 알량한 생각은 이미 흔적도 없이 휘발된 상태였다.

바람 소리가 나는 창밖은 차디찬데 작은 방 안은 열기로 가득했다. 살과 살이 맞부딪히면서 나는 찌걱거림, 제멋대로 뒤섞인 가쁘고 거친 숨소리, 이따금 들리는 험악한 욕지거리와 금방이라도 끊어질 듯한 젖은 신음만으로 가득한 안은 난잡했다.

이상해, 이상해. 하진은 속으로 정신없이 그 말만 되새겼다.

사실 속으로 했는지 입 밖으로 했는지도 희미하다. 처음에는 분명 몸이 두 쪽으로 갈라지는 것같이 괴롭기만 했는데…….

짐승처럼 저를 먹어 치우는 한석에게 동화되기라도 한 걸까? 삽입이 깊어지고 빨라질수록 아래에서 느껴지는 생경함은 성적인 쾌감이 확실했다. 느낀 적은 없지만, 본능적으로 알 수 있었다.

'어떻게…….'

혼란스러웠다. 눈물로 가득 찬 눈동자가 정처 없이 흔들렸다. 이렇게, 처음부터 좋다고 생각할 수 있나?

물론 얼얼하고 아픈 게 완전히 사라지는 건 아니었지만 삽입한 직후처럼 아프지는 않았다. 아픔을 비집고 들어온 낯선 감각이 맞붙은 속살 가운데 조금씩 조금씩 크기를 불려 나갔다.

어느 순간부터는 민망하지도 않았다. 하진은 마음껏 헐떡이고 내키는 대로 소리를 냈다. 희뿌예진 눈앞이 까마득하다가, 다시 커다란 몸이 보이다 했다. 제 다리를 가볍게 잡고 힘을 쓰는 그의 팔뚝이 유난히 굵어 보였다. 압도적인 힘의 차이는 도리어 성감을 증폭시켰다.

완전히 그에게 잠식됨을 느끼는 지금 아래에서 뭔가 자꾸 왈칵왈칵 터졌다. 이 순간 남자를 이루는 모든 것이 자극적이었다.

한석이 잘하는 걸까 아니면 다들 이런 기분을 느끼며 관계를 갖는 걸까?

흐린 시야에 미간을 좁히고 행위에 완전히 집중한 남자의 얼굴이 들어왔다. 본격적으로 박아 대기 시작하면서 그는 간헐적으로 욕을 뱉긴 해도 다른 말은 하지 않고 오로지 섹스에 미친 사람처럼 열중했다.

두서없이 뻗어 가는 미숙한 쾌감에 혼란스러우면서도, 눈앞을 가득 메우는 그 모습은 순간적으로 숨이 막힐 만큼 섹시했다.

'아…….'

하진은 정신 나간 듯 저를 몰아붙이는 남자에게 무의식적으로 팔을 뻗었다. 눈이 돈 와중에도 안아 달라는 듯한 제스처에 한석이 팔을 벌려 그녀를 끌어안았다. 귓불을 꽤 세게 물기까지 했는데 이미 하진도 제정신은 아니라 아프다는 감각은 별로 없었다.

하진아. 박하진. 짓씹는 듯 저를 부르기에 하진도 고개를 끄덕였다. 응, 으응…… 아……!

"씹……."

한석의 얼굴이 험악하게 일그러졌다. 울면서 제게 엉기는 몸이 잘게 떨고 있었다. 절정을 목전에 둔 남자에게는 생경한 열로 달뜬 얼굴이 어떻게 좀 해 달라는 것처럼 보였다.

사실 아예 틀린 말도 아니었다. 낯선 행위에서 하진은 완전히 한석에게 의지하고 있었다. 모든 것을 한석에게 맡겼다. 그냥 한석의 이름만 부르고 또 불렀다.

"흣, 한석아…… 정한석. 흑……."

"응, 씨발, 후…… 나 여기 있잖아. 하진아."

제멋대로 답한 남자가 허겁지겁 하진의 입술을 삼켰다. 그러면서도 기계처럼 박아 대는 것은 쉬지 않았다. 하진도 내키는 대로 혀를 움직였다. 제 안에서 번져 나가는 미약한 쾌락이 점점 커지는 것을 받아들이기 힘들었다. 적극적으로 그의 목을 감싸며 가슴 깊이 끌어당기니 그가 만족스러운 탄성을 냈다.

치받는 힘이 무섭게 세서 하진의 몸이 자꾸 뒤로 밀려났다. 그대로 벽에 머리를 찧을 뻔한 것을 한석이 기가 막힌 타이밍에 제 손으로 막아 주었다. 커다란 손이 뒤통수를 완전히 감싸고, 너른 몸이 하진을 완전히 덮었다. 밑에서 쳐올리는 힘이 어느 순간 믿을 수 없이 빨라지자 하진은 소리도 제대로 못 내고 파들파들 떨었다.

알 수 없는 기분이었다.

어차피 좋은 말로 포장해 봤자 남들 다 하는 행위일 뿐인데, 자신은 한석과 다른 것을 하고 있는 것 같았다. 단순한 육체적 교합이라고 말하기에는 억울한 그런 다른 차원의 무언가를.

비록 한석은 이 섹스 한 번에 그렇게 큰 의미를 부여하지 않을지 몰라도, 혼자만의 생각이겠지만 어쨌든 하진은 그렇게 여겼다.

가차 없이 밑을 치대는 소리가 점점 더 크게 울렸다. 한석이 입 안을 세게 짓씹으며 스퍼트를 올렸다. 푹푹 때려 박는 움직임에 하진이 아래서 숨넘어가는 소리를 냈다. 조절을 하지 못하고 있다는 자각은 제 것을 꽉꽉 물며 조이는 내벽에 눈 녹듯 사라진 지 오래였다.

어느 순간, 한석의 목울대가 거칠게 일렁였다. 허리를 뒤로 물렸다 길고 깊게 처박았다.

"흐윽······."

사정은 길었다. 무섭게 부풀어 있던 살덩이가 안에서 울컥 뜨거운 것을 쏟아 냈다. 하진은 멍한 눈으로 숨만 색색 쉬었다. 머리가 돌 것 같은 쾌감 속에서도 한석은 불현듯 콘돔의 존재가 좆같다고 느꼈다.

끝난 건가? 한바탕 쏟아부은 후에도 한석이 후희를 즐기듯 느릿하게 허리 짓을 했기 때문에 하진은 조금 헷갈렸다. 안에서 느껴지는 이물감이 여전히 버겁게 느껴져 더 그랬다.

쪽, 그가 가볍게 입을 맞춰 올 때 그제야 확실히 알았다. 아, 끝났구나. 한석의 손이 하진의 이마와 눈가, 볼을 차례대로 쓸었다. 아직 열기가 식지 않은 눈빛이 완전히 맥이 풀려 버린 하진의 얼굴을 기민하게 훑었다.

"······미안."

갑자기 나온 생각지도 못한 말에 하진은 순간 또 긴장했다. 그가 제게 미안하다고 하는 일은 드물었다.

"너무 막 했지······ 씹, 내가 미쳐 가지고."

그러나 뒤이은 후회 섞인 읊조림에는 다시 안심했다.

"아니."

엉망으로 갈라진 제 목소리가 낯설게만 들렸다. 가만히 하진을 내려다보던 그가 고개를 비틀어 다시 입을 맞춰 왔다. 정사 후 나누는 키스는 한없이 부드럽고, 녹진했다. 말도 안 되게 키스하면서 잠들 것 같다는 생각이 들었다.

"안 빼고 이대로 잘까?"

입술을 붙인 채 그가 짓궂게 물었다. 하진이 조금 얼굴을 찌푸리자 픽 웃은 그가 젖은 입술을 다시 한번 감쳐물고 몸을 일으켰다. 안에서 성기가 천천히 빠지는 느낌이 이상해 하진은 마른침을 삼켰다.

망설임 없는 동작이 이어졌다. 익숙하게 콘돔을 빼고 끝을 묶은 그가 작은 휴지통에 그것을 던져 넣는 광경을 보는데 조금 서글퍼졌다. 이유는 모르겠지만.

"씻고 자야지."

"……못 일어나겠어."

정말로 두들겨 맞은 것처럼 꿈쩍도 할 수 없었다. 아직도 그의 것이 안에 들어와 있는 것 같았다. 쉼 없이 때려 맞은 아래가 얼얼한 게 그제야 느껴졌다. 안 봐도 꽤 부어 있을 것 같았다.

"응, 당연히 내가 해야지."

그럴 줄 알았다는 듯 씩 웃은 그가 하진을 힘도 하나 안 들이고 번쩍 안아 올렸다. 순간적으로 몸이 들리자 하진은 그의 목을 꼭 끌어안았다. 그게 마음에 드는지 그가 낮게 웃었다. 어김없이 입술이 또 한 번 겹쳐졌다.

따뜻한 물로 정성스럽게 하진을 씻긴 한석이 뒤이어 씻고 나오는 사이, 하진은 그가 새로 깔아 준 이불 위에서 깜빡 잠이 들었다. 큰일이라도 치른 것처럼 몸이 무겁고 나른했다. 그러다 혼자 또 벌떡 눈을 떴다, 다시 스르르 감았다.

어쩐지 오늘은 먼저 잠들기 싫었다. 자는 듯 아닌 듯한 모호한 상태에서 허우적대고 있는데 어느 순간 옆에 와 눕는 한석이 느껴졌다.

"……왜 이렇게 오래 씻었어."

약간의 짜증을 섞어 웅얼대는 하진의 목 뒤에 팔을 끼워 넣은 한석이 익숙하게 팔베개를 해 주었다. 똑바로 누운 하진을 힘을 실어 제 쪽을 보게 하고 다른 팔로 끌어안았다. 매번 하는 행위인데 지금 유독 다정하게 느껴졌다. 습관적으로 그에게 바짝 붙어 안기는데 심드렁한 답이 돌아왔다.

"안 가라앉아서 몇 번 뺐어."

"……."

저를 씻겨 주는 와중에도 또다시 발기해 꺼덕대던 그의 것이 떠올랐다. 하진은 입을 꾹 다물었다. 그러나 미약하게 떨리는 속눈썹을 눈치챈 한석이 바람 빠지는 소리를 내며 웃었다. 그러더니 문득 물어 왔다.

"박하진."

"……응."

"후회해?"

하진은 막 감기려던 눈을 천천히 떴다.

"아니."

망설임 없이 돌아온 답에 한석이 고개를 낮춰 시선을 맞춰 왔다. 하진은 제대로 닦고 오지 않아 아직 물기가 있는 그의 얼굴 언저리를 손으로 살살 쓸어 보았다. 딱딱하고 날렵했다. 하진의 입술이 다시 열렸다.

"있잖아."

"어."

"……음."

말로 뱉자니 조금 망설여졌지만 묻고 싶었다.

"이렇게 자고 나서, 바뀌는 게 있어?"

"뭐?"

뭐가 바뀌는데? 한석이 황당하다는 듯 되물었다.

"바뀌는 건 하나도 없는데."

뭐, 굳이 따지자면 당분간 하진의 공부는 물 건너갔을지도. 한석은 구태여 쓸데없는 말을 덧붙이지는 않았다. 그가 제 말을 잘 이해 못 한 것 같아 하진은 다시 설명했다.

"아니, 그런 게 아니라. 음…… 하고 나기 전이랑 지금이랑, 나 볼 때 좀 기분? 마음? 달라진 거 있냐고……."

"……."

알 듯 말 듯 한 얼굴로 하진을 빤히 보던 그가 이내 고개를 저었다.

"없어. 똑같아."

"응."

딱히 어떤 답을 기대하고 한 물음은 아니었다. 그래서 한석의 답에 좋을 것도, 싫을 것도 없었다.

하지만 굳이 따지자면 좋은 쪽이었던 것 같다. 섹스를 하든 안 하든 한석의 마음은 같다는 것처럼 들려서. 졸음이 가득 묻은 눈을 깜박이는 하진을 보던 한석이 불현듯 낮은 한숨을 흘렸다.

"도대체 또 혼자 무슨 생각을 하는 건지."

콩, 이마끼리 맞대는데 나름 좀 아팠다. 둔탁한 소리가 날 정도였으니까.

"아파."

"이게?"

"그래."

아무튼 힘은 세서, 하진이 입술을 삐죽이자 한석이 달래듯 허리와 등을 토닥였다.

지금 몇 시쯤 됐을까? 찰나 궁금해졌지만 확인하기에는 귀찮았다. 잘 시간을 훌쩍 넘긴 데다 기력을 다 소모한 하진의 몸에서 서서히 힘이 빠졌다. 하진아, 부르는 목소리가 없으면 그대로 까무룩 잠들었을 것이다.

"……왜."

나 졸려, 덧붙이려는데 한석이 빨랐다.

"나중에, 돈 많이 벌면 꼭 결혼하자."

"……."

순간 잠이 확 깼다. 눈앞의 옅게 웃고 있는 남자의 얼굴에 목구멍이 탁 막히는 기분이 들었다.

씻고 나와 조금 헝클어진 머리와 가늘게 휘어진 눈매를 보는데 왜 울컥하는 건지. 매번 저보다 훨씬 나이 든 사람처럼 행동하는 그가 처음으로 제 나이대처럼 보였다. 한없이 미숙하고 어리게만 보였다. 그와 어울리지 않는 천진한 말투가 하진의 심장을 후벼 팠다.

"알았지?"

재촉하듯 되묻는 말에 하진은 망설였다. 그까짓 거, 사귈 때 누구나 할 수 있는 말이라고 생각하면서도 입술이 떨어지지 않았다. 왜인지 대답하면 안 될 것만 같았다. 그러나 끈질기게 저를 보는 얼굴에 결국 조그맣게 고개를 끄덕였다. 조막만 한 얼굴 곳곳에 두서없는 키스가 쏟아졌다.

"잊어버리면 안 돼."

고작 그 미미한 고갯짓에도 한석은 좋아했다. 드물게 환하게 웃는 모습을 차마 마주할 자신이 없어 하진은 그냥 한석의 품에 얼굴을 묻어 버렸다. 제 허리를 감싼 손에 힘이 들어가는 게 느껴졌다. 희미한 죄책감이 들었다.

6

작은 동네 빵집은 언제 와도 은근히 붐볐다. 열심히 빵을 포장하는 알바생 앞, 하진은 매대에 올려진 것들을 괜히 흘깃댔다.

'벌써 그렇게 됐나.'

예쁘게 포장된 떡과 엿을 보니 수능이 얼마 남지 않았다는 것이 실감이 났다. 그러고 보니 저는 이런 걸 받아 본 적이 없었다. 계산을 마친 하진은 습관적으로 목도리를 조금 위로 올린 채 밖으로 나왔다. 손에 들린 봉투에는 제일 먼저 야무지게 골랐던 크림빵과 한석이 잘 먹는 종류의 빵 몇 개가 담겨 있었다.

내년엔 꼭 수능을 봐야지.

막연하게 생각하고 있지만 어떻게 될지 모르겠다. 하진은 옆은 한숨을 한 번 내쉬고 바쁘게 집으로 향했다. 늦가을과 초겨울의 경계선, 한낮의 온도는 꽤 차가웠다.

익숙한 공간에 들어온 하진은 바지런히 움직였다. 빵집 가기 전 좀 노닥였더니 그새 할 일이 쌓였다. 점심때 제가 먹은 것을 설거지하고, 오늘따라 괜히 너저분해 보이는 작은 방을 깨끗이 쓸고 닦았다.

"네가 왜 이런 걸 해?"

자기가 일 갔다 와서 다 하는데 왜 그러냐며, 한석은 하진이 자잘한 집안일을 하는 것을 질색했지만 하진은 오히려 그런 한석이 이해되지 않았다.

단 하나, 요리만큼은 포기했지만……. 소금국이 되어 버린 국을 아무 말 없이 밥을 말아 싹싹 비우던 얼마 전 한석의 모습은 뼈아픈 기억으로 남아 버렸다. 먹지 말라며 어쩔 줄 모르는 하진에게 한석은 짭짤하니 맛만 있다고 해 주었지만, 하진은 그날 새벽에 깨서 생수통째로 물을 벌컥벌컥 마시는 한석의 뒷모습을 다 보았다.

어쨌든 하진은 한석과의 이곳에서의 생활에 완전히 적응했다.

조금 있으면 여기에 온 지도 1년이 된다. 스무 살을 낯선 타지에서 이 남자와 살을 부대끼며 보낸 것이다.

늘 냉장고를 차지하고 있는 초코 우유 하나를 꺼낸 하진은 노트북을 열었다. 듣다 만 인터넷 강의를 실행시키고 문제집을 폈다. 마저 들을 때쯤이면 한석이 올 거였다. 오늘은 할 얘기도 있어서 그런가, 한석이 좀 더 빨리 왔으면 싶었다. 말할 주제가 주제인지라 좀 걱정되기는 했지만.

암튼 뭐…… 보고 싶어서 그런 것도 있었다.

'집중하자, 집중.'

자꾸 분산되는 정신을 다잡으려 노력하며 하진은 강사의 말대로 필기를 했다. 그러나 얼마 지나지 않아 자리에서 일어나야 했다. 외출하기 전 돌려 놓고 간 세탁기에서 빨래가 다 되었다는 소리가 났기 때문이었다.

한석의 작업복 때문에라도 세탁은 매일 해야 했다. 하진은 고개를 갸웃했다.

'오늘은 한 것도 없네. 시간만 가고.'

하긴 딱히 오늘만의 일은 아니었다. 집에만 있는데 왜 바쁜 걸까? 알 수 없다고 생각하며 탁탁 털어 빨래를 너는 품이 제법 익숙했다. 처음에 하진은 빨래를 털지도 않고 건조대 위에 그냥 가만히 올려놓았는데 나중에 한석이 하는 것을 보고 곁눈질로 배워 두었다.

한석은 하진이 집안일을 서툴게 해도 절대 지적하거나 훈수를 두는 일이 없었다. 일례로 처음에 하진이 세탁 전 주머니 확인을 안 해서 영수증이며 지폐로 난리가 난 적이 있었는데, 그러니까 왜 하지 말라는데 했냐, 이건 세탁 전에 빼고 해야 한다, 이런 소리 일체를 하지 않고 무심한 얼굴로 오늘은 외식이나 하러 나가자고 했다.

돌아와 씻으면서 자연스러운 흐름으로 몸을 겹쳤다. 가혹한 섹스에 지친 하진이 잠든 사이 세탁기 안도 깨끗하게 청소해 놓고 옷에 엉겨 붙은 종이도 다 떼어 놓았다. 일단 하진이 하는 것도 싫어했지만, 실수하더라도 그냥 내버려 두고 나중에 제가 조용히 마무리해 놓았다.

빨래를 널고 난 하진이 다시 책상 앞에 앉았다.

'왜 이렇게 틀리지.'

미리 풀어 놓은 문제의 답을 확인하는데 한숨이 푹푹 나왔다. 강사의 설명을 들어도 이해되지 않는 부분이 있었다. 가슴이 답답했다. 이 정도 난이도 문제는 틀릴 게 아닌데. 1년 만에 머리가 어떻게 된 모양이었다.

난 뭐 하고 있는 걸까?

나름대로 바쁘게 흘러가는 시간 속에서 하진은 가끔 혼란스러웠다. 머리가 좋다는 말을 수도 없이 들으며 자랐던 저였다. 남들이 들으면 뭐라 하겠지만 공부가 재밌다고도 생각했었다.

그런데 요즘은 제 성적이 아빠의 강요와 퍼부은 돈에 의해서 만들어진 건 아니었을까 하는 생각이 든다. 엄마의 인맥으로 소개받은 고액 과외와 예비 시험을 몇 번이나 쳐서 들어간 소수 그룹 특강. 칭찬과 인정이 인색한 집에서 그나마 설 자리를 만들어 줬던 건 뛰어난 성적이었다.

제 노력과 재능도 있었겠으나 그만큼 배경이 뒷받침되어 만들어진 결과가 아닐까?

그 사실을 이곳에서는 사무치게 실감했다. 물론 한석은 제가 할 수 있는 최대치로 하진을 지원했다. 수십 권의 문제집과 절대 만만치 않은 인터넷 강의 비용, 최신형 노트북은 모두 한석의 주머니에서 나온 돈으로 결제했다.

그뿐인가, 그럴 필요 없다고 몇 번이나 말했는데 책상과 의자까지 새로 맞춰 주었다. 솔직히 하진이 공부를 하는 건 반기지 않는 것 같은데 어쨌든 구색을 모두 갖춰 주었다.

잠깐 잊고 지냈던 하진의 마음속 부채감이 커진 것은 말할 것도 없었다. 아무리 제가 돈 한 푼 없어서 그렇다지만 한석이 부모도 아닌데, 그렇게까지 물질적으로 받기만 하는 게 마음이 불편했다.

"……!"

어느새 또 혼자만의 생각에 빠져 있던 하진의 눈에 일순 생기가 돌았다. 익숙한 키패드 음이 세상에서 제일 반가웠다. 이내 현관문이 열리고 투박한 패딩을 걸친 남자의 모습이 보였다. 하진은 한석의 키가 아직도 자라는 것 같다는 시답잖은 생각을 하며 당연한 듯 그의 품에 안겼다.

"엄청 반겨 주네."

듣기 좋은 저음에 웃음기가 섞여 있었다. 일을 마치고 온 남자에게서 찬 바람 내음이 났다. 하진은 은근슬쩍 담배 냄새가 섞여 있는지 코를 킁킁댔지만 별다른 건 느끼지 못했다. 조금만 고개를 돌리면 한눈에 모든 것이 들어오는 방 한 칸. 창가 옆 마련된 책상을 흘깃 본 한석이 물었다.

"공부하고 있었어?"

"응."

"빨래도 널었네. 안 해도 되는데."

"응."

짐짓 자랑스럽게 고개를 끄덕이는 하진을 내려다보던 한석의 표정이 묘해졌다. 한 발짝 앞이 집 안인데, 결국 현관에서 진한 키스를 나눈 후에야 한석은 신발을 벗고 안으로 들어왔다.

"참."

목에 두른 차콜색 머플러를 풀던 한석이 생각났다는 듯 입을 열었다.

"이거 잘 어울린다고 하더라."

"누가?"

"반장님이. 딱 보자마자 이 얘기부터 하던데."

"그래?"

태연하게 반응했지만 사실 조금 뿌듯했다.

며칠 전, 인터넷으로 문제집을 배송하려다 이것저것 다른 것들을 검색해 보면서 생전 처음으로 인터넷 쇼핑의 늪에 빠진 하진이었다.

예전에는 필요한 것이 있으면 알아서 엄마가 최고급으로만 사 주다 보니 쇼핑이라는 것을 할 필요도, 그럴 틈도 없었다. 세수하고 나서 바르는 로션 같은 것조차도 고등학생이 쓰기에는 지나친 감이 있었으니까.

이곳에서도 딱히 옷이나 화장품 같은 것이 불필요한 건 매한가지였는데, 하릴없이 핸드폰을 들여다보고 있다 갑자기 한석이 스쳐 지나가며 뭔가를 사 주고 싶다는 생각이 들었다.

……물론 결제는 한석이 일전 제게 줬던 돈으로 했지만. 돈을 벌면 제일 먼저 갚아 줘야지, 속으로 다짐하면서.

예쁘게 포장되어 배송 온 머플러를 건넸을 때 한석은 뭘 이런 걸 샀냐고, 자기는 몸에 열이 많아서 이런 거 할 필요 없다고 하면서도 분명 좋아했다. 더 정확히 말하면 처음에는 별다른 반응이 없다가 하진이 직접 목에 둘러 주고 거울 앞 매무시를 잡아 주던 때 입꼬리를 끌어 올렸다.

"덥다고 안 하지 말고 잘 하고 다녀. 얼마나 잘 어울려?"

"응. 안 그래도 애인이 사 줬냐고 하더라."

"그냥 고르기만 한 거지 사 준 건 아닌데…… 근데 여친 있는 거 아셔?"

"어. 조만간 결혼할 거라고도 했는데."

뻔뻔하게 말한 한석이 웃었다. 순간 어이가 없어 하진도 웃음이 나왔다. 아마 진짜 그랬을 거다. 다른 때는 밖에 나가면 별말도 없으면서 저런 말은 실없이 잘도 하고 다녔다.

씻고 온다며 한석이 욕실에 들어간 사이, 하진은 얼마 전 대형 마트에서 산 밀키트 중 하나를 뜯어 냄비에 보글보글 끓였다. 매번 이렇게 먹는 건 아니지만 가끔 한 끼 해결할 때는 좋았다.

'코트 같은 거 입어도 되게 잘 어울릴 것 같은데.'

콩깍지 쓴 거라면 할 말 없지만 패딩에 작업복을 걸쳐도 모델 같은 남자니 남들 하는 만큼만 꾸며도 눈부시게 근사할 거였다. 하진은 정장을 쫙 빼입은 한석의 모습을 괜히 상상해 보며 작은 상을 폈다.

티셔츠나 바지 같은 것은 미련도 없이 빨래통에 던져 넣으면서, 머플러는 괜히 한 번 손으로 쓱 쓸어 보고 잘 놓아두던 직전의 한석의 모습이 떠오르자 마음이 뭉클했다.

같이 살면서 알게 된 것은 한석은 누군가가 자신을 챙겨 주는 것에 익숙하지 못하다는 점이다. 좀 더 노골적으로 말하면 챙김을 못 받은 티가 났다.

언젠가 외출 전, 한석의 셔츠가 구김이 꽤 가 있는 것 같아 다림질해야 하지 않냐고 물었더니 정말로 의아하다는 듯 깨끗한데 왜 그러냐고 물었다.

"아니, 구겨졌잖아."

"뭐 어때. 누가 보는 것도 아니고. 별로 티도 안 나는데."

순간 말문이 막혔지만 일단 다른 옷을 입고 가게 하고, 돌아오는 길에 대형 마트에 들러 간편하게 쓸 수 있는 스팀다리미를 샀다. 결제를 할 때도 별 관심 없는 듯한 얼굴을 보는데 문득 예전 학교에서 그와 노닥일 때 와이셔츠 깃이나 어깨 부근이 구겨져 있던 잔상이 떠올랐다.

그때는 그러려니 넘겼지만 이제는 좀 더 깊숙한 이유를 찾게 되었다. 워낙 주눅 들지 않고 당당해서 그렇지 그 당시 별생각 없이 나눴던 대화들을 자세히 되새겨 보면 솔직히 짠했다.

"아침밥? 그런 건 먹고 다닌 기억이 별로 없는데. 애초에 밥이란 걸 누가 차려 줘 봤어야지."

"면담 같은 건 어차피 선생들이 다 알아서 처리하던데? 사실 학부모랍시고 술 냄새 풀풀 풍기며 오면 그쪽도 곤란할 거 아냐."

한석에 대한 마음이 깊어질수록 하진은 그가 안쓰러웠다.

생각해 보면 처음 그가 전학 왔을 때 집안 얘기를 들먹인 김영현의 행동은 정말 최악이었다. 그렇다고 폭력이 정당화되는 건 아니라는 걸 아는데, 자꾸 그의 일전의 행동에 혼자만의 면죄부를 주게 되었다. 한석이 일삼은 성실한 학생답지 않은 행동들을 마음이 외롭고 괴로워서 그랬다고 제멋대로 퉁치게 되었다.

그런 제 모습이 하진은 가끔 어색했다.

"뭘 생각을 그렇게 해."

수저를 놓다가 멍하니 앉아 있던 하진은 옆에서 들리는 소리에 흠칫 고개를 들었다. 덜 마른 머리를 수건으로 탈탈 털며 나오던 그가 몸을 굽혀 하진의 볼에 입을 맞췄다.

"······이리 와 봐."

앉으라고 바닥을 툭툭 치니 한석이 순순히 옆에 앉았다. 자연스럽게 수건을 가져간 하진의 손이 아직 물기가 남은 그의 얼굴과 목 언저리를 꼼꼼히 닦았다.

집안일은 야무지게 잘하면서 왜 이런 건 허술한 건지. 그때 보니까 씻는 건 꼼꼼히 잘 씻는데 닦을 때가 문제였다. 과장 좀 보태서 몸의 반은 그냥 젖은 채로 나오는 것 같았다.

"됐다."

잘빠진 턱선을 괜히 한 번 더 어루만진 하진이 희미하게 웃었다. 저보다 한참 큰 남자가 가만히 얼굴을 대 주고 있는 게 귀여웠다. 객관적으로 귀여움이라는 말은 그와 지독하게 어울리지 않지만 어쩌겠는가? 제가 그렇게 느끼는 것을.

"이제 밥……."

아직 끓고 있는 냄비에 시선이 간 하진이 몸을 일으키려 했다. 하지만 그대로 손목을 잡아 오는 남자의 힘에 다시 주저앉았다. 아직 수건을 잡고 있는 하얀 손을 큼직한 손이 완전히 감쌌다.

평온하게 흘러가던 일상의 온도에 스파크가 튀는 것은 순식간이었다.

무게를 실어 밀어붙여 오는 한석에 뒤로 넘어가는 하진의 등을 그가 단단히 끌어안고 입술을 겹쳤다. 아침에 분명 립밤을 외투 주머니에 넣어 보냈는데도 조금은 버석버석한, 까칠한 입술. 하지만 하진의 혀를 감아 오는 것은 척척하고도 부드럽다.

혀가 빨리고 뭉근하게 얽히는 야릇함에 발끝이 절로 곱아들었다. 으응……. 맞닿은 점막 새로 자꾸 애타는 숨이 샜다. 정신없이 몰아붙이는 건 분명 아닌데, 자꾸 숨이 차고 몸이 달아오르는 것은 저를 마음대로 만지는 남자 때문일 거였다.

가슴을 쥐고 허리를 지분대던 손이 망설임 없이 긴팔 티셔츠 안으로 들어왔다. 순간 서늘한 느낌에 하진은 조금 몸을 떨었다.

"웃……."

브래지어가 빠듯이 담고 있는 젖가슴을 힘주어 몇 번 움켜쥐던 한석이 별안간 키스를 멈추고 드러난 굴곡 위로 입술을 묻었다. 지나치게 자연스러운 동작으로 훅이 풀리고 하진의 등이 바닥에 닿았다.

게걸스럽게 가슴을 애무하는 젖은 입술과 혀에 예민한 몸이 바르르 떨렸다. 방금까지 정말 아무 생각도 없었는데 제 안에서 정체를 알 수 없는 뭔가가 모락모락 자꾸 피어올랐다. 그와 닿을 때면 제 몸이 제 것이 아닌 것만 같았다. 처음만 해도 이 정도는 아니었던 것 같은데, 아무래도······.

"······!"

동그란 엉덩이를 한 번 힘주어 꽉 쥔 손이 이내 치마 속으로 들어갔다. 매끈한 허벅지를 타고 올라 속옷 위 음부를 지그시 눌렀다. 손끝으로 비벼 대고 만지작대는 와중에도 꼿꼿이 선 유두를 애무하는 그의 혀는 쉬지 않았다.

"응······."

하진은 이러지도 저러지도 못하고 몸을 비틀며 끙끙댔다. 순식간에 흐트러진 모습으로 제 아래 깔린 하진을 남자가 가느스름한 눈으로 훑었다. 상당히 끈적하고도 음탕한 눈빛이었다. 쏩, 손끝에 닿는 음란한 감각을 만끽하던 남자가 문득 짐짓 걱정된다는 듯 날카로운 눈매를 찌푸렸다.

"벌써 젖었네."

사실 한두 번 했던 행위도 아닌데. 오늘따라 어쩐지 민망하고 놀림받는 것 같아 하진은 눈살을 찌푸렸다.

"······뭐. 너도 이렇게 됐잖아."

대충 턱짓으로 아래를 가리키니 한석이 미미하게 웃었다.

"나는 네 얼굴만 봐도 그냥 서는데 뭐."

"······."

"몸도 갈수록 야해 빠져서, 암튼 진짜 큰일이다."

농담인지 진담인지 알 수 없는 소리를 퍽 진지하게 뱉은 그가 얇은 천을 그대로 끌어 내리던 순간. 하진은 가까스로 정신을 차리고 그의 손을 제지했다.

"왜."

낑낑대며 몸을 일으키려 하자 그의 한쪽 눈썹이 불만스럽게 씰룩였다. 하진은 내려간 속옷을 억지로 다시 올려 입으며 한석의 어깨 너머 펄펄 끓고 있는 냄비에 시선을 주었다.

"저거 봐. 다 졸았겠어."

"씹, 망할 놈의 냄비."

탐탁잖은 소리를 내며 한석이 몸을 일으켰다. 졸지에 욕을 들어 먹은 냄비 안 찌개는 하진의 우려대로 잔뜩 졸아 있었다.

"어쩌지. 다시 끓일까."

"난 상관없는데."

"그럼 그냥 먹을까?"

"아니, 내가 다시 물 넣고 끓일게. 너 짠 거 싫어하잖아."

"아냐, 나도 요즘 입맛 바뀌었어. 그리고 물 넣으면 간도 다시 해야 하잖아."

"와, 박하진이 이제 그런 것도 아네."

"뭐? 무시하지 마."

"무시라니, 칭찬이지."

피식 웃은 한석이 하진의 엉덩이를 한 번 꽉 쥐었다 놓았다. 능글맞게 받아치는 게 마음에 안 들어서 등을 퍽퍽 치자 더 때리라며 몸을 아예 대 주기에 그만뒀다.

그렇게 냄비를 앞에 두고 나름대로 진지하게 고민하던 둘은 그냥 그대로 먹기로 했다. 식사 때마다 형식적으로 틀어 놓던 TV는 언젠가부터 당연한 듯 켜지 않았다. 오늘 하루 있었던 일을 둘이 주고받는 것만으로 충분했다.

"뭐, 먹을 만하네."

"그러니까."

하진의 말에 한석이 얼른 답했다. 자작하다 못해 국물을 거의 찾아볼 수 없는 찌개와 단순한 밑반찬 몇 가지였지만 맛있었다.

입맛이 바뀌었다는 하진의 말은 거짓이 아니었다. 예전이라면 손도 안 댔을 것들이 요즘은 술술 들어갔다. 짜고 단 것을 질색하는 아빠에 맞춘 엄마의 요리에 길들여 있었는데 한석과 지내며 자연스럽게 바뀌었다.

"공부하느라 힘들지."

"······응, 뭐."

사실 그 자체가 힘든 건 아니었지만, 대충 답하니 한석이 퉁명스럽게 답했다.

"그러니까. 안 해도 되는데."

"······."

"내가 다 먹여 살린다니까."

"또 그 소리 한다."

고개를 절레절레 저으며 하진은 밥을 먹는 데 열중했다.

한 것도 없는데 배는 왜 이렇게 고픈지. 새벽같이 나가는 한석이 어스름한 방 안에서 혼자 밥을 먹게 하는 게 마음에 걸린 것이 언제부터였을까. 그 앞에서 졸린 눈을 비비며 몇 술 뜨고, 점심에는 하도 한석이 수시로 전화를 걸어와 닦달하는 통에 입맛 없어도 빵이라도 먹고, 저녁은 또 이렇게 같이 먹고.

규칙적인 생활을 하니 오히려 살이 붙었다. 무섭게 말랐던 몸이 조금씩 예전으로 돌아오는 게 하루가 멀다고 느껴질 정도였다. 원래도 날씬한 체형이었지만 지난겨울 하진은 바짝 곯아 있었으니까.

식사를 마치고 번갈아 양치를 하고 오는 사이 한석은 설거지를 뚝딱 해 놓았다. 매트 끄트머리에 걸터앉은 채 욕실에서 나오는 하진을 보는 눈이 묘했다. 환기를 시키려 살짝 열어 놓은 창밖에 벌써 검푸른 어둠이 깔리고 있었다.

"박하진."

이리 오라며 무릎을 탁탁 치는 걸 보는데 저절로 마른침이 꿀꺽 넘어갔다. 못 이긴 척 엉덩이를 붙이고 앉자 한석이 그대로 하진의 목덜미에 입술을 묻었다. 매끈한 흰 목이 움찔거리자 그가 입술을 붙인 채 웃었다. 간지럽고 뜨끈했다. 하진은 남자의 판판한 가슴에 등을 댄 채 중얼거렸다.

"나 할 말 있는데."

"어, 해."

"좀 중요한 얘긴데."

"하면 되지."

대수롭지 않게 답한 한석이 느긋한 숨을 흘렸다. 귓불을 잘근 잘근 물어 오는 게 심상치가 않았다. 일부러 하진이 유독 잘 느끼는 지점을 공략하는 게 분명했다. 다른 때는 몰라도 지금은 이렇게 휩쓸리면 안 되었다. 하진은 냅다 질러 버렸다.

　"나, 내일부터 알바 가."

　"……."

　별안간 한석의 행동이 뚝 멈췄다. 예상했던 반응이지만 괜히 심장이 쿵쿵 뛰는 것은 어쩔 수가 없었다. 등 뒤의 한석의 표정을 굳이 상상하지 않으려 노력하며 하진은 빠르게 말을 이었다.

　"왜, 그때 말한 카페 있잖아. 두 달 만에 다시 오전 타임 자리 나왔더라고. 너도 알지만 이 근방에 알바 구할 데가 진짜 없잖아. 내가 경험 없는 거 솔직히 말했는데, 그래도 열심히 한다고 했더니 한번 나와 보라고 했어."

　사실 하진은 공부를 하는 와중에도 틈만 나면 인터넷 신문 광고로 알바 자리를 찾았다. 한석이 싫어할 것은 알았지만, 아무리 그래도 조금이나마 일은 해야겠다는 생각이 강력하게 들어서였다. 하진이라고 막연하고 걱정되지 않는 것은 아니었으나 이대로는 안 된다는 마음이 주저하는 마음을 어느 순간 이겼던 거였다.

　하지만 생각보다 순탄치는 않았다. 적어도 하진에게는 서울보다는 이 조용하고 한가로운 소도시가 단점보다 장점이 훨씬 많았지만, 아무래도 선택의 폭이 많지 않다는 것은 안타까운 일이었다.

몇 주를 핸드폰을 붙잡고 얼마 안 되는 근처 알바 자리에서 고르고 골랐다. 여긴 돈은 많이 주는 것 같은데 너무 멀고, 여긴 끝나는 시간이 늦고, 이것저것 따지다 보면 고민했던 자리는 어느 순간 사라졌다.

어쨌든 그렇게 골몰해서 뭔가를 해 본 게 오랜만인 것 같다. 수능이 끝나면 경쟁률이 더 심해질 텐데, 그런 생각으로 초조해지던 사흘 전 그 근처를 지나치다 붙어 있는 알바 공고에 홀린 듯 안으로 들어갔다.

"시간은 평일 아침 10시부터 4시까지야. 딱 좋잖아, 갔다 오면 너 오는 시간이랑 맞고. 식대도 지원해 줘서 같이 일하는 언니랑 먹으면 된대. 저번엔 그냥 인사만 하긴 했는데 착해 보였어."

혼자 열심히 떠드는데도 한석은 조용했다. 침묵이 오히려 더 불안했다. 하진은 슬쩍 뒤를 돌아보았다. 새까만 눈동자에서는 어떠한 동요의 빛도 읽을 수 없었다.

"……왜 말이 없어."

저라고 딱히 알바 가는 게 좋은 건 아닌데. 시무룩하게 중얼거리자 한석이 톡, 말랑한 볼을 제 손가락으로 튕겼다.

"이미 정해 놓고 통보하기야?"

"아니…… 그런 건 아닌데, 급하게 구하다 보니까. 한번 와 보라고 연락 온 건 당장 어제저녁이었고."

솔직히 안 될 거라고 생각해서 내심 놀라기도 했다. 처음 카페에 들어갔을 때는 마침 사장님이 자리를 비웠다고 전화번호만

적어 놓고 가라고 했는데, 저녁에 문자로 연락이 와서 한석이 일을 간 사이 나갔다 온 거였다.

하진의 변명 아닌 변명에 한석이 웃었다. 정확히는 입은 웃었지만, 눈은 웃고 있지 않았다.

"공부한다고 하지 않았어?"

"……주말에 많이 하면 돼. 그리고 뭐, 다들 알바하면서 공부하는 사람도 많잖아."

"너 일머리 없는 건 알고 있지?"

"……."

"이 근방 카페가 거기밖에 없어서 꽤 바쁠걸. 최저 시급 겨우받으면서 왜 고생해? 남의 돈 버는 거 쉬운 일 아냐. 별거 아닌 것같이 보여도."

"별거 아닌 것처럼 생각 안 해."

하진은 입 안을 꽉 깨물었다. 한석의 표정은 여전히 무심했다.

"나도 뭐, 하고 싶어서 하겠어? 그렇지만 나는 진짜 네가 번돈 내가 펑펑 쓰면서 사는 건 아닌 것 같아. 너 버는 거보다 훨씬 적겠지만 그래도 둘이 같이 사는 거니까 나도 생활에 보탬이되고 싶어. 가서 안 잘리게 진짜 열심히 할 거야. 일이야 배우면되지."

한석이 반대한다고 안 갈 저도 아니지만 어쨌든 찝찝한 상태로 일을 하고 싶지는 않았다. 그래도 일머리 없다는 걸 그렇게대놓고 말할 게 뭐람. 괜히 서운해져 은근슬쩍 엉덩이를 바닥에붙이려 하자 한석이 확 몸을 돌려 안았다. 마주 보고 안긴 자세가 되었으나 하진은 애꿎은 벽만 노려보고 있었다.

"내가 가지 말라고 하면 어떻게 하려고?"

"……."

"어? 말해 봐."

"갈 건데."

단호한 답에 한석의 입꼬리가 비뚜름해졌다.

"시간도 마음에 안 들어. 나 없을 때 네가 뭘 한다는 게."

"그럼 저녁으로 옮겨? 저녁도 구한다던데."

"아니. 더 안 되지."

"그럼 어쩌라는 거야."

여전히 벽을 바라보며 말하자 한석이 헛웃음을 흘렸다. 한숨도 쉬고, 혀도 찼다. 역시 정말 싫은가 보다, 그런 생각에 갑자기 막막해지려는데.

"그래. 가."

심드렁하게 들려오는 답에 하진은 흠칫 고개를 들었다. 한석이 예의 그 속을 알 수 없는 눈으로 저를 빤히 보고 있었다.

"어디 클럽 가서 놀다 온다는 것도 아니고 알바하러 간다는데 어쩌겠어. 말려도 들은 척도 안 하는데."

"……진심이야?"

미심쩍은 표정인 하진에게 한석이 결백하다는 듯 어깨를 으쓱했다.

"난 너한테 항상 진심이라니까?"

"……."

"대신 힘들면 바로 그만둬. 언제든지."

"알았어."

물론 그럴 마음은 없었지만 하진은 순순히 대답했다. 이왕 하는 거 내년 수능 볼 때까지는 해야지. 다부지게 답하는 얼굴을 물끄러미 보던 한석이 고저 없이 말했다.

"그럼 하던 거 마저 해야지."

"응?"

"먼저 키스해 봐. 나한테."

순간 멈칫한 하진이었지만 망설임은 길지 않았다. 딱히 애교나 미안함을 표시하는 이유는 아니었고 그냥 한석이 좋으니 하는 행동이었다. 차마 혀까지 집어넣기는 그래서 가볍게 뽀뽀를 하고 입술을 뗐다. 좀 낯간지러웠는데 그러고 보니 제가 먼저 입 맞춘 건 처음이었다. 늘 달려드는 건 한석이 먼저였으니까.

"……."

"……."

잠시 침묵이 흘렀다. 할 일 다 했다는 듯 멀뚱멀뚱 저를 보는 하진에 한석이 이내 어이없다는 듯 웃었다. 그러더니 별안간 손을 올려 하진의 조그만 턱을 잡아챘다.

"박하진."

"……응?"

"너 그렇게 설렁설렁 할래?"

"……."

"그런 식이면 일이든 뭐든 다 잘려. 어?"

읊조리는 목소리가 음산했다. 순간 이유도 모를 소름이 얕게 올라왔다. 아무튼 정한석은 한 번씩 괜히 상대를 주눅 들게 하는 분위기가 있었다.

얼굴을 찌푸리는 하진의 뺨을 작은 턱을 타고 올라간 남자의 손이 살살 쓸었다. 군데군데 상처가 있는 손이 원래 이렇게 거칠었던가. 곧게 뻗은 손가락은 부드럽게 움직였지만 괜히 움찔거리게 되었다. 파르르 떨리는 속눈썹에 한석의 눈이 가늘어졌다.

"왜 겁먹어?"

"……내가? 아닌데."

"아니긴."

진짜 아닌데. 막 벌어지던 입술은 말을 뱉어 내지 못했다. 한석이 그대로 깊게 입을 맞춰 왔기 때문이었다. 두툼한 혀가 거리낌 없이 입 안을 휘젓고 단단한 손이 그녀의 목 뒤를 감쌌다. 얽어 오는 움직임은 약간의 감정이 실린 듯 평소보다 더 거칠고 난잡해 정신이 하나도 없었다.

옷과 속옷이 차례로 벗겨지고 매트 위에 맨살이 닿는 과정이 현실감 없을 정도로 둥둥 뜬 기분에서 이루어졌다. 고작 키스만으로 저를 이렇게 만드는 남자가 하진은 가끔 신기하고, 또 가끔은…… 조금 미웠다.

"……하려고?"

거추장스럽다는 듯 제 옷도 마저 벗는 남자를 보며 하진이 어색하게 물었다.

"응. 왜?"

싫어? 한석이 눈을 찡그리며 웃었다. 웃고 있어도 서늘한 얼굴 아래 빈틈없이 다부진 상반신이 시선을 사로잡았다. 이게 아닌데. 문득 내리깐 시선 아래 벌써 잔뜩 성난 부피감에 하진의 머릿속이 복잡해졌다.

'그래도 내일 알바 가려면 좀 일찍 자야 하는데.'

느낌상 만만치 않은 섹스가 될 것을 예상한 탓이다. 다른 때야 뭐…… 상관없지만 오늘은 좀 곤란했다.

첫 관계 후, 사실 둘은 그간 숱하게 몸을 겹쳤다. 과장 좀 보태 눈만 마주치면 했다고 해도 과언이 아니었다. 그동안 어떻게 그랬나 싶을 정도로 완전히 달라진 공기 속에서 동거하고 있었다. 잠시 방황하던 하진의 시선이 제 위에 올라탄 남자에게 똑바로 꽂혔다.

"그럼 한 번만 해."

"한 번?"

말끝을 길게 뺀 남자가 입꼬리를 비뚤게 끌어 올렸다.

"응, 나 알바 가잖아."

"알았어."

"정말, 약속이야."

달싹이는 입술을 남자가 험악하게 집어삼켰다. 하진은 낮게 신음하며 그의 벗은 몸을 끌어안았다. 커다랗고 생동감 있는 몸이 제게 덮어지는 느낌은 언제라도 황홀했다. 그냥, 아무것도 하지 않고 끌어만 안고 있어도 가슴이 기분 좋게 뛰었다.

그 누구에게도 말하지 못할 비밀이지만 하진은 자고 나서 한석이 더 좋아졌다.

그날 밤 한석은 바뀌는 게 없다고 했지만 하진에게는 조금의 변화가 있었다. 나름대로 많이 알고 있다 생각했던 그의 다른 모습을 알게 되었달까?

무섭게 집중해 침잠했던 까만 눈이 그녀의 가슴속에 깊숙이 박혀 버렸다. 푸르스름한 핏줄이 툭툭 불거진 손과 팔이 저를 안는 온도는 분명 일상의 그것과는 달랐었다.

하진은 요즘 한석의 뒷모습만 봐도 기분이 이상했다.

씻고 나와 풀어진 차림의 그가 제 옆에 털썩 누울 때면 묘하게 두근거렸다. 사실 삽입만 안 했다 뿐이지 꽤 농도 짙은 스킨십은 매일같이 했었는데도 뭔가 다 새로워 적응이 되지 않았다.

이런 제가 어색해 정상적인 흐름이냐고 어딘가에 묻고 싶었지만, 당연히도 그럴 상대는 존재하지 않았다.

"흐으……."

어김없이 제 아래를 공들여 애무하는 남자에 하진은 이미 반쯤 진이 빠져 버렸다. 뭐든 하면 느는 법이라고, 제가 느끼기에도 처음과 비교하면 안이 풀리는 속도가 확실히 빨랐다. 얼굴을 묻은 채 낮은 숨을 흘린 그가 몸을 펴고 꼿꼿이 선 성기에 콘돔을 끼웠다.

무의식적으로 힘이 들어간 하진의 허벅지 깊숙한 곳을 큼직한 손이 살살 쓰다듬었다. 마치 긴장 풀라는 것처럼. 그러나 아무리 잘 풀어 줬어도 삽입의 순간은 늘 버거웠다. 흑, 하진의 입술 새로 안타까운 숨이 샜다.

"쉬이…… 힘 빼고."

원래도 저를 애 다루듯 하는 면이 있는 남자지만 이때만큼은 정도가 더했다. 거친 행위 직전 그는 유독 더 다정하고 친절해졌다. 어르듯 귓가에 자잘한 키스를 뿌린 한석이 천천히 몸을 박아 넣었다. 기분 탓인지 오늘따라 더 받아들이기에 벅찬 그의 것에 하진이 몸을 비틀었다. 그런 그녀를 간단히 제압한 한석이 망설임 없는 허리 짓을 했다.

"아……!"

하진의 몸이 활처럼 휘었다. 아찔한 곡선을 이루는 몸을 찰나 홀린 듯 눈에 담던 그가 이내 다시 허리를 크게 썼다. 연약하고 예민한 내벽을 제 것에 길들이는 행위가 드문드문한 신음과 열기 띤 숨소리 사이에서 잠시 지속되었다. 성기가 완전히 뿌리 끝까지 다 들어간 게 느껴지고 나서야 하진의 몸에서 힘이 빠졌다.

후에 안 사실이지만, 처음으로 관계할 때 한석은 온전히 제 것을 넣지 않은 상태였다. 생각보다 더 놀라고 아파하는 하진에 반 하고도 살짝 넘는 정도로만 삽입한 채 섹스를 했다.

"아, 아…… 훗, 흐윽…… 아……!"

처음부터 깊숙이 때려 박는 몸짓이 흉포했다. 하진의 입에서 연신 신음이 터졌다. 빠듯하게 벌어진 아래가 틈 없이 꾸역꾸역 밀어 넣는 페니스를 꽉 조였다.

씹, 한석의 미간이 좁아졌다. 숨넘어가는 소리를 봐주지 않고 빠르게 추삽질을 하던 그가 별안간 하진의 몸을 뒤집었다. 판판한 배 아래를 감싼 남자의 손이 무섭게 뜨거웠다. 영문도 모르고 순간 멍해진 하진의 허벅지 밑으로 손을 내린 그가 지그시 힘을 주어 그녀의 자세를 잡아 주었다.

"엉덩이 더 올려."

안 그래도 낮은 목소리가 잔뜩 가라앉아 있었다. 쉰 목소리가 다분히 위압적으로 다가왔다. 하진은 저도 모르게 시키는 대로 했다. 무릎을 꿇고 엉덩이를 한껏 올린, 다소 민망한 자세가 되었다는 자각은 한발 늦게 났다. 어…… 저도 모르게 입술을 떼던 순간.

"……!"

그대로 뒤에서 박아 오는 힘에 하진의 팔에 탁 힘이 풀렸다. 소리도 내지 못할 정도로 순간 정말 숨이 막혔다. 얕게 혀를 찬 남자가 하진의 가슴을 한 손으로 움켜쥐고 다시 자세를 고쳐 잡았다. 말랑하게 살 오른 가슴을 몇 번 주무르더니 다시 엉덩이를 두 손으로 벌리고 성기를 쑤셔 넣었다. 하진의 눈이 크게 뜨였다.

"아!"

목구멍을 타고 자꾸 끊기는 신음이 샜다. 하, 등 뒤에서 들려오는 만족스러운 남자의 숨이 낯설었다. 이렇게 섹스하는 것은 정말 처음이었다. 기간으로 따진다면야 두어 달 정도지만 그간 항상 얼굴을 보고 했고 기껏 체위가 바뀌어 봤자 한석이 앉은 자세로 저를 위에 올려놓는 정도였는데.

자세가 자세다 보니 그가 훨씬 더 깊숙이 파고드는 기분이었다. 아니, 기분이 아니라 사실일 거였다.

퍽, 퍽. 뒤에서 쳐올리는 힘이 어찌나 센지 절로 눈앞이 흐려졌다. 자꾸 무너지려는 하진의 몸을 한쪽 팔로 단단히 지탱한 남자는 거리낄 것 없이 몸을 썼다. 놀란 것과 다르게 몸은 정직해, 눈이 돌아 여기저기 때려 박는 와중에도 하진이 유독 잘 느끼는 지점을 교묘하게 공략하는 남자에 삽시간에 달아올랐다.

모든 것이 흔들렸다. 요즘 매번 한석이 살이 올랐다고 하는 가슴도, 베개와 벽이 번갈아 보이는 시야도, 희뿌옇게 날아가 버린 머릿속도⋯⋯.

살과 살이 부딪히며 나는 흠뻑 젖은 소리가 제가 듣기에도 음탕했다. 어쩌면 조금은 강압적으로도 느껴지는 움직임에서 조금씩 피어오르기 시작한 열락이 빠르게 몸집을 불렸다. 전신을 감싸고 복잡한 머리를 깨끗하게 휘발시켰다.

으응, 응⋯⋯. 벌어진 도톰한 입술 새로 점점 모양이 다른 소리가 샜다. 와중에도 기민하게 하진의 상태를 눈치챈 한석이 꼿꼿이 선 유두를 짓궂게 비틀었다. 흣, 저릿하게 올라오는 질 나쁜 쾌감에 저도 모르게 몸을 뒤로 빼려 했지만 거세게 박아 오는 남자 때문에 도망칠 수 없었다.

인정사정없는 행위는 한동안 이어졌다. 도무지 잦아들 기색 없는 빠르고 정확한 움직임이 하진을 극점에 달하게 했다. 살치는 소리가 마치 때려 맞는 소리 같았다.

알바 간다고 화내는 건가? 쾌감에 적셔진 혼돈 속 말도 안 되게 그런 생각이 들자 덜컥 서러워졌다. 하진의 입에서 결국 우는 소리가 새어 나왔다.

"으으……."

신음에 섞인 아주 미약한 소리였지만 한석은 재빠르게 반응했다.

"왜 그래? 응?"

어느새 눈꼬리에 맺힌 눈물을 고개를 비튼 한석이 게걸스럽게 핥았다. 늘 창백하게 흰 얼굴이 엉망으로 달아올라 있다. 후……. 한석은 치미는 사정감을 가까스로 자제하며 하진의 입술을 한 번 세게 빨았다.

못되게 몰아붙였다는 건 이미 인지하고 있었다.

자신을 통제할 수 없어 애를 먹는 것은 정말로 박하진이 처음이었다. 하진의 앞에서만은 저는 변덕쟁이가 된다. 못 견디게 예뻐서 한없이 다정하게만 대해 주고 싶다가도 이유 없이 차오르는 울컥함에 엉망으로 휘저어 주고 싶기도 했다. 그 고약한 감정을 아무리 눌렀다 해도 은연중에 티가 났을 것이다. 역시나 하진이 울먹였다.

"아파……."

사실 아픈 건 아니었지만, 더 솔직히 얘기하면 들끓는 쾌감에 눈앞이 셀 수도 없이 하얘졌지만 이상하게 그런 말이 나왔다. 한석의 눈이 조금 커졌다.

"아파?"

"아니…… 응……. 아픈 거라기보다는, 아니. 흐윽."

제멋대로 입이 움직였다. 속도는 조금 느려졌지만 여전히 안을 치받는 페니스에 자꾸 몸이 움찔움찔 떨렸다. 한석의 입에서 한숨 같은 숨이 터졌다.

"응, 아프면 천천히 해야지."

희뿌연 시야에 뻔뻔한 낯이 담겼다. 아프게 해서 미안, 사근사근한 목소리에 등줄기를 타고 약한 소름이 돋았다. 그래도 정도 없이 몰아치던 허리 짓이 눈에 띄게 느슨해지긴 했다.

안도하기도 잠시, 하진은 또 다른 문제에 직면했다. 행위를 하나하나 살피기라도 하듯 그가 지나치게 느긋하게 움직인 탓이다.

"흐······."

완전히 성기를 뺐다가, 다시 천천히 파고드는 움직임에 하진의 눈동자가 세차게 흔들렸다. 내벽이 기둥에 쫀득하게 감겼다가, 잠시 그가 허리를 물릴 때면 다시 아쉬운 듯 딸려 오는 것이 느리고 천천한 움직임에 생생하게 다가왔다.

아까와는 다른 의미로 미칠 것 같았다. 결국 오래 버티지 못하고 하진은 다시 흐느꼈다.

"아니······ 이런 거 말고. 그냥, 그냥 하라고."

"왜, 아프다며."

얄미운 정한석! 하진이 눈물 맺힌 눈으로 뒤를 확 돌아보자 남자가 결백하다는 표정을 했다.

"그리고 한 번이라고 했잖아. 나 너 얼굴 보면 바로 싸서 안 돼."

나름 조절하는 거라며 뭉근하게 치받는 움직임에 자꾸 억눌린 비음이 샜다. 하진은 대거리를 포기하고 베개에 얼굴을 묻어 버렸다. 그래도 박는 힘 자체가 워낙 세서 몸이 자꾸 앞으로 딸려 나갔다.

하진이 어쩔 줄 모르고 할딱이는데, 분명 느려졌던 남자의 행동에 어느 순간 또다시 탄력이 붙기 시작했다. 겨우 지탱하던 팔의 중심이 다시 무너져 내렸다. 으음, 짧은 탄식을 흘린 한석이 제 몸을 하진에게 바짝 붙여 오며 속살댔다.

"힘들어? 어떻게 해 줄까?"

"……마음대로, 웃, 해."

"화났어?"

"……아니."

입 안을 꽉 물며 말하자 한석이 갑자기 허리 짓을 뚝 멈췄다. 고개를 깊게 비튼 그가 당연한 듯 입술을 포갰다. 달래듯 혀를 부드럽게 감싸고 예민한 입천장을 느릿하게 쓸어내렸다.

나누는 숨결, 몸 위에 포개진 무게, 안을 꽉 채우고 있는 둔탁한 이물감. 그와 닿는 모든 곳에서 홧홧한 열기가 전해져 왔다. 짧지만 짙은 키스의 끝자락 그가 달콤하게 고백했다.

"사랑하는 거 알지."

"……"

이런 식으로 입을 막다니. 하진은 순간 울컥했지만 달리 할 말이 없었다. 기실 어느 것 하나 한석이 억지로 한 것은 없었다. 단지 체력적으로 버거울 뿐, 한석과 온기를 나누고 몸을 겹치는 행위 자체는 단 한 번도 싫었던 적이 없었다. 물론 지금도. 쪽, 소리 나게 입을 맞춘 그가 대답을 채근했다.

"왜 대답 안 해?"

"몰라. 안 해."

말은 그렇게 해도 조금 누그러진 기색에 한석이 옅게 웃었다. 넘실대는 정욕을 채 숨기지 못한 수려한 얼굴에 시선을 빼앗긴 것도 잠시, 나른한 숨과 함께 한석이 몸을 일으켰다. 이불 위에 완전히 엎어져 버린 하진을 그대로 두고 엉덩이만 치켜들게 한 채 크게 한 번 허리를 썼다.

아……! 하진의 입에서 밭은 신음이 샜다. 이미 녹진하게 풀어진 내벽은 쉼 없이 드나드는 굵은 기둥을 꾸역꾸역 잘도 받아먹었다. 제 움직임을 따라 흔들리는 하얗게 살 오른 엉덩이에 한석이 잇새로 작게 욕을 뱉었다. 갈수록 야해 빠져서 큰일이라는 종전의 말은 진심이었다. 어떻게 쉬지도 않고 저를 더 빠지게만 하는지. 이미 충분히 미쳐 있는데.

가끔 한석은 하진이 원망스러웠다. 미운 것과는 조금은 다른 감정이었다.

"아, 아…… 한석, 한석아. 아……!"

본인이 알고 있는지 모르겠지만 정점에 몰아칠 때면 하진은 늘 한석을 불렀다. 제가 준 쾌락에 어쩔 줄 모르고 제 이름을 예쁘게도 불렀다.

눈앞이 아득해지는 쾌감에 고삐를 놓아 버린 한석이 날뛰었다. 허리를 물려 크게 썼다가, 잘게 찧어 댔다가, 유독 자지러지는 지점을 뭉근하게 원을 돌려 휘젓다가. 하진은 더는 소리도 못 내고 가쁜 숨만 몰아쉬며 한석을 받아 냈다. 어느 순간 제 위에 묵직하게 쏟아지는 체온을 느낄 때까지.

'안 되는데……'

후희를 즐기듯 가슴과 배, 허리를 부드럽게 만지는 손길을 받고 있자니 자꾸 눈이 감겼다. 씻기도 해야 하고 알람도 맞춰 놔야 되는데. 혹시나 한석이 저를 안 깨우고 나갈까 불안했다.

"나…… 깨워. 아침에."

"응."

그새 부은 눈가에 한석이 입술을 대며 말했다. 유난히 희고 예민한 피부는 조그만 자극에도 민감했다. 제대로 알아들은 거 맞겠지? 어쩐지 성의 없는 대답이 불안했지만, 몰려오는 피곤과 노곤함을 이기지 못한 하진은 까무룩 잠이 들었다.

그대로 푹 잠들 줄 알았는데 하진은 잠을 설쳤다. 새벽에 뒤척이다 결국 한석도 깨어 버렸다. 자려고 해 봤지만 눈은 말똥말똥했다. 한석이 부스스한 하진의 머리칼을 쓰다듬었다.

"잠이 안 와?"

"응."

"걱정되나 보네, 그러면 가지 말라니까."

무성의한 투에 하진은 눈을 흘기며 굳게 닫힌 창밖을 힐끔댔다. 새벽의 직전, 세상이 암전된 듯 새까맸다. 한석이 낮게 웃으며 말랑한 볼에 짧게 입을 맞췄다. 하진을 품으로 더 당겨 안아 고개를 제 품에 완전히 파묻게 했다.

"박하진."

"응."

"일, 쉬엄쉬엄 해."

한숨 같은 가만가만한 목소리가 하진의 귓가를 파고들었다.

"공부하느라 피곤하다고 하는 건 상관없는데, 일하고 와서 피곤하다고 하면 존나 빡칠 것 같아."

무슨 차이지? 잠깐 고민하던 하진이 이내 얼굴을 찌푸렸다.

"……네가 화나면 어떻게 할 건데? 말 좀 예쁘게 해."

퉁명스러운 대꾸에 한석이 킥킥댔다. 그래도 네 앞에서는 엄청 신경 써서 말하는 거라며 딱히 와 닿지 않는 말을 했다. 하진이 대놓고 한숨을 쉬었다.

"암튼 그만 자자. 너도 조금이라도 더 자고 가야 하잖아."

"어, 내일은 내가 데리러 갈까? 알바 끝나고?"

"뭐? 바로 앞인데 뭘 데리러 와. 절대 오지 마. 그리고 내가 너 오는 시간보다 일찍 끝난다니까."

"내가 알아서 더 빨리 오면 되지."

"뭔 소리야. 너 끝나는 시간 딱 정해져 있잖아. 자꾸 그렇게 하면 나 신경 쓰여서 일도 못 해."

"내가 데리러 오는 게 싫어?"

그게 아니라니까, 하진이 또 한숨을 푹 쉬었다. 정한석은 한 번씩 이렇게 애처럼 굴었다. 구구절절 설명하며 말을 주고받는 와중 이야기가 다른 곳으로 뒤죽박죽 튀었다.

내일 먹을 저녁 메뉴라든가 주말 계획 같은 사소한 것들부터 갑자기 과거로 역행해 고3 때의 얼마 없는 추억을 곱씹어 보기도 했고, 뜬금없이 한석이 하진의 생일 때는 휴가 내서 어디 여행이라도 가야 하는 거 아니냐고 말해 제가 알바를 구했다는 사실을 다시 상기해 줘야만 했다.

사실 밖에 나가서도 딱히 말이 많은 편이 아닌 둘은 서로의 앞에서만 수다쟁이가 되었다. 특히 하진 쪽이 더했다. 제가 무슨 말을 어떻게 해도 잠자코 들어 주는 한석 앞에서는 못 할 말이 없었다. 카페 사장님이 일러 준 알바할 때 주의 사항까지 굳이 한석 앞에서 읊고 있는데 자꾸 눈꺼풀이 무거워졌다.

"조금이라도 자고 가자……."

"응. 자."

어느새 한석이 일어날 시간에서 한 시간밖에 남지 않았다. 졸음이 쏟아지는 목소리에 한석은 속으로 웃었다. 존나 귀여웠다.

듬직한 등을 마른 팔이 마주 안았다. 완전히 힘을 뺀 나긋한 몸이 그의 품에 파고들었다. 잠들기 전 그녀가 무의식적으로 하는 행위는 한석이 제일 좋아하는 순간 중 하나이기도 했다. 이내 하진에게서 규칙적인 숨소리가 새어 나왔다. 졸음기 하나 없는 눈빛이 품 안의 사랑스러운 애인을 지그시 훑었다.

'아무튼 말 안 듣지.'

하진은 나름 고민했겠지만 사실 한석은 그녀가 제게 오늘 할 말을 정확히 알고 있었다.

어제저녁 하진에게 온 문자를 먼저 본 것은 한석이었다. 애초에 둘 다 핸드폰에 잠금 따위는 걸지도 않았다. 한석은 단순히 귀찮아서였고 하진은 예전에는 잠가 놨던 것 같은데 제가 새로 사 준 핸드폰에는 아무것도 걸어 놓지 않았다.

하진이 씻는 사이 문자를 확인한 한석은 순간 그대로 카페 사장과 통화를 하고 싶다는 강렬한 충동에 휩싸였지만 이내 꾹 참았다. 어차피 하진은 이거 아니라도 어디서든 알바를 구할 거였다. 어디 멀리 가는 것보다는 차라리 집 근처에 있는 곳이 낫긴했다. 요즘 내내 핸드폰을 붙들고 사는 하진의 최대 관심사가 무엇인지 한석은 이미 다 알고 있었다.

'왜 자꾸 돈을 벌려고 하지?'

좋은 머리를 썩힐 수는 없으니 공부하는 것까지는 이해하겠는데, 왜 굳이 일을 하러 나간다는 거지?

각오하고 있었으면서도 막상 눈앞에서 문자를 확인하자 이루 말할 수 없는 불쾌함이 들었다. 제게 더는 빚질 수 없다고 말하는 마음을 알 것 같으면서도 이해하지 못했다.

아니, 이해하기 싫었다. 왜 저와 하진 사이에 빚이라는 단어가 나와야 한다는 말인가. 그럼 부채감을 다 탕감하면 뭔가 달라지기라도 하는 건가? 언젠가 그렇게 대놓고 따져 물은 적도 있지만 하진은 아무 말도 해 주지 않고 속만 태웠다.

'뭐, 해 보고 금방 그만둘 수도 있으니까.'

곱게 자란 티가 팍팍 나는 하진은 한석의 짐작보다도 더 어설픈 면이 많았다. 집 안에서야 제가 다 해 주면 되지만 어디 바깥에서 그런 사정을 다 봐주면서 돈 주고 쓰겠는가. 잘리고 혹 울기라도 하면 좀 마음 아플 것 같긴 한데……

한석은 상념을 거두고 곤히 잠든 하진의 머리칼을 살살 쓰다

듣었다. 얼른 알바를 그만두면 좋겠다고, 아직 첫 출근도 하지 않은 하진을 안고 그런 생각을 했다.

* * *

그러나 한석의 바람이 무색하게도 하진은 무사히 카페 알바를 계속할 수 있었다.

오늘이 벌써 두 번째로 돌아온 월급날이었다. 알바를 가지 않는 토요일, 아침부터 괜히 핸드폰을 만지작거리던 하진은 문자에 뜬 입금 내용을 보고 반색했다. 괜히 몇 번 더 들여다보고, 들뜬 기분을 감추지 못하고 한석에게 문자를 보냈다.

[나 월급 들어왔다?]

[오늘은 내가 저녁 사 줄게 전에 말한 거 기억나지?]

엄청나게 거창한 걸 사 주는 것도 아닌데, 막상 보내고 나니 좀 민망하긴 했지만 그래도 한석도 확인하면 웃을 것 같았다. 한석은 잔업이 있다며 오늘도 새벽같이 일을 나간 터였다. 작업할 때는 핸드폰을 아예 보지 않기 때문에 아마 일이 끝나고서야 확인하고 전화를 걸어올 거였다.

음, 잠깐 망설이던 하진의 손가락이 다시 움직였다.

[일 힘내고 항상 조심하고]

차마 한석처럼 사랑한다는 말을 쓰기는 낯간지러워서 그 정도로 마무리하기로 했다. 한석은 요즘 문자에 공공연하게 사랑한다는 말을 꽤 쓰는 편이었다. 어떤 맥락이 있어서 나오는 게 아니라, 작업장에 들어가기 직전이라든가 밥을 먹는 중이라든가 일상적인 순간에 갑자기 툭툭 뱉어 내곤 해서 하진의 말문을 막히게 했다.

'이제 공부해야지.'

돈이 들어오자 마음이 편해진 하진은 그제야 책상에 다시 앉았다. 그러나 산더미같이 쌓인 문제집을 확인하자 다시 마음이 무거워졌다. 어제 한석과 저녁에 영화를 보러 갔다 와서 목표한 할당량을 채우지 못해 오늘 할 일이 늘어났다.

'근데 오늘도 밖에서 저녁 먹으면 다 못 할 것 같은데.'

밤을 새우면서 하기에는 또 체력이 따라 주지를 않았다. 알바를 하고 오면 일단 꽤 지친 상태였고, 긴장이 풀린 상태에서 한석과 저녁을 먹고 나면 엄청나게 노곤해졌다. 거기에 몸이라도 겹치게 되면 그날은 완전 공부를 놓았다고 봐도 무방했다.

주말에 몰아서 하는 것도 한계가 있어서 요즘 하진은 뭔가 방법을 강구해야겠다고 생각하던 터였다. 일단 한석이 올 때까지는 집중해야지, 하진은 마음을 다잡고 무섭게 집중하기 시작했다.

그러나 기껏 다잡았던 의지는 한 시간 정도밖에 안 된 시점에 흐트러졌다.

한번 엉덩이를 붙이고 앉으면 잠들 때까지 화장실 가는 것도 잊고 공부에 미쳐 살았던 때가 있었는데 왜 이렇게 마음이 둥둥 뜨는 걸까. 착잡함에 긴 한숨이 절로 터져 나왔다. 진짜 이럴 때가 아니라고 생각하면서도 자꾸 잡생각이 들었다.

'오늘 그 드라마 하는 날이네. 정한석 맨날 재미없다고 하면서 옆에는 붙어 있다니까.'

'어제 본 영화도 되게 재밌었는데.'

당장 한 달도 넘게 남은 명절 때 한석과 뭘 할지 미리 계획을 세우기까지 했다. 그런 제 모습에 자괴감이 들면서도 한석과 이렇게 되기 전에는 제가 되게 재미없게 살았구나, 라는 씁쓸함이 드는 건 어쩔 수가 없었다.

물론 남들이 들으면 배부른 소리라고 욕할 수도 있지만……. 방학 때마다 해외로 짧게라도 가족 여행을 다녀오고, 딱히 관심도 없는 전시회며 갤러리를 좋은 경험이라는 말과 함께 엄마에게 이끌려 다니면서도 단 한 번도 즐겁다고 생각한 적이 없었다. 아빠랑 함께할 때면 더 최악이었고.

가기 싫다는 말은 당연히 허용되지 않았다. 여행은 또 다른 잔소리와 일장 연설의 연장이었다. 가끔은 친구들과 놀러 가고 싶기도 했다. 하지만 학교가 끝나기도 전에 교문 앞에서 기다리는 엄마의 '정성'에 어느 순간부터는 아예 저에게는 해당 사항이 없는 일이라고 생각하게 되었다.

그러나 지금은 어떤가.

세상에 이렇게 재밌는 게 많았나 싶을 정도로 하진은 요즘 모든 것이 다 재밌었다.

TV도 재밌고, 인터넷 쇼핑도 재밌고 가끔 한석과 보러 가는 영화도 재밌고. 웹툰이라는 것을 처음으로 돈 주고 결제도 해 봤다. 학교 다닐 때 반 아이들이 어제 본 드라마나 요즘 핫한 웹툰 이야기를 할 때면 본 적이 없으니 공감도 안 되고 저도 보고 싶다는 마음 같은 건 전혀 없었는데, 이제는 이 재밌는 것들을 왜 이제 알았나 싶었다.

한석에게도 추천해 줬지만 한석은 그런 걸 보느니 네 얼굴이나 한 번 더 보겠다는 소리를 표정 하나 안 변하고 뻔뻔하게 했다.

어쨌든…… 시간이 나면 한석과 가까운 교외로 빠져 놀러 나가는 것도 즐거웠고 심지어 집 앞 편의점에 아이스크림을 사러 가는 길까지도 좋았다.

늦은 시간, 찬 바람이 쌩쌩 부는 바깥이지만 옷을 껴입고 한석의 손을 잡고 이런저런 이야기를 나누며 가다 보면 추위 따위는 금세 잊어버렸다. 가로등 불빛이 어슴푸레 비치는 골목길을 걷다 집으로 돌아가는 길에는 새삼스러운 해방감까지 들었다.

그러니 공부가 손에 잡힐 리가 없었다. 자꾸 핑계를 대고 미루게 되었다. 자책하다가도 억울했다. 저는 너무 아무것도 모르고 살았던 것 같아서. 알고 안 하는 것과 모르고 안 하는 것은 다르니까.

그렇게 합리화 아닌 합리화를 하던 중, 늘 제게 빠져 있는 연예인이나 드라마 얘기를 하던 연우의 순한 낯이 갑자기 떠오른 건 왜일까. 난 그런 거 안 봐서 잘 모르겠다고 심드렁하게 반응하면 재미없다고 툴툴대면서도 늘 제 옆에 꼭 붙어 있던 연우. 같이 학교 끝나고 놀러 간 적 한 번 없지만 그래도 단짝이라고 말할 수 있었던 유일한 친구.

'연우는 어떻게 지낼까.'

연우 말고도 나름대로 사이좋았던 다른 애들도 생각났다. 졸업식도 참석 못 했던 저를 다들 어떻게 생각했을까? 작년 이맘때의 기억은 일부러 지운 것처럼 희미하다. 그래도 그간 연우는 저한테 한 번쯤은 연락했을 텐데……. 아니, 실제로 방학 때 몇 번 왔던 것도 같고.

책상에 앉아 있던 하진의 눈빛이 순간 멍해졌다.

어느덧 저는 스물하나가 되었다. 원래대로라면 봄이 되면 대학교 2학년일 나이인 것이다.

한동안 가만히 눈만 깜박이던 하진이 손을 뻗어 핸드폰을 집어 들었다. 지난번 망가진 이후로 하진의 핸드폰에는 한석과 카페 사장, 같이 일하는 알바 언니의 번호 외에 저장된 번호는 아무것도 없었다.

메신저 앱마저도 굳이 깔지 않았던 하진은 지금껏 한석과도 문자만 주고받고 있었지만 불편함은 전혀 없었다. 원래도 핸드폰을 통화 목적 아니면 잘 안 썼고 SNS 같은 것도 아예 안 했었다.

그래도, 연우가 어떻게 사는지 갑자기 너무나 궁금해져 충동적으로 앱을 내려받고 오랜만에 다시 계정에 접속했다. 그리 많지 않은 친구 목록을 보는데 괜히 가슴이 울렁거렸다.

'아.'

확인하지 않은 메시지는 나름 꽤 되었다. 개중 보이는 익숙한 이름들에 조금 울컥하던 하진의 시선은 이내 가장 많이 메시지를 보낸 연우에게로 꽂혔다. 모두 다 저를 걱정하는 내용이었고 나중에라도 꼭 연락이 닿았으면 좋겠다는 마지막 메시지는 작년 여름에 온 것이었다.

하진은 홀린 듯 연우의 프로필 사진을 눌렀다. '초심'이라는 짧은 단어와 함께 화면을 가득 메우는 여자의 모습이 보였다. 제가 가고 싶던, 꼭 갈 거라고 생각했던 대학교 정문 앞 환하게 웃고 있는 앳된 얼굴.

순간 심장이 덜컥했다.

'……대학 잘 갔구나.'

하진이 워낙 특출나서 그렇지 연우도 전교권에서 노는 학생이긴 했다. 그래도 이렇게까지 잘 갈 줄은 몰라서 하진은 내심 놀랐다.

마른 손가락이 천천히 움직였다. 과 점퍼를 입은 뒷모습, MT 때의 단체 사진, 도서관 앞에서 장난스럽게 우는 표정을 지어 보이며 친구들과 찍은 사진들까지…….

어쩐지 염탐하는 기분 같아서 그만두고 싶었지만 마지막까지 보는 것을 멈출 수가 없었다. 모두 다 생동감 넘치고 행복하게 보였다. 어쩌면 하진이 마음속으로 꿈꾸던 완벽한 이상에 가까운 대학 생활의 모습이었다.

'나는 진짜…….'

무의식적으로 애써 외면하고 싶었던 현실이 사무치게 와 닿는 순간이었다. 하진은 아픈 것도 모르고 입 안 연한 살을 꽉 깨물었다.

숨길 수 없는 부러움, 아쉬움, 허망함. 그리고 필연적으로 드는 약간의 비참함.

딱히 좋을 리 없는 감정들이 제 안에서 들쭉날쭉 널을 뛰었다. 걱정해 준 연우에게 차마 답을 보내 주지도 못하는 제 마음이 초라했다. 착한 연우야 제가 연락을 하면 반갑게 맞아 줄지도 모르지만, 분명 이것저것 물어 올 텐데 제 처지를 어떻게 설명한단 말인가. 대충 둘러대는 것도 한계가 있을 거였다.

"아니."

저도 모르게 입 밖에 튀어나온 소리에 하진은 제가 해 놓고도 살짝 놀랐다. 하지만 이내 마음을 다잡았다.

'괜찮아. 나는 지금 행복해.'

살면서 지금처럼 마음 편한 때가 또 어디 있었느냔 말이다.

'대학이야 공부해서 다시 가면 되지. 할 수 있어.'

어두운 감정을 몰아내려 필사적으로 노력하는 낯은 창백했다.

'이렇게 다시 돌아온 게 어디야. 그 집에 계속 있었으면 병도 낫지 않았을지도 몰라. 나는 잘한 거야. 지금 이렇게 자유롭잖아.'

몇 번을 곱씹어 봐도 제 생각이 틀린 게 없는 것 같았다. 하진은 핸드폰을 완전히 눌러 전원을 끄고 다시 책을 폈다. 이 이상한 기분을 벗어나기 위해서 지금 할 수 있는 일은 너무도 명확했다.

* * *

하진이 일주일 전 예약한 파인 다이닝은 그들이 사는 도시 바로 옆 도시에 자리 잡고 있었다. 집에서 한석의 차로 한 시간 조금 넘게 걸렸고 도착하자마자 친절한 안내와 함께 창가 앞 테이블에 앉게 되었다. 조금씩 싸락눈이 흩날리는 통창 밖을 잠시 응시하던 하진이 말했다.

"우리 갈 때 눈 많이 오면 어떡하지?"

"별로 쌓일 눈은 아닌 것 같은데. 어차피 한 시간이면 먹고 가잖아."

그렇긴 한데……. 고개를 끄덕이며 하진은 묘하게 삐딱한 감으로 앉아 있는 눈앞의 남자를 바라보았다. 자세는 한없이 꼿꼿하고 반듯한데 왜 조금 불량스러워 보일까? 그건 어쩔 수 없는 한석의 일부분인가 보았다.

평소와 확실히 차이가 나는 포멀한 옷차림에 머리를 시원하게 넘긴 채 저를 보는 남자는 오늘따라 무게감이 있었다. 그가 걸치고 있던 코트는 첫 월급을 받았을 때 하진이 망설임 없이 결제해서 한석에게 선물한 것이었다. 명품까지는 아니어도 월급을 거의 다 쏟아부어 산 거였는데, 제대로 입고 다니는 것을 본 적이 없었다.

그래도 오늘은 하진이 꼭 입으라고 신신당부해 입고 나온 터였다. 안에 매치한 니트와 팬츠도 하진이 얼마 전 골라 준 거였다. 한 벌 정도는 작업복이나 편한 옷 말고 괜찮은 옷이 있어도 좋지 않은가.

"그리고 쌓이면 어때. 근처에서 자고 가든가 하면 되지."

"근처에서?"

"잘 데야 널렸지 뭐."

심드렁하게 답한 한석이 창밖 도심에 흘깃 눈길을 주었다. 그가 말하는 곳이 숙박업소라는 것을 뒤늦게 알아챈 하진이 멈칫하는 사이, 네 가지 종류의 식전 음식이 각기 다른 예쁜 접시에 담겨 등장했다.

"뭐 이러냐."

한석은 진짜 한 입 거리라며 혀를 찼지만 하진에게는 꽤 만족스러웠다. 이어 차례차례 나오는 요리들도 무난하면서도 괜찮은 코스였다. 몇 시간 전 본 연우의 사진으로 마음은 아직 심란했지만 그 바람에 점심도 걸렀던지라 배는 고파서 음식이 막 들어갔다. 평소보다 빠른 속도로 식사하는 하진에 한석이 눈썹을 찡그리며 웃었다.

"잘 먹네."

"응, 너도 많이 먹어. 맛있다."

딱히 기대를 많이 안 해서 그럴까? 예상보다도 훨씬 뛰어난 음식 맛에 하진은 만족하며 식사를 이어 나갔다.

굳이 급을 나누는 것은 아니지만, 고급 식당 중에서도 가성비 있는 편인 이곳과는 비교할 수 없이 좋은 곳을 부모님과 많이 다녔던 하진이었다. 애초에 부잣집 도련님으로 자라 입도 짧고 까다로운 아빠의 입맛에 맞는 가게는 손에 꼽았다. 예약이 년 단위로 찬 곳을 가도 콧방귀를 뀌는 사람이었으니까.

그러다 보니 덩달아 하진의 기준도 높아질 수밖에 없었다. 그래서 처음 한석과 살았을 때 입맛을 맞추느라 꽤 고생했었던 것도 있고······. 어쨌든 좋은 데를 수없이 다니고 최고의 서비스를 받으면서도 은연중에 그게 당연하다고 생각했던 것 같다.

그런 자신이었는데, 공들인 플레이팅과 함께 적절한 간격을 지켜 등장하는 요리와 부담스럽지 않은 선에서 테이블 상황을 살피고 제 사소한 행동에도 기민하게 반응하는 직원들의 행동이 오늘따라 크게 와 닿는 건 왜일까? 알바를 시작한 후로 하진은 어딜 가든 서비스를 제공하는 사람들의 입장을 생각해 보게 되었다.

"차 안 갖고 왔으면 와인도 마시는 건데."

어느새 메인 요리를 싹 비워 낸 하진의 말에 한석이 한쪽 눈썹을 치켜올렸다.

"넌 술도 안 먹으면서."

"그래도······."

말을 흐리던 하진은 한석이 평소보다 먹는 것이 시원치 않다는 것을 깨달았다.

"입에 안 맞아?"

"아니."

"근데 왜 이렇게 꽉꽉 못 먹어?"

"음? 잘 먹고 있는데."

"아닌 것 같은데."

괜히 여기로 오자고 했나, 아니, 그래도 거의 다 한식이라 한석의 취향에도 맞는데. 심각해진 하진의 표정에 한석이 어깨를 으쓱했다.

"맛은 말해 뭐 해, 훌륭하지. 가게도 분위기 있고 좋네. 이런 데는 처음 와 본다, 진짜."

"⋯⋯."

"근데 네가 내내 일해서 번 돈으로 먹는다니까 잘 안 들어가네."

"⋯⋯밥 한 번 사는 것 갖고 무슨."

"지난번 월급도 몽땅 다 날렸잖아."

한석이 제가 입고 있는 코트를 쓱 훑었다. 반 가격으로 낮춰 말했는데 어떻게 알았지. 하진은 뜨끔했지만 애써 태연하게 말했다.

"네가 그동안 해 준 거에 비하면 아무것도 아니야. 그리고 그냥, 한 번쯤은 나도 너한테 선물해 주고 싶어서. 봐, 오늘도 눈 오는데 분위기 내고 좋잖아."

변명하듯 쏟아 내는 하진의 말에 한석이 눈을 찡그리며 웃었다.

"내가 이런 데 자주 데려왔어야 하는데."

"뭐? 그런 말 아닌 거 알지."

"어, 알아."

정말 알아? 그렇게 묻고 싶었으나 순간 말문이 막혔다. 입꼬리를 슬쩍 끌어 올린 한석의 표정이 어쩐지 씁쓸해 보였기 때문이었다.

아주 가끔 한석이 제 앞에서 저런 얼굴을 할 때면 하진은 기분이 끝도 없이 가라앉는 것을 느꼈다. 늘 당당하고 거침없는 그가 저 때문에 느끼지 않아도 될 감정에 사로잡힌 것 같아서.

　그 후는 둘 다 별로 말이 없었다. 타이밍 좋게 나온 디저트까지 먹고 나왔을 때는 눈발이 조금 굵어져 있었다. 조금씩 쌓이는 눈을 바라보며 하진이 중얼거렸다.

　"조심해서 가야겠다."

　"어, 걱정 마."

　씩 웃은 한석이 하진의 어깨를 감쌌다. 밖에 나오자마자 확 끼치던 찬 기운이 남자의 온도에 조금 누그러졌다. 잘 먹었어, 안은 어깨에 지그시 힘을 주며 말해 오기에 잠자코 고개만 끄덕였다.

　돌아오는 길 한석은 어느 때보다 천천히 차를 몰았다. 날씨 상황상 비단 한석만 그런 것은 아니긴 했다. 운전하는 한석에겐 미안했지만 따뜻한 차 안에서 바라보는 눈은 나름 운치가 있었다.

　집에 가면 진짜 오늘은 밀린 공부를 좀 하고 자야지, 다짐하던 찰나였다.

　"그래서, 카페는 언제까지 나가려고?"

　갑작스러운 말에 하진은 눈을 동그랗게 떴다.

　"그게 뭔 소리야. 이번에 수능 보기 직전까지는 할 거라니까."

　이제야 좀 일이 손에 익었는데 웬 말인지. 흐음, 한석이 불만스러운 소리를 냈다.

　"갔다 오면 피곤해서 공부도 못 하면서."

　"처음에야 그랬지, 요즘은 안 그러잖아."

오늘따라 왜 이렇게 뜨끔한 말을 많이 하는 걸까? 하진이 입술을 삐죽이자 한석이 달래듯 한쪽 손을 잡아 왔다. 한 번 힘주어 꽉 잡더니, 이내 놓아주고 또 말이 없었다.

"박하진."

"……왜."

"하진아."

하진은 대꾸 없이 흘깃 옆을 바라보았다. 앞만 응시하는 한석의 모습이 오늘따라 더 잘생겨 보인다는 실없는 생각을 하면서.

"오늘 진짜 잘 먹었어. 좋더라. 네 말대로 기분도 나고."

"……"

"근데."

덧붙여진 목소리가 낮아 하진은 조금 긴장했다.

"내 돈을 네가 쓰는 건 아무 상관도 없는데, 네 돈을 네가 쓰는 건 별로야."

"그게 무슨 말이야."

"네가 공부하는 것도 팽개치고 여섯 시간 서서 일하고 벌어오는 돈이잖아."

팽개친 건 아니라고 생각하지만, 한석이 하는 일에 비하면 일한다고 할 수도 없는 수준이지만 하진은 한석의 말을 끊지 않았다. 그가 말을 이었다. 여전히 하진을 보지 않은 채.

"정 일을 계속 다녀야겠다면 그냥 모아. 나한테 뭘 해 주려고도 하지 말고, 사고 싶은 거나 하고 싶은 거 있으면 내 돈으로 써. 나한테 옷을 사 주고 싶으면 그냥 이런 디자인이 마음에 든다고 알려 줘. 뭐, 매번 사지는 못해도 참고는 할게."

차근한 목소리를 듣는데 묘하게 얼굴이 달아올랐다. 한석의 말이 그런 뜻이 아니라는 것을 알면서도 어깃장을 놓게 되었다.

"오늘 그렇게 별로였어?"

차가 멈췄다. 한석의 시선이 제게 향한다는 것을 알면서도 하진은 찬 바람이 쌩쌩 부는 창밖만 바라보았다. 마음이 자꾸 시렸다. 맛있는 음식에 잠깐 잊고 있던 조악한 감정들이 약하고 무딘 곳들로 퍼져 나갔다. 잠깐의 정적 후 담담한 목소리가 귓가를 메웠다.

"그럴 리가. 너랑 데이트하는데 안 좋을 수가 없지. 그냥 얼굴만 봐도 좋아 죽는데."

"……."

"그냥, 나는."

그답지 않게 망설이는 말투에 하진이 천천히 고개를 돌렸다. 곤란한 표정의 남자가 저를 응시하고 있었다.

"존나 학교 다닐 때 공부 안 한 티가 여기서 난다. 뭐라고 말해야 할지 모르겠네."

멋쩍게 머리를 쓸어 올린 남자가 이내 다시 차를 출발시켰다.

"네가 번 돈에 이름이 있었으면 좋겠어."

"이름?"

"그래."

하진은 잠깐 골똘히 생각하다, 다시 물었다.

"그럼 네가 버는 돈은 이름이 있어?"

천진하게까지 느껴지는 물음에 한석이 소리 내어 웃었다. 시원하게 올라가는 입매와 휘어지는 눈에 조금 심장이 두근거렸다.

"그거야 애초에 땅땅 못 박아 놨지. 박하진, 하고."

"……뭐야, 그게."

"뭐긴? 사랑한다는 말이지."

금방까지 진지하더니 금세 장난기가 배어 있었다. 하진은 알 듯 모를 듯 한 그의 말을 이해하는 것을 포기하고 눈을 내리깔았다. 이유는 잘 모르겠지만, 한석이 사랑한다는 말을 하면 다른 것들은 아무래도 상관없다는 생각이 들었다.

"암튼 너 속상하게 하려고 한 말은 아니니까."

"알아."

잠자코 고개를 끄덕인 하진은 하얗게 부서지는 밖에 다시금 시선을 주었다. 한석과 보내는 두 번째 겨울이었다.

* * *

세 번째 월급을 받고 나서 하진의 모습은 앞선 월급날의 모습과는 사뭇 달랐다. 물론 입금되자마자 좋아서 눈이 반짝이긴 했지만, 같이 쓰는 생활비 명목의 돈을 조금 떼어 놓고 나머지는 모두 미련 없이 저축하기로 했다.

생활비라 해 봤자 다달이 들어가는 돈에서 턱없이 적은 액수였고 한석은 그마저 쓸데없는 짓을 한다며 대놓고 싫어했으나 하진이 워낙 고집이 셌다. 아마 한석은 그냥 하진이 다 저축했으면 했던 모양이었다.

암튼 사장님은 일 시작 전 월급을 넣어 주셔서 좋았다. 하진은 상쾌한 마음으로 집을 나섰다.

'늦겠다, 얼른 가야지.'

며칠 내린 함박눈이 드문드문 녹고 있는 길거리는 어수선했다. 하진은 가끔가다 얼어 있는 부분을 밟지 않으려 조심하며 발걸음을 재촉했다.

그러면서도 또 한석이 생각났다.

며칠 전 저녁, 곧 월급날이니 그날 맛있는 걸 먹으러 가자던 한석이었다. 전에 하진이 예약해서 갔던 가게와 비슷한 곳을 고심해 골라 예약한 듯했다. 하진이 좋아한다면 앞뒤 생각 안 하는 그답게 물론 한 끼 식삿값은 그것의 두 배 이상이었지만. 눈이 커진 하진은 그 자리에서 당장 예약 취소 전화를 했다. 기껏 예약했는데 왜 그러냐고 한석이 항의했으나 듣지 않았다.

"그때는 그냥 배가 고파서 잘 먹었던 거라고. 그리고, 나 월급 받을 때마다 그런 데 갈 거야?"

"뭐 어때, 한 달 동안 고생한 건 사실인데 한 번씩 좋은 데도 가야지."

지난번 하진이 예약한 곳에서 유독 잘 먹었던 모습을 한석은 다른 쪽으로 해석한 듯했다. 그게 아닌데, 하진은 나름대로 한석의 오해를 풀어 주려 열심히 말을 했지만 그가 받아들였는지는 미지수였다.

분수에 맞게 살자.

그날, 눈보라 속에 돌아오던 차 안에서 문득 그 말이 떠올랐던 건 왜였을까? 한석이 돈 좀 아껴 쓰라고 저를 타박한 것도 아닌데.

돈에도 이름이 있다는 그의 말은 다음 날도 하진의 머릿속을 떠나지 않았다. 뭔가 제가 틀린 기분이었다. 어쨌든 자신이 번 돈이니까 마음대로 써도 된다는 당연한 생각이 은연중에 있었는데…….

하진은 제 안에 버리지 못한 허영이 아직 그득하다는 것을 깨달았다.

언젠가의 더 나은 미래를 꿈꾸며 한 푼이라도 더 벌려고 아등바등하는 한석 옆에서 제가 한없이 한심하고 초라해진 기분. 물론 한석이 그런 의도로 한 말은 아니라는 것을 잘 알지만, 어느 순간 한없이 부끄러워졌었다. 그러면서도.

예상치 못하게 몰아쳐 온 매서운 현실이지만 한석과 함께하는 일상이 행복하다는 것은 부정할 수가 없었다. 하진은 다른 건 몰라도 그가 그것만은 오해하지 않기를 바랐다.

관리비로만 엄청난 액수가 깨지는 보안 철저한 대궐 같은 집이나 옷장을 가득 메웠던 채 다 입지도 못한 비싼 옷들이 다 무슨 의미겠는가. 일 끝나고 한석과 먹는 소박한 밥상 앞에서 제일 마음이 편한데. 늘 제게는 좋은 것만을 주고 싶어 하는 한석의 진심을 누구보다 잘 알고 있는데.

일단 한석이 좋으니까 180도 뒤바뀐 환경에서도 잘 살고 있는 거였다.

벌어진 틈 사이로 외풍이 들어오는 창틀을 손보는 남자가 멋져 보였고 주말 아침 자고 일어나 부스스한 머리로 라면을 끓이는 딱 벌어진 뒷모습마저 좋았다. 그 자체로 빛이 나는 한석은 지금껏 제가 만나 보지 못했던 유형의 사람이었고 하진은 제게 없는 단단함이 있는 남자에게 불가항력으로 끌렸다.

모든 것이 처음이었다. 제 말을 밤새워 들어 주고 사소한 감정에도 귀 기울이고 저를 위해서 산다고 말해 주고…… 이따금 하진이 못 견딜 정도의 생경한 쾌락을 선사하는 남자는 하진이 경험하지 못했던 많은 것들을 처음으로 알려 주었다.

카페에 들어가기 직전, 하진은 제 왼손 약지에 끼워진 반지를 괜히 한 번 더 보았다. 한석이 '벌레 퇴치용'이라는 말과 함께 지난 그녀의 생일에 선물한 반지는 다이아몬드가 반짝이는 순은 링이었다. 혹시 커플링인가 순간 생각했었는데 그건 아니었다.

"나중에는 같은 디자인으로 해야지. 더 좋은 거로."

생각지도 못한 과한 선물에 입을 벌린 하진에게 멋쩍게 반지를 끼워 주며 그는 그렇게 말했었다. 손가락에 딱 맞게 들어맞는 반지는 하진이 보기에도 잘 어울리고 예뻤지만 자꾸 가격을 생각하게 되는 것은 어쩔 수 없었다.

결국 그날 이후 하진의 주도하에 기념일이든 뭐든 앞으로 둘 다 과한 지출은 자제하자는 약속을 했다. 그러니 아마도 꽤 나중의 일이겠지만 하진은 만약 그들이 커플링을 맞춘다면 한석의 것은 제가 사 주고 싶다고 생각했다.

"하진아, 어서 와!"

묵직한 카페 문을 열고 들어가니 석 달 만에 엄청나게 친해진 지서 언니가 저만치서 손을 흔들며 반겼다.

하진보다 세 살이 많은 그녀는 휴학생이었는데 이곳에서만 1년 넘게 일했다고 했다. 지서는 오픈 시간인 두 시간 전에 출근해 하진과 같이 퇴근했고 그 후에는 오후 알바 혼자서 마감까지 하는 시스템이었다. 손님들이 주로 몰리는 시간에 하진이 중간 타임으로 들어간 거였다. 꾸벅 고개를 숙인 하진은 얼른 들어가 옷을 갈아입고 제 할 일을 찾아 하기 시작했다.

눈이 그친 직후라 그런가 확실히 오전부터 손님이 많았다. 번갈아 가며 샌드위치로 식사를 때우고 나서도 매장은 드나드는 사람들로 계속해서 붐볐다. 적당한 소란함 속 밀려드는 오더에도 당황하지 않고 빠르게 음료를 제조하는 하진을 보고 지서가 칭찬했다.

"와. 이제 진짜 척척이네."

칭찬에 잠깐 어색하게 멎었던 하진의 손은 이내 다시 부산하게 움직였다. 지서는 원래 이 타임은 이렇게 기계처럼 음료만 만들고 마감은 설거지만 하다 간다고 우스갯소리를 했다. 차라리 오픈이 그나마 낫다고 했지만 하진에게는 딱히 와 닿지는 않았다. 혼자 이 매장 안에 있어야 하는 것 자체가 막연하게 두려웠다.

처음에만 해도 자잘한 실수도 많고 손님 응대도 서툴러서 맘고생도 꽤 했는데. 워낙 성격이 좋은 지서가 옆에서 이것저것

도와줘서 망정이지 안 그랬으면 제풀에 그만뒀을지도 모른다.

눈코 뜰 새 없이 일하다 보니 오늘도 시간이 훌쩍 갔다. 퇴근을 앞둔 오후 3시가 넘어서야 손님들이 어느 정도 빠졌다. 그래도 아직 서너 테이블이 차 있었다.

"하진아. 잠깐 좀 앉아 있어."

따뜻한 차를 머그잔에 담아 건네주며 지서가 저만치 의자에 눈짓을 했다. 제조 바 옆에 있는 작은 스태프 룸은 한가할 때 잠시 앉아 숨을 돌릴 수 있는 공간이었다. 하진은 고개를 저었다.

"저기 테이블 치우고 올게요."

"아냐, 내가 할게. 너 너무 계속 서 있었어. 빨리."

자신도 계속 서 있었으면서 지서는 그렇게 말하고 종종걸음으로 테이블로 걸어갔다. 하진은 조금 눈치를 보고 이내 간이 의자에 앉았다. 다리가 좀 무겁긴 했다.

"전에 내가 준 핸드크림 어때? 확실히 좋지?"

그새 곁에 돌아온 지서가 눈을 빛내며 의자를 빼고 나란히 앉았다. 손에는 남은 차가 들려 있었다. 하나 만들어서 반씩 잔에 따른 모양이었다.

사장님은 알바생들에게 먹고 싶은 거 있으면 언제든 만들어 먹으라고 하는 인심 좋은 분이었고 지서는 그 말을 충실히 따르는 편이었다. 하지만 고지식한 면이 있는 하진은 도무지 적응이 되지 않는 일이라 가끔 커피가 마시고 싶을 때는 꼭 제값을 주고 사서 마셨다.

"네. 오늘도 바르고 왔어요."

살짝 웃은 하진이 제 손을 슬쩍 들어 보였다. 꾸미는 것에 관심이 많은 지서는 이른 아침부터 공들여 화장을 하고 왔는데 바쁜 와중에도 틈틈이 거울을 봤다. 일머리가 있어서 싹싹하게 뭐든 잘해 내는 지서의 모습이 하진은 내심 부러웠다.

"응, 다 쓰면 또 말해. 나 그거 한 박스 사서 쟁여 놨어, 혹시 단종될까 봐."

키득대던 지서가 갑자기 손을 덥석 잡아 왔다.

"근데 너 진짜 손 예쁘다. 하얘서 그런가 더 예뻐 보여. 손가락도 어떻게 이렇게 쭉쭉 뻗었지?"

진짜 물 한 번 안 묻혀 본 것 같은 손이라며 지서가 이미 몇 번 했던 말을 또 했다. 일을 할 때는 반지를 빼 놓고 해서 맨손이었다.

"언니도 예쁜데요, 손."

"아니야. 내가 너 보면서 깨달았어, 백날 관리해도 원래 예쁜 걸 따라갈 수는 없다는 걸. 말했잖아, 너 처음 면접 왔을 때 내가 딱 느낌이 왔다니까? 아, 안 그래도 바쁜 우리 카페가 더 바빠지겠구나."

"……."

"넌 평소에도 화장 거의 안 한다고 했지?"

"네."

"왜? 그래도 가끔 중요한 날 같은 때 있잖아."

딱히 그런 날이 있나? 하진은 고개를 갸웃하고 다시 말을 이었다.

"별로 관심도 없고 잘 할 줄도 모르고 해서요."

"그래? 내가 나중에 한번 해 줄까? 내가 너였으면 지금 하는 블로그에 화장법 사진 엄청 올릴 텐데……. 그건 그렇고 따로 피부 관리도 안 한다면서 어떻게 이렇게 윤기 나고 좋아? 진짜 돈 굳었다."

진지한 표정으로 외모 칭찬을 하는 지서 앞 하진은 말문이 막혔다. 마침 계산대 앞에 선 손님에 그 상황을 벗어날 수 있었다. 평소라면 지서가 응대했겠지만 곤란한 질문도 벗어날 겸 섰던 거였다.

첫날 매장의 모든 음료 레시피를 완벽하게 외워 와 지서를 놀라게 했던 하진이었지만 아직도 서툰 것은 손님 응대였다. 최대한 웃으면서 자연스럽게 하고 싶은데 제가 생각해도 어색하고 쌀쌀맞은 목소리가 나왔다.

가끔 말도 안 되는 요구를 하는 손님 앞에서도 싹싹하고 융통성 있게 상황을 넘기는 지서를 보면 놀라웠다. 그런 것을 따로 배우는 학원이 있다면 다니고 싶을 정도로.

"주문하시겠어요?"

그 예로 눈앞의 단골에게도 늘 똑같은 말을 하는 하진이었다. 키가 꽤 크고 늘 코트에 정장을 말끔히 차려입는 남자는 매번 따뜻한 아메리카노만 사 갔지만 아메리카노로 드릴까요, 하고 생글생글 웃으며 지서가 하는 말 같은 건 절대로 입 밖으로 나오지 않았다.

지서의 말로는 근처 은행 직원이라고 했는데 아주 가끔 한 번씩 오다가 요즘은 꽤 자주 온다고 했다. 나이는 많아 봤자 20대 후반으로 보였고 옷도 깔끔하게 잘 입고 다녔다. 물론 지극히 평면적인 인상일 뿐 하진에게 특별할 것은 없었다.

"네, 아메리카노 따뜻한 거랑…… 라테도 따뜻한 걸로 한 잔이요."

남자의 입에서 처음으로 다른 말이 튀어나왔다. 두 잔 다 테이크아웃 주문을 한 남자가 카드를 내밀었다. 적립 카드가 있냐는 말에 웃으며 고개를 젓고 진동 벨을 받는 와중에도 남자의 시선은 하진에게 박혀 있었다.

"오늘은 웬일로 이 시간에 왔지?"

우유를 꺼내는 하진 옆 지서가 조그맣게 중얼거렸다. 물론 하진은 남자가 언제 오든 말든 전혀 관심이 없었다. 그저 저번처럼 손을 데는 실수를 하지 않기 위해 집중할 뿐이었다. 그리고.

"주문하신 음료 나왔습니다."

눈도 안 보고 기계적으로 읊조리는 하진에게 남자가 라테가 담긴 컵을 다시 내밀었다. 아……? 그때야 고개를 든 하진에게 꽤 차분한 목소리가 내려앉았다.

"일하느라 힘들죠? 이거 마시면서 해요."

"……."

얼떨결에 커피를 받아 든 하진의 눈빛이 미세하게 흔들렸다. 그것을 어떻게 해석했는지 남자가 다시 무해하게 웃었다.

"어려 보이는데, 학생이에요?"

하진은 남자의 학생이란 말이 고등학생을 말하는 건지 대학생을 말하는 건지 헷갈려서 침묵했다. 남자가 재차 물었다.

"스무 살은 넘었죠? 설마 고등학생? 수능 끝나고 알바하는 건가."

"아뇨. 스물한 살인데요."

이번에는 똑바로 눈을 보면서 대답했다. 사적인 것에 대답할 필요는 없다고 생각하면서도 저를 너무 어리게 보는 것 같아 기분이 좋지 않아 먹을 만큼 먹었다고 말해 주고 싶었다. 스무 살이나 스물한 살이나, 동안이긴 하지만 실제로는 그녀와 열 살 이상 차이 나는 남자가 볼 때는 솔직히 별반 차이 없었으나 당사자인 하진은 큰 차이로 여겼다.

딱 떨어지는 말투에 잠깐 눈을 크게 뜨던 남자가 이내 다시 사람 좋게 웃었다.

"아아, 그렇구나."

"그리고 이거 가져가세요. 괜찮아요."

불쑥 다시 내민 커피를 바라보던 남자가 묘하게 입꼬리를 끌어 올렸다.

"왜요, 마시지."

"방금 마셨어요."

테이블을 정리하고 바 안으로 들어오려던 지서가 미묘한 기류가 흐르는 둘의 모습에 눈이 조금 커지더니 얼른 다시 밖으로 빠져나갔다. 안녕히 가세요, 여전히 서 있는 남자에게 건조하게 말한 하진이 자리를 옮기려는 순간.

"혹시 남자 친구 있어요?"

나름 망설인 듯 나온 목소리에 하진은 딱 잘라 말했다.

"네."

"……아."

흐음, 남자가 대놓고 아쉽다는 듯 짧은 숨을 뱉었다.

"부담스럽게 해서 미안해요. 그런데 처음 봤을 때부터 머릿속에 딱 꽂혀 버려서……. 직장 앞 카페가 가깝긴 한데 그 후부터는 매번 여기까지 오게 되더라고요."

어쩌라는 건지 모르겠다. 됐고 커피나 다시 갖고 가라는 눈빛을 열심히 쏘는데 남자가 코트 안주머니를 뒤적이더니 지갑에서 뭔가를 꺼냈다. 명함이었다.

"이제 창피해서 자주 못 올 거긴 한데 혹시 나중에라도 괜찮으면 연락해 줘요. 이상한 사람 아니고, 진짜 마음에 들어서 이렇게라도 안 하면 후회할 것 같아서 그러는 거니까."

"……."

"일 방해해서 미안해요. 커피는 부담 안 가지고 마셔도 돼요."

창피한 사람치고는 지나치게 유려하게 말한 남자가 하진의 얼굴을 다시 물끄러미 보고 뒤돌았다.

하진은 가만히 서서 남자가 나가는 것을 본 후 커피와 명함을 망설임 없이 버렸다. 기분 탓일 수도 있지만 뭔가 으스대는 느낌의 남자가 마음에 들지 않았다. 으레 당연히 연락을 주겠거니, 하는 느낌이었달까?

확실한 것은 상당히 불쾌했다는 거였다.

남자가 나가자마자 지서가 뭐라 뭐라 옆에서 호들갑스럽게 물어 왔지만 적당히 대꾸하고 말았다. 눈치 빠른 지서도 더는 캐묻지 않고 남은 시간을 둘이 열심히 마무리했다. 옷을 갈아입고 요즘 거의 교복같이 입고 다니는 패딩을 걸치는데 지서가 은근슬쩍 말을 걸었다.

"오늘은 남친이 안 데리러 와?"

"아……. 이번 주는 일이 늦게 끝나서 안 올 거예요."

"그렇구나."

고개를 끄덕인 지서가 저도 외투를 챙겨 입으며 제 남친도 저를 좀 데리러 왔으면 좋겠다고 꿍얼거렸다.

지서의 애인은 같은 학교의 동갑내기로 군대를 다녀와 지난 학기에 복학을 했다고 했다. 하진은 티는 안 내도 지서가 들려주는 연애 얘기를 내심 주의 깊게 들었다. 똑같은 연애여도 저와 지서가 하는 것은 아예 결이 다른 것 같았다.

하긴, 일단 저는 연애를 넘어 바로 동거를 시작했으니까. 당연히 지서가 알게 되는 일은 없겠지만 아마 알게 되면 엄청 놀랄 거였다.

"잘 가! 하진아! 주말 잘 보내고!"

마지막까지 텐션 높게 손을 흔드는 지서에게 마주 인사한 하진이 횡단보도 앞에 섰다. 오늘따라 몸이 축축 처지는 게 일단 가서 좀 눕고 싶었다. 그새 눈이 많이 녹아 지저분해진 도로 위 달리는 차만 하염없이 바라보는데.

"……!"

뒤에서 어깨를 감아 오는 묵직한 팔에 놀란 하진이 퍼뜩 고개를 돌렸다. 높은 시선 끝 씩 웃고 있는 남자가 보였다.

"왜 이렇게 멍때리고 있어?"

"……뭐야. 놀랐잖아."

안도의 숨을 내뱉으며 하진은 저와 같은 색 패딩을 입은 남자를 다시금 올려보았다.

"언제 왔어? 오늘 잔업한다고 안 했어?"

"좀 일이 생겨서 일찍 끝났어. 차 대고 오는데 마침 딱 너 보이더라."

"응."

어차피 매일같이 살 부대끼며 사는데, 이렇게 만난 게 괜히 반가워서 하진은 그의 팔짱을 꽉 꼈다. 맞닿은 몸이 오늘따라 더 든든했다. 익숙한데 설레고, 설레는데 익숙한 남자. 반가움을 표시하는 하진에 한석도 그녀의 어깨를 감싼 손에 힘을 주었다.

"참. 편의점 들렀다 가자."

"왜?"

"그냥. 맥주 좀 사게."

한석의 말에 고개를 끄덕인 하진은 엎어지면 코 닿을 거리인 편의점으로 그와 걸음을 옮겼다. 한석은 술을 자주 먹지는 않지만 가끔 맥주 두어 캔씩을 먹고 자곤 했다. 그보다도 더 가끔, 유독 일이 힘들었던 날에는 소주를 세 병이나 먹고 자는 때도 있었는데 딱히 술주정도 없고 평소랑 같아서 하진은 그 부분에 대해서는 크게 생각하지 않았다.

이따금 전화 오는 것을 보면 같이 일하는 사람들이 마시러 가자고 하는 것도 같은데, 한 번도 하진을 두고 나간 적이 없었다.

"술 맛있어?"

냉장고에서 캔 맥주 몇 개를 집어 들던 한석이 하진의 말에 멈칫했다.

"왜, 갑자기."

"그냥. 나도 한번 먹어 볼까 하고."

"됐어."

피식 웃은 한석이 정 기분 내고 싶으면 마시라며 무알코올 맥주를 한 개 골라 주었다. 하진은 설핏 얼굴을 찌푸리고 제 몫으로 맥주 캔 두 개를 더 추가했다. 한석이 기가 찬다는 소리를 냈다.

"갑자기 웬 술이야. 뭔 바람이 불어서."

"나도 성인인데 먹을 수도 있지."

"참 나."

딱히 말리지는 않지만 그렇다고 반기지도 않는 투로 하진을 보던 한석이 이내 계산대로 향했다. 언제나처럼 계산을 해 주는 낯익은 얼굴을 보고 있는데 갑자기 그런 생각이 들었다.

'저 사람은 우릴 어떻게 볼까?'

기억으로는 여기 처음 왔을 때부터 계속 있었던 것 같은데. 커플이야 많이 보겠지만 이렇게 낮에도 밤에도 붙어 다니는 저희를 뭐라고 생각할까. 제 남친이어서가 아니라 어딜 가도 존재감 있는 편인 한석이니 더 눈에 띄었을 텐데.

'하긴 신경이나 쓰겠어. 하루에도 셀 수 없이 많은 사람이 왔

다 갔다 할 텐데.'

그렇게 아무렇지 않게 넘기려 하다가도 괜히 마음에 걸렸다.

'그래도…… 우린 좀 많이 오긴 하니까.'

그간 한 번도 해 보지 않은 생각에 괜히 심란해지는 사이 계산이 끝났다. 혼자만의 상념에 빠져 있던 하진은 제 손을 꽉 잡아 오는 한석에 멈칫했다.

"안녕히 가세요."

적당히 무심한 인사 너머, 한석의 손을 꼭 잡고 편의점을 나서는데 별안간 조금 우울해졌다. 도무지 알 수 없는 감정이었다.

저녁을 먹고 둘은 과자 몇 개와 맥주를 상에 펴 놓은 채 금요일 밤을 즐겼다. 기껏 제 몫의 술을 사 놓고서는 하진은 새로 나온 신상 과자에만 집중하고 있었다. 볼 것도 없다며 채널을 휙휙 돌리던 한석이 영화 하나를 틀어 놓았다.

별생각 없이 보는데 어째 분위기가 스산했다. 하진이 눈을 동그랗게 떴다.

"뭐야, 무서운 거야?"

대답 대신 한석이 하진의 허리에 팔을 감아 제 쪽으로 당겼다. 안 그래도 붙어 있던 거리가 확 밀착되었다.

"응. 무서우면 막 껴안아."

뒤늦게 들려온 능글맞은 답에 하진은 흐응, 콧방귀를 뀌었다. 대충 돌아가는 거로 봐서 좀비 영화인 것 같았는데 아직은 평화로웠다. 별말 없이 마시는 한석을 슬쩍 보던 하진이 제 몫의 캔으로 손을 뻗었다.

"진짜 마시려고?"

"왜, 안 돼?"

"안 될 건 없지만."

한석이 어깨를 으쓱했다. 직접 캔을 따 주더니 굳이 자리에서
일어나 컵을 가지고 와 따라 주었다.

"나 그냥 마시려고 했는데."

"더러워."

자기는 입 대고 잘 마셨으면서, 하진은 눈썹을 씰룩였지만 말
을 덧붙이진 않았다. 매너를 넘어 과할 정도로 저를 챙겨 주는
남자에도 이제 꽤 익숙해진 상태였다. 조금 머뭇거리던 하진은
컵을 들어 맥주를 꿀꺽꿀꺽 마셨다. 옆에서 빤히 보는 시선이
고스란히 느껴졌다.

"그냥 음료수 같네."

짧은 감상이지만 진심이었다. 사실 좀 긴장하긴 했는데 마셔
보니 생각보다 별거 아니다 싶었다. 딱히 쓰지도 않고 시원했다.
좀 웃긴 말이지만 뭔가 어른이 된 기분도 들고……. 한 번에 컵
을 다 비운 하진을 보고 한석이 미간을 찌푸렸다.

"뭘 이렇게 빨리 마셔? 처음 마시면서."

"아무렇지도 않은데? 근데 소주는 이것보다 훨씬 쓰지?"

"당연하지."

그렇구나, 고개를 끄덕이며 하진은 남은 캔으로 손을 뻗었다.
곧바로 손목이 붙잡혔다.

"그만 마시지?"

"뭐? 한 캔도 다 안 마셨는데."

"주량도 모르면서 뭘 더 먹어."

"모르니까 마셔 보는 거지. 어차피 내일 주말이고."

하진은 모른 척 남은 맥주를 마저 따랐다. 한석의 입에서 바람 빠지는 소리가 났다.

"어째 내가 너 못 할 짓 시키는 느낌이다."

"또 이상한 소리 한다."

"너랑 술 진짜 안 어울려."

마뜩잖은 소리를 하는 한석을 내버려 두고 하진은 홀짝홀짝 남은 술을 다 비웠다. 별것도 아닌데 기분이 조금 좋아졌다.

"어차피 대학 갔으면 진작 마셨겠지. 왜, MT도 가고 하잖아. 동기들끼리 마실 수도 있고."

제가 말해 놓고 괜히 뜨끔한 하진이 한석을 흘깃 보았다. 아쉬워하는 게 티가 났을까? 하지만 이렇다 할 대꾸는 들려오지 않았다. 대신 입가에 와 닿는 손길만 느껴질 뿐.

조금 묻은 맥주를 손가락으로 훔친 한석이 과자를 하진의 입속에 쏙 넣어 주었다. 기계적으로 우물대는데 낮은 목소리가 들렸다.

"그러게. 그럼 박하진, 내년에는 거기 껴서 술 먹고 있으려나?"

평소와 다름없는 말투였지만 하진은 한석의 기분이 가라앉았다는 것을 느꼈다. 함께한 시간만큼 둘은 말하지 않아도 상대의 상태를 민감하게 알아차리곤 했다. 하진은 한석의 어깨에 툭 기대 보았다.

"모르지…… 어떻게 될지."

"왜 몰라."

"그냥, 좀 막막해. 솔직히 내가 원하는 데에 합격할지도 모르겠고, 성적 맞춰 가더라도 서울로 다시 가야 하잖아."

고등학교 때 목표로 했던 대학을 제외하고라도 애초에 하진의 기준은 높았다. 제 성에 차지 않는 곳을 가느니 차라리 안 가는 게 낫다고까지 생각했다. 물론 요즘 안일해지긴 했지만 내심 자신을 믿고 있기도 했다.

"가면 되지, 다시."

팔을 뻗은 한석이 마른 어깨를 녹진하게 쓰다듬었다. 다른 손으로는 상 위의 캔을 따고 이내 단번에 비워 냈다. 의도치 않은 침묵 속 둘은 말없이 화면만 바라보았다. 화면 속은 슬슬 긴장감이 고조되는 중이었으나 하진은 완전히 다른 생각을 하고 있었다.

'서울로 다시 올라가면 우린 어떻게 되는 거지?'

'이대로 계속 같이 사는 건가? 아니, 그건 당연한 건데……. 집은 또 어떻게 하지.'

'그럼 한석이 일은 어떻게 되는 거지? 차라리 이 기회에 다른 일을 했으면 좋겠다.'

목구멍까지 많은 질문이 차오르지만 차마 밖으로 꺼낼 수는 없다. 변명이라고 해도 할 수 없지만 하진이 마음을 못 잡고 있는 데는 이런 이유도 있었다.

불확실한 미래에 대한 막연한 불안감. 그때 가서 생각하지 뭐, 이렇게 가볍게 넘길 수만은 없는 현실. 등록금이나 기숙사비, 생활비 등등 한 번도 해 보지 않은 걱정이 안 될 수가 없었다.

대학이야 학자금 대출이나 장학금, 알바로 어찌어찌 한다고 쳐도 한석과 동거하는 것 자체도 괜히 마음에 걸렸다.

같이 사는 게 싫은 건 절대 아니고 이제 한석이 없는 저는 상상할 수도 없는데도 그랬다. 연고 하나 없는 여기서는 어떻게든 살았지만 당장 서울로 돌아가면 만나는 사람부터 시작해서 많은 것이 달라질 텐데.

모든 것을 한석에게 말하지만 이런 마음은 말할 수가 없었다.

"그냥 맘 편하게 혼인 신고부터 딱 할까? 서로 마음 놓이고 좋잖아."

"어?"

갑작스러운 말에 하진의 눈이 커졌다. 당혹스러움을 감추지 못하는 맑은 눈을 가만히 들여다보던 한석이 눈을 가늘게 떴다.

"왜, 나랑 결혼할 거 아니야?"

그때 약속했잖아, 덧붙인 한석이 제 말에 어찌할 줄 모르고 흔들리는 눈빛을 뚫어지게 응시했다. 뭐라도 말해 주면 좋을 텐데, 생각하면서도 때로는 침묵이 또 다른 답이라는 것을 그는 잘 알았다.

말할 수 없이 사랑스러우면서도 때로는 못 견디게 야속했다. 하진을 지그시 보던 그가 입술을 달싹였다.

"농담."

"……뭐야, 진짜."

그제야 굳어 있던 하진의 표정이 조금 풀렸다. 한석은 혼자 지껄이고 혼자 상처받는 자신을 이해할 수 없었다. 매번 같은 패턴인데 뭘 확인하고 싶어 하는 건지.

마음 같아서는 성격대로 하진을 붙잡고 도대체 뭘 걱정하는 거냐고, 우리가 지금 뭘 하고 있는지 알긴 아냐고 따지고 싶었으나 그럴 수 없었다. 하진을 좋아하게 되면 될수록 제멋대로 하지 못하는 것들이 늘어났다.

'씨발.'

한석은 치미는 울컥함을 애써 누르고 고개를 숙여 하진에게 깊게 키스했다. 저항 없이 벌어진 입술을 머금고 안을 게걸스레 핥고 빨았다. 술을 처음으로 마셔 봤다는 애인에게서는 그녀와 어울리지 않는 맛이 났다.

원래라면 금방 마시고 바로 치워 버리는 한석이지만 오늘은 하진의 참여로 생각보다 술자리가 길어졌다. 은근한 무언의 압박에도 꿋꿋이 세 캔을 비운 하진은 몸에 조금 열이 오르는 것을 느끼며 벽에 등을 기댔다. 작은 상 옆 다 마신 맥주 캔들이 널브러진 게 보였다.

"취했네, 취했어."

하얀 뺨에 지긋하게 오른 열기에 한석이 혀를 찼다. 두 캔을 마실 때만 해도 멀쩡했는데 거기까지가 아마 한계였나 보았다.

"아니…… 히익."

곧바로 부정하려던 하진이 화들짝 놀라 한석의 품에 파고들었다. 저도 모르게 꾸벅 졸다가 화면에서 갑자기 난 커다란 비명에 놀란 거였다. 씩 웃은 한석이 하진을 마주 끌어안았다.

"무서워?"

"……아니. 놀라서."

호들갑을 떤 것에 뒤늦게 민망해진 하진이 고개만 돌려 힐끔다시 뒤의 화면을 보았다. 그러다 이내 휙 시선을 돌렸다. 화면을 가득 메우는 좀비가 징그러웠다. 조금 전까지는 신경도 안쓰고 술만 마셨는데 갑자기 속이 안 좋아졌다.

"왜 이렇게 영화 오래 하는 거야."

웅얼거리는데 갑자기 머리가 어지러웠다. 하진은 고민 없이 딱딱한 가슴팍에 얼굴을 묻었다. 한석이 제 등을 토닥대는 게느껴지는 와중에도 시끄러운 비명이 계속 났다.

"리모컨 어디 있어? 빨리 꺼."

"왜, 아예 그냥 틀고 자고 싶은데."

그의 목소리에 웃음기가 배어 있었다. 제가 그에게 먼저 엉겨붙는 게 좋았던 모양이었다. 하진은 여전히 너른 품에 얼굴을 묻은 채 조금 성질을 냈다.

"시끄러워서 자꾸 잠 깨잖아……."

"그랬어?"

"응. 시끄럽다고."

하진은 그 후에도 시끄럽다는 말을 한 열 번은 더 했다. 한석이 TV를 이미 꺼 버렸는데도 말이다. 참 나, 헛웃음을 흘린 한석이 조그만 얼굴을 잡아 저를 보게 했다.

"고작 세 캔 먹고 취할 거면서. 넌 어디 가서 진짜 술 먹지 마라."

"뭐래. 시끄러워."

"남편이 말하는데 시끄럽다가 뭐야, 한번 혼날래? 술 확 깨게."

남편? 황당한 단어 선정에 내내 같은 말만 종알대던 하진의 말문이 막혔다. 험상궂은 말투와는 달리 그의 눈은 흥미롭다는 듯 웃고 있었다. 턱을 잡고 있던 손이 이내 하진의 열 오른 뺨을 살살 쓸었다. 졸음이 밀려오는 눈을 깜빡이던 하진이 퉁명스럽게 대꾸했다.

"결혼도 안 했는데 뭔 남편이야?"

"같이 살면 끝난 거지 뭐 형식이 중요한가."

어차피 결혼식에 올 사람도 없다며 한석이 쯧 혀를 찼다. 그래도 진짜 하면 어느 정도는 올 것 같은데……. 알코올에 느려진 머리는 평소라면 하지 않을 생각을 진지하게 했다.

하진은 자꾸 밀려오는 잠을 쫓으려 눈에 힘을 주었다. 왜 그런지는 모르겠지만 한석이 저를 술에 약하다고 생각하는 게 싫었다. 물론 한석이 볼 때는 한없이 가소로운 몸부림이었지만.

어쨌든 취한 사람이 으레 그러하듯이 제가 취한 걸 모르는 하진의 입에서 필터링을 거치지 않은 즉흥적인 말들이 튀어나왔다.

"나도 이제 술집 가면 술 마셔야겠다. 너만 맨날 마셨잖아. 다음에는 소주로 먹어 봐야지. 그것도 별거 아닐 것 같은데. 내가 지금 기분도 좋고, 술주정도 안 부리고, 그렇게 못 마시는 건 아닌 것 같아."

"허."

한석의 삐딱한 추임새에도 하진은 개의치 않았다. 한석이 볼 때는 이미 정신 놓고 취한 것 같은데도 말은 참 또박또박 잘하긴 했다.

"아니, 딱히 취한 것 같지 않다고. 잠은 오는데. 그거는 피곤해서 그런 거고. 금요일이라, 알바해서. 막 피곤이 몰렸잖아."

"……"

살짝 풀린 눈으로 주절대는 하진을 가만히 보던 한석이 낮은 한숨을 흘리던 순간. 창밖 너머 들려오는 오토바이 굉음에 하진은 또 어깨가 흠칫 떨릴 정도로 놀랐다. 대부분의 시간이 조용한 동네지만 가끔 밤에 배달 오토바이가 다니곤 했다.

시끄러워, 어김없이 하진의 입에서 또 흘러나온 말에 한석이 결국 소리 내어 웃었다.

"아, 씹. 뭔 술버릇이 이따위냐."

말은 그렇게 해도 하진을 보는 눈빛은 어김없이 사랑에 푹 빠진 남자의 그것이었다. 점점 더 술기운이 올라오는 와중에도 하진은 한석이 참 저를 좋아하긴 하는 것 같다고 생각했다.

"취하면 재미없는데 슬슬 정신 차리지?"

볼을 쭉쭉 잡아당기는데도 평소라면 아프다고 난리를 칠 하진은 시끄럽다며 한숨만 푹푹 쉬고 있었다. 마른 등줄기를 타고 내려온 한석의 다른 손이 올라붙은 엉덩이를 부드럽게 쥐었다.

"야, 박하진."

"왜. 머리 울리니까 시끄럽게 좀 하지 마."

"이왕 하나에 꽂힐 거면 사랑한다는 말에나 꽂히지 그랬냐? 어?"

엉덩이를 쥔 한석의 손에 힘이 들어갔다. 아주 떡 주무르듯 주물러 대며 불만을 토로하자 하진이 눈을 동그랗게 떴다. 왜 그러냐는 듯, 샐쭉하게 저를 보는 게 귀여워 한석의 입꼬리가 또 제멋대로 올라가던 순간.

"사랑해."

"……."

제멋대로 하진을 만지던 한석의 손이 뚝 멈췄다. 얼핏 한숨처럼 들리는 가냘픈 목소리였지만 짧은 말 한마디가 주는 울림은 그에게는 너무나 컸다. 말없이 굳어 버린 남자의 얼굴을 가만히 보던 하진이 다시금 힘주어 말했다.

"사랑해."

"씨발…… 너 진짜."

"……."

사랑한다고 해 놓고 욕을 들어 먹은 하진의 얼굴이 구겨졌다. 네가 하라며, 입술을 달싹이는데 별안간 입 안을 무언가 거칠게 파고들었다. 반사적으로 한석의 어깨를 부여잡은 하진의 뒤통수를 단단히 잡은 남자가 짙은 키스를 퍼부었다.

갑작스러운 행위에 하진이 바르작거렸다. 하지만 굵은 팔이 저를 옭아매고 있어 조금도 움직일 수가 없었다.

"으응……."

가뜩이나 어질어질한 눈앞이 난잡하게 몰아치는 입맞춤에 흐릿해졌다. 숨이 차고 버거웠지만 뜨겁게 저를 안아 주는 남자의 품은 어김없이 좋았다. 딱히 저항할 의지도 이유도 없는 하진은 그저 눈을 꼭 감고 한석이 하는 대로 이끌려 갈 뿐이었다.

뜨겁고, 끝도 없는 물 안으로 정처 없이 빨려 들어가는 기분. 머릿속은 어지럽고 주어지는 자극은 짜릿했다. 끝도 없이 이어지던 키스는 하진의 숨이 한계에 몰려 빠듯해지던 찰나 한석이 그녀의 아랫입술을 살짝 깨물며 끝났다. 아! 갑작스러운 아픔에 하진이 원망스럽게 그를 바라보았다.

"……하, 왜 깨물어."

그 와중에도 숨이 차서 헐떡거리는데 한석은 말없이 저를 빤히 보기만 했다. 들쭉날쭉한 숨을 고르던 하진도 지지 않고 눈을 맞췄다. 바로 앞 보이는 남자의 얼굴이 새삼스러웠다. 도드라진 눈썹뼈와 시원하게 뻗은 서늘한 눈매. 우뚝한 콧대와 굳게 다물린 입술까지.

그 모든 것들이 만나면 제가 좋아하는 특유의 분위기가 된다. 모난 곳 하나 없는 이목구비를 하나하나 차분히 담던 하진의 눈에 서서히 물기가 차올랐다. 눈가가 파르르 떨리고 입술을 잘근 깨물자 한석이 인상을 팍 찌푸렸다.

"뭐야?"

"아냐."

"아니긴 뭐가 아니야?"

왜 그러는데? 심각해진 표정을 보고 있으니 마음속 서러움이 배가되었다. 나 진짜 취한 건가. 하지만 지금 내가 느끼는 감정은 진짜인데. 하진은 띄엄띄엄 말을 이었다.

"그냥, 좀 안쓰러워서……."

"뭐?"

"너는 정말 잘생겼고 머리도 좋은 것 같은데. 힘든 일 하고 고생하는 거 보면, 내가 마음이……."

한석의 눈썹이 씰룩였다. 어느새 훌쩍이던 하진은 한석의 얼굴로 손을 뻗었다. 날카롭고 다부진 턱선을 따라 천천히 손을 움직이자 그가 멈칫하는 게 느껴졌다.

"한석아. 정한석. 나중에 우리 꼭 잘 살자."

"하, 진짜 술버릇 나쁘네."

"고마워……. 나 병도 고쳐 주고 맨날 내가 뭘 해도 다 받아 주고."

"……."

그의 얼굴에서 웃음기가 완전히 사라졌다. 하지만 별수 없다고 생각했다. 술주정이라고 생각해 준다면 오히려 좋았다.

"네가 없었으면 난 이렇게 살지 못했을 거야, 절대로."

"……더 빨리 좋아졌을 수도 있잖아? 사람 일 모르는 거니까."

"아니. 절대. 어디 정신 병원에 갇히지 않으면 다행일걸. 나는 너 때문에 산 거야……. 정말로. 너 아니었으면 난 그냥 무너졌어."

취기를 빌린 하진이 평상시 말하지 못했던 진심을 꺼내 보였다. 복잡한 표정으로 저를 보는 남자의 얼굴 너머 갑자기 아빠와 엄마의 모습이 어른거렸다.

잊고 살다가도 한 번씩 생각나는 것은 어쩔 수 없었다. 지금쯤 엄마는 태어난 아기와 행복하겠지. 나를 가끔 생각이나 할까? 돌아가고 싶은 건 절대 아닌데 갑자기 목구멍이 울컥 뜨거워졌다. 괜찮아, 하진은 속으로 되뇌었다. 이제 저는 혼자가 아니었다.

팔을 벌려 한석의 목을 꽉 끌어안자 그도 역시 하진을 숨 막히게 끌어안았다. 심장이 기분 좋은 빠르기로 쉴 새 없이 고동쳤다. 따끈한 목덜미에 입술을 묻은 한석이 중얼거렸다.

"그럼 사랑한다는 말이나 더 해 봐."

"사랑해."

망설임 없이 돌아온 말에 한석이 불만스럽게 중얼거렸다.

"너 내일 돼서 지금 이런 거 생각 안 난다고 하면 알지?"

그새 눈물범벅이 된 얼굴 사정과는 달리 그 말이 뭔가 웃기게 들려서, 하진은 한석의 품에 코를 박은 채 조금 소리 내어 웃었다. 울었다 웃었다 아주 난리라며 한석도 피식댔다.

그 후로도 하진은 좀 더 제멋대로 내키는 대로 말을 뱉었고 한석은 그런 하진에게 계속해서 입을 맞추고 볼을 쓰다듬었다. 허리도 지분대고 귀도 만지고 온몸을 다정한 손길로 훑으며 그녀의 말을 하나도 빠짐없이 들어 주었다.

"박하진."

"……응."

잠깐 깼던 잠이 다시 밀려오기 시작했다. 하진은 눈을 감은 채 웅얼거렸다. 한석이 낮게 웃는 게 맞닿은 피부를 통해 느껴졌다.

하진아, 또 부르기에 이번에는 대답하지 않았다. 귀찮았다. 한석이 또 웃었다. 고작 그거 마시고 취했을 리도 없는데 웃음이 헤픈 그는 오늘따라 기분이 좋은 것 같았다.

"너만 할 말 다 하고 자면 어떡해?"

"……듣고, 있는데."

그렇게 말하면서도 하진은 좀 더 편한 자세를 찾아 한석의 품에 파고들었다. 딱히 추운 것도 아닌데 자꾸 익숙한 체온을 찾게 되었다. 한석이 그런 하진을 애처럼 무릎 위에 올려놓고 등을 가만가만 쓸어 주었다.

"하진아."

그만 불러, 소리 내어 말했는지 속으로 생각했는지는 알 수 없었다. 불러 놓고 한석은 또 말이 없었다. 마주한 품은 더할 나위 없이 따뜻했고 피곤과 취기가 몰려온 몸은 잠을 원했다. 가물대던 하진의 눈이 어느 순간 완전히 감겼다. 정적만이 감도는 방 안 한석이 가만히 한숨을 흘렸다.

"어떡하냐. 나는 갈수록 네가 더 좋은데."

조그맣게 읊조려 보지만 이미 하진은 잠든 것 같았다. 어차피 혼잣말이라 상관은 없었다. 그보다 술이 약할 거라고 짐작은 했었는데 이 정도일 줄은 몰랐다.

한석은 차라리 오늘 하진의 주량을 제대로 알게 된 게 다행이라고 생각했다. 이제 어디 가서 저 없이 함부로 술 마시고 온다는 소리는 안 하겠지. 오늘 일을 들먹이며 절대 안 될 일이라고 엄포를 놓으면 하진도 할 말은 없을 것이다.

사실 하진이 저만큼 잘 마시더라도 혼자 밖에 내놓을 생각은 전혀 없었으면서 한석은 그렇게 뻔뻔한 결론을 내렸다.

"뭐 하나 안 예쁜 게 있어야 적당히 좋아하지."

제가 말해 놓고도 어이가 없어 한석이 눈을 찡그렸다. 지극히 낯간지러운 말을 내뱉은 자신이 어색했지만 사실이라 어쩔 수 없었다.

한석은 누군가에게 이렇게 진심이 될 수 있다는 것에 매일같이 새롭게 놀라는 중이었다. 1년여 전 버스를 타고 데려올 때만 해도 그 절절한 마음 이상이 될 수는 없을 거라고 생각했는데 아니었다.

저조차 제어할 수 없는 마음은 점점 더 커져만 가서 때로는 한석은 자신이 무서웠다. 더 정확히는 이런 자신을 알면 하진이 겁먹고 도망칠까 두려웠다. 한석은 품 안의 하진을 괜히 고쳐 안으며 넋두리했다.

"내가 어쩌다 너를 만났을까?"

그것도 그런 기회로. 당연히 포기해야 한다고 생각했던 상대를 아무도 생각하지 못했을 계기로. 그것은 하진에게는 크나큰 불행이었겠지만 제게는 정확히 그 반대였다.

이제 한석은 하진을 놓는다는 생각 자체를 할 수 없었다.

졸려 죽겠다는 눈을 하고 아침상 앞에 꼬박꼬박 앉아 있는 모습, 먼저 안아 주며 배웅하진 않지만 제가 안아 주길 은근히 기다리는 새침한 얼굴, 가끔 조금 늦을라치면 문자나 전화를 하는 대신 추운데도 괜히 집 앞에 나와 기웃대는 하진이 못 견디게 사랑스럽고 애틋해서 그는 종종 괴로웠다.

별다른 찬도 없는 밥상 앞, 오늘 있었던 일을 빠짐없이 늘어놓는 하진의 목소리를 듣다 보면 새벽같이 나가 종일 씨름하고 땀 흘리며 일했던 하루의 피곤이 거짓말처럼 사라졌다. 아무것도 안 먹어도 하진의 얼굴만 보면 배가 불렀다. 아무리 고단해도 하진의 웃음소리를 들으면 더 열심히 살아야겠다고 마음먹게 되었다.

한석은 하진을 그렇게 사랑했다. 처음에는 같이 눕는 것도 그렇게 어색해하더니, 이제는 제가 팔베개를 해 주면 당연하다는 듯 제 품에 안기는 하진이 없는 밤은 이제 상상할 수도 없었다.

원하는 건 무슨 짓을 해서라도 다 하게 해 주고 어떻게든 가져다줄 테니 제발 저를 떠나지 않았으면 좋겠다. 나중에 필요 없어졌다고 버리지 않았으면 좋겠다.

버려진다니, 부모에게 그리 당했을 때도 절대로 이 정도는 아니었던 것 같은데. 생각만으로도 숨통이 조여 오는 것 같아 한석은 거친 숨을 씨근덕댔다. 저도 모르게 안은 팔에 힘이 들어갔는지 하진이 자면서도 조금 끙끙댔다.

"하진아."

한석은 오늘만 몇 번일지 모를 하진의 이름을 조용히 불러 보았다. 당연히 대답은 돌아오지 않았다. 상관없었다. 일어나면 얼마든지 대답해 줄 테니까. 우리는 같이 자고 같이 눈을 뜨는 사이니까 말이다.

문득 한석은 지금 이 장면이 지독히 비현실적으로 느껴졌다. 오직 둘만의 요새와도 같은 조그만 집 안에서 잠든 하진을 끌어안고 밤을 보내는 이 현실이. 너무나 행복하고 좋으면서도 또 그래서 얼마든지 금방 깨질 수 있는 꿈 같아서 아득해졌다.

애초에 안정이라는 것을 배우지 못한 그는 늘 불안했다. 하진과 차이가 있다면 풍파에 워낙 무뎌진 탓에 겉으로는 티가 나지 않는다는 것일 뿐.

제발 제게서 하진만은 빼앗아 가지 말기를.

고른 숨소리만이 새어 나오는 정적이 숨 막혀 한석은 그녀의 목에 얼굴을 묻어 버렸다. 부드러운 살에 코를 박고 길게 호흡하자 그제야 좀 살 것 같았다. 몇 번 더 같은 행위를 되풀이하던 그가 부드럽게 속삭였다.

"배신하지 마."

* * *

한석과 함께하는 겨울날이 그렇게 쏜살같이 흘러갔다. 규칙적으로 짜인 일상에도 하진은 나름대로 익숙해졌다.

그간 그와 명절을 한 번 더 같이 보냈고, 처음 가는 도시에 짧은 여행도 다녀왔다. 좋은 호텔을 잡고 편하게 흘러가는 여정은 아니었으나 한석과 함께라 그런지 모든 것이 새롭고 재미있었다. 알바는 점점 더 손에 익어 자신감이 붙었으며 조금이나마 통장에 쌓여 가는 돈을 보면 뿌듯했다.

모든 것이 순탄하게 굴러가는 와중 이렇다 할 문제는 하나였다. 할 일을 몰아서 하게 되는 주말에 공부만 하는 것도 한계가 있어서, 하진은 평일 저녁을 최대한 활용하기로 해 저녁을 먹고 12시까지는 절대 건드리지 말고 먼저 자라고 한석에게 엄포를 놓았다.

원래는 독서실을 갈까 생각했는데 한석의 반대로 무산되었다. 사실 하진도 저 때문에 한석이 괜히 조용히 하는 게 미안해서 그렇지 집에서 하는 편이 훨씬 좋긴 했다.

다만 무슨 신혼처럼 집에만 들어오면 무조건 몸이 붙어 있던지라 잘 지켜질까 염려했는데 의외로 한석은 정말로 약속을 잘 지켰다. 하진이 책상에서 인강을 듣고 있을 때면 저도 그 밑에 상을 펴 놓고 자격증 공부를 했다. 전에 따지 않았냐고 했더니 그것과는 다른 건데 어차피 나중에 할 거니 미리 한다고 했다. 용접에도 자격증이 여럿 있는 모양이었다.

가끔 너무 피곤하면 술을 마시고 먼저 잠드는 때도 있었는데 그래도 하진이 공부를 끝내고 조심히 옆에 누우면 어떻게 알았는지 자면서도 꼭 끌어안아 주었다.

오늘도 상황은 마찬가지였다. 오늘따라 노곤함에 자꾸 눈을 비비던 하진은 문득 시계를 봤다. 10시밖에 안 되었는데 왜 이렇게 잠이 쏟아지는지.

"……졸리면 먼저 자."

하진은 이부자리에 누워 핸드폰을 뚫어지게 보는 한석에게 괜히 한 소리를 했다.

다음 달에 지금 회사와 했던 1년 계약이 끝나는 한석은 요즘 이것저것 알아보느라 바빴다. 연장도 가능했고 처우가 좋은 편이라 아마 재계약을 할 가능성이 높았지만 늘 일이 힘든 것보다는 돈을 최우선으로 생각하는 한석은 다른 가능성도 열어 두고 있는 모양이었다.

한석이 힐긋 하진을 올려다보았다.

"난 안 졸린데?"

"그럼 말고."

"잠 오는 건 너 아니야?"

정곡을 찔린 하진은 입술을 삐죽이며 책으로 시선을 돌렸다. 두 시간만 더 버티자고 마음을 다잡아 봤지만 자꾸 눈이 감겼다. 결국 하진은 미련 없이 자리에서 일어났다. 불을 끄고 잘 때 켜 놓는 약한 무드 등만 켰다. 이렇게 하고 자고 있으면 한석이 도중에 끄고 잘 때도 있었고 새벽까지 그러고 잘 때도 있었다.

돌아보니 한석이 왜 그러냐는 듯한 표정으로 저를 보고 있었다. 머쓱함을 숨기지 못한 얼굴로 하진이 웅얼거렸다.

"……오늘은 일찍 잘래."

"잘했어. 이리 와."

기다렸다는 듯 핸드폰을 저만치 밀어 버린 한석이 두 팔을 쫙 벌렸다. 쏟아져 내리듯 눕는 하진을 좋다고 끌어안고 뺨이며 입술에 쪽쪽 입을 맞췄다.

"아니, 오늘따라 카페에 사람이 너무 많았어. 날이 좀 풀리니까 그런가."

한석이 뭐라 한 것도 아닌데 하진은 변명 아닌 변명을 했다. 짧은 키스를 퍼붓던 한석이 눈가를 찡그렸다.

"그러니까 살이 또 빠지지. 점심이나 제대로 먹고 하겠냐고."

"밥은 잘 먹어. 오늘은 도시락도 사 먹었는데."

급격히 심각해지는 표정에 하진이 얼른 말을 이었다. 표정 풀라는 듯 손을 들어 눈가를 살살 어루만지니 한석의 표정이 더 험악해졌다.

"이런 건 또 어디서 배웠어?"

"뭐? 뭘 배워."

"그냥, 사람 살살 녹이는 거."

타고난 건가, 한석이 혀를 찼다. 하진은 가끔 한석이 이럴 때마다 당황스러웠다. 정말로 별생각 없이 한 행동인데…… 눈만 깜박이며 저를 보는 하진을 가만히 응시하던 한석이 물었다.

"일할 때."

"응."

"너 이쁘다고 껄떡대는 새끼 있어?"

"……없는데."

순간 스쳐 가는 잔상이 있었으나 하진은 시치미를 뚝 떼고 모른 척을 했다. 사실 예전 그 은행원 말고도 직접적으로 관심을 표현한 사람이 그간 여럿 더 있었지만, 남친 있다고 하면 다들 어색하게 웃으며 사라졌다. 한석이 손가락으로 하진의 입술을 꾹꾹 눌렀다.

"거짓말할래?"

"왜 거짓말이라고 생각해?"

"보는 눈은 다 똑같으니까."

입술을 지분대던 손끝이 점점 안으로 들어오는 게 느껴졌다. 반사적으로 입을 벌리던 하진은 그의 손가락을 살짝 깨물었다.

으음, 한석이 낮게 탄식했다. 하진 딴엔 그만하라는 신호로 한 건데 그는 좀 다른 식으로 받아들인 것 같았다. 손가락은 빠지기는커녕 더 깊게 들어왔다. 하진은 한석이 뭘 원하는 건지 몰라 곧게 뻗은 그것을 조금 빨고 우물대다 조심히 입을 물렸다. 남자의 얼굴이 더 심각해졌다.

"나중에 딴말하지 마."

"어?"

"네가 꼬신 거니까."

제멋대로인 말을 해석할 겨를도 주지 않은 한석이 몸을 일으켰다. 팔을 교차해 티셔츠를 벗어 던지는 동작에 망설임이라고는 찾아볼 수 없었다. 겨울에도 군살 하나 붙지 않은 탄탄한 몸은 볼 때마다 압도적이었다.

매일같이 보는 몸인데도 오늘따라 기분이 이상해 하진은 조금 눈을 내리깔았다.

"나, 내일도 알바 가는데."

"응. 넣진 않을게."

싱긋 웃은 한석이 몸을 낮췄다. 커다란 몸이 기분 좋은 묵직함으로 하진을 덮쳤다. 고개를 슬쩍 비튼 그가 더 깊게 맞물릴 각도를 찾아 하진에게 키스했다. 입술을 벌리고 들어가며 그녀의 잠옷 바지 속에 손을 집어넣었다. 하진은 제법 자연스럽게 그의 혀를 마주 감싸고 비볐다.

와 닿는 숨결이 달콤하고도 은근했다. 젖은 소리가 입술 새로 새어 나오는 것이 제가 듣기에도 좀…… 야릇했다. 조금씩 빠르게 뛰던 심장이 기분 좋게 조여들기 시작했다.

희한했다. 그냥 너무 당연하다 싶은 것처럼 틈만 나면 입을 맞추는데도 한석과의 키스는 도무지 질리지 않았다. 나란히 양치하고 난 후 욕실에서, 오늘 먹을 찌개를 끓이다 싱크대 앞에서, 한석을 배웅하다 갑자기 눈이 맞아서. 이유라고 가져다 붙일 것도 없이 자연스럽게 숨 쉬는 것처럼 숨결을 겹치는데도 가면 갈수록 더 좋기만 했다.

관계하던 중 몰아치는 흥분을 어쩌지 못하고 혀를 얽어 오는 그도 좋고 폭풍 같았던 혼곤한 정사 후 지친 저를 달래듯 더할 나위 없이 나긋하게 감싸 오는 숨결도 좋았다.

엉덩이를 주물럭대던 그의 손이 천천히 움직였다. 매끈한 허벅지를 쓸고 부드럽기 그지없는 안쪽 살을 뭉근하게 비볐다. 서두르지 않고 은근하지만 명백한 의도를 가진 행위에 절로 발끝이 곱아들었다. 속옷 위 음부를 스칠 듯 말 듯 한 가벼운 애무가 어쩐지 애를 태우는 것 같기도 했다.

그가 주는 자극에 길든 몸은 당연한 순서처럼 더 짙고 더 강한 것을 원했다. 정신없이 키스에 열중하던 중 하진은 무의식적으로 그의 몸에 두 다리를 마주 감았다. 허, 한석이 입술을 댄채로 헛웃음을 흘렸다. 어둠 속 너울대는 미약한 빛 사이 그의 눈이 번득였다.

"아……!"

그대로 속옷과 바지를 단번에 내려 버리는 다소 억센 손길에 하진이 놀란 소리를 냈다. 갑자기 아래가 휑한 느낌에 하진이 다리를 오므리려 했으나 늘 그랬듯 한석이 한발 더 빨랐다.

완전히 바지를 다 벗겨 낸 한석이 하진의 다리를 양쪽으로 쫙 벌렸다. 도무지 적응되지 않는 순간 중 하나였다. 하진이 고개를 옆으로 돌려 버리자 한석이 쯥, 소리를 냈다.

"할 때는 나 봐야지."

딱히 섹스하지 않아도 눈 돌리는 거 싫어하면서 그는 그렇게 말했다.

억지로 돌린 시야에 어느새 빠듯이 부푼 그의 중심이 보였다. 흔들리는 하진의 눈빛에 그가 싱긋 웃더니 손을 풀고 하진의 다리를 놓아주었다. 이내 제 트레이닝 바지와 브리프도 벗고 완전히 나신이 된 남자가 하진을 다시 두 팔 안에 가둔 채 눈을 맞췄다.

어떻게 된 게 정한석은 입고 있을 때도 그렇지만 벗고 나면 더 당당하고 위압적으로 보였다. 딱히 한석의 태도가 그렇다기

보다는 저와 골격부터가 다른 남자를 바라보는 하진의 시선이
그러했다. 하진의 아래에 손을 갖다 댄 한석이 열기 밴 숨을 흘
렸다.

"너, 밑에 뜨겁네. 벌써."

예민한 정점을 지그시 눌러 오는 남자의 손에 하진은 흡, 숨
을 들이마셨다. 정말 그의 말대로 아래가 좀…… 뜨끈뜨끈한 것
도 같았다. 배와 허리를 다른 손으로 훑던 한석이 혼잣말을 했
다. 열나나? 그러더니 곤란한 듯 이마를 맞대 왔다.

"열은 없는데. 아닌가?"

"안 나는데. 훗……."

말하면서도 계속 밑을 찌걱대는 손가락에 하진은 몸을 비틀었
다. 아직도 한석은 제 몸 상태가 걱정되는 모양이었다. 지난 주
말 약한 몸살기로 내내 누워 있었던 하진이었다. 사실 꼼짝 못
하고 누워 있어야 할 정도는 절대 아니었는데 한석의 성화에 못
이겨서였다.

원래 하진은 마르긴 했어도 체질적으로 몸이 약한 타입은 절
대 아니었다. 감기도 거의 안 걸리는 건강 체질이었는데 집을
나오기 직전 호되게 고생했던 후로는 쉽게 앓아눕곤 했다.

그래도 오히려 일을 시작하고서부터는 아픈 적이 없었는데 요
즘 피곤이 겹쳤는지 주말에 열이 좀 났었다. 물론 상비약을 먹
고 하루 만에 내렸지만 한석은 하진이 월요일에 일을 가는 것도
탐탁지 않아 했다.

그러다 보니 그간 자연스럽게 섹스를 하지 않았다. 정확히는

삽입만 하지 않았지 이런저런 거는 다 했지만……. 한석은 이럴 때는 철저했다. 잔뜩 몸을 달궈 놓고 무리하면 안 된다며 물러나는 한석이 원망스러웠지만 또 저를 생각해서 그러는 걸 아니 할 말은 없었다.

"괜찮다고. 다 나은 지가 언젠데."

조금의 불만을 섞어 중얼대니 한석이 입꼬리를 비틀며 웃었다.

"안 넣어 준다고 화난 거야?"

"뭐? 말이 또 왜 그렇게…… 훗……."

눈을 동그랗게 뜬 하진의 몸을 한석이 가볍게 확 돌려 눕혔다. 순식간에 바뀐 자세에 하진이 멍하니 눈을 깜빡이는데 뒤에서 제 허벅지를 쫙 벌리는 손길이 느껴졌다.

바로 하려는 걸까? 아직 본격적으로 뭘 하지도 않았는데 젖어 있는 아래가 느껴져 좀 민망하긴 했으나 그래도 그의 것을 바로 받아들일 생각을 하니 긴장이 되었다. 이내 다리 사이 와 닿는 두툼한 기둥의 감각에 하진은 섬찟 몸을 떨었다. 그새 조금 탁해진 목소리가 귓가에 감겼다.

"다리 딱 붙여."

"……어?"

"허리에 힘주고. 그렇지."

하진의 배 아래 손을 넣은 한석이 자세를 고쳐 잡았다. 등 뒤로 뿌려지는 숨결이 조금 거칠었다. 그때도 한석이 뭘 하려는 건지 감이 오지 않았던 하진은 익숙하게 허리를 쳐올리는 움직임에 그의 의도를 뒤늦게 알아챘다. 딱 올라붙은 엉덩이와 허벅지 사이 자리 잡은 그의 것이 마치 정말 삽입하듯 앞뒤로 움직이기 시작했다.

'이게 뭐지……'

뭐라 표현할 수 없는 감각에 하진은 몸을 굳혔다. 으음…… 좀 뻑뻑한가, 중얼거린 한석이 갑자기 몸을 일으켰다. 뭐 하려는 거지, 상기된 얼굴의 하진이 이부자리 위에서 고개만 돌렸다.

얼마 전 지서가 준 핸드크림을 집어 들고 무섭게 곧추선 성기에 쓱쓱 바르는 한석의 얼굴은 한없이 건조했다. 표정만 보자면 일단 그랬다. 다시 제게 다가온 한석이 하진의 엉덩이를 양손으로 꽉 움켜쥐었다. 또다시 민망해진 하진은 고개를 베개에 푹 파묻었다.

"너 이제 엉덩이도 살찌는 것 같다."

"또…… 이상한 소리."

"진짜."

가라앉은 목소리와 살을 쥐는 악력에서 그의 흥분이 고스란히 느껴졌다. 하진은 익숙한 향이 나는 베개에 여전히 얼굴을 묻은 채 중얼거렸다.

"……안 넣으려고?"

"이것도 넣는 거야."

말이 끝나기가 무섭게 한석이 퍽, 허리를 썼다. 들이받는 힘이 세 순간적으로 하진의 몸이 앞으로 밀려날 정도였다. 아……! 하진의 입에서 밭은 탄성이 흘러나왔다. 혀를 찬 한석이 한쪽 팔로 하진의 몸을 단단히 지탱했다. 가슴을 가볍게 쥐고 간 손끝은 분명 무섭게 뜨거웠다.

로션으로 미끈해진 성기는 조금 전보다 확실히 부드럽게 허벅지 사이를 왕복했다. 마찰하는 소리가 조금씩 커지고 그에 맞춰 한석의 허리 짓도 빨라졌다. 사실 진짜 넣은 것도 아니고 별것 아닌 거라 생각했는데 행위가 반복될수록 진짜 섹스하고 있는 것 같은 기분이 들었다.

뒤에서 드문드문 들리는 거친 숨소리나 제 몸을 만지는 커다란 손, 점점 빨라지고 격해지는 성기의 움직임이 정말 그와 몸을 겹치고 있는 것 같은 착각에 빠지게 했다.

이제는 미끈대는 게 로션인지 한석의 성기에서 나온 것인지도 알 수 없었다. 몸에 착 달라붙은 기둥에 다리 사이가 못 견디게 화끈거렸다. 자꾸 몸이 무너지려 했지만 한석이 단단히 받치고 있었다.

처음 느껴 보는 생경한 감각에 어쩔 줄 모르고 입술만 잘근잘근 깨물던 하진이 일순 울상이 된 얼굴로 고개를 들었다.

"한석아."

"……후우, 왜."

나른한 숨을 뱉으면서도 움직임을 쉬지 않으며 한석이 답했다. 하진은 잠깐 망설이다 입술을 달싹였다.

"그냥 넣어…… 어?"

"……뭐?"

한석의 미간이 무섭게 좁아졌지만 하진은 아랑곳하지 않았다.

"나 하나도 안 아프니까, 응, 그냥 넣으라고……."

"……."

"나도, 하고 싶어."

이런, 씨팔. 민망한 듯 조그맣게 흘러나온 목소리에 결국 한석이 상스러운 욕을 뱉었다. 부드러운 허벅지를 꽉 쥐고 있던 그의 손에서 힘이 풀렸다.

옅게 흔들리는 하진의 눈을 똑바로 마주한 그가 알 듯 말 듯 한 표정으로 말을 뱉었다. 치켜 올라간 눈썹과 눈매가 순간 섬 찟할 정도로 사납고 매서웠지만 입술이 그리는 것은 분명 미묘 한 웃음이었다.

"야."

"……."

"너 진짜 사람 미치게 한다."

흐릿한 어둠을 뚫고 나오는 번득이는 안광에 하진의 심장이 가파르게 고동쳤다. 그가 흥분한 것을 보는 게 처음은 아니었 으나 아주 가끔 눈이 돈 그와 정통으로 마주할 때면 숨이 가빠 졌다.

경험상 저런 얼굴의 한석과 보내는 밤은 아주 길고, 또 집요 했다. 내일도 알바 가는데 괜찮나, 아주 잠깐 스쳐 간 생각은 이 내 달려들듯 입을 맞춰 오는 남자에 의해 깨끗이 지워졌다.

그 후부터의 기억은 드문드문하다. 술에 취한 것도 아니고 잠 에 빠진 것도 아닌데 주어지는 쾌감과 자극이 너무 세서 머릿속 의 어느 부분이 잠깐 고장 나 있던 것처럼.

솔직히 그리 오랜 기간도 아닌데 일주일 만에 하는 섹스에 하진은 평소보다 훨씬 더 적극적이었다. 그런 하진에 한석은 더더욱 거리낄 것 없이 날뛰었다.

"아, 아…… 웃, 아……!"

"하…… 씹. 조이는 것 봐. 씨발."

원래는 잘 안 하려고 하는 기승 위에서도 민망함과 쾌감으로 터질 것 같은 얼굴을 하고 허리를 움직이는 하진에 한석은 섹스할 때는 최대한 자제하려고 하는 음담을 결국 참지 못했다.

"존나 너는 우는 것도 꼴려, 알지? 씹, 다 알고 그렇게 하는 거지?"

"흑…… 아, 아!"

"아, 씨팔, 존나 맛있네."

사실 반은 듣고 반은 날려 보냈지만 그것마저도 그가 그만큼 흥분했다고 생각해 또 다른 자극이 되는 것을 보면 자신도 좀 많이 미친 것 같긴 했다. 상관없었다. 지금 이 순간만큼은 늘 저를 조용히 따라다니는 무거운 생각들에서 온전히 벗어날 수 있었으니까.

"하진아. 박하진. 하…… 진짜 이뻐 죽겠다."

"으, 응, 너무, 빨라…… 조금만 천천, 히…… 아!"

"씹, 빠르긴 뭐가 빨라, 좋아서 이렇게 질질 싸면서. 하……."

굵고 긴 성기가 제 안을 빠르게 드나들 때마다 머릿속이 울리고 눈앞이 아득해졌다. 쳐올리는 움직임은 무자비해 지독히 현실적이면서도 또 온몸이 녹아 버리는 듯한 쾌락은 정확히 그 반대로 현실감이 없었다.

고삐가 풀린 남자는 본능만 남은 것처럼 움직였다. 겨울이라 다행이란 생각이 들 정도로 어느 곳 하나 물고 빨리지 않은 곳이 없었다. 자국이 쉽게 남는 약하고 하얀 몸에 그새 가득해진 제 흔적을 보고 한석은 또다시 흥분했고 하진도 그런 남자를 제지할 생각을 하지 못했다.

아니, 하고 싶지 않았다. 하진은 마음껏 한석의 아래에서 흔들렸다. 말도 안 되는 소리지만 모든 것이 다 흔들려 차라리 소멸했으면 싶었다.

사실 오늘 종일 무엇에도 도통 집중하지 못했던 것은 다른 생각이 머릿속을 메웠기 때문이었다. 답지 않게 섹스를 졸랐던 것도 같은 연장선에 있었다. 한석이 일을 옮길 생각도 하고 있다는 것에 이번 기회에 다른 일을 해 보라고 하고 싶다는 강렬한 충동이 들어서였다.

세상에 당연한 건 없다. 하진은 무뎌지는 게 무서웠다. 잊을 만하면 그의 몸에 새겨지는 크고 작은 화상 흉터, 일이 끝나고 돌아온 한석의 피로에 물든 얼굴, 깨끗이 세탁해 입고 가도 돌아올 때면 일의 고됨을 짐작하게 하는 더러워진 작업복을 당연하다고 생각하게 될까 봐 두려웠다.

아직이라면 돌이킬 수 있지 않을까. 직업에 귀천은 없지만 창창하다 못해 어린 나이에 고생하는 한석이 나중에 후회라도 하게 된다면. 제게 코가 꿰여서 그런 일까지 해서 몸 버렸다고 저를 원망이라도 하게 된다면 평생 갚아도 못 갚을 빚을 지게 되는 것 같아 마음이 무거웠다.

물론 그런 것들을 다 차치하고서라도 가장 큰 이유는 당연히 한석이 좋아서였다. 좋아하는 사람이 힘든 일 하는 걸 보고 싶은 사람이 누가 있겠는가. 하지만 말이라도 꺼낼라치면 냉정하게 딱 잘라 버리는 한석에 하진은 요즘 알게 모르게 마음고생을 하는 중이었다.

　"눈 떠야지."

　거듭되는 정사에 어느 순간 늘어진 하진의 볼을 한석이 가볍게 두드렸다. 하진은 힘겹게 눈꺼풀을 들어 올렸다. 엉망으로 젖어 그새 부은 눈가에 다정히 입을 맞추는 와중에도 사정이라고는 봐주지 않는 모진 움직임은 조금의 쉼도 허락하지 않았다.

　"힘들어?"

　"으응……."

　좋은 것과는 별개로 체력이 방전된 몸이 자꾸 끝없이 가라앉았다. 그만할까? 한석이 재차 물었지만 이상하게 그러자는 말은 나오지 않았다. 제가 그만하자면 정말 그리할 남자를 알아서였다.

　실제로 예전에 행위 중 딱 한 번, 갑자기 못 견디게 기분이 나빠져서 섹스를 중단했던 적이 있었다. 지금도 생각하면 왜 그랬는지 모르겠다.

　한석이 주는 쾌감이 싫었던 것이 절대 아니고 섹스 자체도 황홀했는데 어느 순간 갑자기 머리가 새하얘졌다. 가슴에 뭔가 커다란 것이 쿵 박힌 기분에 도무지 그 후부터는 집중할 수가 없었다.

한창 절정에 치닫던 중이었는데도 한석은 싫은 티 한 번 안 내고 피곤한데 하게 해서 미안하다고 오히려 사과를 했다. 정작 먼저 하자고 은근히 안겼던 것도 하진이었고 미안한 것도 하진이었는데 한석이 그렇게 하자 하진은 더 어쩔 줄을 몰랐었다.

그 후로는 다행히 그런 일은 없었지만…….

"아니, 그건 아니고……."

계속하라는 의미로 커다란 손에 뺨을 비비자 한석이 낮게 웃었다. 달아오른 방 안 땀에 젖어 흐트러진 머리조차도 그림 같은 남자가 순간 가슴이 저밀 정도로 멋있어 하진은 멍하니 그를 올려다봤다.

"응, 빨리 끝낼게."

"……."

"그래도…… 누구랑 이러고 있는지는, 후, 보면서 해야지."

뭉근하게 허리를 돌리던 한석이 점차 스퍼트를 올리기 시작했다. 하진은 흐려지는 정신을 가까스로 붙잡으며 한석의 말대로 그를 보려고 애썼다. 하지만 제가 약한 곳만을 집중적으로 찔어대는 불량한 몸짓에 결국 다시 눈을 감아 버릴 수밖에 없었다.

제멋대로 터지는 교성과 살끼리 맞닿는 소리가 방 안을 가득 울렸다.

'아.'

어느 순간 제 위에 기분 좋게 쏟아지는 남자의 무게를 받아들이며 하진은 문득 생각했다. 콘돔이 아닌 제 안에 퍼지는 정액은 어떤 느낌일까? 생각해 놓고 순간 소름이 돋아 하진은 다시금 꽉 눈을 감았다.

행위가 끝나자마자 기다렸다는 듯 마음 깊은 곳에서 스멀스멀 밀려오는 시꺼먼 감정들이 자신을 괴롭혔다. 사랑스러워 죽겠다는 듯 저를 꼭 끌어안는 너른 품도 그때만큼은 하진을 위로할 수 없었다.

누구에게도 말할 수 없지만.

제가 그의 세상인 것처럼 구는 남자에게 못 견디게 사랑받으면서도 하진은 가끔 우울했다. 이보다 더 행복한 날은 없을 것 같은데, 물론 크고 작은 걱정은 산재하지만 그래도 이렇게 마음 편하게 하고 싶은 거 다 하고 사는 때는 앞으로도 없을 거라는 그런 확신이 어렴풋이 드는데…… 이따금 못 견디게 텅 빈 마음이 들고 막연하게 앞날이 두려워졌다.

아직 제가 다 낫지 못한 것인지 아니면 원래 제가 그런 사람인 건지 알 수 없었다.

한석을 진심으로 좋아하고 그와 함께 있는 일상에 안정을 느끼면서도 그와 다른 결로 아주 드물게 불행했다.

어쩌면 극도의 불안이었을지도 모른다. 당장 수능을 보고 난 후에 바뀌게 되는 상황도 가늠하기 어려운데 평생을 함께하자는 그와의 약속을 지키는 것은 얼마나 더 고되겠는가. 하진은 걱정을 사서 하는 것 같은 제가 싫었지만 언제나 그랬듯 그런 자신을 바꿀 수 없어 괴로웠다.

그와 함께하며 많은 것을 처음으로 했다. 계획 없는 충동적인 여행도 떠나 봤고 생전 할 일 없다고 생각했던 알바도 하고 있으며 술도 먹어 봤고 섹스도 했다. 아마도 집을 나오지 않았다면 하지 않았을 그 모든 것들이 결과적으로는 더할 나위 없이 만족스러운 한편 드물게 아주아주 희미한 죄책감이 들었다.

누구를 향한 것인지도 모를 이상한 감정. 행위 끝 문득 밀려오는 이유 모를 공허함. 성인이 되고 제 의지로 하는 행동들인데 도대체 왜 그런 기분이 드는 걸까?

아마도 제가 망가지지 않았더라면 하지 않았을 일들이라서일까. 남들에게는 아무것도 아닌 일일 수도 있으나 오랜 시간 통제와 압박 속에 살았던 그녀에게는 그것들을 아무렇지 않게 버릴 수 있는 게 조금 힘들었다.

조금씩 저를 갉아먹는 것 같은 이 우울함이 언젠가 흔적도 없이 사라지기를 그저 가슴 깊이 바랄 뿐.

〈2권에서 계속〉